L’emprise du plaisir

Lui entre tous

KATE HOFFMANN

L'emprise du plaisir

Passions extrêmes

éditions HARLEQUIN

Collection : PASSIONS

Titre original : THE MIGHTY QUINNS : RONAN

Traduction française de ISABELLE DONNADIEU

Photo de couverture
Couple : © VINCENT BESNAULT/CORBIS
Réalisation graphique couverture : C. ESCARBELT (Harlequin SA)

83-85, boulevard Vincent-Auriol, 75646 PARIS CEDEX 13.
Service Lectrices — Tél. : 01 45 82 47 47
www.harlequin.fr
ISBN 978-2-2802-8293-2 — ISSN 1950-2761

Prologue

Le placard était grand, sombre et silencieux.

Ronan Quinn alluma la lampe de poche qu'il serrait nerveusement entre ses mains tremblantes, puis il ferma les yeux pour tenter de refouler les horribles images qui venaient d'envahir son esprit.

Ses cauchemars avaient commencé quelques mois plus tôt, juste après la fête organisée à l'occasion de son huitième anniversaire, la première fête de famille depuis la disparition de ses parents, l'année précédente.

Avant cette disparition, tout était différent.

Sa mère organisait des fêtes inoubliables, elle était très douée pour cela. Comme une fée avec sa baguette magique, elle était capable de transformer une journée ordinaire en un moment unique, exceptionnel, mémorable. Par exemple, pour son septième anniversaire, elle l'avait emmené, lui et toute sa compagnie de scouts, à l'aquarium municipal. Après une visite guidée, ils avaient mangé des gâteaux en forme de pieuvre avec de longs tentacules en réglisse puis ils avaient fait exploser une pinata en forme de poisson remplie de bonbons et de sucettes.

Il était rentré à la maison épuisé par cette bonne journée, mais là encore une surprise l'attendait, son cadeau : un magnifique aquarium. Sans attendre, il l'avait installé juste à côté de son lit et avait passé une grande partie de la nuit éveillé, à regarder les poissons aller et venir sous la lumière bleue.

Mais aujourd'hui, l'aquarium était vide.

Encore une des conséquences du drame.

Après la disparition de ses parents, il n'avait pas pris soin de l'aquarium et les poissons étaient tous morts.

Cette année, son grand-père et ses frères aînés avaient prévu de fêter son anniversaire sur le bateau familial. Ils avaient invité dix de ses camarades de classe pour un tour en mer. Au départ, l'idée lui avait semblé super, mais une fois sur le quai, il avait refusé de monter à bord.

Il n'avait pas pu.

Impossible.

Face à l'océan, sombre et effrayant, une terrible angoisse l'avait envahi. Son estomac s'était noué, son sang s'était glacé dans ses veines. Il avait eu le sentiment que l'océan l'emporterait, l'entraînerait au fond, et que jamais il ne reviendrait.

Son frère Dermot avait dû rester à terre, avec lui, tandis que les autres partaient en mer.

Dermot avait bien tenté de le rassurer, de lui expliquer que ce n'était pas grave, mais il avait vu le regard de ses amis et il avait compris. Depuis la disparition de ses parents, il avait déjà commencé à se sentir différent des autres, mais après cet échec et cette humiliation, il serait seul. Vraiment seul. Désormais, il devrait supporter les murmures sur son passage, les regards en coin. Jamais il n'aurait d'amis.

Refoulant ces souvenirs, il baissa les yeux vers le livre qu'il tenait serré entre ses bras.

Cet ouvrage illustré sur les poissons d'eau de mer était un autre des cadeaux de sa mère. Celui-ci, il l'avait découvert un matin, au petit déjeuner, à côté de sa tasse de chocolat chaud. Ce n'était ni son anniversaire, ni Noël, sa mère avait seulement pensé que le livre lui ferait plaisir. Et comme toujours, elle ne s'était pas trompée.

Orientant la lampe de poche, il ouvrit le livre et commença à admirer les photos des poissons multicolores. Mais lorsqu'il arriva au chapitre consacré aux requins, il le referma brusquement et se laissa tomber au sol avant de remonter ses genoux contre sa poitrine et d'enfouir sa tête entre ses bras.

Les requins hantaient ses cauchemars. Nageant dans l'eau sombre, les monstres le guettaient, prêts à le dévorer.

Il essayait de ne pas penser à ce qui était arrivé à ses parents, mais il ne pouvait s'en empêcher, surtout la nuit, lorsque les cauchemars l'envahissaient.

Il avait posé de nombreuses questions sur le drame, à son grand-père et à ses frères, mais ils avaient refusé de répondre à ses interrogations. Combien de temps pouvaient-ils vivre dans l'eau ? Quelle distance pouvaient-ils nager ? S'ils se trouvaient sur le radeau de sauvetage, dériveraient-ils jusqu'à une terre ?

Personne ne lui répondait, personne ne lui donnait la moindre explication. Il restait donc seul avec ses questions, à se demander pourquoi ses parents avaient disparu.

Il savait qu'ils étaient morts, mais il ne voulait pas l'accepter. Il restait une chance de les retrouver, il en était sûr. Peut-être étaient-ils sur une île déserte, ou dérivant quelque part au milieu de l'océan.

— Ronan ?

Il se redressa et retint son souffle, fixant la porte sous laquelle il apercevait un mince rayon de lumière.

Quelques secondes plus tard, la porte s'ouvrit et son frère Cameron se planta devant lui.

— Que fais-tu ici ? lui demanda ce dernier.

— Rien.

— C'est quoi ce livre ? Tu lisais ?

Pour toute réponse, il secoua la tête.

— Viens, Ronan, il est tard. Tu dois retourner te coucher.

— Je ne peux pas. J'ai fait un cauchemar.

Cameron s'assit à côté de lui et lui prit la main.

— Tu fais encore des cauchemars ?

— Oui. Dans mes rêves, je vois des requins… Papa et maman nagent pour tenter de leur échapper, mais l'eau est toute noire alors ils ne voient rien.

Pour toute réponse, Cameron le serra entre ses bras.

— Je n'ai pas envie de dormir, Cameron. J'ai peur.

— Tu veux dormir dans mon lit cette nuit ?

— D'accord, répondit-il en sentant aussitôt un immense soulagement l'envahir.

Avec Cameron, il parviendrait à s'endormir. Son grand frère était fort. Il le protégerait de ses mauvais rêves.

— C'est encore ton livre sur les poissons. Tu l'aimes beaucoup celui-là, dis donc.

— C'est un cadeau de maman.

— Si tu aimes les poissons, peut-être qu'on pourrait aller pêcher tous les deux, un de ces jours.

A cette simple évocation, Ronan fronça les sourcils. Il refusait de s'approcher de l'eau ou de l'océan.

— Je n'aime pas pêcher. En plus, je n'aime pas l'eau. J'ai peur de tomber et de me laisser entraîner au fond.

— Tu n'as aucune raison d'avoir peur.

Si, il avait toutes les raisons d'avoir peur. L'océan lui avait volé ses parents !

Jamais il ne s'approcherait de nouveau de l'eau.

Jamais.

— Je n'aime les poissons que quand ils sont dans mon aquarium.

— Mais il est vide maintenant.

— Je sais, mais j'aimais m'en occuper, avant. Les regarder nager, ça m'aidait à m'endormir.

— Dans ce cas-là, on pourrait demander à grand-père de t'acheter de nouveaux poissons. Cela t'aiderait peut-être à te sentir mieux.

En vérité, la seule chose qui le réconforterait serait que sa mère revienne, le borde dans son lit le soir, et que son père le serre entre ses bras puissants.

Peut-être ses trois frères pouvaient s'en passer, ils étaient plus âgés eux. Cameron avait douze ans et les jumeaux, Kieran et Dermot, neuf ans, presque dix. En grandissant, peut-être qu'on avait moins envie de câlins. Mais lui, il en avait encore besoin.

Il avait encore besoin de ses parents.

Hélas, ils n'étaient plus là.

Il fallait qu'il soit courageux. C'était ce que devaient faire les grands garçons.

Alors, il rassembla son courage et, serrant la main de son grand frère, il sortit du placard.

- 1 -

Le soleil se leva juste au moment où le bus quittait le New Hampshire pour pénétrer dans l'Etat du Maine.

Ravi, Ronan esquissa un sourire.

Après quatre jours sur la route, à traverser le pays d'ouest en est en compagnie d'étrangers, à manger dans des stations-service glauques, à dormir tant bien que mal dans d'inconfortables sièges, il approchait enfin de sa destination.

Depuis son départ de Seattle, le lever du soleil était devenu un moment important pour lui, un moment dont il se réjouissait car il l'occupait pendant un petit instant chaque matin et faisait passer le temps un peu plus vite. Mais aujourd'hui, à l'approche de l'océan Atlantique, il était encore plus excité car tout lui semblait différent. L'aube lui paraissait plus franche, plus puissante, plus impressionnante.

Comme à Seattle, le paysage était ici dominé par l'océan, omniprésent. Il se sentait donc un peu moins déraciné que dans les grandes plaines qui s'étaient succédé durant quatre jours de voyage.

— Merci grand-père, murmura-t-il à voix basse.

Les destinations de ses frères, le Nouveau-Mexique, le Kentucky et le Wisconsin, ne pouvaient pas être aussi belles que le Maine. Impossible. Il n'avait jamais vu paysage plus beau, plus doux, plus enchanteur.

Le trajet pour parvenir jusque-là avait été long et solitaire, évidemment, mais au fond pas aussi terrible qu'il le craignait.

Enfant, il avait passé beaucoup de temps tout seul, à

faire du vélo dans son quartier ou bien du skate-board. En grandissant, il avait commencé à marcher en montagne, à partir camper. Il avait appris à skier aussi, à faire du snowboard, mais toujours seul, à l'aise et heureux dans le silence des sommets ou des forêts épaisses.

C'est sans doute à cause de son goût prononcé pour la solitude, qu'il était un peu devenu le mouton noir de la famille, au fil des années. Ses frères étaient incroyablement proches les uns des autres, mais lui n'avait jamais trouvé sa place dans la fratrie.

Son frère aîné, Cameron, était le plus responsable des quatre, c'était lui qui s'était chargé de garder et renforcer le lien entre eux après la disparition de leurs parents. Dermot était le séducteur, Kieran le plus sérieux. Et lui… Eh bien lui, il restait à l'extérieur du cercle.

Il se sentait d'autant plus différent qu'il était le seul des quatre frères à avoir peur de l'eau alors que toute la vie, privée et professionnelle, de la famille Quinn tournait autour de la mer, des bateaux et de la voile.

Cameron, Dermot et Kieran passaient tout leur temps libre en mer. Lui le passait sur la terre ferme.

Seul.

Sa peur de l'eau était intimement liée à l'accident de ses parents, il le savait. Pourtant, il ne se souvenait pas très bien des détails de cette terrible époque, ce moment où son monde était passé de la joie au malheur, de la couleur au noir et blanc. Sa mère adorée si douce, si aimante, et son père, si fort, avaient simplement disparu du jour au lendemain et personne n'avait pu lui expliquer pourquoi ou comment.

Pendant longtemps, il avait gardé espoir, persuadé qu'un jour, ses parents pousseraient la porte de la maison et que la vie redeviendrait comme avant. Et puis, il avait fini par se rendre à l'évidence. Il était devenu orphelin.

Différent.

Cela ne le dérangeait pas d'être à part. Sa place à l'écart de ses frères lui convenait.

Cela ne le dérangeait pas non plus d'avoir du mal à se faire des amis, même à vingt-six ans, ni de passer d'une femme à l'autre comme il passait d'un poste à l'autre sur le chantier naval familial, sans réfléchir à rien, sans s'engager.

Cela ne le dérangeait pas, car il ne voulait pas faire de projets. Il ne voulait pas s'engager.

De toute façon, il ne pouvait pas. Personne ne le pouvait d'ailleurs, car personne ne pouvait dire de quoi serait fait l'avenir.

Il vivait donc au jour le jour.

Enfin, jusqu'à la semaine dernière, lorsque son grand-père lui avait demandé, ainsi qu'à ses frères, d'imaginer une vie différente, d'oublier les responsabilités qu'ils avaient endossées alors qu'ils n'étaient qu'enfants, et de poursuivre leurs rêves.

Comme ses trois frères, il avait donc pris la route et, à sa grande surprise, plus il s'était éloigné de Seattle et de sa vie d'avant, plus le passé avait disparu de son esprit, laissant place à une étrange sérénité.

Le seul rêve qu'il avait eu, enfant, était de retrouver ses parents. Il n'avait jamais eu d'autre objectif. Mais son grand-père avait peut-être raison. Peut-être était-il temps pour lui de réfléchir à ce qu'il voulait faire, de se fixer un but et de tout faire pour y parvenir. Loin de ses frères et de son grand-père, il n'était plus un paria. Il était simplement Ronan Quinn, un homme prêt à prendre un nouveau départ.

Un homme *capable* de prendre un nouveau départ.

Le bus s'arrêta enfin, et le chauffeur annonça qu'ils étaient arrivés à Sibleyville. Sans attendre, il se leva.

Il était prêt à se lancer dans une nouvelle vie, une nouvelle vie qui allait durer un mois et demi ainsi que son grand-père l'avait décidé.

Il était même impatient de relever ce défi.

Première étape, maintenant qu'il était arrivé, trouver un travail et un endroit où dormir.

— Sibleyville, répéta le chauffeur.

Ronan remonta l'allée du car d'un pas déterminé, son sac de voyage jeté négligemment sur son épaule, et remercia le chauffeur avant de descendre.

Sibleyville était une vraie petite ville de carte postale, avec son drugstore au-dessus duquel clignotait une enseigne lumineuse, ses maisons de bois blanc, sa petite église de briques rouges, ses arbres majestueux…

Il regarda le bus redémarrer, attendit de le voir disparaître hors de sa vue, puis il prit une profonde respiration, savourant l'air frais et salé de l'océan.

L'odeur était différente de celle de Seattle. Ici, l'air lui semblait moins pollué, plus pur. Sans doute parce qu'il était à la campagne.

Vivre dans une petite ville, voilà un autre défi pour lui qui avait l'habitude de profiter du confort d'une métropole. Mais n'avait-il pas toujours entendu dire que les gens étaient plus ouverts, plus sympathiques, dans les petites bourgades ? Un point qui, vu sa situation, ne pouvait être qu'un avantage.

Impatient, il pénétra dans le drugstore et resta un instant sur le seuil pour observer les lieux.

Il remarqua un bar au fond.

Il lui restait encore un peu d'argent en poche, le mieux serait donc de s'asseoir et de prendre un verre pour reprendre ses esprits. Cela lui permettrait de réfléchir à ce qu'il allait faire.

Il s'installa et aussitôt un homme âgé s'approcha de lui.

— Que puis-je vous proposer ? lui demanda ce dernier.

— Un chocolat chaud, s'il vous plaît.

— Voulez-vous un peu de crème fouettée ?

L'accent de l'homme, typique de la Nouvelle-Angleterre, était épais mais, en tendant l'oreille, il le comprenait sans trop de difficulté.

— Avec plaisir, répondit-il.

Puis il attrapa un menu et l'étudia.

Le drugstore proposait des sandwichs. Il pourrait donc venir y manger le midi, mais il devrait trouver un autre endroit pour le petit déjeuner et le dîner.

— Je cherche un endroit où dormir, demanda-t-il ensuite au vieil homme. Un endroit pas trop cher. Avez-vous des suggestions ?

— La saison touristique n'est pas encore terminée, répondit l'homme depuis le comptoir. Mais Sibleyville compte plusieurs maisons d'hôtes et certaines ont probablement encore des chambres libres. Madame Morey doit avoir une chambre, dans sa maison située sur la 2e rue. Mademoiselle Harrigton doit elle aussi avoir quelques disponibilités. Mais attention, elles sont toutes les deux très exigeantes sur les personnes à qui elles louent leurs chambres. Elles n'accueillent que des gens sérieux, si vous voyez ce que je veux dire.

— Vous connaissez le prix d'une location ?

Sans cesser de préparer son chocolat chaud, l'homme hocha la tête.

— Non, je ne sais pas, monsieur.

— Je suis également à la recherche d'un emploi, continua Ronan.

— Dans ce cas-là, je vous conseille l'office du tourisme. Vous y trouverez un tableau d'affichage avec toutes les annonces. Là-bas, on pourra aussi vous aider à trouver une chambre. Adressez-vous à Maxine. C'est elle qui travaille cette semaine. Elle vous donnera de bons conseils.

L'homme posa la tasse de chocolat devant lui puis rajouta un peu de crème fouettée et une cerise confite.

— Cela vous fera trois dollars et quatre-vingt-quinze cents.

Ronan sortit un billet de cinq dollars de son portefeuille et le posa sur le comptoir.

— Vous pouvez garder la monnaie.

Puis, savourant son chocolat chaud, il regarda autour de lui, étudiant les clients qui entraient et sortaient du drugstore.

Tout le monde lui semblait sympathique ici, jovial, de bonne humeur.

Peut-être était-ce parce que ici, la plupart des gens se connaissaient. La ville ne devait guère compter plus d'un millier d'habitants.

Une fois son chocolat terminé, il attrapa son sac de voyage puis prit le chemin de l'office de tourisme. Celui-ci avait été installé dans l'ancienne gare de la ville.

Il trouva tout de suite le fameux panneau avec les petites annonces et les étudia avec attention. Il y avait plusieurs offres d'emploi de serveur dans des restaurants ou des hôtels, une offre pour un poste dans une librairie… Mais une annonce attira particulièrement son attention.

Il s'agissait d'un travail dans une ferme ostréicole.

Il prit l'annonce, la plia et la glissa dans sa poche.

Une ferme ostréicole… Il adorait les huîtres et il adorait passer du temps dehors. Cet emploi était donc parfait pour lui.

Satisfait, il se dirigea vers le comptoir derrière lequel était assise une femme d'une cinquantaine d'années.

— Bonjour madame. Etes-vous Maxine ?

— Oui, c'est bien moi.

— Enchanté. Il paraît que vous allez pouvoir m'aider. Je cherche une chambre. Je suis à Sibleyville pour six semaines et j'ai besoin d'un endroit où dormir, un endroit pas trop cher.

— La ville compte plusieurs maisons d'hôtes. Isiah Crawford, la propriétaire du motel loue également certaines chambres au mois. Mais je vais d'abord appeler madame Morey.

Sans attendre, la dénommée Maxine composa un numéro de téléphone.

— Bonjour Elvira, lança-t-elle quelques secondes plus tard. Ici Maxine, de l'office du tourisme. Oui, je vais très bien. Et vous ? Ecoutez, j'ai devant moi un jeune homme qui cherche une chambre à louer pour une durée de six semaines. En auriez-vous une de libre, par hasard ? C'est fantastique. Combien ?

Elle griffonna un chiffre sur une feuille puis releva le regard vers lui.

— Quel est votre nom, jeune homme ?

— Ronan Quinn.

Tout en prononçant son nom, il vit Maxine blêmir. Elle se racla la gorge, l'air soudain très mal à l'aise.

Une réaction plutôt étrange en y réfléchissant.

— Oui, Elvira, vous avez bien entendu. Je suis sûre qu'il comprendra. Vous avez oublié, ce n'est pas grave, cela arrive à tout le monde.

Maxine raccrocha puis lui adressa un sourire désolé.

— Madame Morey pensait avoir une chambre, mais elle s'est rappelé qu'elle l'avait déjà louée.

— Cela vous dérangerait d'appeler pour moi les autres maisons d'hôtes, s'il vous plaît ?

— Je ne crois pas que Tillie dispose d'une chambre de libre. Je l'ai croisée à l'église ce matin et… Elle me l'aurait dit, si cela avait été le cas. Peut-être pourriez-vous tenter votre chance à Newcastle, la ville de l'autre côté de la rivière. Je suis sûre que vous auriez plus de succès.

Il grimaça. Quelle malchance !

Puis, tout à coup, il eut un étrange sentiment. Un soupçon, plutôt. Ces gens refusaient-ils volontairement de lui louer une chambre ?

Pourtant, il n'y avait aucune raison. Il n'était pas un criminel en cavale.

— Pouvez-vous appeler le motel, s'il vous plaît ?

Maxine sembla hésiter quelques instants, puis elle décrocha son téléphone.

— Bonjour Josiah. Ici Maxine, de l'office du tourisme. J'ai ici un jeune homme nommé Ronan Quinn qui cherche… Oui, c'est bien ce que j'ai dit. Il cherche une chambre à louer. Ah… Comme c'est dommage. Merci quand même. Au revoir Josiah.

Elle raccrocha puis se tourna vers lui.

— Rien non plus au motel. J'insiste, vous auriez plus de chance à Newcastle. Ce n'est pas loin du tout. C'est la ville juste de l'autre côté du pont.

— Le problème est que je dois rester ici, à Sibleyville, répondit-il avant de reprendre son sac de voyage. Enfin, peu importe. Merci quand même.

— Avant que vous ne partiez, puis-je vous faire une dernière suggestion ? N'utilisez pas votre nom… Ou plutôt, utilisez un pseudonyme, et surtout ne dites à personne que je vous ai donné ce conseil.

Il hocha la tête et quitta l'office de tourisme dans un état de grande confusion.

Que diable se passait-il ici ? Il ne comprenait rien. Les habitants avaient-ils quelque chose contre les Irlandais ? Ou bien contre les jeunes hommes célibataires ?

A l'évidence, la prospérité de la ville dépendait en grande partie du tourisme, alors pourquoi refuser un visiteur ? Et tout cela à cause de son nom !

Toute cette histoire n'avait aucun sens.

Et lui qui pensait que Sibleyville était une bourgade accueillante… Apparemment, il s'était trompé.

Enfin.

Refusant de s'avouer vaincu, il sortit de sa poche la petite annonce de la ferme ostréicole de Mistry Bay et regarda le nom de la personne à contacter.

Charlie Sibley.

Cet homme aurait-il les mêmes réticences à l'engager à cause de son nom ?

Après réflexion, peut-être valait-il mieux suivre le conseil de Maxine et éviter d'utiliser son véritable nom pour le moment.

Peut-être cette nouvelle vie ne serait pas aussi facile

qu'elle lui semblait au premier abord, mais sa motivation était intacte.

Il était bien décidé à relever le défi proposé par son grand-père.

— Tu dois poncer beaucoup plus dur que cela, lança Charlotte Sibley en passant une main sur la coque râpeuse du bateau. La vieille peinture doit entièrement disparaître, sinon le nouveau revêtement ne tiendra pas.

— Je sais ce que je dois faire, inutile de me le répéter, rétorqua Garrett, son frère de quatorze ans, en levant les yeux au ciel.

— Si tu sais ce que tu dois faire, qu'est-ce que tu attends pour le faire correctement ? Tu as insisté auprès de papa pour que je te laisse travailler tout seul sur un bateau, alors à toi de faire les efforts nécessaires pour qu'il ne regrette pas sa décision.

Elle passa une main lasse dans ses cheveux emmêlés avant de reprendre :

— Allez, Garrett, frotte un peu plus fort. Prouve-moi que tu as quelque chose dans les muscles. Nous allons avoir besoin de ce bateau pour la nouvelle saison.

— Pour qui te prends-tu ? Tu n'es pas mon patron. C'est papa, mon patron.

— Au cas où tu ne l'aurais pas encore remarqué, Einstein, papa ne travaille plus depuis qu'il s'est blessé au dos et il ne pourra pas reprendre son poste avant au moins deux mois. En attendant, il m'a nommée responsable par intérim. Ce qui veut dire que je peux te donner des ordres, que je dois te donner des ordres.

Pour toute réponse, Garrett marmonna quelques mots qu'elle ne comprit pas puis il se retourna et se remit au travail.

Bien.

Elle esquissa un sourire satisfait.

En quelques mois seulement, elle était devenue responsable de la ferme ostréicole de Mistry Bay, passant brusquement du poste de simple employée à celui de patronne.

Heureusement, cela n'avait pas été trop difficile car elle connaissait bien son travail. Cela faisait des années qu'elle traînait dans l'entreprise familiale, et les six années passées loin de Sibleyville ne lui avaient pas fait perdre la main. En fait, ce qui l'ennuyait le plus dans cet emploi, était d'être obligée de faire preuve d'autorité à l'égard des membres du clan Sibley plus prompts à lézarder qu'à s'occuper des huîtres.

Elle entendit soudain un bruit à la porte du hangar et elle s'en approcha d'un pas vif et empressé.

Elle attendait en effet la visite d'un nouveau cuisinier très en vogue à Boston. Le chef Joel Bellingham commençait à être connu grâce à son restaurant trois étoiles et il allait prochainement en ouvrir un second, dont la carte proposerait exclusivement poissons et fruits de mer, plus particulièrement des huîtres en provenance de Mistry Bay.

Lorsqu'elle ouvrit la porte, elle se figea net, sous le choc.

Devant elle se tenait un homme d'une beauté à couper le souffle. Un homme aussi beau qu'une star de cinéma. Un homme jeune, qui ne semblait pas beaucoup plus âgé qu'elle et qui la fixait d'un regard perçant d'une incroyable nuance de bleu.

Elle avala sa salive puis se racla la gorge pour tenter de rassembler ses esprits. Il fallait qu'elle se reprenne au plus vite.

— Bonjour. Entrez, entrez… J'espère que vous n'avez pas eu trop de mal à trouver la ferme.

Elle avait discuté avec Joel Bellingham par téléphone, un peu plus tôt dans la journée, et il lui avait fait l'impression d'être un homme d'âge mûr. Mais en fait, elle ne lui donnait pas plus de trente ans.

Enfin. Les voix pouvaient être très trompeuses.

— Je n'ai eu aucun problème, répondit-il enfin. L'enseigne au-dessus de la porte se voit de loin.

Il se tut et comme elle était incapable de prononcer le moindre son, un silence gênant s'installa.

Elle avait du mal à réfléchir calmement. Il était si beau qu'elle en perdait ses moyens.

— Comment s'est passé votre voyage ? parvint-elle finalement à articuler. L'été, les embouteillages sont fréquents dans les environs.

— Je n'ai eu aucun problème, merci.

Bon.

A l'évidence, il n'était pas très bavard. Tant mieux.

Mais sans trop savoir pourquoi, elle se sentait un peu déçue à l'idée qu'il n'ait pas envie de bavarder avec elle. D'habitude, elle avait un très bon contact avec les clients, mais cet homme, même s'il était très beau, ne semblait pas décidé à discuter.

— Je vais vous montrer la ferme, proposa-t-elle alors pour tenter de faire avancer les choses.

S'il ne voulait pas parler, autant passer tout dc suite aux choses sérieuses.

Elle commença donc par lui faire visiter le hangar où ils se trouvaient.

Elle lui montra d'abord la partie du bâtiment qui faisait office de garage et dans laquelle ils réparaient les bateaux, les moteurs et les différents équipements, puis l'autre partie dans laquelle étaient installés l'entrepôt et le service de conditionnement où les employés nettoyaient les huîtres et les triaient avant de les expédier dans tout le pays.

Elle lui décrivait les lieux dans le détail, mais elle voyait bien qu'il ne l'écoutait pas. Il se tenait simplement à côté d'elle, se contentant, de temps en temps, de hocher la tête et de sourire dans le vague.

Elle s'efforça de ne pas se laisser déstabiliser et l'invita à la suivre à l'étage. Là, se trouvaient les bureaux de l'entreprise ainsi qu'un petit appartement qu'elle utilisait de temps en temps lorsqu'elle avait besoin de s'éloigner du bruit et de la frénésie qui régnaient dans la maison de ses parents. Entre les deux, ils avaient aménagé une cuisine luxueuse dédiée à la dégustation. Elle y recevait les visiteurs, et notamment les cuisiniers désireux de proposer des huîtres de Mistry Bay dans leurs restaurants. Cette pièce qui surplombait la rivière était en effet parfaite pour parler huîtres et conclure des affaires.

— La ferme ostréicole de Mistry Bay est une entreprise familiale, lui expliqua-t-elle en montant l'escalier. Cela fait une vingtaine d'années qu'elle existe, et je pense que nous produisons les meilleures huîtres de toute la côte Est. Mais évidemment, mon avis n'est pas très objectif.

N'obtenant toujours pas de réponse, elle prit une profonde respiration.

— Pourquoi ne pas déguster quelques huîtres ? reprit-elle, un peu découragée.

Peut-être cela parviendrait-il à le dérider.

Elle lui ouvrit la porte de la cuisine et l'invita à entrer. Tout en le suivant à l'intérieur de la pièce, elle remarqua alors combien il était grand, musclé et imposant.

Il n'était vêtu que d'un bermuda de toile et d'un T-shirt et, à l'évidence, ne s'était pas rasé depuis plusieurs jours, mais cela ne la dérangeait pas.

Au contraire même, elle était sous le charme. Ce petit air sauvage l'intriguait et la séduisait.

Cet homme était terriblement sexy mais, d'une manière assez étonnante, il ne semblait pas du tout conscient de son pouvoir de séduction.

Depuis qu'elle avait quitté Danny, un an plus tôt, elle n'avait regardé aucun homme, elle ne s'était intéressée à personne. Elle avait presque complètement oublié les hommes.

De toute façon, tant qu'elle vivait à Sibleyville, trouver un petit ami n'était pas un projet très réaliste.

Mais cela ne l'empêchait pas de rêver. Et ce soir, de fantasmer sur le séduisant chef Joel Bellingham.

Elle lui indiqua un tabouret de bar, à côté du plan de travail en marbre gris puis passa de l'autre côté et sortit du réfrigérateur un plat d'huîtres bien fraîches.

Un torchon à la main, elle attrapa une première huître. Elle sentait son regard azur sur elle et tout à coup, elle eut très chaud. Elle n'osait plus le regarder de peur qu'il puisse lire en elle, de peur qu'il voie l'effet qu'il lui faisait.

Elle se força à se reprendre, ouvrit l'huître puis la posa sur une assiette.

— Désirez-vous un peu de citron ?

— Merci. J'aime les huîtres nature.

— Puis-je vous proposer à boire, alors ? Je peux vous offrir du champagne, du muscadet ou bien de la vodka. Ces trois boissons se marient très bien avec les huîtres. Pas ensemble, évidemment. Séparément.

— Il n'est que 11 heures du matin, répondit-il en la fixant de son beau regard franc.

Aussitôt, elle sentit un nouveau frisson de désir l'envahir, un frisson qu'elle eut bien du mal à refouler. Ce n'était ni le moment, ni le lieu.

— Il est encore tôt, reprit-il quelques instants plus tard, mais je ne serais pas contre une coupe de Champagne, à condition que vous en buviez aussi.

Elle sortit alors une bouteille du réfrigérateur, l'ouvrit et servit deux coupes. Puis, sans jamais cesser ses explications, elle entreprit de finir d'ouvrir les huîtres.

— Nous livrons des huîtres entre les mois de septembre et de juin. Cela veut dire que vous pouvez disposer d'huîtres fraîches du mardi au samedi matin, neuf mois par an. Nous les ramassons tôt le matin, les conditionnons, et les envoyons l'après-midi même par camion réfrigéré.

Tout en parlant, elle disposa les huîtres ouvertes sur l'assiette. Elles étaient rondes, juteuses et, à l'évidence, tout à fait au goût de Joel Bellingham. D'habitude, les clients étaient toujours contents de déguster une demi-douzaine d'huîtres, mais lui semblait vraiment affamé. Il ne les dégustait pas, il les dévorait.

Au bout d'une douzaine d'huîtres, il leva enfin une main comme pour dire stop.

— Ces huîtres étaient bonnes. Merci.

Bonnes ? C'était tout ce qu'il trouvait à dire ? Généralement, les clients les décrivaient comme fameuses, succulentes, délicates... Mais bonnes ? Ses huîtres n'étaient pas simplement bonnes ! Elle refusait qu'elles soient simplement bonnes, cela ne lui suffisait pas.

— Avez-vous d'autres questions ? lui demanda-t-elle aussi poliment que possible.

Elle voulait comprendre quel était le problème et ce qui lui déplaisait.

— Eh bien, je n'ai qu'une question. Ai-je le travail ?

Le travail ? Quel travail ?

— Je... Je ne comprends pas.

Il sortit un papier de sa poche et le lui tendit.

— J'ai trouvé cette annonce à l'office de tourisme, continua-t-il. Apparemment, vous embauchez.

Incrédule, elle demeura bouche bée.

— Attendez... Vous n'êtes pas Joel Belligham ? Vous ne venez pas de Boston ?

— Non. Je m'appelle Ronan. Ronan Smith, et je viens de Seattle. Cela ne me dérange pas de travailler dur, je peux être ici tôt le matin et rester tard le soir. Dites-moi ce que je dois faire et je le ferai, mais j'ai vraiment besoin de ce travail.

Il se tut enfin et se contenta de la fixer, comme s'il attendait sa réponse.

Soudain mal à l'aise, elle détourna le regard. Quelle idiote !

— Je ne comprends pas... Vous avez dévoré une douzaine d'huîtres ! Vous pensiez que cela faisait partie de l'entretien d'embauche ?

— Non, je croyais simplement que vous vouliez me familiariser avec le produit. Et comme j'avais faim…

Honteuse, elle secoua la tête.

Elle ne pouvait pas vraiment lui en vouloir de la confusion. Tout cela était sa faute puisqu'elle ne lui avait pas demandé son nom. Il avait suffi qu'elle pose les yeux sur lui pour perdre la tête et tout oublier.

Devant lui, elle ne parvenait pas à réfléchir calmement. Sa gorge était nouée, la tête lui tournait… En temps normal, sans doute se serait-elle rendu compte de la confusion un peu plus tôt mais devant lui, elle semblait incapable de réfléchir correctement.

— Alors, reprit-il d'un ton impatient. Ai-je le travail ?

— Venez avec moi.

Elle avait déposé l'annonce la veille seulement et, vu le nombre d'offres d'emploi, elle ne pensait pas avoir de réponse aussi rapidement. Ni que le candidat soit aussi séduisant.

Et pourtant, un homme avait répondu. Un homme qui faisait battre son cœur beaucoup plus vite que de raison.

Peut-être était-ce un signe du destin.

Peut-être devrait-elle le garder un peu plus longtemps.

— Le travail à la ferme est dur. Les journées sont longues et le salaire modeste. Cela ne vous dérange pas ?

— Non, répondit-il en la suivant au rez-de-chaussée.

Une fois en bas, elle l'entraîna vers le garage.

— Voici mon frère Garrett. Garrett, je te présente Ronan Smith. Il vient de passer un entretien pour le travail. Tu peux lui prêter ta ponceuse ?

— Avec plaisir, Charlie. Comme ça, je pourrai rentrer à la maison.

Elle ne prit même pas la peine de le réprimander.

A vrai dire, elle était plutôt contente de se débarrasser de son petit frère. Elle n'avait pas envie de sentir son regard curieux sur elle, il remarquerait tout de suite qu'elle rougissait dès qu'elle posait les yeux sur Ronan.

— Oui, tu peux rentrer, lui répondit-elle, mais à une

condition, que tu tondes la pelouse. Papa ne peut pas le faire et maman n'a pas le temps.

— Oui, oui…

— Ces adolescents…, murmura-t-elle en observant son frère s'éloigner.

Puis elle se tourna vers Ronan et vit qu'il était en train de la regarder, avec ces yeux incroyablement bleus.

— Vous êtes Charlie ? s'étonna-t-il. C'est vous la patronne ?

— Mon nom est Charlotte Sibley, mais on m'appelle Charlie.

— Et moi qui pensais que j'aurais affaire à un homme.

— De mon côté, je pensais rencontrer un chef cuisinier, rétorqua-t-elle d'un ton un peu fataliste.

— Comment voulez-vous que je vous appelle ?

Elle le fixa avec étonnement. Il semblait amusé par la situation.

Etait-il en train de se moquer d'elle ?

A moins qu'elle n'ait totalement perdu la tête.

— Doucement, Ronan. Je vous rappelle que vous n'avez pas encore le poste.

Elle lui tendit des lunettes de protection avant de reprendre :

— Si vous voulez que je vous embauche, montrez-moi de quoi vous êtes capable avec la ponceuse.

Pour toute réponse, il se contenta d'un signe de la tête et, pour la première fois depuis leur rencontre, lui sourit.

Et elle lui sourit en retour.

Elle eut tout à coup l'impression que la brume se dissipait, que le soleil brillait de mille feux. Oui, voilà l'effet que lui faisait ce sourire. Il lui réchauffait le corps et le cœur.

Jamais elle n'avait vu homme plus séduisant.

D'habitude, les hommes aussi beaux que Ronan Smith savaient jouer de leurs charmes. Dès l'adolescence, ils étaient conscients de leur sex-appeal et en profitaient pour en tirer parti auprès des femmes.

Mais Ronan semblait différent.

Elle le regarda poncer la coque du bateau, avec méthode

et précision. Sous le charme, elle laissa son regard s'attarder sur ses muscles parfaitement dessinés et un frisson d'excitation glissa le long de son dos.

Honteuse de sa réaction, elle fit brusquement demi-tour et remonta dans la cuisine. Elle avait besoin d'être seule quelques instants pour se reprendre, pour se concentrer de nouveau sur le travail.

Que lui arrivait-il ? Elle ne se reconnaissait plus, depuis que Ronan était arrivé.

Ronan Smith… Voilà un prénom original.

Elle attrapa la bouteille de champagne et la termina.

Il lui avait dit venir de Seattle.

Elle voulait bien le croire, mais il faudrait qu'elle lui demande des références, ou bien un CV. Après tout, elle ne savait rien de lui. Il pouvait bien être un criminel en cavale ou bien un concurrent déterminé à l'espionner.

Les pensées et les questions se bousculant en elle, elle se laissa tomber sur le tabouret, ouvrit une huître et l'avala.

Ronan Smith était une véritable énigme.

D'un autre côté, elle n'était pas très douée avec les hommes. Elle n'en avait connu qu'un et leur relation avait duré six ans.

Elle avait commencé à sortir avec Danny alors qu'ils étaient encore au lycée et participaient tous les deux au club de théâtre. Une fois leur diplôme en poche, ils étaient partis à New York, déterminés à réaliser leur rêve : atteindre la gloire à Broadway.

Mais la réalité new-yorkaise était bien plus rude. Danny avait perdu espoir le premier et avait fini par accepter un poste de vendeur de téléphones. De son côté, après quelques petits rôles, quelques publicités pour de la lessive et un rôle dans une pièce de théâtre alternatif, sa carrière avait enfin décollé.

Mais plus elle travaillait, plus Danny devenait distant et jaloux, et plus leur relation se détériorait. Par ailleurs, plus elle s'acharnait, plus elle se rendait compte qu'en dépit de son succès, New York n'était pas vraiment son rêve. Ce n'était pas là qu'elle avait envie de vivre.

Elle était alors revenue à Sibleyville.

Elle jeta un coup d'œil au miroir accroché au mur et réprima un juron. Elle avait une tête à faire peur ! Ses cheveux bruns étaient tellement emmêlés qu'ils ressemblaient à des algues.

Elle attrapa une brosse à ongles dans l'évier et la passa tant bien que mal dans ses cheveux, puis elle se pinça les joues pour leur donner des couleurs.

Elle portait rarement du maquillage et ne faisait pas attention à ce qu'elle portait. Malgré tout, à cet instant, elle regrettait de ne pas avoir ouvert la porte à Ronan Smith dans la peau de Charlotte Sibley, actrice, plutôt que comme Charlie Sibley, ostréicultrice vêtue de son vieux T-shirt.

Elle jeta un nouveau coup d'œil dans le miroir.

A New York, elle avait l'habitude de jouer des rôles très différents, des rôles de femmes exotiques, de femmes intéressantes, de femmes d'affaires. Mais face à Ronan, elle devrait sc contenter d'être Charlie.

Malheureusement.

Elle secoua la tête pour se forcer à sortir de ses songes, puis se dirigea vers la porte. En chemin, elle vacilla et dut se rattraper au mur pour ne pas tomber.

Apparemment, elle avait bu un peu trop de champagne.

Si elle engageait Ronan, elle devrait se conduire de façon un peu plus professionnelle.

En plus, un homme comme lui devait être habitué à avoir de nombreuses admiratrices, et elle refusait de se comporter comme une groupie. Ce n'était pas son genre.

Elle devait donc se ressaisir. A tout prix.

Ronan passa sa main sur la coque.

Ce bateau était vieux, il devait avoir soixante ou soixante-dix ans d'après ce qu'il avait pu constater en l'examinant de près. Il était de bois alors qu'aujourd'hui, la plupart des bateaux étaient en fibre de verre.

— Comment ça va ?

Il releva la tête et aperçut Charlie qui le fixait.

Il demeura bouche bée quelques instants.

Elle était si belle avec ses épaisses boucles brunes qui encadraient un visage parfait. Si belle, qu'il avait envie de s'asseoir et de simplement la contempler, l'admirer, la dévorer du regard, comme il le ferait devant un beau tableau ou une sculpture.

— C'est un très beau bateau, répondit-il néanmoins en essayant de masquer son trouble. J'adore ses lignes pures.

— Il est vieux.

— C'est vrai, on ne les fabrique plus comme cela aujourd'hui. Mais j'ai toujours eu un faible pour les bateaux de bois.

— Mon père serait d'accord avec vous, répondit Charlie en s'approchant pour examiner son travail. Vous avez fait du bon boulot.

A ces mots, il ne put s'empêcher de sourire. Ce compliment lui faisait plaisir, parce qu'il avait travaillé dur, mais surtout parce qu'il venait d'elle.

— Il faudra repasser encore le papier de verre sur certains endroits et puis sans doute utiliser une meilleure peinture. Si vous l'appliquez dans les règles de l'art, vous ne devriez pas être obligée de le repeindre avant au moins dix ans et…

Il s'interrompit net, un peu gêné. Il était en train de parler comme si c'était lui le patron.

Pour qui se prenait-il ?

— Vous semblez vous y connaître en bateaux, lui fit remarquer Charlotte.

— Oui, un peu.

— Si je me souviens bien, vous m'avez dit venir de Seattle. Que faites-vous ici, dans le Maine ?

— Je voyage, je vois du pays.

— Bon. Si vous n'avez pas peur de travailler dur, le poste

est à vous. Nos bureaux et la boutique sont ici, en ville. L'élevage se trouve à quelques kilomètres, à Mistry Bay.

Une baie… Cela voulait dire qu'il devrait s'approcher de l'eau.

Depuis son huitième anniversaire, il avait fait tout son possible pour ne pas côtoyer l'océan. Mais aujourd'hui, il n'avait plus le choix. Puisqu'il voulait ce travail, il devrait surmonter ses peurs.

D'ailleurs, peut-être était-il temps pour lui de tirer un trait sur le passé et d'avancer. N'était-ce pas le but de ce voyage ?

— Alors, reprit-elle d'un ton impatient. Voulez-vous ce travail, oui ou non ?

— Oui, mais il y a une question à régler avant. Je dois en effet trouver une chambre à louer et j'espérais que vous pourriez m'aider.

— Je peux vous louer le studio à l'étage du hangar, si vous le souhaitez. A condition que vous soyez discret.

— Génial.

Tout s'arrangeait parfaitement.

Mais maintenant, sans doute devrait-il lui donner son véritable nom. Charlie ne semblait pas le genre de femme à s'arrêter à un nom, mais comme il ne savait pas quel était le problème pour le reste de la ville, mieux valait être prudent et ne pas tenter le diable.

— J'ai essayé de louer une chambre en ville, mais personne n'a voulu.

— Pourquoi ?

— Je l'ignore. La seule chose que je sais, c'est qu'il suffisait que je donne mon nom pour que la chambre ne soit soudain plus libre. Etrange, non ?

— Ronan Smith ?

— Quinn. Mon nom est Ronan Quinn, pas Smith.

Tout en parlant, il observa une lueur de surprise dans son beau regard couleur chocolat.

— Vous aussi, vous avez réagi en entendant mon nom. Je l'ai vu.

Elle laissa échapper un petit rire puis lui adressa un sourire désolé.

— Oui, en effet, les gens du coin ont quelque chose contre les hommes nommés Quinn.

— Mais pourquoi ? Personne ne me connaît ici.

— Personnellement, je ne crois pas à ces idioties, à ces histoires de sorcières, de mauvais sorts… Alors je suis prête à vous donner ce travail, Ronan Quinn. Et également à vous louer une chambre.

— Mais qu'a fait ce Quinn pour que tout le monde lui en veuille autant ?

— C'est une longue histoire, répondit Charlie en repoussant sa question d'un geste de la main.

— Vous ne pensez pas que je devrais la connaître pour savoir à quoi je dois faire face

Elle secoua la tête.

— Si je vous raconte l'histoire, Ronan, vous penserez que nous sommes tous fous par ici et vous prendrez vos jambes à votre cou pour quitter la ville le plus rapidement possible. Or j'ai besoin d'aide à la ferme. Allez, prenez votre sac et je vais vous montrer le studio.

Vaguement soulagé, il la suivit. Mais il avait toujours un peu honte de lui avoir menti.

— Je ne voulais pas vous mentir, Charlie. J'espère que vous ne m'en voulez pas. J'essayais juste d'obtenir le poste.

— Aucun problème.

A l'étage, elle s'arrêta devant un vaste bureau.

— Il y a souvent du monde ici, l'après-midi. Mais l'activité est calme cette semaine.

Elle lui ouvrit ensuite la porte d'un studio comprenant une petite cuisine et un lit apparemment confortable.

Une large fenêtre donnait sur la rivière, et il pouvait entendre le bruit métallique du vent dans les mâts.

— C'est joli.

— Si vous avez besoin d'une avance, pour vous acheter à manger, n'hésitez pas à la demander.

— Je veux bien. En échange, je peux finir de poncer la coque ce soir, si vous le souhaitez.

— Super, répondit-elle en se tournant face à lui.

Jusqu'à présent, il avait tenté d'oublier l'attirance qu'il éprouvait pour elle, et pas un instant il n'avait imaginé qu'elle aussi pouvait être attirée par lui. Mais maintenant, à la voir se tordre nerveusement les mains, il avait envie d'en avoir le cœur net.

Curieux, il s'approcha à quelques centimètres seulement d'elle.

Allait-elle s'approcher aussi, comme si elle attendait un baiser ?

— La salle de bains est par là, reprit-elle soudain en faisant marche arrière.

Sans un mot, il la suivit alors dans une petite salle de bains, guère plus grande qu'un placard. Elle était même si petite, et ils étaient si proches l'un de l'autre, qu'il pouvait presque entendre le battement de son cœur.

— Vous… Vous devez jouer un peu avec la poignée de la chasse d'eau pour vérifier qu'elle ne coule plus, lui expliqua-t-elle d'une voix à l'évidence troublée, et… La plomberie est un peu lente, alors mieux vaut utiliser la douche que la baignoire… Mais de toute façon, je crois que la plupart des hommes préfèrent les douches.

Comme envoûté par sa voix douce, il se pencha légèrement. Lorsqu'elle se retourna vers lui, il la vit retenir son souffle.

Allait-elle l'embrasser ?

Non. Cette fois encore, elle fit un pas en arrière… et perdit l'équilibre.

Pour lui éviter de tomber contre la baignoire, il passa son bras autour de ses hanches mais en se redressant, elle glissa dans l'autre sens et sa tête heurta la porte.

— Aïe, cria-t-elle.

— Ça va ?

— Je crois que je saigne.

Une main dans ses cheveux, elle tenta d'ouvrir le placard de toilette situé au-dessus du lavabo, mais il la stoppa dans son élan.

— Je vais m'en occuper.

Il ouvrit le placard et y trouva un paquet de pansements puis un gant de toilette qu'il passa sous l'eau froide.

Il alla ensuite la rejoindre dans la cuisine.

— Laissez-moi voir.

— Ça saigne toujours. Vous croyez que j'ai besoin de points de suture ?

Il examina la coupure avant de répondre :

— Non, je ne crois pas. Même si la plaie saigne beaucoup, elle est petite et peu profonde. Ne bougez pas.

Elle appuya le gant de toilette sur la plaie pendant qu'il ouvrait l'emballage du pansement.

— Je suis désolée, Ronan.

— Pourquoi vous excusez-vous ? Ce n'est pas votre faute.

Tout en parlant, il la dévorait du regard. Il mourait d'envie de la caresser pour voir si sa peau était aussi douce qu'elle en avait l'air.

Incapable de résister à la tentation, il laissa son regard glisser vers sa bouche sensuelle.

Ils allaient passer beaucoup de temps ensemble, cela risquait d'être une véritable torture pour lui. Comment pourrait-il résister à l'envie de l'embrasser ? Elle l'envoûtait, littéralement. Elle l'ensorcelait comme une sirène.

Les jeux de séduction, ce n'était pas vraiment son truc, mais cela ne l'empêchait pas d'avoir des aventures.

Mais celles-ci n'étaient jamais sérieuses.

Les femmes avec qui il sortait ne l'intéressaient pas beaucoup. Charlie, en revanche, l'intriguait.

Pourquoi piquait-elle autant sa curiosité ? Il l'ignorait encore.

— Salut ? Y a-t-il quelqu'un ? cria soudain une voix.

En l'entendant, il la vit grimacer.

— Je crois que voilà le véritable Joel Bellingham, murmura-t-elle. Il faut que j'y aille.

Il posa alors le pansement sur la petite coupure pour la libérer au plus vite.

— Voilà. C'est parfait.

— Merci Ronan.

Elle le fixa pendant quelques instants, et il dévora du regard sa bouche couleur cerise, ses lèvres pleines et gourmandes. Il mourait d'envie de les embrasser mais avant qu'il ait pu prendre la moindre décision, elle fit un pas en arrière et s'éloigna.

Tant pis. Il aurait tout le temps de la séduire plus tard.

En six semaines, il pouvait s'en passer des choses.

- 2 -

Charlie raccompagna Joel Belligham jusqu'à la porte puis lui serra la main.

— Je suis impatiente de vous envoyer votre première commande. En attendant, n'hésitez pas à m'appeler si vous avez la moindre question, ou le moindre souci. Je reste à votre entière disposition.

— Je crois que j'ai tout ce dont je pourrais avoir besoin, Charlotte, répondit-il en lui montrant la brochure qu'elle lui avait confiée. C'était vraiment un plaisir de vous rencontrer et j'espère que nous aurons l'occasion de nous revoir prochainement.

Elle le salua puis ferma la porte derrière lui avec un sourire satisfait. Le chef avait été content. Les huîtres de Mistry Bay allaient faire leur apparition sur la carte d'un des restaurants les plus en vogue de Boston. Elle ne pouvait rêver publicité plus fantastique pour l'entreprise familiale.

Dieu merci, les effets du champagne avaient rapidement disparu et elle avait réussi à se montrer professionnelle et efficace.

Après réflexion, ce n'était pas le champagne qui lui avait fait perdre la tête. C'était Ronan.

Oui, c'était Ronan qui lui avait fait tourner la tête.

— Enivrée, murmura-t-elle toute seule.

Voilà l'effet que lui faisait Ronan.

A côté de lui, elle se sentait comme ivre. Troublée, déstabilisée, désarçonnée.

A vrai dire, ce trouble n'était pas un sentiment nouveau.

Depuis qu'elle avait quitté New York, elle ne savait plus trop sur quel pied danser. Elle était un peu perdue.

Depuis son retour à Sibleyville, elle attendait qu'il se produise quelque chose, un signe du destin lui montrant la nouvelle direction à prendre pour avancer dans l'existence.

Depuis toute petite, elle avait toujours aimé se fixer des buts, des objectifs.

Au lycée, son but avait été d'obtenir son diplôme afin de pouvoir partir pour New York. Une fois là-bas, cela avait été de passer des auditions, de trouver un agent... Puis des rôles, de plus en plus consistants et importants.

Mais depuis son retour, elle n'avait plus aucun but, à part se lever le matin et se coucher le soir. Elle se laissait brinquebaler par la vie. Oui, elle se laissait dériver tel un navire sans capitaine.

Il était temps pour elle de se reprendre, de réfléchir sérieusement à son avenir et de prendre des décisions. Elle le savait bien.

Enfin, avant d'y parvenir, elle avait à faire, se rappela-t-elle en refoulant toutes ces interrogations.

Réprimant un juron, elle monta à l'étage ranger la salle de dégustation.

Elle était en train de nettoyer le plateau à huîtres lorsqu'elle entendit la douche couler, dans le studio à côté. Elle esquissa alors un sourire rêveur en imaginant Ronan dans la douche, nu, séduisant, désirable...

Au bout de quelques minutes, le bruit s'arrêta.

Sans trop réfléchir, elle se dirigea alors vers la porte du studio et frappa doucement.

Lorsque la porte s'ouvrit enfin, elle se retrouva face à un Ronan torse nu, simplement vêtu d'un bermuda taille basse et, sous le choc, sous le charme aussi, elle retint son souffle.

Ses cheveux noirs étaient encore mouillés et quelques gouttes d'eau coulaient sur son torse à la musculature parfaite.

Troublée par ce spectacle, elle prit une profonde respiration et s'enivra de l'odeur fleurie du savon.

Son cœur battait à toute allure dans sa poitrine et ses mains la démangeaient. Elle mourait d'envie de le toucher, de le caresser, d'essuyer ces quelques gouttes d'eau et puis de…

Sa raison la rappela soudain à l'ordre et elle serra les poings pour se maîtriser.

Ce n'était pas le moment de fantasmer.

— Je me disais que je pourrais vous faire faire le tour de l'exploitation, proposa-t-elle alors, déterminée à se concentrer sur le travail. Il faut que vous connaissiez votre lieu de travail.

— Bonne idée. Laissez-moi juste attraper un T-shirt.

Un T-shirt qui allait hélas masquer son torse parfait.

— Je vous attends dehors, dans le 4x4, dit-elle en baissant les yeux.

Mieux valait s'éloigner.

Maintenant qu'elle l'avait vu torse nu, jamais plus elle ne pourrait oublier cette vision. Celle-ci risquait de hanter ses longues nuits solitaires pendant très longtemps.

Au fond, ce n'était pas grave.

Au contraire même, elle n'avait pas envie d'oublier ce spectacle. Elle avait adoré admirer son torse musclé, mais sans excès, si parfaitement proportionné. Il lui avait simplement fallu rassembler toutes ses forces pour ne pas craquer et ne pas l'embrasser sur-le-champ.

Cela aurait en effet été si facile de poser une main sur sa peau humide, de suivre des doigts la courbe de ses abdominaux fermes et de voir où cette caresse l'aurait menée.

Peut-être aurait-il considéré ce geste comme une invitation.

Mais ensuite ?

L'aurait-il embrassée ?

Elle avait envie de croire qu'elle avait lu du désir dans ses prunelles bleu azur, mais elle n'avait que peu d'expérience avec les hommes, alors elle ne disposait pas de point de comparaison. Elle n'avait aucune certitude.

Il ne lui restait donc plus qu'une solution : attendre qu'il fasse le premier pas. Dans le cas où elle se serait fait des idées, cela lui éviterait une cuisante humiliation.

En théorie, ce plan était parfait. En théorie seulement. Car parviendrait-elle seulement à contrôler ses émotions ? Chaque fois qu'elle le regardait, sa raison l'abandonnait, et son esprit abdiquait.

Le mieux c'était de se concentrer sur le travail et dès maintenant. Le travail, rien que le travail. Forte de cette résolution, elle attrapa une brochure de l'entreprise sur une table puis sortit du hangar et se dirigea d'un pas décidé vers sa voiture.

Elle s'installa derrière le volant.

Lorsqu'elle tourna la clé de contact, la radio se mit aussitôt en route… sur une chanson d'amour furieusement romantique. Elle s'empressa d'éteindre. C'était la dernière chose dont elle avait besoin en ce moment.

Enfin… Si elle croyait la légende, tomber amoureuse sur le territoire de la commune de Sibleyville était, de toute façon, impossible. Ce n'était pas une chanson qui allait fairc la différence.

Elle se redressa soudain en voyant Ronan sortir et ne put s'empêcher de le dévorer des yeux. Elle le regarda mettre sa main devant ses yeux, comme s'il était ébloui, puis attraper ses lunettes de soleil dans sa poche. Des lunettes qui lui allaient très bien.

Quelques secondes plus tard, il s'installa sur le siège passager et elle lui tendit sans attendre la brochure. Le travail, rien que le travail !

— Vous trouverez une carte des environs à l'intérieur, à la dernière page. Vous allez devoir apprendre comment vous rendre dans la baie et dans les différents bassins, en voiture mais aussi en bateau. Je vous montrerai le chemin par la mer demain. Aujourd'hui, nous prenons la voiture.

— Je n'ai pas de voiture.

— Comment êtes-vous arrivé à Sibleyville ?

— En bus.

Surprise, elle fronça les sourcils.

Pourquoi un homme comme Ronan voyagerait-il en bus ? Cela n'avait aucun sens. Cette perspective lui semblait aussi étrange que s'il lui avait avoué avoir traversé le pays à dos de chameau.

— En bus ? répéta-t-elle, incrédule.

— Oui, cela faisait partie du contrat.

— Du contrat…

Tout à coup, elle était inquiète.

— Vous ne sortez pas de prison tout de même.

A ces mots, il éclata de rire, d'un rire si bruyant et si chaleureux qu'elle sentit son cœur faire des bonds dans sa poitrine.

Rassurée, elle se tourna vers lui.

Dieu qu'il était beau quand il souriait. Si beau qu'elle n'avait pas de mots pour le décrire.

— Non, répondit-il enfin, je ne sors pas de prison. Je parlais de contrat car c'est mon grand-père qui a organisé mon voyage. C'est lui qui a choisi la destination, qui m'a acheté le ticket de bus et qui…

— Pourquoi a-t-il fait cela ?

Il ne répondit pas à sa question. Il se contenta de la fixer et de hocher la tête. Il semblait hésiter, comme s'il ignorait s'il pouvait se livrer.

— Lorsque mes frères et moi étions encore des enfants, finit-il par dire, au bout de quelques longues secondes, nos parents sont morts dans un accident.

— Je suis désolée.

— A partir de ce moment, nous avons commencé à travailler pour l'entreprise familiale. Il s'agit des chantiers navals Quinn Yachtworks à Seattle. Nous construisons des voiliers, des yachts.

— C'est pour cette raison que vous n'avez eu aucun mal à poncer la coque.

Il ne s'agissait pas d'une question mais plutôt d'une constatation.

— Mon grand-père va bientôt prendre sa retraite, continua Ronan. Il a donc pensé qu'avant de nous confier de plus grosses responsabilités encore, nous devions mener une autre vie pendant quelque temps afin de pouvoir ensuite décider si nous souhaitons continuer à travailler dans l'entreprise familiale ou si nous préférons choisir une autre voie, un autre destin.

— Si je comprends bien, vous avez décidé de vous essayer à l'ostréiculture. A vrai dire, je ne suis pas sûre que ce soit un choix judicieux. C'est une activité bien moins prestigieuse que la construction des yachts. Il faut travailler dur, au soleil ou dans le vent, supporter les moustiques…

— Cela ne me dérange pas de travailler dur. Et puis, j'aime passer du temps dehors, dans la nature.

— Dans ce cas-là, regardez bien la carte car le prochain virage ne se voit pas très bien.

Quelques instants plus tard, elle lui montra le panneau indiquant la route menant au bassin des naissains, puis tourna dans un étroit chemin de terre.

— C'est le frère de mon père, mon oncle Jake, qui s'occupe des naissains.

Elle gara sa voiture devant un hangar de taille modeste puis bondit hors du véhicule et attendit que Ronan la rejoigne.

— C'est ici que tout commence. Le bassin de Kepley Pond n'est pas vraiment un bassin mais plutôt un estuaire, dans lequel la rivière se jette dans l'océan. L'eau n'y est pas trop salée, et plus chaude qu'ailleurs, toutes les conditions sont réunies pour que les huîtres se reproduisent. Au printemps, on transporte les huîtres adultes ici afin qu'elles implantent leurs œufs. Au bout d'une vingtaine de jours, les larves, que nous appelons naissains, se fixent sur les collecteurs de bois. On en prélève simplement une petite partie que nous vendons à d'autres ostréiculteurs de la région.

Tout en continuant ses explications, elle l'entraîna jusqu'au bord du ponton, surplombant le bassin. Elle adorait parler de son travail et de l'entreprise familiale.

— Lorsque les huîtres sont suffisamment grandes, nous les transportons dans les parcs d'affinage, et on les laisse là-bas jusqu'à ce qu'elles acquièrent une belle forme et une taille régulière.

— Comment faites-vous pour les implanter en mer ?

— C'est tout simple. On les ramasse ici, puis on les jette à la mer avec une pelle. Cette méthode n'est pas très technologique, mais elle est efficace et c'est l'étape primordiale. Il faut absolument les déplacer car elles grossissent plus lentement dans l'eau froide, leur forme est donc plus régulière. Elles restent dans ces parcs durant trois à quatre ans avant que nous les ramassions. Il existe plusieurs techniques de récolte, mais ici nous pratiquons surtout le dragage. Cela ne nous empêche pas d'utiliser des filets par endroits. Et de temps en temps, lorsque la marée est très basse, nous les ramassons à la main. Voilà, je vous ai tout dit. Vous connaissez maintenant l'essentiel de l'ostréiculture.

Sans attendre sa réponse, elle l'entraîna jusqu'à l'extrémité du ponton. Là, elle lui montra le système de cordes auquel était accroché un collecteur à naissains.

Ronan s'assit sur le bord du ponton. Elle lui jeta un regard en coin et s'aperçut qu'il avait l'air ailleurs. Il semblait perdu dans ses pensées.

Intriguée, elle s'installa à côté de lui.

— Y a-t-il un problème ?

Il secoua la tête, sans jamais quitter du regard l'horizon.

— Si j'ai bien compris, Charlotte, je vais devoir utiliser un bateau.

— Oui, c'est indispensable pour la récolte. Vous savez nager, n'est-ce pas ?

— Oui, bien sûr. Mais il faut que je vous avoue que je n'aime pas beaucoup les bateaux. Ni l'océan… Il est si sombre…

Elle fronça les sourcils.

— Cela risque d'être un problème.

Le travail dans une ferme ostréicole se déroulait forcément

au bord de l'eau. Alors pourquoi avoir postulé s'il n'aimait pas l'eau ? Puisqu'il mangeait des huîtres, il devait savoir qu'elles ne poussaient pas en pleine terre.

— Non, cela ne sera pas un problème, finit-il par répondre d'un ton un peu nerveux. J'ai besoin de ce travail, alors je vais me forcer. Je vais prendre sur moi et me dépasser.

— Nous portons des gilets de sauvetage, lui rappela-t-elle pour tenter de le rassurer. Si jamais vous tombez dans l'eau, je vous récupérerai. Mes frères et sœurs tombent régulièrement, ce n'est pas très grave et…

Elle s'interrompit quelques instants, hésitant à lui poser les questions qui lui brûlaient la langue. Elle ne voulait pas le brusquer, car elle avait besoin de lui à la ferme. Elle n'avait pas envie qu'il renonce au dernier moment.

— Puis-je vous demander pourquoi vous avez peur de l'eau ?

— Cela remonte à mon enfance. Cela n'a aucun sens, je le sais bien, mais…

— Vous pouvez me le dire, Ronan, je ne me moquerai pas.

— Mes parents… Ils ont disparu en mer, répondit-il en se tournant enfin vers elle. Ils traversaient l'océan Pacifique et leur bateau a disparu. Peut-être a-t-il coulé pendant une tempête, ou alors a-t-il été heurté par un cargo. Je ne sais pas. Personne ne le sait.

— Mon Dieu. C'est horrible.

— Après cela, je n'ai jamais pu remonter à bord d'un bateau. J'ai essayé mais chaque fois, je panique. Je n'y arrive pas.

Emue, elle ne put s'empêcher de lui prendre la main et la serra entre les siennes pour tenter de le réconforter.

— Je pourrais vous aider à surmonter votre peur, tout doucement.

— Je propose que vous attendiez que je sois capable de travailler pour me payer.

— Comme vous voulez, mais je vous propose une petite promenade en bateau ce soir. Un essai, pour voir comment vous vous sentez. La navigation dans un estuaire n'a pas grand-chose à voir avec la navigation en pleine mer.

Il baissa les yeux vers leurs mains jointes et noua ses doigts aux siens. Puis il releva la tête et chercha son regard. Elle plongea alors dans ses yeux d'un si beau bleu et demeura immobile, charmée, presque hypnotisée.

Lentement, il se pencha et posa ses lèvres sur les siennes, tout en douceur. Puis il recula et, comme s'il avait décidé que cela ne lui avait pas suffi, il prit son visage en coupe et approfondit son baiser.

Envoûtée, elle ferma les yeux pour mieux savourer les sensations qui naissaient au plus profond d'elle-même.

Ce baiser la surprenait, mais il ne la décevait pas. Au contraire, même.

Elle avait peur de respirer, peur de faire le moindre bruit, le moindre mouvement, qui romprait la magie de l'instant. Cela faisait si longtemps qu'un homme ne l'avait pas touchée, elle avait l'impression qu'un feu d'artifice de désir et de plaisir venait d'exploser en elle.

Malgré sa longue période de célibat, elle n'avait pas oublié les sensations que pouvait lui procurer un homme. Et maintenant, elles revenaient avec force, l'enflammant, corps et âme.

Lorsque Ronan rompit enfin le baiser, il laissa échapper un long soupir puis posa son front sur le sien, tenant toujours son visage entre ses mains puissantes.

— Charlie… Est-ce que ça va ?

Lui demandait-il la permission pour recommencer ? Ou bien l'interrogeait-il sur sa technique ?

Elle l'ignorait. Mais à vrai dire, peu importait.

— Oui, c'était… C'était bon… Très bon… Et très bien aussi.

Tout en prononçant ces mots, elle le vit sourire avec malice. Se moquait-il parce qu'elle avait bafouillé ou bien…

— Cela veut-il dire que je peux recommencer ? lui demanda-t-il d'une voix taquine.

— Bien sûr. Tu veux recommencer tout de suite ?

— Plus tard, répondit-il avant de se lever puis de lui prendre la main.

Il déposa un baiser dans le creux de son poignet et elle sentit ses joues s'empourprer.

— Et maintenant, patronne, quel est le programme ?

Elle aurait été très heureuse de continuer ce qu'ils venaient de commencer. Mais sans doute serait-il plus raisonnable d'attendre. Il avait raison.

— Je vais t'emmener à la maison pour que tu rencontres ma famille.

— Ta famille ?

— Oui, ma famille, tu m'as bien entendue. Puisque tu m'as embrassée, Ronan, il faut que je te présente à mes parents. Ils voudront sans doute te poser quelques questions sur tes intentions, peut-être appeler ton grand-père et…

— Tu te moques de moi, n'est-ce pas ?

Incapable de rester sérieuse plus longtemps, elle éclata de rire.

— Evidemment, je rigole. N'empêche que je dois tout de même te présenter à mon père. C'est lui le président de l'entreprise, il doit donc rencontrer tous les employés.

— Pas de problème, je comprends tout à fait.

— Ne t'inquiète pas, je ne lui parlerai pas de ta phobie des bateaux. Je vais garder cette information pour moi.

— Garrett Sibley, ferme cette porte, sinon les mouches vont entrer.

La voix s'échappa par la porte ouverte, et juste après Ronan vit le frère de Charlie descendre les marches du porche et lui sourire.

— Ce soir, nous mangeons indien, lui dit-il. Si j'étais vous, je ferais demi-tour pendant qu'il est encore temps et je partirais le plus loin possible pour éviter que maman ne vous force à manger.

Pourquoi ?

Perplexe, Ronan se tourna vers Charlie, mais elle lui adressa un sourire, comme pour lui dire de ne pas y prêter attention.

— Ma mère aime tenter de nouvelles expériences culinaires, lui expliqua-t-elle ensuite. Mais ne t'inquiète pas, si c'est trop mauvais, nous mangerons autre chose plus tard. Conseil d'amie, dis-lui simplement que c'est bon et mange très lentement.

— Mais j'aime la nourriture indienne.

— Moi aussi, mais je peux te garantir que le plat que te servira ma mère ne ressemblera en rien à de la cuisine indienne. Le mois dernier, elle s'est lancée dans la cuisine allemande et tout avait le goût de vinaigre.

La famille Sibley habitait une grande demeure de style victorien, dans le centre de Sibleyville. C'était à l'évidence la plus grande maison des environs, mais cela ne l'étonna pas outre mesure puisque c'était la famille Sibley qui avait donné son nom à la ville.

Il la suivit sous le porche, meublé de sièges anciens dépareillés et de pots de fleurs multicolores, lorsque soudain, il entendit un cri à l'intérieur de la maison et se retourna vers la porte. Quelques instants plus tard, il vit une jeune fille sortir en trombe.

— Garrett, viens ici. Tu dois m'aider à finir de plier la lessive, lança cette dernière, avant de s'arrêter net lorsqu'elle les aperçut, lui et Charlie.

— Voici ma sœur Libby. Elle a treize ans. Libby, je te présente Ronan. Il va travailler pour nous à la ferme.

La jeune fille ne répondit pas et continua à appeler son frère.

— Toute ta famille sera là ce soir ?

Tout à coup, il se sentait un peu timide, mal à l'aise.

— Oui. Isaac est en dernière année à l'université et Abby en seconde année. Ils vivent encore à la maison. Jane a dix-huit ans, Ethan seize. Tous les deux sont au lycée. Ne t'inquiète pas si tu ne te rappelles pas tout cela, ce n'est pas important.

— Tant mieux car, même si je le voulais, je ne suis pas sûr que je le pourrais.

— Lorsque nous sommes tous présents, à la maison, l'atmosphère peut être un peu électrique, c'est vrai. Mais je te rassure, nous sommes plutôt des gens normaux. En tout cas, quoi qu'il arrive, ne regarde jamais le chien dans les yeux et si mon frère Ethan te demande de tirer son doigt, refuse.

— Je peux toujours manger ailleurs si tu penses que ma présence risque de poser un problème.

— Non, pas du tout. De toute façon, mon père doit te rencontrer avant que tu commences à travailler. Même si je le remplace à la ferme, il doit approuver mes choix.

— Il s'est blessé, si j'ai bien compris.

— Oui, l'été dernier, lui expliqua-t-elle avant de se relever. Il déplaçait une caisse d'huîtres sur le ponton et il s'est coincé un disque.

La main sur la poignée de la porte, elle se tourna vers lui.

— Tu es prêt, Ronan ?

— Je crois.

Après tout, un dîner en famille ne pouvait pas être aussi terrible que cela. Charlie était très sympathique. Alors pourquoi les autres Sibley ne le seraient-ils pas ?

En fait, Charlie était bien plus que sympathique. Elle était drôle, sexy, intelligente… Et elle dégageait une chaleur qu'il n'avait connue chez aucune femme avec laquelle il était sorti.

Il la suivit à l'intérieur de la maison et regarda autour de lui avec intérêt.

La décoration était un peu dépareillée : étrange association d'un mobilier datant du siècle dernier et de pièces plus modernes. Le résultat était étonnant. Il l'était d'autant plus que chaque mètre carré de libre était occupé par une œuvre d'art d'avant-garde ou bien une peinture étrange. Sur la même étagère, il apercevait par exemple un microscope, un oiseau empaillé et des portraits du président Roosevelt.

— Regardez donc qui voilà, lança soudain un jeune homme en le dévisageant.

Il ressemblait à Charlotte avec des cheveux épais, bouclés, et des yeux couleur bronze.

— Si j'étais vous, continua le jeune homme, je ferais immédiatement demi-tour. C'est menu indien ce soir.

— Isaac, intervint Charlie, je te présente Ronan Quinn.

Lorsqu'elle prononça son nom, il vit le jeune homme écarquiller les yeux.

Encore et toujours cette étrange réaction. Il allait vraiment falloir qu'il perce ce mystère.

— Tu as donc invité un Quinn à la maison, répondit le jeune homme. Finalement, je crois que je vais rester pour le dîner, ça risque d'être intéressant. Abby, tu as vu qui Charlie a amené à la maison ?

Après réflexion, peut-être aurait-il dû décliner l'invitation. L'énergie qui régnait dans cette maison était telle, qu'il se sentait déjà épuisé.

Mais il n'eut pas le temps de réfléchir plus longtemps, car quelques minutes plus tard, une femme plus âgée apparut dans la salle à manger, ses cheveux gris rassemblés dans un chignon brouillon.

— Bonsoir ma chérie, dit-elle à Charlotte. Je vois que tu as amené un ami, c'est bien. Ce soir, le menu sera indien. J'ai préparé du poulet tandoori. La recette disait que je devais faire mariner le poulet dans du yaourt, mais je n'en avais pas, alors j'ai mis du lait à la place. Je devais aussi utiliser une épice appelée garam masala, mais je n'en ai pas trouvé à l'épicerie, du coup je l'ai remplacée par toutes les épices que je possédais dans ma cuisine. Vous connaissez le garam masala, jeune homme ?

— Maman, répondit à sa place Charlotte, je te présente Ronan Quinn. Il va travailler pour nous pendant les prochaines semaines.

— Quinn ? Vraiment ? Comme c'est intéressant. Au moins, nous aurons un sujet de conversation à table. J'imagine que vous n'avez pas été accueilli à bras ouverts par les habitants de Sibleyville, jeune homme. Mais rassurez-vous, dans la famille, nous ne croyons pas beaucoup à cette prédiction. Allez, Charlotte, offre-lui un verre.

— Cette prédiction ?

— C'est lui le Quinn ? intervint alors une jeune femme d'environ dix-neuf ou vingt ans qui venait d'arriver. Je suis Abigail. Je suis obligée de vous le dire, vous êtes sacrément sexy, vous. Bien joué, grande sœur !

— Charlie, lança à cet instant une autre voix depuis la pièce d'à côté. Peux-tu venir s'il te plaît ?

— C'est mon père, lui expliqua Charlie à voix basse.

Puis elle lui prit la main et l'attira dans le salon.

— Viens, je vais te présenter au patriarche. Ensuite, je te servirai à boire.

L'appellation de patriarche n'était pas usurpée, songea-t-il en voyant un homme grand et fort se lever et lui tendre la main.

— Peyton Sibley, fit ce dernier.

— Papa, je te présente Ronan Quinn. Il a répondu à la petite annonce que j'avais déposée à l'office du tourisme. Il vient de Seattle et s'y connaît en bateaux.

— Merci pour cette petite introduction, Charlotte, répondit son père en se rasseyant. Mais peut-être pourrais-tu laisser ce jeune homme parler pour lui. Vous avez donc dit que vous vous appeliez Quinn ?

Ronan approuva d'un signe de tête. Quelqu'un allait-il bien vouloir lui expliquer ?

— J'imagine que l'accueil n'a pas été très chaleureux dans la ville, continua le père de Charlie.

— En effet, mais personne ne m'a donné aucune explication. Peut-être pourriez-vous me dire quel est le problème.

— Ce n'est pas nécessaire. De toute façon, nous ne

croyons pas à ces idioties, dans la famille. Alors, vous pensez que vous pouvez nous être utile à la ferme ?

— Oui, monsieur. Je le crois.

— Il vous suffira d'écouter Charlotte, elle vous apprendra le métier. Si vous devez travailler avec mon frère, Jake, évitez de lui parler de politique, de religion ou de l'une de ses trois ex-femmes et tout se passera bien. Et si vous restez pour dîner, s'il vous plaît, dites à ma femme que vous aimez son…

— Son poulet tandoori, intervint Charlie.

— J'ignore ce que c'est, reprit le vieil homme, mais je suis sûr que je le regretterai dans quatre ou six heures.

Il ouvrit le tiroir de son bureau et en sortit une boîte de médicaments pour la digestion. Il avala un comprimé puis lui tendit la boîte.

— Vous en voulez ?

— Non, merci monsieur. Mon estomac est résistant.

— Charlotte, tu as fait un très bon choix, fit-il alors en tapant sur son bureau. Tu peux l'embaucher. Un jeune homme qui m'appelle « monsieur » ne peut pas être mauvais. Même si son nom est Quinn.

— Merci papa, répondit Charlotte.

Sans attendre, elle entraîna Ronan dans la salle à manger.

— Tu vois, cela s'est bien passé.

— Pour un Quinn, murmura-t-il d'un ton las.

— Pourquoi ne vas-tu pas t'installer sous le porche, je vais te chercher quelque chose à boire.

Il répondit d'un simple signe de tête et sortit s'installer sur la balancelle.

Quelle journée étrange il venait de passer !

En fait, plus les heures s'écoulaient, plus tout lui paraissait étrange.

A l'exception d'une chose, le baiser qu'il avait partagé avec Charlie.

Ce baiser était son meilleur souvenir et le seul événement qui semblait couler de source.

D'ailleurs, il mourait d'envie de renouveler l'expérience.

— Je t'ai apporté une bière, lui lança Charlie en le rejoignant quelques minutes plus tard. J'espère que cela te convient.

Elle lui tendit la bouteille puis s'adossa contre la rambarde et le dévisagea.

— Tu vas bien, Ronan ? Tu as l'air pensif.

— J'aimerais beaucoup que tu m'expliques pourquoi tout le monde à Sibleyville a un problème avec moi. Je pense que je mérite d'en savoir un peu plus sur cette prédiction.

Elle s'installa à côté de lui, effleurant son épaule avec la sienne. Ce contact était naturel, innocent, mais tous ses sens se réveillèrent, comme s'il avait été nu.

Peu à peu, il sentit sa chaleur toute féminine l'envelopper et, comme par magie, sa température grimpa d'un cran.

Charlie l'excitait et l'apaisait en même temps, elle le troublait et le rassurait, le séduisait et l'intriguait. Jamais aucune femme ne lui avait fait un tel effet.

Comment était-ce possible ?

— Toute cette histoire est un peu stupide, reprit Charlie, le ramenant sur terre un peu brutalement. Elle n'a rien à voir avec toi. Il se trouve simplement que tu portes le même nom de famille que…

Elle s'interrompit quelques instants, comme pour rassembler ses idées avant de reprendre :

— Tu portes le même non que Bridget Quinn, ou plutôt Birdie Quinn puisque c'est ainsi qu'elle se faisait appeler. Birdie habitait Sibleyville, il y a environ cent cinquante ans, et travaillait comme servante dans la maison de mon arrière-arrière-grand-père. Elle était arrivée d'Irlande avec sa fille quelques années plus tôt, fuyant la famine. En grandissant, cette fille, Moira, est tombée amoureuse d'Edward Sibley, le fils de la famille. Cet amour était réciproque et le jeune couple désirait se marier. Mais mon arrière-arrière-grand-père a dit non à cette union. Edward refusant de renoncer à son amour pour Moira, son père a commencé à faire courir une rumeur selon laquelle Birdie était une sorcière, si bien que les habitants ont fini par les chasser, elle et sa fille. La légende veut qu'avant de quitter Sibleyville, Birdie ait jeté un sort sur la ville.

— Je la comprends. Quel était ce sort ?

— Que personne ne trouve jamais l'amour à Sibleyville. Et depuis, hasard ou non, il se trouve que cette prédiction s'est vérifiée.

— Je ne comprends pas.

— Depuis cent cinquante ans, aucun couple dont les deux membres sont originaires de Sibleyville ne s'est marié. Depuis plus d'un siècle, les habitants doivent quitter la ville pour trouver l'amour. La municipalité paye même une personne pour tenter de former des couples.

— Mais Sibleyville est une toute petite ville. Il n'y a rien d'étonnant à ce que les habitants soient obligés d'aller chercher l'amour un peu plus loin.

Charlie hocha la tête.

— Depuis cent cinquante ans, un seul couple a tenté de conjurer le mauvais sort, mais il a fini par rompre.

— Qui était-ce ?

— Un couple de jeunes gens, répondit-elle avant de hausser les épaules. Bon, changeons de sujet, veux-tu voir quelque chose de vraiment chouette ?

— Avec plaisir.

Ils sortirent dans le jardin et firent le tour de la maison, jusqu'à un grand chêne. Elle pointa un doigt vers le sommet et il découvrit une cabane construite entre les branches. Ça c'était *vraiment chouette*, en effet !

— Fantastique ! J'ai toujours rêvé d'avoir une cabane dans un arbre quand j'étais petit.

— Tire la corde et une échelle descendra.

Il obéit. A mi-chemin, il se retourna vers elle.

— Tu viens ?

— J'arrive.

Au sommet de l'échelle, il poussa une espèce de trappe et pénétra dans la cabane.

Cette petite maison était magnifique, et beaucoup plus grande qu'il ne l'avait imaginé.

Il s'approcha d'une des fenêtres et fixa l'horizon, soudain rêveur.

— Je me souviens à peine de mon enfance. Je sais que je devrais, mais… Tout est sombre dans mon esprit.

— Tu ne te souviens d'aucun bon moment ? demanda Charlie.

— Non, répondit-il avant de baisser les yeux vers elle. Nous n'étions pas libres comme les autres enfants. Nous n'étions pas innocents, insouciants. A partir du moment où mes parents ont disparu, nous avons dû travailler pour aider notre grand-père, pour le remercier de prendre soin de nous.

— Mais il était obligé de s'occuper de vous de toute façon !

— Sans doute, mais les orphelins imaginent toujours le pire. Nous ne riions jamais, comme si rire était un manque de respect envers nos parents. Et pourtant, je sais bien qu'ils auraient voulu que nous soyons heureux.

Tout en parlant, il eut une étrange prise de conscience.

Jamais il n'avait parlé de son enfance ainsi. Mais ce soir, il avait envie. Il semblait même ne pas pouvoir s'arrêter.

— Je n'ai jamais raconté cela à personne, Charlie.

— Je sais bien écouter.

— C'est vrai.

Oui, elle savait bien écouter. C'était encore une de ses qualités.

Soudain plus détendu, il lui sourit pour la remercier.

Une seconde plus tard, elle refermait ses bras autour de son cou et l'embrassait. Instantanément, il ouvrit la bouche et l'invita en lui, s'abandonnant à la sensualité inouïe de ce baiser, refoulant ses souvenirs dans un coin de sa tête pour ne plus penser qu'au présent.

— J'espère que les baisers font partie de la description du poste.

— Si c'était le cas, on risquerait la faillite. Mais j'avais envie de t'embrasser, pour pouvoir passer à autre chose.

Il éclata de rire.

— Tu y pensais donc…

— Non… Enfin, si. C'est juste que je sentais ce désir flotter entre nous. Alors j'ai voulu m'en débarrasser, sinon j'aurais continué à y penser et je n'aurais pas été très efficace demain, au travail.

— Je ne suis pas sûr que ton plan ait fonctionné car maintenant, je n'ai plus qu'une envie. Recommencer.

Oui, il mourait d'envie de recommencer, encore et encore.

Debout sur le ponton, Ronan fixa le chaland.

— Nous n'allons nulle part, Ronan. Tu vas juste monter à bord et rester assis un moment. Je te promets qu'on restera amarrés. Allez. On commence doucement…

Après un dîner mouvementé avec sa famille, Charlotte était contente de retrouver le calme et la paix du bord de mer.

Le seul bruit qu'elle entendait ici, était le chant des mouettes au-dessus d'eux. L'air était doux, ni frais, ni chaud. La mer était calme.

Et elle était seule avec Ronan.

Ronan… L'homme qu'elle rêvait d'embrasser.

Elle repensa au moment qu'ils avaient passé tous les deux, dans la cabane, dans le jardin de ses parents.

Elle n'avait jamais été une fille patiente. Lorsqu'elle désirait quelque chose, elle agissait. Et cela s'appliquait aussi aux hommes.

Depuis sa rencontre avec Ronan, elle avait ressenti de l'attirance et, sûre maintenant que ce sentiment était partagé, elle n'avait pas hésité. Elle s'était lancée.

A son grand soulagement, il ne semblait pas gêné par

son attitude un peu « entreprenante ». Il semblait même avoir apprécié le baiser.

Mais la prochaine fois, elle le laisserait prendre l'initiative. Elle ne voulait pas avoir l'air d'une fille désespérée et en mal d'amour, même si c'était probablement un peu le cas.

— Tu as dit que tu savais nager, lui rappela-t-elle. Alors imagine que tu es à la piscine.

— C'est différent. La piscine a des bords, des limites, un fond. Et puis, il n'y a ni requins, ni baleines.

— D'accord, mais cette rivière a des rives, elle aussi. Regarde, insista-t-elle en lui montrant la ville de Newcastle, on peut voir de l'autre côté. Par ailleurs, cette rivière à un fond. La profondeur ici ne dépasse pas cinq mètres. Est-ce que savoir tout cela t'aide à te sentir un peu mieux ?

Il ne répondit pas. Au lieu de cela, il prit une profonde respiration puis posa enfin le pied sur le chaland.

— Voilà, fit-elle en prenant aussitôt sa main dans la sienne. Tu vois, ce n'était pas si difficile que cela. Comment te sens-tu ?

— Bien.

Malgré tout, il fit un pas en arrière et remonta sur le ponton. Bon, c'était quand même un petit succès, il avait réussi à monter.

— Je me sens étonnamment bien, Charlie. Je ne me sens pas mal du tout.

— Très bien. Je te laisse décider ce que tu veux faire maintenant.

En attendant, elle s'assit derrière la barre.

Quelques instants plus tard, il posa de nouveau le pied dans le chaland.

— Tu pourrais t'asseoir à côté de moi, pour voir si ça va.

Il obéit, serrant les mains sur son siège, et elle se pencha vers lui.

— Tu pourrais aussi m'embrasser. Cela t'aiderait à te détendre…

— J'ai peur que ce mélange ne soit explosif.

— Il l'est et c'est exactement ce dont tu as besoin.

Il éclata de rire mais secoua la tête.

— Je préfère que tu démarres, Charlie.

Elle tourna alors la clé, et quelques instants plus tard le moteur se mit à vrombir.

— Je te propose une petite promenade sur la rivière, pour commencer.

— D'accord, répondit-il d'une petite voix, sans jamais quitter l'autre rive du regard. Allons-y avant que j'aie le temps de changer d'avis.

Elle lâcha les amarres et démarra.

Le chaland était facile à manœuvrer, très stable. Néanmoins, elle ne quitta pas Ronan du regard.

— Tu vas bien ?

— A vrai dire… Non. Est-ce que j'ai l'air d'aller bien ?

— Tu as l'air calme.

— Et pourtant, je ne me sens pas calme du tout. J'ai l'impression d'être au bord d'un gouffre. Tu peux aller un peu plus vite, s'il te plaît ?

— Pas ici, il faut attendre d'être plus loin.

— D'accord.

La rivière n'était pas très large à cet endroit.

Sibleyville était situé au fond de l'estuaire mais était encore affecté par les marées.

Elle sourit lorsque le vent joua dans ses cheveux.

Ce soir, elle se sentait bien. Elle était heureuse, détendue. Et impatiente à l'idée du baiser qu'elle partagerait peut-être avec Ronan, tout à l'heure.

Et peut-être ne s'arrêteraient-ils pas à ce baiser.

Elle ne pouvait nier son désir. D'ailleurs, elle n'avait pas envie de le nier. Elle était jeune, elle avait des envies, il n'y avait rien de mal à cela.

Tant qu'elle n'avait aucune chance de vivre ses désirs, il était facile de les réprimer, de les refouler. Mais maintenant que cet homme venait de faire son apparition dans sa vie, elle refusait de ne pas en profiter.

L'estuaire s'élargit à mesure qu'ils s'éloignaient de Sibleyville et elle ralentit l'allure, craignant la réaction de Ronan lorsqu'ils seraient dans la baie.

— Veux-tu que nous fassions demi-tour ?

— Non, pas encore.

— Je vais t'emmener dans la crique de Battle Cove. Elle se trouve dans cette direction, pas loin.

Lentement, elle dirigea le bateau vers la crique dans laquelle elle aimait venir se baigner l'été, avec ses frères et sœurs. Des falaises surmontées de pins l'abritaient des regards.

Elle jeta l'ancre au milieu de la crique. Les lieux étaient déserts et silencieux. Magnifiques, comme toujours…

— Je dois avouer que je me sens un petit peu mieux ici, lui avoua-t-il. Cette crique est un peu comme une piscine.

— C'est vrai.

Elle se retourna pour lui faire face et river son regard au sien.

— Je trouve que tu t'en sors très bien, Ronan.

— J'ai pourtant très envie de vomir.

— Retiens-toi, s'il te plaît.

— Ne t'inquiète pas, ça ira. Même si je me demande si je ne vais pas faire des cauchemars ce soir.

— Tu n'es pas monté en bateau depuis ton enfance ?

— Je n'avais aucune raison de le faire. Je n'avais aucune raison d'aller en mer. Et ma peur était beaucoup trop forte, de toute façon.

— Pour le moment, nous allons rester près de la rive. La baie est beaucoup plus large, mais elle n'est pas profonde du tout, alors je suis sûre que tu t'en sortiras très bien lorsque nous nous rendrons là-bas.

Comme pour la remercier, il lui prit la main et la serra entre les siennes.

— J'ai passé une journée vraiment étrange, Charlie. Lorsque mon grand-père m'a envoyé ici, je ne m'attendais pas à cela.

— A quoi ?

— A toi.

En entendant ces mots, elle retint son souffle, profondément troublée. Tout à coup, l'émotion la tenaillait, lui nouait la gorge.

— Je ne m'attendais pas à toi non plus, Ronan, répondit-elle d'une petite voix.

— Que va-t-on faire ?

— Je n'en ai aucune idée. Peut-être pourrais-tu commencer par m'embrasser et ensuite… Ensuite, nous verrons.

Pour toute réponse, il la prit alors par la taille et l'attira à lui.

Elle s'installa sur ses genoux, noua ses bras autour de son cou et sourit en sentant ses mains puissantes aller et venir le long de son dos.

Soudain, il plaqua sa bouche contre la sienne avec une telle fougue, une telle passion qu'elle en oublia tout ce qui l'entourait.

Il ne s'agissait pas d'un petit baiser amical. Il s'agissait d'un baiser puissant qui lui prouvait le désir qu'il ressentait pour elle. Elle ne pouvait plus en douter désormais.

Et même si ce désir était purement physique, elle ne voyait pas où était le problème. Ils étaient deux adultes consentants et cela faisait trop longtemps qu'elle n'avait pas fait l'amour. Elle n'avait aucune raison de se retenir.

Sa bouche experte abandonna la sienne, descendit dans le creux de son cou et elle rejeta la tête en arrière pour lui faciliter la tâche. Elle enfouit ses doigts dans sa chevelure et se mordit la lèvre pour réprimer de petits cris de plaisir.

Elle n'avait rencontré Ronan que quelques heures plus tôt, et pourtant elle avait l'impression de le connaître depuis toujours.

Quand il glissa ses mains sous son T-shirt, effleurant sa peau nue, elle sentit des explosions de désir pétiller en elle, une multitude de petits brasiers s'allumer et l'enflammer.

S'ils s'étaient trouvés ailleurs, dans un lieu plus intime, elle se serait déshabillée sur-le-champ, elle en était convaincue.

Elle mourait d'envie d'admirer son corps nu, elle savait déjà qu'il avait une silhouette digne d'un dieu grec, mais elle voulait le toucher, le caresser, le posséder.

Elle n'avait pas peur de son désir.

Devant lui, elle se sentait forte. Elle n'avait plus aucune inhibition, plus aucune angoisse.

Il prit son sein en coupe et, littéralement envoûtée par ce contact brûlant, elle laissa échapper un long soupir de plaisir.

Il commençait à peine à la toucher et elle avait déjà l'impression d'être prête à exploser. A ce rythme, elle n'allait pas pouvoir résister très longtemps.

Les yeux brillant d'anticipation, elle attrapa son T-shirt et l'en débarrassa maladroitement. Puis elle l'embarqua pour un nouveau baiser, encore plus intense que le précédent, encore plus puissant.

Elle l'avait aperçu torse nu un peu plus tôt, lorsqu'il sortait de la douche, mais l'impression était différente désormais. Elle le trouvait encore plus beau, plus séduisant.

Sans doute parce que son désir était plus fort et qu'elle ne cherchait plus à le brider. Elle le laissait s'épanouir, en toute liberté.

D'ailleurs, il était temps, elle n'avait connu qu'un seul homme dans sa vie et elle voulait se rattraper.

Un homme qu'elle avait embrassé pour la première fois à seize ans et qu'elle avait quitté huit ans plus tard. Un homme avec lequel elle avait tout appris, y compris l'amour.

Malheureusement, au fil des années, leurs corps à corps n'étaient pas devenus plus passionnés comme elle aurait pu l'espérer. Non, au contraire. Ils étaient devenus plus ordinaires, plus répétitifs.

Ronan Quinn, lui, n'était pas un homme ordinaire, elle en avait la certitude.

Tout comme elle sentait qu'avec lui l'amour serait exaltant, extraordinaire et d'une sensualité à couper le souffle.

Mais parviendrait-elle à le combler ? Elle n'en était pas sûre. Après tout, elle était plutôt ignorante en la matière. Elle savait jouer, évidemment, puisqu'elle avait été actrice, mais elle ne voulait pas jouer avec Ronan.

D'ailleurs, son désir n'était pas un jeu. Il était bel et bien réel.

— Penses-tu que nous pourrions trouver un endroit un peu plus intime ? lui murmura-t-il soudain, dans le creux de l'oreille. Un endroit intime, et au sec.

— J'en doute.

— Dans ce cas, nous devrions rentrer.

Elle se leva à contrecœur.

Il avait raison.

— Prends la barre, Ronan. Il faut que tu apprennes.

Elle le regarda s'installer au poste de pilotage et remonter l'ancre.

Quelques secondes plus tard, il démarra et reprit le chemin du nord.

Cette journée avait été étrange, mais magique, songea-t-elle sur le chemin du retour. Ce matin, lorsqu'elle s'était levée, elle s'imaginait passer une journée de travail comme toutes les autres. Mais ce soir, avec Ronan, elle ressentait de l'espoir.

Plus d'espoir qu'elle n'en avait jamais éprouvé. Elle se sentait soudain pleine de vie.

- 3 -

— Je suis désolée pour le dîner, le poulet était vraiment mauvais, s'excusa Charlie avant de poser une assiette d'huîtres sur la table et de s'installer à côté de lui.

Ronan avait posé un bras sur le dossier du canapé, si bien que, chaque fois qu'elle bougeait sa tête, ses cheveux bouclés effleuraient la peau nue de son bras, lui donnant la chair de poule.

En fait, chaque fois qu'ils se touchaient, volontairement ou pas, son désir montait d'un cran.

Ces effleurements l'excitaient et lui plaisaient, mais ils ne le comblaient pas pour autant.

Non. Il n'était toujours pas rassasié. Il en voulait plus, beaucoup plus.

Il n'avait qu'une envie, passer des heures à explorer son corps parfait, passer des nuits entières à la toucher, à la caresser, à la posséder jusqu'à lui faire crier son nom.

Son attirance pour Charlie n'était pas uniquement physique. Il aimait aussi discuter avec elle.

Quand elle lui parlait, il était sous le charme. Il se sentait comme hypnotisé, ensorcelé. Elle lui donnait envie de se confier, de dire des choses qu'il n'avait jamais dites à personne.

Comme si elle seule le comprenait.

D'ailleurs, comment était-ce possible qu'une femme telle que Charlotte Sibley soit toujours célibataire ? Les hommes des environs ne la trouvaient-ils pas belle ?

Elle était pourtant très jolie, très séduisante. En plus, elle était forte, intelligente… Et lorsqu'elle se tenait devant lui, naturelle, avec son jean troué et ses bottes en caoutchouc jaunes, il était totalement conquis.

Elle était sans conteste la plus belle femme qu'il ait jamais croisée dans sa vie.

Après avoir amarré le bateau au ponton, ils s'étaient installés sur la terrasse du studio. Une terrasse surplombant la rivière.

Le soleil était couché maintenant et, au loin, il pouvait apercevoir les lumières de Newcastle.

— Le mélange du poulet et du lait était étrange. Je suis habitué à manger indien, mais je dois avouer que le plat de ta mère ne ressemblait à rien de connu.

— Ma mère a toujours pensé qu'il était essentiel de développer le palais de ses enfants, répondit-elle en lui tendant le plat d'huîtres.

Il en attrapa une.

— Je pense que je pourrais ne me nourrir que d'huîtres.

— Tu finirais par en avoir assez. On se lasse de tout.

— Personnellement, je ne pense pas que je me lasserai un jour de t'embrasser, répondit-il en glissant ses doigts dans ses boucles brunes et en l'attirant doucement vers lui.

Il était impatient de lui faire l'amour, et de voir si l'alchimie entre eux serait aussi explosive au lit.

Il était impatient, certes, mais il était prêt à attendre, s'il le fallait. D'ailleurs, c'était sans doute plus prudent. Il était ici pour six semaines, il avait tout le temps de succomber à la tentation.

D'un autre côté, si elle en avait envie, si elle était prête, il n'allait pas refuser. Il ne pourrait pas. Impossible.

Comment lui résister ?

— J'ai été content de rencontrer ta famille, reprit-il en nouant ses doigts aux siens. Elle est très différente de la mienne.

— Ma famille est différente de toutes les autres familles. Ma mère nous a toujours laissé une grande liberté. Elle voulait que nous développions notre propre personnalité sans être entravés par quoi que ce soit. En théorie, ce principe éducatif n'est pas mauvais, mais en pratique… En pratique, cela ne fonctionne pas toujours, si bien que beaucoup en ville nous considèrent, ou nous considéraient lorsque nous étions enfants, comme des délinquants.

Elle secoua la tête comme pour évacuer ce souvenir.

— C'est pour cette raison, notamment, que je suis partie à New York, reprit-elle au bout de quelques instants.

— Oui, c'est vrai, au dîner, j'ai cru entendre ta mère dire que tu avais vécu à New York.

— J'ai quitté Sibleyville le jour même où j'ai obtenu mon diplôme de lycée, avec mon petit ami Danny. Tous les deux, on rêvait de conquérir Broadway, de conquérir New York. Au lycée, on avait joué les premiers rôles dans toutes les pièces de théâtre, on avait aussi participé à un festival, à Bar Harbor. On était un peu des stars, dans la région.

— Et que s'est-il passé ? Tu n'as pas réussi ?

— Pas au départ mais, peu à peu, j'ai commencé à décrocher des rôles. Je me suis trouvé un agent et puis… Et puis plus rien, pendant plusieurs mois, alors j'ai décidé que si je devais être pauvre et misérable, autant l'être à la maison, avec ma famille.

— Mais tu aimais ton travail d'actrice ?

— Quand j'avais du travail, j'aimais beaucoup cela. J'aimais être sur scène, jouer, danser, chanter. Mais au bout de six ans, les choses n'avaient pas beaucoup avancé. En plus, Danny et moi, on ne s'entendait plus vraiment. Quand je suis revenue à Sibleyville, je pensais rester un mois ou deux, histoire de faire le point, de réfléchir. Mais je ne suis jamais repartie. Mon père s'est blessé, alors je l'ai remplacé… Et me voici.

Elle se tut enfin et leva les yeux vers lui.

— Voilà, tu sais tout de mon rêve. Un rêve qui s'est brisé à vingt-quatre ans.

— Tu n'es pas au sommet de l'affiche à Broadway, c'est vrai, mais je suis tout de même impressionné. Tu joues, tu danses, tu chantes, tu possèdes le permis bateau et tu produis des huîtres. Tu as de multiples talents, Charlie.

— C'est vrai, j'ai quelques talents. Celui dont je suis le plus fière, ce sont les claquettes. J'ai toujours eu un grand succès aux claquettes.

— Et puis tu as au moins fait l'effort de suivre ton rêve. Rien que cela, c'est admirable.

— Peut-être, mais regarde où cela m'a menée. Je ne suis pas allée à l'université alors que j'aurais pu. Aujourd'hui, je pourrais être directrice financière ou bien…

— Etais-tu amoureuse de lui ? la coupa-t-il.

Il était incapable de refréner sa curiosité plus longtemps.

— De Danny ?

Il acquiesça d'un signe de tête.

— Nous étions si jeunes, Ronan… Tout le monde pensait que nous serions les premiers à conjurer le sort de Birdie, les premiers habitants de Sibleyville à tomber amoureux et à nous marier. Mais je ne suis pas sûre que nous ayons jamais été véritablement amoureux. On pensait l'être, mais… On était simplement deux adolescents rêveurs.

— En tout cas, je suis heureux que tu sois revenue à Sibleyville. Sans toi, je serais toujours à la recherche d'un emploi et, à cet instant, je dormirais sur un banc, dehors.

— Mais non. Je suis persuadée qu'une jolie fille t'aurait secouru et t'aurais invité chez elle.

Il ne répondit pas, il n'avait pas envie. Il préféra laisser le silence s'installer entre eux.

De toute façon, ce silence n'était pas gênant. Bien au contraire, il le savourait.

Oui, il se délectait de ce moment paisible en compagnie de Charlotte.

En lui jetant un coup d'œil, il s'aperçut qu'elle se mordillait la lèvre. Elle semblait hésiter. Pensait-elle à la même chose que lui ? Allait-elle décider de passer la nuit avec lui ?

— A quelle heure commence-t-on le matin ? lui demanda-t-il alors.

Il voulait lui montrer qu'elle n'avait pas besoin de décider tout de suite, qu'il saurait se montrer patient.

— Au lever du soleil, répondit-elle en jetant un coup d'œil à sa montre. D'ailleurs, je devrais sans doute te laisser te reposer. Il est déjà tard.

Elle essaya de se lever, mais il la stoppa dans son élan en serrant sa main dans la sienne. Elle se rassit et il l'embrassa une dernière fois avant de caresser doucement sa joue rose.

— Je pourrais te proposer de rester, Charlie, mais je ne le ferai pas.

— C'est mieux, répondit-elle d'une petite voix, tout en le fixant avec ses grands yeux sombres d'une incroyable profondeur. Je risquerais d'accepter ta proposition.

— Nous ne devrions pas aller trop vite.

— Tu as raison, la vitesse peut être dangereuse, répondit-elle avant de se lever. Je vais y aller, je te verrai demain matin.

— Demain, oui, fit-il en se levant à son tour.

Ils restèrent un instant face à face, et il promena un doigt sur ses lèvres délicieusement rouges qu'il mourait d'envie de posséder. Mais des lèvres qu'il n'embrasserait plus ce soir.

— Dors bien, Charlie.

Elle laissa échapper un petit rire nerveux avant de répondre :

— Je ne suis pas sûre de parvenir à dormir, mais ce n'est pas grave. Je vais verrouiller la porte du bas en partant. Si tu décides de sortir, utilise l'escalier de secours, depuis la terrasse.

— Je ne crois pas que je sortirai.

— Tant mieux. Je serais triste de penser que tu me fuis au bout d'une seule journée.

Il n'avait pas envie qu'elle parte. Et ce simple constat le

surprit. Ce genre de sentiment ne lui était pas coutumier, loin de là. D'habitude, il était plutôt le genre d'homme à chercher une excuse pour fuir avant le matin afin d'éviter toute conversation gênée.

Mais il avait passé une si bonne journée avec Charlotte, il ne voulait pas qu'elle se termine.

Non, il n'en avait vraiment pas envie.

— Je n'ai aucune intention de fuir, Charlotte. Au contraire.

Tout en prononçant ces mots, il la vit baisser les yeux. Elle semblait nerveuse, soudain.

— Tu me fais un petit peu peur, Ronan.

Il lui faisait peur ?

Posant un doigt sous son menton, il la força à relever les yeux.

— Que puis-je dire ou faire pour que ce ne soit plus le cas ? Je n'aime pas savoir que je te fais un petit peu peur.

— Je te verrai demain matin, se contenta-t-elle de répondre.

— Très bien.

Il l'embrassa une dernière fois, laissant ses lèvres s'attarder plus que nécessaire sur les siennes. Puis il se força à reculer.

— Vas-y, rentre chez toi avant que je t'en empêche et que je te kidnappe.

Sans un mot, elle fit demi-tour et quitta le studio. Il la regarda traverser la salle de dégustation avant de fermer la porte.

— Charlotte Sibley, murmura-t-il, d'une voix rêveuse. Charlie…

Tout en essayant de ne pas se laisser submerger par les pensées qui se bousculaient en lui, il ressortit sur la terrasse puis s'adossa contre la rambarde et fixa l'horizon.

Que faisaient ses frères à cette heure-ci ? Etaient-ils en train d'admirer un ciel pur constellé d'étoiles, de se demander ce que les six prochaines semaines leur réservaient ? Avaient-ils trouvé des femmes pour occuper leurs soirées ?

S'il ne réussissait pas à imaginer une vie différente, ici à Sibleyville, avec Charlotte, alors cela voudrait dire qu'il n'avait aucune imagination. Cet endroit était tout simplement parfait.

Charlie était belle et, avec un peu de chance, il lui ferait bientôt l'amour.

Cela faisait si longtemps qu'il vivait sa vie sans la moindre passion, se contentant de dériver au gré du courant et des circonstances. Et voilà que soudain, il avait envie de jeter l'ancre, de s'attacher, de construire une nouvelle existence.

Le vent l'emporterait peut-être ailleurs ensuite, mais pour le moment, il était heureux d'être ici et de rester à Sibleyville pendant quelques semaines.

Peu importait ce qui se passerait entre Charlie et lui, il avait l'impression que ce voyage était rempli de promesses et que son existence s'en retrouverait transformée.

Et cela ne l'effrayait pas.

Au contraire, il se sentait prêt à changer.

Première étape, surmonter sa crainte de l'eau.

— Je suis prêt, murmura-t-il avant de finir sa bière et de rentrer.

Toutes les rues étaient silencieuses lorsque Charlie quitta le hangar pour rentrer chez elle.

Elle avait décidé de laisser sa voiture sur place et de profiter de la promenade pour réfléchir et retrouver un rythme cardiaque plus raisonnable. Ainsi, peut-être serait-elle suffisamment apaisée pour réussir à s'endormir.

Le mois d'août n'était pas encore terminé, et pourtant elle pouvait sentir l'odeur de l'automne qui approchait. Déjà les feuilles commençaient à changer de couleur et le vent à se rafraîchir.

L'automne était sa saison préférée et, cette année, peut-être elle ne serait pas seule pour l'apprécier.

Depuis qu'elle avait quitté Danny, elle ne s'était pas préoccupée de sa vie sentimentale, elle ne s'était pas cherché de nouveau petit ami. Elle avait bien eu quelques occasions, mais rien de bien sérieux. Aucun homme en tout cas qui méritait qu'elle fasse des efforts pour lui.

Jusqu'à ce qu'elle ouvre la porte du hangar et croise le regard de Ronan.

Ronan…

Ronan était différent de tous les autres hommes.

D'ailleurs, il suffisait qu'elle pense à lui pour se sentir revivre, pour se sentir vibrer.

Sans trop savoir pourquoi, elle avait le pressentiment que le temps qu'ils passeraient ensemble serait unique, inoubliable.

— Charlotte ? Charlotte Sibley ? Est-ce bien toi ? lança soudain une voix féminine.

Elle s'arrêta, se retourna et aperçut une femme, au loin, qui lui faisait de grands signes.

Leticia Trowbridge. Leticia, ou Lettie, était la marieuse officielle de Sibleyville. Depuis que Birdie avait jeté son sort, tous les maires successifs avaient embauché une personne pour aider les habitants à trouver l'amour. Et depuis plusieurs générations, cette tâche incombait aux femmes de la famille Trowbridge.

Leticia prenait son travail très à cœur. Elle se déplaçait régulièrement, dans tout l'Etat, à la recherche de célibataires à marier avec les habitants de Sibleyville. D'ailleurs, la propre mère de Charlie avait rencontré son père par l'intermédiaire de la tante de Leticia.

Regardant la vieille femme approcher, Charlie hésita.

Devait-elle faire demi-tour pendant que c'était encore possible ?

Non, cela ne servirait à rien, Lettie ne renonçait jamais. Au contraire, si elle s'échappait maintenant, celle-ci deviendrait encore plus insistante.

— Bonsoir Lettie, lança-t-elle alors, déjà lasse à l'idée de cette conversation.

Puis elle se pencha et caressa doucement le chien de la vieille femme.

— Salut Poppy. Comment vas-tu ce soir ?

— Il a mal à la patte. Je me demande s'il n'a pas marché sur un morceau de verre ce matin. Enfin, peu importe. Je suis contente de te croiser, Charlotte.

Cette rencontre n'était pas fortuite, Charlie ne se faisait aucune illusion. En vérité, depuis tout à l'heure, elle s'attendait à voir surgir Lettie pour lui parler du nouvel arrivant à Sibleyville.

Elle aurait été prête à parier que Lettie avait été informée de l'arrivée de Ronan quelques minutes à peine après qu'il fut descendu du bus. Maxine, la responsable de l'office de tourisme, était en effet une des bonnes amies de la vieille dame.

— Je rentrais à la maison, lui expliqua-t-elle pour tenter d'accélérer un peu la conversation. La journée a été longue.

— Je sais. C'est d'ailleurs de cela que je voulais te parler, Charlotte. J'ai entendu dire qu'un homme était arrivé en ville ce matin, qu'il était célibataire, plutôt bien fait de sa personne, et qu'il allait travailler pour toi.

— Tout ce que tu dis là est vrai. Et, comme tu dois évidemment le savoir, son nom est Quinn.

— Tu sais ce que cela signifie, n'est-ce pas, Charlotte ?

Charlie soupira et passa une main dans ses cheveux. Bien sûr qu'elle savait ce que cela signifiait.

— Je ne suis pas sûre qu'il souhaite rencontrer des femmes, Lettie. Il n'est ici que pour six semaines et ensuite, il repartira à Seattle. Il n'aura pas le temps de sortir le soir. Tu peux lui poser la question, mais je pense que c'est ce qu'il te répondra.

— Je ne pensais pas à lui pour mes clientes. Je pensais à lui pour toi, Charlotte.

— Pour moi ? Non, non, non ! C'est impossible, Lettie. Il va travailler pour moi. Je refuse que tu le manipules, surtout en mon nom. En plus, je ne cherche pas à me marier.

— Ne comprends-tu donc pas, Charlotte ? Si tu tombes amoureuse de lui et si tu l'épouses, le mauvais sort sera enfin conjuré. Il s'appelle Quinn, tu t'appelles Sibley. C'est un signe du destin, vous êtes faits l'un pour l'autre. Après toutes ces années, le mariage que désirait Birdie va enfin pouvoir avoir lieu.

Et puis quoi encore ? Elle commençait à en avoir assez de ces vieilles superstitions.

— Ne commence pas, s'il te plaît Lettie. Je ne cherche pas à épouser Ronan. Nous ne nous connaissons même pas et, en plus, il vit à Seattle.

— Charlotte, écoute-moi, s'il te plaît. Toute la ville compte sur toi. Nous subissons les conséquences de ce maudit sort depuis trop longtemps. Personnellement, cela fait trois ans que j'ai envie de partir m'installer en Floride mais je suis obligée de repousser mon départ car je suis chargée d'organiser des mariages. Je suis fatiguée. J'ai envie de vivre au soleil, j'ai envie de jouer aux cartes avec ma sœur…

Charlie réfléchit à toute vitesse. La situation était délicate. Si Ronan avait vent des projets de la vieille dame, il prendrait à coup sûr le premier bus pour quitter Sibleyville, or elle avait besoin de lui au travail. Elle ne voyait qu'une solution : entrer dans le jeu de la vieille dame.

— Combien de personnes sont-elles au courant de tes projets, Lettie ?

— Personne, à part toi.

— Parfait. J'aimerais que cela reste le cas. Cela ne sert à rien que tout le monde se fasse des idées, surtout qu'on ne sait jamais comment la situation va évoluer, n'est-ce pas ?

Il fallait à tout prix qu'elle arrive à gagner un peu de temps. Et si elle pouvait convaincre Lettie de n'en parler à personne, cela lui éviterait une cuisante humiliation après le départ de Ronan. Car elle n'avait aucune intention de l'épouser. Elle voulait bien s'amuser avec lui, pendant les six prochaines semaines, mais cela n'irait pas plus loin. Il repartirait chez lui et elle resterait ici, à Sibleyville.

— Je vais avoir besoin de tous les conseils que tu peux me donner, Lettie. Mais promets-moi de ne pas en parler à ma mère. Nous nous rencontrerons en secret et je t'informerai de l'évolution de la relation.

Lettie sembla réfléchir quelques instants.

— Très bien, Charlotte, finit-elle par répondre. Commence par me dire tout ce que tu sais sur lui. Je dois savoir à quoi nous nous attaquons.

— Pour cela, tu vas devoir attendre demain, je suis trop fatiguée ce soir. Si cela te convient, je te passerai un coup de fil pour te dire à quelle heure je passe te voir.

— Très bien, répondit Lettie.

Puis elle l'embrassa et lui saisit les deux mains en la fixant de ses petits yeux brillants.

La vieille femme semblait très excitée.

— Nous allons travailler ensemble, Charlotte. Nous allons faire tout ce qui est en notre pouvoir pour que ce Quinn tombe amoureux de toi et ensuite, nous allons conjurer ce mauvais sort et ramener l'amour à Sibleyville. Je suis tellement heureuse.

Pour toute réponse, Charlie lui sourit poliment puis la regarda s'éloigner. Lorsqu'elle fut suffisamment loin, elle laissa échapper un long soupir.

Elle était fatiguée d'avance.

Non seulement elle avait du mal à garder la tête froide devant Ronan, mais maintenant elle allait en plus devoir supporter les assauts de Lettie.

Elle n'avait besoin de personne pour trouver un homme.

En plus, elle ne croyait pas à la prédiction de Birdie.

Tentant de refouler ces pensées dans un coin de son esprit, elle reprit son chemin mais ralentit en approchant de la maison de ses parents. Les lumières étaient encore allumées, ce qui signifiait que tout le monde était encore debout et qu'elle allait avoir du mal à échapper aux questions de ses parents.

Elle monta les marches du porche en soupirant, si préoccupée qu'elle faillit ne pas remarquer sa mère, installée sur la balancelle, un verre à la main. Elle alla la rejoindre et elles restèrent un long moment silencieuses.

— Le dîner était bon, finit-elle par dire.

Sa mère lui prit la main et la serra dans la sienne.

— Tu es gentille, Charlie, mais tu n'as pas besoin de me mentir. Je sais bien que mon dîner n'était pas un succès. Je suis juste désolée que ton ami ait été obligé d'en manger.

— Cela ne l'a pas dérangé, ne t'inquiète pas. Il a mangé quelques huîtres en rentrant.

— C'est un jeune homme charmant.

— Oui, maman, c'est un jeune homme charmant.

Tout en prononçant ces mots, Charlie repensa aux baisers qu'ils avaient partagés, à la sensation de ses mains sur son corps, et tous ses sens s'éveillèrent.

A sa grande honte, ses joues s'empourprèrent et elle s'empressa de baisser la tête.

— En plus, il est beau, ajouta sa mère.

Cette fois, elle ne répondit pas.

De toute façon, que pouvait-elle répondre ? Oui, Ronan était beau, c'était une évidence. Ce n'était pas la peine de le répéter.

— Combien de temps penses-tu que Lettie attendra avant de t'appeler, Charlie ? demanda sa mère avec un petit sourire.

— A vrai dire, elle n'a pas attendu bien longtemps. Je l'ai croisée sur le chemin. D'après elle, je devrais épouser Ronan afin de conjurer le mauvais sort et…

Elle s'interrompit et lâcha un long soupir désabusé.

— C'est grâce à la tante de Lettie que tu as rencontré papa, n'est-ce pas ?

— Pas vraiment. Nous nous connaissions déjà avant. Elle nous a juste encouragés à sortir ensemble. Ce que nous avons fait. Je suis tombée amoureuse après le deuxième rendez-vous. Je n'ai pas pu résister au charme incroyable de ton père.

— Je ne suis pas sûre de vouloir tomber amoureuse, maman.

— Pourquoi dis-tu cela ?

— Parce que je ne m'imagine pas passer toute ma vie avec la même personne.

Sa mère fit un petit geste de la main, comme si elle balayait une objection.

— Tu ne peux pas l'imaginer pour l'instant. Mais lorsque tu rencontreras l'homme de ta vie, tu n'auras pas besoin d'imaginer, ni de réfléchir. La vérité t'apparaîtra comme une évidence et cela te suffira.

— Tu sembles bien sûre de toi !

— T'ai-je déjà dit combien nous sommes heureux que tu sois rentrée à la maison, Charlie ? Je ne sais pas ce que nous ferions si tu n'étais pas là, maintenant que ton père ne peut plus travailler.

Cette remarque la toucha plus qu'elle ne l'aurait pensé. Elle aussi était contente d'être de nouveau parmi les siens.

— Je suis heureuse de vous aider, maman. J'aime ce travail.

— Je le sais, mais si jamais j'avais l'impression que tu restais ici pour te cacher, pour éviter d'être obligée de prendre des décisions difficiles, je te mettrais à la porte. Et je te forcerais à sortir de ta coquille pour faire en sorte que tes rêves deviennent réalité. Tu as subi un échec, mais cela ne veut pas dire que tu ne peux pas avoir d'autres rêves et que tu ne peux pas réussir.

Profondément émue par ces mots, elle embrassa sa mère.

— Merci, maman, dit-elle.

Puis elle se leva.

— Je vais prendre une bonne douche avant d'aller me coucher.

— Une longue journée de travail t'attend demain.

— C'est vrai.

— Travailler tout en se forçant à ne pas tomber amoureuse de Ronan Quinn, cela risque d'être épuisant, ajouta sa mère.

Elle ne répondit pas. Mais cela ne l'empêchait pas de penser que sa mère avait bien raison.

Il allait être très difficile de ne pas succomber.

Pour la première fois en quatre jours, Ronan allait pouvoir dormir plus de six heures d'affilée, et en position allongée.

Finies les nuits passées recroquevillé sur le siège d'un bus, dérangé par les cris des enfants et le bruit du moteur. Ce soir, il dormirait dans un vrai lit, large, dans un charmant studio surplombant la rivière. Quelle bonne nouvelle.

Il ouvrit la fenêtre puis il se coucha et ferma les yeux en se laissant bercer par le bruit des vagues. Serein et heureux…

Il se réveilla en sursaut quelques heures plus tard lorsque le soleil pointa à l'horizon.

Vêtu d'un seul caleçon, il sc lcva sans traîner et frissonna en passant devant la fenêtre ouverte.

Il se dirigea vers la cuisine et après avoir ouvert quelques placards il finit par trouver du café, des filtres et une cafetière.

Il se prépara rapidement une tasse de café et sortit sur la terrasse.

Des voiliers avaient déjà quitté le port et se dirigeaient vers l'entrée de la baie.

Son travail commençait aujourd'hui, mais il ne pensait pas vraiment aux tâches qu'il aurait à accomplir. Il ne pensait qu'à sa patronne.

Charlie.

Il n'avait jamais eu d'amis proches.

Lorsqu'il avait besoin de conseils, ou de compagnie, il se tournait toujours vers ses frères. Quant aux femmes, il les avait tenues à distance.

Mais avec Charlotte Sibley, il avait l'impression qu'il

pouvait avoir les deux, une amie et une amante. C'était la première fois que cela lui arrivait et, à vrai dire, il se sentait un peu démuni.

Il ignorait comment réagir.

Devaient-ils d'abord consolider leur amitié avant de succomber à son désir ? Ou alors faire l'amour rendrait instantanément leur relation plus profonde ?

Il n'en avait pas la moindre idée. Tout ce qu'il savait, c'était qu'il avait envie de passer du temps avec Charlie.

Beaucoup de temps.

Il entendit soudain frapper à la porte. C'était sans doute elle.

Impatient, il rentra dans le studio et enfila son jean avant de se diriger vers la porte.

C'était bien elle, l'objet de son fantasme, les cheveux encore humides. Aussitôt, il sentit son cœur s'affoler dans sa poitrine.

Fasciné par tant de beauté, il la dévora du regard. Elle tenait un petit sac en papier dans une main, une bouteille Thermos dans l'autre, encore plus belle que dans son souvenir.

— Bonjour Ronan, dit-elle en entrant. Tu as bien dormi ?

— Comme un bébé. Et toi ?

— Moi aussi. Ecoute, je pense qu'il faut que nous établissions quelques règles pour le travail. Cette nuit, j'ai repensé aux baisers que nous avions partagés et…

— C'est vrai ? la coupa-t-il, ravi, en l'enlaçant. Et à quoi pensais-tu, exactement ?

Elle se dégagea de son étreinte et se dirigea vers la table avant de répondre :

— Si nous… Tu sais… Si nous devons nous amuser, Ronan, alors nous devons le faire en dehors de nos heures de travail. Je ne peux pas me concentrer et être efficace si je ne fais que penser à toi, or j'ai une entreprise à faire tourner. Est-ce que tu es d'accord avec cet arrangement ?

— Bien sûr.

A ces mots, elle lâcha un soupir. Elle semblait soulagée.

— Très bien. Dans ce cas-là, mets une chemise, je te trouverai une salopette de ciré et des bottes. Tu as un pull ou une veste ?

— Rien d'adapté pour le bateau, malheureusement.

— Pas de problème, je vais te prêter ce qu'il te faut.

Cinq minutes plus tard, ils étaient en bas et il la contemplait tandis qu'elle farfouillait dans un placard.

Elle en exhuma des gants, une salopette, un ciré et des bottes. Puis, une fois la question de l'équipement réglée, ils se dirigèrent vers le ponton.

— Attrape la corde, lui ordonna-t-elle en sautant dans le chaland.

Il obéit, mais hésita au moment de grimper à bord.

— Prends ton temps, lui lança-t-elle comme si elle devinait son hésitation.

— Merci. Je ne sais pas pourquoi c'est aussi difficile. Ce matin, l'eau me semble plus… Plus sombre qu'hier.

Elle ouvrit son sac, en sortit un beignet et le brandit devant lui.

— Tu en veux, Ronan ?

Il secoua la tête. Pour le moment, manger était la dernière chose qu'il avait en tête.

— Fais des petits pas, se répéta-t-il comme pour s'en convaincre.

Il releva les yeux vers elle et la vit mordre dans le beignet.

Elle au moins n'avait pas peur de l'eau. Elle semblait parfaitement détendue et à l'aise.

Déterminé à surmonter son angoisse, il prit une profonde respiration pour se donner du courage, puis monta enfin dans le chaland. Aussitôt, un nouveau vent de panique le saisit, mais il se força à le refouler. Il fallait qu'il reste concentré.

— Allons-y, dit-il en relevant les yeux vers elle.

Il avait besoin d'un baiser, d'une caresse, de n'importe quoi pour se changer les idées et il savait que s'il l'attirait à lui, elle succomberait. Mais il s'efforça de se contrôler, du moins pendant les huit à dix prochaines heures. Il lui avait promis.

Par contre, cette promesse ne l'empêcherait pas d'y penser, ni de fantasmer. Ses fantasmes, elle ne pouvait pas les contrôler. Et même si la salopette jaune n'était pas la plus sexy des tenues, il était bien décidé à la regarder, à la dévorer du regard.

Lorsqu'elle manœuvra le bateau pour s'éloigner du ponton, son angoisse monta d'un cran. Il se força à rester immobile.

Pour oublier sa peur, il se concentra sur elle, sur ses traits parfaits, sur ses cheveux brillant sous le soleil du matin.

— Ronan, peux-tu prendre la barre, s'il te plaît ? Attention à bien rester au milieu du couloir de navigation.

Il obéit et prit le contrôle du chaland.

Pendant ce temps-là, elle ouvrit la bouteille Thermos puis attrapa deux tasses dans un coffre. Quelques secondes plus tard, elle lui tendit une tasse de café.

— Merci, Charlie. Je devrais peut-être essayer de manger un beignet pour calmer un peu mon estomac.

— Bonne idée. Ces beignets en forme de pattes d'ours sont délicieux.

Il posa sa tasse et croqua dans le beignet.

— Hum… Il est encore chaud !

— Je les ai achetés dans une boulangerie tout à côté du hangar. Elle ouvre à 5 heures du matin. Comme le soleil se lève vers 6 heures en ce moment, tu es sûr d'y trouver de bonnes viennoiseries toutes chaudes sur le chemin du boulot.

Il la fixa un long moment puis regarda en direction de l'eau.

— Je risque d'avoir du mal.

— Il te suffit de suivre les bouées, Ronan. Garde les bouées rouges à ta gauche, les vertes à ta droite, jusqu'à ce que tu arrives à l'océan. Et le soir, c'est l'inverse. Les rouges à droite, les vertes à gauche.

— Ce n'est pas de cela que je parlais, Charlie.

— De quoi parlais-tu alors ?

— Je disais que je risquais d'avoir du mal à ne pas t'embrasser. Tu es si belle, ce matin.

Elle éclata de rire.

— S'il te plaît, Ronan. N'exagère pas. Je porte une salopette jaune.

— C'est vrai, mais j'adore. Au risque de te surprendre, je dois vraiment faire un immense effort pour ne pas te faire l'amour, là, maintenant, tout de suite.

— Mange plutôt ton beignet, rétorqua-t-elle avec un sourire malicieux. Et laisse-moi te dire que je te trouve un peu dérangé. Tout homme qui trouve que ma tenue est sexy est un fou. Un fou !

Peut-être avait-il perdu la tête, en effet.

Peut-être était-ce une sorte de maladie et dans quelques jours retrouverait-il ses esprits. En attendant, chaque fois qu'il était proche d'elle, il se sentait fiévreux.

— Alors patronne, que faisons-nous aujourd'hui ? lui demanda-t-il en se forçant à redevenir sérieux.

— Nous allons chercher des naissains dans les bassins puis nous allons les implanter dans la baie.

— En quoi cela consiste ?

— La technique n'est pas très compliquée. On enfile une combinaison de plongée, on saute dans l'eau puis on ramasse les naissains avant de les replanter un à un, en ligne, dans la baie.

— Vraiment ?

— C'est officiel, tu n'as rien écouté hier soir. Je crois que je t'ai déjà tout expliqué.

Il haussa les épaules, un peu penaud.

— Pour tout te dire, j'avais d'autres choses en tête, hier. Peut-être devrais-tu tout me réexpliquer.

Elle éclata de rire, un rire doux et chaleureux qui le bouleversa. Il n'avait jamais connu une femme capable de le faire sourire comme Charlie. Rien ne semblait jamais la mettre de mauvaise humeur. Elle était incroyablement naturelle, et joyeuse.

Peut-être était-il sorti avec des femmes qui ne lui convenaient pas. Après tout, ses petites amies ne souriaient jamais, elles se plaignaient toujours.

— Voyons voir si je peux retrouver mes notes, reprit-il. J'ai pris des notes, n'est-ce pas ?

— Bon d'accord, je veux bien recommencer mes explications, mais écoute bien, cette fois-ci, s'il te plaît.

Pour toute réponse, il fit mine de se mettre au garde-à-vous.

— Nous allons remplir la pelle d'huîtres puis les jeter lentement dans les casiers. Elles vont alors tomber au fond de l'eau et s'implanter là-bas pendant quelques années, jusqu'à ce que nous les récoltions.

— Comment savoir que les huîtres sont arrivées à maturation ?

— Nous les répartissons par secteurs. De cette façon, nous savons toujours où nous en sommes.

Il pointa un doigt sur son front.

— C'est bon. J'ai bien noté.

D'une main douce et légère, elle lui caressa les cheveux. Un geste innocent mais révélateur de leur relation.

Après seulement vingt-quatre heures, ils étaient parfaitement à l'aise l'un avec l'autre.

Il n'avait pas besoin de réfléchir à ce qu'il disait. Elle était ouverte, honnête, sincère. Elle n'était pas le genre de fille à jouer.

— Attention, dit-elle soudain en lui indiquant une bouée rouge.

Il modifia alors sa direction et prit une nouvelle bouchée de son beignet.

A cet instant, il était heureux, il ne s'imaginait pas ailleurs qu'ici, sur ce bateau en compagnie de Charlie. Pour un homme qui ne se sentait bien nulle part, c'était plutôt nouveau, et surprenant.

- 4 -

Sous les chauds rayons du soleil de l'après-midi, Charlie manœuvra lentement le chaland, en suivant la rive, puis retourna son attention vers Ronan, debout à l'arrière.

Il avait ouvert son blouson et quelques gouttes de transpiration glissaient le long de son cou.

Ce matin, il avait semblé très mal à l'aise au moment de monter à bord. Elle avait même aperçu de la panique dans son beau regard bleu. Elle lui avait alors conseillé de fixer un point sur l'horizon, pour ne pas regarder l'eau. Cette méthode devait fonctionner car, cet après-midi, il semblait plus calme, plus détendu.

Il avait même souri.

Cela faisait un peu plus de vingt-quatre heures qu'elle le connaissait et elle ne pouvait s'empêcher de se poser des questions sur cet homme. Il avait l'air si complexe ! En apparence, il semblait fort, invincible même, et pourtant, elle le savait sensible. Très sensible. Il lui avait avoué aimer la solitude mais, en même temps, il paraissait toujours ravi de discuter avec elle, quel que soit le sujet.

Elle le regarda jeter en mer une pelletée de naissains, d'un mouvement souple, presque félin. Elle resta un instant bouche bée. Quoi qu'il fasse, il le faisait de façon séduisante.

Elle lui avait montré la technique, un peu plus tôt dans la journée et, apparemment, il avait bien retenu la leçon. Il ne lui avait fallu que quelques essais pour comprendre le procédé et le maîtriser parfaitement.

Soudain il ôta son ciré, laissant voir des muscles parfaitement dessinés sous son T-shirt. Dieu qu'il était sexy !

Un délicieux tressaillement de désir la traversa.

Si elle devait contempler ce spectacle d'un érotisme fou tous les jours, elle allait sans doute avoir du mal à ne pas céder à la tentation.

Ce serait même impossible ! Il était si beau !

Il lui faisait penser à ces statues de dieu grec, si fort, si puissant. Si parfait qu'il lui faisait perdre tous ses moyens.

— Il t'en reste encore beaucoup ? lui demanda-t-elle soudain en se forçant à se concentrer sur le travail.

Elle devait penser à son travail. Rien qu'au travail. Ronan était là pour travailler.

Et elle aussi, d'ailleurs.

— Il me reste environ cinq pelletés, répondit-il.

— Parfait. Dans ce cas-là, nous allons nous diriger plus au sud, vers un autre parc, lui annonça-t-elle en remettant les gaz.

Elle connaissait cette baie comme sa poche, la rive, la profondeur, les courants et les différents parcs dans lesquels les huîtres étaient réparties pour grandir dans des conditions optimales.

— Quelle partie de la baie vous appartient ? lui demanda soudain Ronan.

— Aucune. Nous la louons à l'Etat du Maine. Par contre, nous sommes propriétaires des bassins de Kepley Pond.

Parvenue à l'endroit désiré, elle demanda à Ronan de finir de répartir les huîtres dans les parcs.

Il ne lui fallut pas plus de quelques minutes pour terminer tout le travail, puis il vint la rejoindre et se laissa tomber sur le siège à côté d'elle.

— Est-ce qu'il nous reste encore d'autres naissains à aller chercher, Charlie ?

Ils avaient déjà fait deux allers et retours depuis ce matin. Ils avaient bien travaillé.

— Non, nous avons terminé.

— Hourra ! s'écria-t-il en levant les bras au ciel. J'ai survécu.

A l'évidence, il était vraiment heureux. Il passa son bras par-dessus son épaule et l'attira à lui pour un long baiser langoureux. Lorsqu'il rompit leur étreinte, il lui adressa un sourire malicieux et aussitôt un doux frisson d'excitation et d'anticipation la gagna.

— Je m'excuse, Charlie. Peut-être me suis-je un peu précipité. J'aurais dû attendre que nous soyons de retour au port, avant de t'embrasser.

— Non, non, aucun problème. Notre journée de travail est officiellement terminée. D'ailleurs, je trouve que tu t'en es bien sorti. Comment te sens-tu ?

— Epuisé ! Par moments, je sentais mes angoisses revenir et je n'avais qu'une envie : retourner à terre, mais en me forçant à me concentrer sur le travail et en respirant calmement et régulièrement, j'ai réussi à surmonter ces peurs.

Il se tut et enleva ses gants avant de prendre son visage en coupe.

— Merci Charlie d'avoir été aussi patiente, cela veut dire beaucoup pour moi. Mais si cela ne te gêne pas, je préférerais que nous longions la côte pour rentrer.

— Nous mettrons plus de temps.

— Ce n'est pas grave.

Il l'embrassa une nouvelle fois, doucement, et elle succomba à la tendresse, ainsi qu'aux promesses de sensualité que recelait ce baiser.

Elle ne pouvait pas lui résister.

Après seulement vingt-quatre heures, elle était totalement sous le charme. Il avait réussi à l'ensorceler, à l'envoûter, comme un magicien avec sa baguette magique.

Jusqu'à présent, elle avait toujours pensé être une femme raisonnable, surtout en ce qui concernait l'amour.

Sa relation avec Danny avait été dominée par la prudence, la mesure. Avec Ronan, c'était complètement différent.

Avec Ronan, elle avait l'impression d'être sans cesse

sur des montages russes. Elle ne parvenait pas à maîtriser l'intensité de ses sentiments, de ses désirs. Tout allait vite et fort.

Mais cela ne la dérangeait pas.

Au contraire, même ! Elle avait envie d'oublier sa retenue habituelle, et sa timidité, pour succomber au plaisir. Elle voulait rire, chanter, danser nue dans un champ de marguerites, chose que l'ancienne Charlotte Sibley n'aurait même pas imaginée. Elle voulait vivre en toute liberté, comme une amazone, sans se préoccuper de l'opinion des autres.

Tout ce qui comptait, c'était l'homme assis à côté d'elle.

L'homme séduisant et terriblement sexy qui était assis à côté d'elle.

— Qu'allons-nous faire ce soir ? lui demanda-t-il soudain d'une voix si douce qu'elle en eut la chair de poule.

Frissonnante, elle posa une main sur son torse et ferma les yeux quelques instants, comme pour lui transmettre l'émotion qu'elle ressentait et lui montrer l'effet qu'il lui faisait.

— As-tu envie de faire quelque chose de particulier ? lui demanda-t-elle ensuite, une fois la vague d'émotion passée. A vrai dire, tu dois sans doute vouloir te détendre. Tu as travaillé dur. D'ailleurs, tu risques d'avoir des courbatures demain.

— Cela m'étonnerait. J'ai l'habitude des efforts physiques.

— Tu en auras tout de même, crois-moi. A moins que tu aies l'habitude de manipuler des pelles à longueur de journée. Lorsque j'ai recommencé à travailler, en revenant de New York, je n'ai pas pu me lever le deuxième jour tellement les courbatures étaient douloureuses.

A ces mots, il éclata de rire.

— Ce n'est pas étonnant, Charlie. Tu es une fille !

— Quoi ? Que viens-tu de dire ?

— Rien. Retour à la case départ.

Elle écarquilla les yeux. Elle ne comprenait pas où il voulait en venir.

— Retour à la case départ ?

— Excuse-moi, c'est sorti tout seul… Cela fait au moins vingt ans que je n'ai pas utilisé cette expression.

— Explique-moi.

Il lui sourit, mais son sourire semblait forcé, gêné.

— C'est une phrase que ma mère avait l'habitude d'utiliser. Chaque fois que l'un de nous faisait une bêtise, ou disait quelque chose de méchant, elle nous proposait de retourner à la case départ pour effacer ce que nous venions de dire ou de faire. C'était pour elle une façon de nous obliger à réfléchir avant de parler.

— Dans le cas présent, tu n'es pas obligé de retirer ce que tu as dit, Ronan. Je sais bien qu'il s'agissait d'une blague. Mais dis-moi, est-ce que ça va ?

— Oui. C'est juste un bon souvenir qui me revient. Pour changer de sujet, est-ce qu'on dîne avec tes parents, ce soir ?

— C'est comme tu veux, mais nous ne sommes pas obligés.

— Quel est le menu ce soir ?

— Je ne sais pas. La plupart du temps, ma mère nous sert des plats très classiques. Du poulet grillé, des côtelettes de porc, des purées de légumes… Elle cuisine plutôt bien quand elle ne sort pas des sentiers battus et, une fois par mois, elle organise un dîner de Thanksgiving.

— Thanksgiving ?

Elle approuva d'un signe de tête.

— Oui, ma mère pense qu'un si bon repas devrait être partagé plus d'une fois par an. Alors elle prépare une dinde, de la purée de pomme de terre, des sauces… Elle sort la vaisselle en porcelaine de ma grand-mère et les couverts en argent. Ce soir-là, toute la famille doit être présente. D'ailleurs, je crois que le prochain dîner de Thanksgiving a lieu la semaine prochaine.

Il paraissait ravi.

— C'est une très bonne idée. Chez moi, nous n'avons jamais célébré Thanksgiving, en tout cas après la disparition de mes parents. Mon grand-père vient d'Irlande et il n'a jamais compris cette tradition.

— En attendant Thanksgiving, qu'aurais-tu envie de manger, ce soir ?

— Des huîtres ?

— Bonne idée. Je vais acheter des pâtes thaïlandaises pour aller avec. Mais avant de faire quoi que ce soit, tu vas avoir besoin de prendre une bonne douche. Je suis désolée de te le dire, Ronan, mais tu empestes l'huître !

— Tu ne sens pas la rose non plus, rétorqua-t-il avant de la prendre dans ses bras.

Et sans crier gare, il enfouit son beau visage dans ses cheveux.

— Non, tu ne sens vraiment pas la rose, Charlie, mais cela ne me dérange pas. J'aime quand tu sens l'huître, quand tu sens l'algue, quand tu sens…

Son téléphone se mit à sonner. A contrecœur, elle se redressa. Elle devait répondre.

— Salut Isaac, dit-elle. Comment ça va ?

— Oncle Jake m'a appelé, répondit Isaac. Son équipe a perdu un casier, la corde s'est rompue. On les a rejoints avec Abby et on a plongé pour essayer de récupérer le casier mais nous n'y sommes pas arrivés. Il commence à faire super-froid. Est-ce qu'on peut attendre demain avant de plonger de nouveau, avec une combinaison ?

— Tu es du côté de la crique de Palmer ?

— Oui.

— Parfait. Je serai là d'ici dix minutes. Je vais essayer de récupérer ce casier.

Elle raccrocha puis rangea son téléphone dans sa poche.

— Changement de programme, Ronan. Nous devons aller aider Isaac. Cela ne nous prendra que quelques minutes et ensuite, on pourra rentrer.

Sans attendre sa réponse, elle fit demi-tour et accéléra.

D'un bout à l'autre, la baie de Mistry mesurait une cinquantaine de kilomètres de long. Les employés de l'entreprise travaillaient donc par équipes sur différentes zones, parfois sans se croiser de la journée.

Au bout de quelques minutes, elle aperçut le chaland de son frère. Abby et Isaac se trouvaient à bord.

Elle ralentit puis s'approcha très lentement jusqu'à pouvoir accrocher ensemble les deux bateaux.

— A quelle profondeur se trouve le casier, Isaac ?

— Environ quatre mètres, répondit son frère. Je l'ai attrapé une fois, mais le nœud de ma corde a rompu et il est retombé. Sans masque, je ne vois pas bien ce que je fais. C'est embêtant, le panier est plein d'huîtres et…

Il s'interrompit et se tourna vers Ronan.

— Vous allez voir, Ronan. Charlie est la meilleure plongeuse de toute la famille.

Tout en écoutant les explications de son frère, elle s'était tournée vers Ronan.

Il la fixait, la bouche ouverte, pâle comme un linge.

— Tu vas plonger dans l'eau ? marmonna-t-il d'une voix blanche, au bout de quelques secondes.

— Ne t'inquiète pas, j'ai déjà plongé des centaines de fois dans la baie

— Parfois, elle ramasse les huîtres en plongeant, intervint Abby. Elle peut retenir sa respiration très longtemps. Presque deux minutes !

Sans faire le moindre commentaire, Charlie ôta ses bottes en plastique, sa salopette et son jean. En culotte et T-shirt, elle s'assit sur le bord du chaland, prête à plonger.

— Attends, cria Ronan, la coupant dans son élan. Est-ce vraiment nécessaire ? Je suis prêt à t'acheter un nouveau casier si c'est ça le problème.

— Nous ne voulons pas perdre notre matériel, répondit-elle simplement avant de se tourner vers Isaac. Tu peux me passer la corde, s'il te plaît ?

Elle noua la corde autour de sa taille puis, sans un regard pour Ronan, elle plongea.

Le fond de la baie était boueux, sombre. Elle parvint

néanmoins à apercevoir le casier et nagea dans sa direction. Elle dénoua la corde de sa taille puis l'accrocha au casier. Après avoir attrapé une huître, elle remonta vers la surface.

Lorsqu'elle sortit la tête de l'eau, elle vit Ronan qui fixait la surface, le souffle court. Il était tout blanc.

Dès qu'il l'aperçut, il tendit un bras dans sa direction et l'aida à remonter à bord avant de lui mettre sa veste sur les épaules pour la réchauffer.

— Ça va ? lui demanda-t-il d'un ton inquiet.

— Oui, répondit-elle en lui tendant l'huître. Tiens, je t'ai remonté un cadeau.

— Une huître ?

— La plus fraîche que tu aies jamais mangée. Je vais te l'ouvrir.

Mais d'abord, elle se retourna pour vérifier qu'Isaac et Abby remontaient bien le casier à bord de l'autre chaland.

— Que veux-tu faire de ces huîtres ? lui demanda son frère.

— Rapporte la moitié à maman et laisse l'autre au hangar. Ronan voudra sans doute en manger ce soir.

Pour toute réponse, Isaac se contenta d'un signe de la main, puis il sépara les deux chalands et s'éloigna.

Lorsqu'ils furent seuls, elle se tourna vers Ronan. Il la regardait toujours d'un air inquiet, mais il avait repris quelques couleurs.

— Tu m'as fait une peur bleue, Charlie. Ne fais plus jamais cela.

— Ce n'est pas très profond et il n'y a rien de dangereux. Je te montrerai. La prochaine fois que la marée sera basse, nous marcherons jusqu'ici.

— On peut ?

Il semblait étonné.

Elle se mit alors sur la pointe des pieds et plaqua sa bouche sur la sienne.

— Tu as encore beaucoup à apprendre sur l'ostréiculture, mon chéri.

— J'ai aussi beaucoup à apprendre sur toi, Charlotte Sibley.

Et elle, elle avait beaucoup à apprendre sur lui.

Une longue douche bien chaude, voilà ce dont il avait besoin après une longue journée de travail. Ronan n'avait jamais ressenti ce sentiment de bonne fatigue, de fatigue positive, lorsqu'il était aux chantiers navals.

Peut-être était-ce parce qu'il avait passé la journée dehors ?

En tout cas, il avait l'impression d'avoir fait travailler chacun de ses muscles, sans la moindre exception. Et même s'il était épuisé, il se sentait bien.

Il enfila un short puis se dirigea vers la cuisine.

Lorsqu'il ouvrit le réfrigérateur, il ne put s'empêcher de réprimer un élan de surprise. Il était plein ! Ce matin encore il était vide, et maintenant il regorgeait de boissons en tout genre et de nourriture. Quelqu'un l'avait rempli dans la journée.

Etait-ce Charlie ?

Il aperçut soudain un petit mot dans la corbeille de fruits. Un petit mot signé Penny Sibley.

C'était donc la mère de Charlie qu'il lui faudrait remercier.

Esquissant un petit sourire, il attrapa une bière. Son estomac se mit à gronder.

Rien de surprenant à cela, ils n'avaient mangé qu'un petit sandwich en milieu de journée.

Des huîtres.

Voilà ce dont il avait envie pour le moment.

Il avait envie d'huîtres. De bonnes huîtres bien fraîches.

Il repensa au panier qu'Isaac était censé déposer, il devait être quelque part en bas, dans le hangar.

En ouvrant la porte du studio, il se retrouva nez à nez avec Charlie. Instantanément, il lui sourit. Cela ne faisait que quelques minutes qu'il l'avait quittée mais elle lui avait manqué.

Elle tenait un seau contenant des huîtres, un sac en plastique, et des bières.

— Peux-tu m'aider s'il te plaît, Ronan, en prenant le sac ?

Il l'attrapa et sentit aussitôt un doux parfum d'épices lui chatouiller les narines et aiguiser son appétit.

— J'allais descendre chercher les huîtres.

— J'en ai pris à la maison. Ma mère les avait nettoyées et mises de côté pour toi.

— Elle est vraiment gentille. Elle a aussi rempli le réfrigérateur du studio, ajouta-t-il avant de s'écarter pour la laisser entrer.

Elle écarquilla les yeux. Elle semblait surprise.

— Elle a vraiment fait cela ? s'étonna-t-elle. C'est très gentil de sa part. On dirait que tu lui as tapé dans l'œil.

Il la regarda poser les bières sur le comptoir puis sortir les plats thaïlandais du sac. Son estomac se mit à grogner de plus belle, mais il l'ignora.

Depuis que Charlie avait pénétré dans le studio, il n'avait plus faim.

En tout cas, plus faim de nourriture.

Désormais, il avait faim de Charlie.

Il avait passé toute la journée à la dévorer du regard, charmé par chaque nouveau détail et trait de personnalité qu'elle lui dévoilait, et mourait maintenant d'envie de découvrir son corps et d'en prendre possession.

Contrairement aux autres femmes qu'il avait connues, Charlie n'avait pas peur de travailler, ni de se salir. Elle effectuait un travail qui exigeait de la force, de la patience et de la réflexion. La musculature qu'elle affichait n'était pas le résultat de séances de gymnastique répétées devant un DVD, mais la conséquence de son travail. Elle s'y mettait à l'aube chaque matin et ne s'arrêtait pas avant d'avoir tout terminé.

C'était vraiment une femme remarquable.

Sentant soudain une étrange émotion l'envahir, il vint

se placer derrière elle et l'enlaça. Puis il ferma les yeux et s'enivra du parfum citronné de son épaisse chevelure.

— Oublie la nourriture, Charlie.

— Tu n'as pas faim ?

Pour toute réponse, il attrapa le seau d'huîtres et le plaça au réfrigérateur. Puis, sans un mot, il la saisit par la taille et l'assit sur le comptoir.

— Tu sens si bon, Charlie. Tu es si belle…

— Cela ne peut pas continuer ainsi, Ronan. Tu ne peux pas passer ton temps à me dire que je suis belle. Et tu dois arrêter de me renifler les cheveux.

— Tu ne peux rien me reprocher, j'ai réussi à rester sérieux et professionnel pendant toute la journée. Mais maintenant que nous sommes ici, plus rien ne pourra m'arrêter.

Sans lui laisser le temps de réagir, il plaqua sa bouche sur la sienne et l'embarqua dans un long baiser passionné. Un baiser qui n'était qu'un préambule, un préambule à quelque chose d'autre, quelque chose de plus grand, de plus important, de plus sensuel.

Il sentit ses mains fines glisser sur son torse nu, ses ongles s'enfoncer dans ses épaules et, instantanément, son corps réagit. Ses sens s'éveillèrent. Son sexe se durcit, son cœur s'accéléra.

Impatient, il s'insinua entre ses jambes fines qu'elle noua aussitôt autour de sa taille. C'était si bon ! De se laisser aller enfin, de succomber au désir sans restriction.

Il ferma les yeux et savoura le baiser, l'incroyable douceur de sa peau, l'envoûtante sensualité de ses lèvres, l'agilité de sa langue experte.

Ils n'étaient encore que deux inconnus ignorant le plaisir qu'ils allaient ressentir, ignorant le plaisir qu'ils pouvaient se donner et partager ensemble. Pourtant, il avait l'impression de la connaître mieux que toutes les autres femmes. Il avait l'impression de la connaître intimement. De la comprendre.

Il saisit le bord de son chemisier et, doucement, l'écarta jusqu'à découvrir sa peau laiteuse. Il laissa ensuite sa bouche tracer un chemin de baisers humides le long de son cou fin, se délectant de la douceur soyeuse de sa peau, s'enivrant de son parfum jusqu'à perdre la tête.

Il n'en pouvait plus d'attendre. Il n'avait plus qu'une idée en tête, lui arracher ses vêtements et succomber.

Il n'avait plus qu'une envie, la posséder, corps et âme.

Il ne s'agissait pas d'une simple aventure d'un soir, d'une aventure provoquée par l'ivresse ou l'ennui. Non, il s'agissait de beaucoup plus que cela.

Il avait rencontré une femme belle et chaleureuse… Une femme qu'il avait envie de protéger. Il l'avait compris à l'instant même où elle avait plongé du bateau pour aller récupérer le casier.

Il avait rencontré une femme belle mais aussi intelligente. Une femme qui n'avait peur de rien.

Emu par ces révélations qui s'imposaient à lui avec une telle évidence, il la serra entre ses bras et la porta dans la chambre. Là, il la posa délicatement sur le lit puis, sans jamais cesser de l'embrasser, il se positionna au-dessus d'elle.

Comme si elle devinait son impatience, et la partageait, elle plaqua ses hanches sensuelles contre les siennes.

— Je pensais que tu avais faim, lui murmura-t-elle avec malice.

— Il y a des choses plus importantes que la nourriture, répondit-il.

Puis il roula sur le côté et la fixa.

Hypnotisé par sa beauté si naturelle, il la dévora du regard, repoussant une mèche de cheveux qui avait glissé et masquait son beau regard profond.

— Ne t'arrête pas, le supplia-t-elle d'une petite voix, au bout de quelques secondes.

— Ne t'inquiète pas, je n'ai aucune envie de m'arrêter. C'est trop bon. Et puis, j'ai de grands projets pour toi.

Pour toute réponse, elle lui sourit. Un sourire dans lequel il crut pourtant déceler une certaine inquiétude. Son abandon n'était pas encore total.

— Je n'ai connu qu'un seul homme, Ronan. Nous avons commencé à sortir ensemble lorsque nous étions au lycée, alors je ne suis pas sûre de savoir comment… Comment faire, comme une vraie femme, comme une adulte, lui expliqua-t-elle, confirmant ses doutes.

Avant de répondre, il glissa une main sous son soutien-gorge et caressa sa peau soyeuse pour tenter de la rassurer.

— Il n'y a pas de mode d'emploi, Charlie. Il faut simplement suivre le mouvement et nous verrons bien où le destin nous mènera.

— Dis-moi au moins comment commencer.

— Je crois que nous avons déjà commencé.

Il n'en dit pas plus, il empoigna un de ses seins ronds et sensuels à travers la dentelle et le serra doucement.

Elle laissa échapper un soupir lorsqu'il pinça entre deux doigts la pointe offerte de son sein. Elle s'arc-bouta et il sourit, heureux de l'effet qu'il lui faisait.

En fait, il lui suffisait de la toucher, de la caresser pour être heureux.

Il mourait d'envie de la déshabiller et de lui faire l'amour, mais il était prêt à attendre un jour de plus si ses simples caresses suffisaient à la satisfaire.

Il savait ce qu'il désirait, il n'en avait pas le moindre doute et il n'avait pas le moindre doute non plus sur ce que désirait Charlie, mais il était prêt à patienter.

La journée avait en effet été longue et fatigante, pour tous les deux, songea-t-il tout en sentant une douce torpeur s'emparer de son corps.

Incapable de s'en empêcher, il laissa échapper un bâillement.

— Je te promets, ce n'est pas toi qui me fais bâiller, s'excusa-t-il aussitôt.

— On n'a qu'à rester allongés quelques instants afin de retrouver des forces.

— Tu es fatiguée, toi aussi ?

— Bien sûr. Non seulement j'ai travaillé, mais j'ai aussi

passé la journée à essayer de te résister. Cela m'a privée de toutes mes forces, répondit-elle en enfouissant son visage dans le creux de son cou. Je vais te dire un secret, la salopette te va vraiment à ravir.

— Et moi qui pensais que tu te concentrais sur la navigation.

— Je suis capable de conduire un bateau les yeux fermés.

— Cela me plaît, répondit-il. Le travail… Il me plaît beaucoup.

Elle se redressa sur un coude et le dévisagea. Elle semblait un peu étonnée.

— Tu aimes vraiment ce travail, Ronan ?

— Oui. C'est un métier fatigant mais c'est aussi un beau métier, admirable même. Tu produis des huîtres pour nourrir les gens. Tu élèves des animaux savoureux tandis que moi, je fabrique des yachts pour des gens riches, pour des gens qui n'ont pas besoin de ces bateaux.

— N'empêche que tes bateaux sont beaux, Ronan.

— Comment le sais-tu ?

— Lettie Trowbridge a fait quelques recherches sur toi, sur internet, et elle m'a envoyé des photos. J'aime particulièrement le bateau que tu as construit pour un sénateur de l'Oregon.

— C'est marrant, c'est également un de mes préférés. Mais qui est Lettie Trowbridge ?

— La pipelette de la ville. Tu sais, tout le monde parle de toi ici, à cause de ton nom de famille.

— C'est ce qui est sympathique dans une petite ville. Tout le monde prend soin des autres.

— Non, répondit-elle en secouant la tête. Tout le monde ne prend pas soin des autres, tout le monde se mêle des affaires des autres ! Tu veux connaître les véritables motivations de Lettie, et la raison pour laquelle ma mère a rempli ton réfrigérateur ? Elles veulent que tu restes. Elles veulent que tu m'épouses pour conjurer le mauvais sort lancé par Birdie. Elles vont faire tout ce qui est en leur pouvoir pour faire de moi la plus heureuse des femmes et de Sibleyville, le paradis sur terre. Regarde, ma mère a même nettoyé des huîtres pour toi. Elle ne nettoie jamais les huîtres !

Abasourdi, il hésita quelques instants avant de répondre, en profitant pour promener un doigt rêveur sur sa peau douce.

— Si tu disais « retour à la case départ », est-ce que tu pourrais retirer cette histoire complètement farfelue.

— Si tu veux. On va dire que tu n'as rien entendu.

— Elles veulent vraiment que je t'épouse ? reprit-il néanmoins, en déposant quelques baisers sur le coin de sa bouche.

— Si une Sibley épouse un Quinn, alors le mauvais sort sera automatiquement conjuré. C'est du moins ce que pense Lettie et elle attend ce moment avec impatience pour prendre sa retraite et partir en Floride. T'ai-je dit que c'est elle, la marieuse officielle de Sibleyville ? Si elle ne parvient pas à ses fins, elle va essayer de te marier avec une autre fille de la ville. Elle est très déterminée et…

Il posa un doigt sur sa bouche sensuelle pour la faire taire.

— Oublie tout cela. Je suis sûr que je peux faire fuir les autres filles. Je leur dirai que tu es la seule qui m'intéresse.

A ces mots, elle laissa échapper un doux soupir, se lova contre lui. Il ferma les yeux, heureux de la sentir ainsi, si douce et si chaude entre ses bras

Peut-être avait-il trouvé le paradis sur terre.

En tout cas, Sibleyville y ressemblait beaucoup.

Charlie ouvrit les yeux et se retrouva dans l'obscurité.

Où était-elle ?

Elle sentit un corps bouger à côté d'elle, et les souvenirs revinrent à sa mémoire. Elle esquissa un sourire rêveur.

Elle était avec Ronan. Ils s'étaient endormis.

Mais quelle heure était-il ?

Elle jeta un coup d'œil vers le réveil posé sur la table de chevet.

2 heures du matin. Ce qui voulait dire qu'ils avaient dormi près de six heures.

Elle s'assit et passa une main dans ses cheveux, ils étaient désormais tout emmêlés. Le mieux serait sans doute de se lever et de rentrer chez elle. Après tout, elle devait être prête pour le travail dans exactement quatre heures.

Elle se pencha et posa ses lèvres sur l'épaule dénudée de Ronan, allongé en travers du lit.

— Ronan… Ronan, réveille-toi.

Il se retourna puis ouvrit lentement les yeux.

— Il est 2 heures passées, Ronan. Je dois y aller.

— Non. Reste.

Elle posa sa bouche sur la sienne pour l'embrasser doucement mais, aussitôt, il approfondit son baiser et, malgré ses bonnes résolutions, elle s'abandonna et laissa échapper un soupir de plaisir.

Elle n'était pas capable de résister.

Elle connaissait cet homme depuis deux jours maintenant, et elle avait déjà succombé.

En deux jours, il l'avait charmée, il l'avait séduite et elle ne se sentait plus capable de faire marche arrière.

Sa raison lui dictait de prendre son temps, de réfléchir. Mais son corps disait le contraire. Ses sens lui criaient le contraire.

Ronan était doux, gentil, sexy. Il était tout ce qu'elle pouvait espérer chez un homme. Peu importait s'il devait partir dans six semaines. Peu importait s'ils se connaissaient à peine, car qui savait si elle aurait, un jour, une autre chance comme celle-ci ?

Après tout, cela faisait presque un an qu'elle était revenue à Sibleyville et, depuis, elle n'avait rencontré aucun homme.

Sa décision prise, elle attrapa le bord de son caraco et le fit passer par-dessus sa tête, ne rompant leur baiser que l'espace d'une seconde.

Elle voulait lui montrer que ses intentions étaient claires, même si elle lui laissait le soin de faire le premier pas.

D'ailleurs, il n'attendit pas longtemps pour réagir. Il lui prit la main, la fit se lever. Ils restèrent face à face un petit instant en silence, puis il prit son visage en coupe et posa son front sur le sien.

— Je peux attendre, Charlie. Nous ne sommes pas obligés de faire l'amour cette nuit.

— Non, répondit-elle d'une voix légèrement tremblante. Moi je ne peux pas attendre.

Pour lui prouver son impatience, et l'étendue de son désir, elle ouvrit la fermeture Eclair de son jean, puis le fit glisser le long de ses jambes avant de s'en débarrasser maladroitement.

Elle avait vingt-cinq ans et n'avait connu qu'un seul homme, alors elle voulait vivre la passion qu'elle sentait brûler en elle. Elle refusait d'attendre. Elle voulait se perdre dans la sensualité, s'abandonner et oublier la réalité. Maintenant…

Les yeux brillants d'anticipation, elle prit sa main puissante et la posa sur sa poitrine. Il retint son souffle puis, lentement, il se mit à la caresser.

Tandis qu'il dégrafait son soutien-gorge, elle ferma les yeux pour se concentrer sur les sensations, sur les réactions de son corps.

Lorsque son soutien-gorge tomba au sol, elle frissonna.

Voilà, ils avaient dépassé le point de non-retour.

Elle avait toujours su qu'elle rencontrerait un autre homme, après Danny. Et quand elle imaginait leur première étreinte, elle se voyait hésitante, inquiète à l'idée de ne pas savoir le satisfaire.

Mais avec Ronan, elle n'éprouvait aucune inquiétude, aucune peur. Parce qu'il semblait l'apprécier pour ce qu'elle était réellement, il lui faisait oublier toute retenue.

Déterminée, audacieuse, elle ouvrit les boutons de son short puis le fit glisser sur ses hanches. En se rendant compte qu'il ne portait pas de caleçon, elle réprima un frisson.

— Désolé, murmura-t-il.

Il n'avait aucune raison de s'excuser. Au contraire.

Pour le lui prouver, elle referma la main sur son sexe.

Il était déjà dur, tendu, et plus impressionnant qu'elle ne l'avait imaginé.

Elle retint son souffle, soudain prise de vertiges.

Elle avait l'impression de vivre un rêve, de vivre un de ses fantasmes. Chacune des sensations qu'elle éprouvait était si forte, si puissante, qu'elle ne parvenait plus à réfléchir calmement.

Mais elle n'avait pas besoin de réfléchir, se rappela-t-elle soudain. Elle devait juste agir et se laisser porter par les sensations.

Elle devait juste vivre, vibrer. Et succomber au plaisir.

Le cœur battant à toute allure, brûlante de désir, elle resserra la main autour de son sexe. Elle commença à aller et venir sur la peau, aussi douce que du velours, et Ronan laissa échapper un soupir.

Mais rapidement, il reprit le contrôle. La prenant par la taille, il l'attira de nouveau sur le lit et, d'un geste, la débarrassa de sa culotte. Elle se laissa faire avec docilité, s'il voulait être le maître du jeu, soit.

Lorsque enfin il posa ses mains sur son corps, elle s'enflamma.

Tout à coup, elle avait l'impression que ces mains expertes étaient partout à la fois tellement les caresses étaient puissantes et intenses. Elles suivaient chacune de ses courbes, faisant naître en elle des vagues de sensualité, aussi fortes que des tsunamis. Partout où ces mains se posaient, elle découvrait des sensations inédites.

Ce soir, elle avait l'impression d'être une espèce de déesse de l'amour, et non une jeune femme inexpérimentée de vingt-cinq ans. Elle découvrait l'amour, comme une révélation.

Jamais elle n'avait ressenti un désir aussi puissant.

Jamais elle n'avait connu un plaisir aussi intense.

Il lui écarta doucement les cuisses et, d'un doigt expert,

dessina les contours de son sexe. A peine un effleurement, mais elle se sentit sur le point d'exploser.

Elle se crispa légèrement quand il enfouit son visage entre ses jambes, mais dès le premier coup de langue, elle s'abandonna à cette douce torture, serrant le drap entre ses poings pour tenter de réprimer ses cris.

Elle voulait attendre, se retenir, savourer ce moment un peu plus longtemps, mais elle n'y arrivait pas.

Elle était en feu.

Les vagues de l'orgasme étaient en train de l'envahir, de plus en plus fortes, de plus en plus puissantes, quand soudain elle sentit tous ses muscles se tendre.

Elle lâcha un long cri animal puis, oubliant tout, elle explosa.

Durant de longues secondes, les vagues de plaisir continuèrent à aller et venir en elle. Puis, peu à peu, sa respiration retrouva un rythme normal, son rythme cardiaque s'apaisa et, au bout d'un moment, elle parvint à rouvrir les yeux.

Ronan la regardait, un sourire satisfait aux lèvres.

— Pourquoi souris-tu ?

— Parce que tu étais incroyable.

Elle éclata de rire.

— J'étais incroyable ?

— Bien sûr, répondit-il avant de poser tendrement sa bouche sur la sienne.

Il se redressa et elle remarqua qu'il avait l'air encore un peu fatigué.

— Je sais exactement ce dont tu as besoin, Ronan, annonça-t-elle en sortant du lit.

Puis elle se dirigea vers la cuisine, remettant son T-shirt au passage.

Il la suivit, le drap enroulé autour des hanches.

— Que fais-tu, Charlie ?

— Je vais chercher à manger. Je meurs de faim et toi aussi. Tu avais faim avant de m'entraîner au lit, je le sais.

Elle sortit les huîtres du réfrigérateur puis attrapa un couteau pour les ouvrir.

— Penses-tu pouvoir les ouvrir sans te sectionner une artère ?

— Oui, si tu me montres comment faire.

Elle attrapa un torchon et le posa sur le plan de travail.

— Tiens l'huître de cette façon, lui expliqua-t-elle ensuite. Glisse la lame du couteau ici et tourne un peu.

L'huître s'ouvrit instantanément et elle la lui tendit.

Il la goba et laissa échapper un soupir de satisfaction.

— Un délice.

Elle attrapa alors deux assiettes dans un placard puis ouvrit le plat de nouilles thaïlandaises. Les pâtes étaient froides mais cela ne la dérangeait pas. Elle ajouta quelques crevettes sur une assiette puis s'installa face à Ronan.

— Un bon repas après avoir fait l'amour, murmura-t-il d'une voix sensuelle. De quoi d'autre pourrais-je avoir besoin ?

— De sommeil. Nous devons être debout dans trois heures et demie.

Il rejeta la tête en arrière pour gober une huître avant de répondre :

— Celle-ci était encore meilleure que la précédente. Pour en revenir au travail, j'ai très envie de m'y remettre. Je me suis bien amusé hier, même si c'était fatigant. Je ne pensais pas… Je ne pensais pas que j'apprécierais d'être sur un bateau, mais je crois que je m'en suis bien sorti. Cela me prendra du temps, mais je pense que je pourrai même finir par surmonter définitivement mes craintes.

— Je crois qu'il existe des fermes ostréicoles dans la région de Seattle. Lorsque tu rentreras, tu pourrais y travailler. Ou alors monter ta propre exploitation.

— Mais peut-être est-ce que je préférerai rester ici.

A ces mots, elle sentit son cœur manquer un battement puis elle se ressaisit. Elle devait avoir mal entendu.

En plus, Ronan ne connaissait pas Sibleyville. Il ne

pouvait pas prendre ce genre de décision aussi rapidement, surtout à cause d'elle.

Ce n'était pas possible.

— Si l'ostréiculture t'intéresse, je peux t'apprendre tout ce que je sais. Il y a peut-être quelques différences avec les pratiques dans le Pacifique, mais elles ne doivent pas être trop nombreuses.

— Merci de ta proposition. J'aimerais beaucoup en savoir plus. Mais alors juste pendant les heures de travail. Le reste du temps, je veux en apprendre plus sur toi.

Elle secoua la tête. Il disait vraiment n'importe quoi.

— Il n'y a pas grand-chose d'intéressant à apprendre à mon sujet.

— Si, et je vais te dire quelque chose que tu ne sais pas.

Elle le fixa, intriguée.

— Je t'écoute.

— Tu n'as aucune idée à quel point tu es une femme formidable, Charlie. J'ai connu beaucoup de femmes dans ma vie, mais aucune aussi sincère et directe que toi. Tout ce que tu dis est réel, vrai, et je n'ai pas besoin de me torturer l'esprit pour savoir ce que tu penses. Tu ne joues pas.

— Avec quel genre de femmes es-tu sorti ?

— Avec le mauvais genre, sans aucun doute.

— Je crois… Je crois que je ne sais pas jouer, tout simplement. Je n'ai jamais appris. Je suis une relativement bonne actrice. Sur scène, je peux faire semblant, mais dans la vraie vie…

— Ne change pas. Surtout, ne deviens pas comme les autres femmes.

Elle ne répondit pas, elle se leva pour lui servir à boire.

— Merci Charlie. Pour tout te dire, je ne m'attendais pas à toi.

— Je ne m'attendais pas à toi non plus.

— Je n'ai aucune idée d'où nous allons ainsi.

Elle haussa les épaules.

— Moi non plus, Ronan. Mais je pense que nous allons nous amuser à essayer de deviner. Tu ne penses pas ?

— Est-ce que ça veut dire que nous allons passer toutes les nuits ensemble ? J'espère que cela ne posera pas de problème à ta famille.

— Ne t'inquiète pas. Je suis partie à New York avec mon petit ami du lycée lorsque j'avais dix-huit ans, alors ma réputation n'est plus à faire à Sibleyville.

Elle s'interrompit pour lui tendre une fourchette de pâtes.

— En plus, tout le monde à Sibleyville espère que nous nous marierons pour conjurer le mauvais sort. Alors crois-moi, ils seront heureux de savoir que nous couchons ensemble.

Il lui adressa un sourire malicieux.

— C'est vrai ? Dans ce cas-là, ma chérie, je crois qu'il en va de notre devoir de citoyens de tout faire pour que les habitants de Sibleyville soient heureux. Je suis d'ailleurs prêt à m'y remettre tout de suite.

— Mais je n'ai pas fini de manger, Ronan !

Il lui prit le plat des mains, le posa, puis l'entraîna à sa suite.

— Il ne nous reste plus que trois heures avant de nous lever, Charlie. Nous n'avons pas une minute à perdre !

Elle s'échappa de son étreinte et courut jusqu'à la chambre où elle sauta au milieu du lit. Il la suivit, laissant tomber le drap qu'il avait enroulé autour de ses hanches.

Il sortit au passage un préservatif de son sac puis s'allongea à côté d'elle sur le matelas. Sans attendre, il se positionna entre ses jambes et l'embrassa avec passion, laissant sa langue jouer avec la sienne, laissant ses mains expertes prendre possession de son corps impatient.

Mais elle ne voulait plus perdre de temps avec les préliminaires. Elle ne pouvait plus attendre.

Déterminée, les yeux brillants, elle attrapa la protection qu'il lui tendait puis la déroula sur son sexe dur. Il était déjà prêt pour elle.

Doucement mais avec précision, il la pénétra et, instantanément, presque comme par magie elle sentit une vague d'émotions incroyables l'envahir. Elle avait l'impression que ce moment allait changer toute sa vie, que plus rien ne serait jamais comme avant.

Jamais elle ne pourrait oublier cet homme ni le plaisir qu'il lui avait fait connaître.

Jamais.

Il la pénétra un peu plus profondément et elle retint son souffle. Puis il commença à aller et venir en elle et elle s'abandonna.

Elle avait du mal à se concentrer tellement les sensations étaient puissantes. Son corps était en feu, elle se consumait.

Cela faisait des années qu'elle n'avait pas ressenti un tel plaisir, qu'elle ne s'était pas sentie belle, désirable, qu'elle ne s'était pas sentie femme.

En vérité, elle n'avait jamais rien ressenti de pareil. Alors peu importait combien de temps durerait cette aventure, un jour ou un mois.

Du moment que Ronan la désirait, elle lui ferait l'amour.

Rien ne pourrait l'en empêcher.

- 5 -

Pendant que Charlie amarrait le chaland, Ronan bondit sur le quai.

Cela faisait une dizaine de jours maintenant qu'ils travaillaient ensemble et ils formaient une bonne équipe.

Le transport des naissains terminé, ils étaient passés à la récolte des huîtres. Ils passaient maintenant leurs matinées à relever les casiers dans la baie. Les après-midi, ils triaient les huîtres avant de les placer dans les bassins de décantation afin de les débarrasser du sable qu'elles pouvaient contenir.

Chaque jour, il récoltait, triait, transportait… Mais il ne se lassait pas de ce travail. Il avait beaucoup appris et il commençait même à prendre son rythme, à acquérir une routine.

Il se tourna soudain vers elle et lui sourit.

Elle portait sa tenue habituelle : des bottes en caoutchouc, une salopette imperméable, un T-shirt à manches longues et des gants épais. Une tenue à laquelle elle avait exceptionnellement ajouté une casquette de base-ball rouge pour se protéger du soleil.

Jamais il ne l'avait vue aussi belle.

D'habitude, lorsqu'il commençait à sortir avec une femme, il savait que cette relation ne durerait guère plus de quelques semaines. De toute façon, les femmes lui paraissaient toutes semblables, toutes dénuées d'intérêt.

Avait-il raté quelque chose en se comportant avec un tel détachement ? se demanda-t-il soudain

Avait-il déjà croisé une femme comme Charlotte Sibley, sans s'en apercevoir ?

Charlie lui faisait l'effet d'un rayon de soleil dans sa vie. Elle illuminait son âme, y compris ses recoins les plus sombres, les plus secrets.

Soudain gagné par l'émotion, il remonta dans le bateau et l'attira à lui pour l'embrasser avec tendresse. Il voulait lui montrer tout le bien qu'elle lui faisait.

— Que dirais-tu si je te proposais de sortir, ce soir ? Nous pourrions nous habiller, aller en ville… Après tout, nous sommes vendredi.

Elle recula pour le regarder. Elle semblait surprise par sa proposition.

— Monsieur Quinn, êtes-vous en train de me proposer un rendez-vous galant ?

— Oui. Il doit bien y avoir un endroit où nous pourrions aller, un cinéma, un restaurant… J'ai reçu ma paye hier et j'ai très envie de la dépenser.

— Nous commençons par coucher ensemble, et ensuite tu me fais la cour ? Voilà qui est original. Mais pourquoi pas.

— Parfait, je vais tout orga…

Il s'interrompit net en entendant un éclat de voix.

— Charlotte Sibley, appelait une voix féminine. Charlotte Sibley. J'ai besoin de toi.

Charlie jeta un coup d'œil par-dessus son épaule et laissa échapper un juron.

— Zut, c'est Lettie Trowbridge, murmura-t-elle. Si tu largues rapidement les amarres, nous pouvons peut-être nous échapper avant qu'elle n'arrive ici.

— Que veut-elle ?

— Dieu seul le sait… Mais à mon avis, elle vient aux nouvelles. Elle veut peut-être savoir où en est notre vie sexuelle, ou bien si j'ai lu les livres qu'elle a déposés chez mes parents il y a quelques jours.

— Quels livres ?

— *Comment satisfaire un homme*, *Trouver l'homme de*

sa vie en trente jours et *Apprenez à faire l'amour comme une star du porno.*

— Ce dernier titre me tente bien.

— Charlotte ! continua à crier la vieille femme. Chaaarlotte…

Comme si elle avait compris qu'elle ne pouvait plus l'éviter, Charlie afficha un sourire forcé puis monta sur le quai. Curieux, il l'imita.

Lettie était une vieille femme aux cheveux blancs frisés. Elle portait un chemisier à grosses fleurs et tenait un gros sac à la main.

— Bonjour, lui lança-t-elle en lui adressant un sourire chaleureux. Vous devez être le fameux Quinn. Je vous ai vu de loin, en ville, mais nous n'avons pas officiellement été présentés.

Elle s'interrompit pour lui tendre la main.

— Je me présente, reprit-elle ensuite. Leticia Trowbridge, la marieuse officielle de Sibleyville.

Tout en parlant, elle sortit un appareil photo de son sac et le prit en photo.

— Beau, séduisant, avec un petit air sauvage… Vous allez faire des ravages. Il faudra que je prenne une autre photo quand vous vous serez rasé parce que…

— Lettie, la coupa Charlie. Que puis-je faire pour toi ? Tu me cherchais ?

— Oui, en effet. J'ai besoin de ton aide, Charlotte. Comme tu le sais, je suis responsable du comité des fêtes de Sibleyville et à ce titre, j'organise les célébrations du deux centième anniversaire de la ville qui doit avoir lieu dans deux semaines. Je suis sûre que tu as entendu parler de la pièce de théâtre que nous préparons : *La fabuleuse histoire du sort de Birdie Quinn*. Il s'agit d'une pièce librement inspirée de Roméo et Juliette qui raconte l'histoire d'Edward Sibley et Moira Quinn. La seule différence, c'est qu'à la fin, ils se marient.

— Tu ne peux pas changer l'histoire, Lettie.

— Bien sûr que si. La dernière partie de l'histoire se passe dans un rêve. Edward se réveille, fixe l'horizon et…

Elle s'arrêta brusquement, comme si elle avait perdu le fil de sa pensée, puis soupira avant de se reprendre.

— Si je suis venue te voir, Charlie, c'est que nous avons perdu notre premier rôle, celui de Moira. Ruth Ann Robinson, qui devait jouer le rôle, est tombée et s'est cassé le pied. Elle ne peut donc pas jouer. Tout le monde pense que tu es la personne qu'il nous faut pour la remplacer. Après tout, tu as été une actrice professionnelle.

Tout en écoutant, il attrapa un autre panier dans le chaland. A l'évidence, cette conversation ne le concernait pas, alors autant se remettre au travail.

— Je te laisse discuter, Charlie, je retourne à l'appartement.

— Non, ne partez pas, dit Lettie en le coupant dans son élan. J'ai entendu dire que vous saviez faire la différence entre un marteau et un tournevis. Si vous êtes un bon bricoleur, votre aide pourrait nous être précieuse pour le décor. En plus, cela nous ferait très plaisir de vous compter parmi nous.

— Je ne suis pas sûr d'avoir le temps, répondit-il.

— Moi non plus, intervint Charlie.

— Mais tu pourrais apprendre ton texte très rapidement, insista Lettie. Tu n'as pas besoin de venir aux répétitions avant la semaine prochaine. Promets-moi d'y réfléchir, s'il te plaît.

Charlie lui adressa un regard désespéré en secouant la tête. Visiblement, elle ne savait pas comment se sortir de cette situation.

— Bon, si tu ne trouves personne d'autre, je veux bien, finit-elle par annoncer. Mais promets-moi de continuer à chercher une autre actrice.

— Merci, répondit Lettie.

Elle sortit ensuite une grande enveloppe de son sac et la tendit à Charlie.

— Voici le texte, jettes-y un coup d'œil, Charlotte. J'aimerais beaucoup savoir ce que tu en penses.

Puis elle se tourna vers lui.

— Quant à vous, monsieur Quinn. Je vous tiens à l'œil.

Sans un mot de plus, elle fit demi-tour et s'éloigna, sa chevelure blanche volant dans le vent.

Il attendit que la vieille femme se fût éloignée avant de se tourner vers Charlie, un grand sourire aux lèvres.

— J'aimerais beaucoup te voir sur scène.

— Jamais de la vie, rétorqua-t-elle en lui donnant une petite tape sur le bras.

— Je pourrais t'aider à apprendre ton texte.

— Non, ce soir, nous sortons. Mais avant cela, je vais rentrer et prendre un bon bain bien chaud.

— Excellente idée. Viens.

Il lui attrapa la main et ils prirent la direction du hangar.

En s'approchant, il aperçut un camion Fed Ex garé devant, plusieurs jeunes femmes étaient en train d'y charger des caisses d'huîtres.

L'une d'elles accosta Charlotte pour lui parler, si bien qu'il rentra seul dans le hangar. Il se débarrassa de ses bottes et de sa salopette dans l'entrée, puis il monta à l'étage.

En passant devant le bureau, il aperçut la mère de Charlie, ses lunettes perchées sur le bout de son nez. Il ne l'avait pas vue depuis sa première soirée à Sibleyville, dix jours plus tôt.

Lorsqu'elle le vit s'approcher, elle le gratifia d'un grand sourire.

— Bonjour mon cher, lui lança-t-elle.

— Bonjour, répondit-il d'un ton un peu inquiet.

Il ignorait ce qu'elle pensait du fait que sa fille découchait tous les soirs.

Peut-être lui en voulait-elle.

— Vous rentrez tôt, lui fit-elle remarquer en jetant un coup d'œil à la pendule murale.

— C'est vrai, mais nous avons commencé tôt ce matin et nous avons été très efficaces, alors…

Il s'interrompit comme pour rassembler son courage.

— Merci beaucoup d'avoir rempli le réfrigérateur du studio. C'était très gentil de votre part.

— Je voulais que vous soyez bien installé. Alors, que pensez-vous de l'ostréiculture ?

Il sourit, un peu plus à l'aise.

— J'aime beaucoup ce travail. J'aime travailler dehors, au contact de l'eau. Et j'aime travailler avec Charlotte, mais je regrette un peu de monopoliser tout son temps libre.

— Je ne vous en veux pas. Au contraire. Je suis heureuse de voir qu'un homme monopolise son temps libre. Elle a passé beaucoup de temps seule, depuis son retour de New York. Evidemment, nous sommes heureux qu'elle soit revenue et qu'elle nous aide à la ferme, mais elle devrait un peu plus penser à son bonheur.

— Vous ne la croyez pas heureuse, ici, à travailler à la ferme ?

— Je crois qu'elle travaille ici par obligation. Je préférerais qu'elle se trouve un nouveau rêve, et qu'elle fasse tout pour l'atteindre.

Il ignorait quel était son rêve. Tout ce qu'il savait, c'était qu'avec lui, elle vivait sa passion à cent à l'heure.

Depuis leur première nuit ensemble, ils avaient trouvé de nouveaux moyens d'exprimer leur désir, de s'adonner à la sensualité, à la volupté, et d'approfondir leur relation.

— Nous célébrons Thanksgiving demain soir, reprit la mère de Charlie en le ramenant un peu brutalement au présent. Je serais heureuse que vous veniez.

— Avec plaisir.

— Des huîtres… Il faut que je prenne quelques huîtres pour la garniture de la dinde. J'espère que vous aimez la farce aux huîtres, sinon…

— Ne vous inquiétez pas, j'adore les huîtres. Je crois que j'en ai mangé tous les jours depuis mon arrivée ici.

— Je comprends maintenant pourquoi ma fille ne rentre plus le soir, reprit-elle en lui adressant un sourire entendu. Ne soyez pas gêné, Ronan. Je suis de celles qui pensent que le sexe est une des deux plus belles choses au monde, la seconde étant la nourriture. J'ai eu sept enfants, la preuve que monsieur Sibley et moi-même avons de l'expérience dans ce domaine.

Elle s'interrompit, voyant sans doute qu'il rougissait.

— Je vous gêne, Ronan, je le vois bien, alors je vais vous laisser tranquille. Allez-y.

Sans un mot de plus, il se précipita dans le studio et ferma la porte derrière lui avant de lâcher un long soupir.

Parler sexe avec la mère de Charlotte avait été une des expériences les plus surprenantes et dérangeantes de sa vie.

Mais la famille Sibley n'était pas une famille comme les autres. Des mauvais sorts, du poulet tandoori, une fête de Thanksgiving en plein mois de septembre.

Et ensuite ?

A quoi d'autre devait-il s'attendre ?

Charlie ferma la porte du studio derrière elle. Puis, traversant le salon, elle se déshabilla, laissant tomber ses vêtements, un à un, au sol.

— Ronan ?

— Je suis ici, cria-t-il depuis la salle de bains.

— Ma mère m'a dit qu'elle t'avait convié au repas de Thanksgiving, demain soir.

— En effet. J'ai eu avec elle une conversation… intéressante.

Intéressante ? Perplexe, elle fronça les sourcils.

Cela pouvait vouloir dire tout et rien.

— Une conversation intéressante, répéta-t-elle avant d'ouvrir la porte de la salle de bains.

Elle se figea sur le seuil, abasourdie.

Ronan avait disséminé une dizaine de bougies dans la

pièce. Des bougies dont les flammes dansaient, créant une ambiance romantique à souhait, poétique, idéale…

Il avait aussi rempli la baignoire. Simplement vêtu de son caleçon, il était assis par terre, un verre de vin à la main.

— Qu'est-ce que c'est que tout cela ?

— Tu as dit avoir envie d'un bon bain chaud. Alors je t'en ai préparé un, ma chérie. Il ne te reste plus qu'à t'y glisser avant que l'eau refroidisse.

Touchée par cette attention, elle s'accroupit et l'embrassa tendrement.

— Pourquoi es-tu si gentil avec moi, Ronan ? Tu espères une augmentation ?

— Pas spécialement, mais si tu veux me payer plus, je ne dis pas non. Je suis même prêt à prendre un bain avec toi, si cela me permet de me faire bien voir par ma patronne.

Elle lui adressa un clin d'œil avant de finir de se déshabiller et de se glisser dans l'eau brûlante.

— A vrai dire, je préfère prendre mon bain seule. Mais je ne t'interdis pas de regarder, si tu le désires.

Elle s'allongea dans l'eau et ferma les yeux puis laissa échapper un petit soupir de bien-être.

— Ce bain est divin.

Il lui tendit le verre de vin puis étira ses jambes devant lui.

— Ta mère a vraiment l'esprit ouvert, Charlie.

— Je suis au courant. A vrai dire, elle a toujours été ainsi. Nous avons été les premiers enfants de l'école à connaître la vérité sur le Père Noël ou la petite souris. Elle nous expliquait qu'elle préférait nous faire de la peine plutôt que de nous mentir.

— Tout à l'heure, ta mère m'a parlé de sexe.

— Quoi ? Mon Dieu, ce n'est pas possible. J'espère qu'elle ne t'a pas raconté l'histoire de la vache.

— Non.

— Tant mieux. Et je te préviens, je ne te la raconterai pas, je veux m'épargner cette honte. De toute façon, je suis sûre que tu finiras par la connaître.

— Malgré tout, ta mère me plaît bien. J'aime penser que ma mère aurait pu être comme elle.

A ces mots, elle se redressa, étrangement émue, comme chaque fois que Ronan évoquait ses parents. Cela ne devait pas être facile pour lui.

— Depuis que je suis arrivé ici, continua-t-il, des souvenirs d'elle remontent à la surface.

— Par exemple ?

Il demeura silencieux un long instant et elle n'insista pas. Il lui parlerait lorsqu'il serait prêt.

— Par exemple, reprit-il au bout d'un moment, je me souviens combien elle aimait rire. Mon père et elle semblaient très proches, très complices, comme s'ils partageaient des secrets.

— Mes parents sont comme cela, même à leur âge. Et ils ne peuvent pas s'arrêter de se toucher. Quand j'étais plus jeune, cela me gênait beaucoup. Aujourd'hui, je trouve cette attitude plutôt mignonne.

Elle se tut et tendit la main pour lui caresser le bras.

— De quoi d'autre te souviens-tu ?

— Ce ne sont que des impressions très fugaces. Par exemple, je me souviens que ma mère voulait toujours que je décide par moi-même et que j'assume mes choix. Un jour, je devais avoir quatre ou cinq ans et j'ai voulu aller à l'école avec mon pyjama à l'effigie d'un super-héros. Mes frères se sont moqués de moi, mais maman m'a soutenu. Elle m'a dit que si je voulais aller à l'école en pyjama, je le pouvais. Je l'ai donc fait. Elle m'a pris en photo, devant le porche de la maison et sur le chemin de l'école. Je possède toujours cette photo.

— Ta mère devait être une femme formidable.

— Je crois qu'elle l'était. J'espère que je n'enjolive pas mes souvenirs, mais plus je vieillis, plus j'ai envie d'en savoir plus. J'ai envie de mieux connaître mes parents.

— Peut-être devrais-tu faire des recherches. As-tu jamais posé des questions à ton grand-père ?

— Non. Chaque fois que mes frères et moi, nous avons essayé, il a esquivé. Mon grand-père est un homme très fort mais parler de tout cela a toujours semblé au-dessus de ses forces.

Il se tut enfin et se pencha vers elle pour l'embrasser. Puis il riva son regard au sien et elle s'y noya, comme on plonge dans l'immensité de la mer. Ce soir, elle apercevait des lueurs inédites dans le bleu de ses yeux.

De quoi s'agissait-il ? Elle l'ignorait.

Elle se sentait proche de lui mais ne savait pas encore tout de lui.

De temps en temps, il lui paraissait très loin et, tout à coup, il redevenait proche sans qu'elle sache ce qui venait de lui passer par la tête.

Il l'aida à se laver les cheveux puis essora sa chevelure avec une serviette bien épaisse. Il attrapa ensuite une autre serviette et essuya délicatement les gouttes d'eau qui roulaient vers ses yeux.

— Auparavant, je ne pouvais pas parler de tout cela, Charlie. Ces sentiments étaient enfouis en moi, très profond. Et aujourd'hui, avec toi, je ne peux pas m'empêcher de les évoquer.

— C'est bien, n'est-ce pas ? lui demanda-t-elle, les yeux rivés aux siens.

— Oui, c'est bien.

Touchée par cette confiance qu'il semblait lui accorder, elle noua ses doigts aux siens et les serra, comme pour le remercier.

— Si tu veux en savoir plus sur tes parents, tu pourrais essayer de retrouver certains de leurs amis. Ils devaient forcément en avoir.

— Je n'y ai jamais pensé.

Elle ne répondit pas et laissa le silence s'installer entre eux.

Il était en train de penser à ses parents, et c'était de toute évidence une liberté qu'il ne s'était pas souvent accordée par le passé. Il en avait besoin et elle voulait le laisser libre de le faire à son rythme.

Elle finit son verre de vin et, comme l'eau commençait à refroidir, elle sortit et s'enroula dans la serviette qu'il lui tendit.

Il lui prit ensuite la main et l'entraîna dans la chambre.

Ils s'allongèrent sur le lit, face à face, et discutèrent des événements de la journée, des problèmes qu'ils avaient dû surmonter, des solutions qu'ils avaient trouvées.

Chaque jour qui passait, il en apprenait plus sur l'ostréiculture ; et chaque jour, elle ne pouvait s'empêcher de se demander s'il finirait par décider de rester à Sibleyville un peu plus longtemps que prévu.

Elle se fit violence pour ne pas laisser ses pensées l'entraîner sur ce terrain-là, bien trop dangereux.

Elle ne devait pas prévoir son avenir en fonction de Ronan. C'était une erreur.

Ne pouvait-elle pas se contenter de savourer leur relation, d'en profiter sans réfléchir au lendemain ? Une aventure de quelques nuits et une relation de longue durée avec des sentiments puissants étaient deux choses totalement différentes. Elle ne devait pas s'emballer, ni rêver.

— De quoi d'autre as-tu discuté avec ma mère ? reprit-elle au bout d'un moment.

— De pas grand-chose. Elle voulait surtout m'inviter au dîner de Thanksgiving, demain soir.

— Tu rencontreras d'autres membres de ma famille, mais je ne suis pas sûre que ce soit une bonne nouvelle.

— Pourquoi ? J'aime beaucoup ta famille. D'ailleurs, c'est ainsi que j'imagine la famille idéale. Une famille nombreuse mais où tout le monde aurait sa place. Evidemment, vous êtes un peu bizarres parfois, mais on voit que vous vous aimez. Tu ne mesures vraiment pas la chance que tu as.

— Si, je le sais, répondit-elle d'une petite voix.

Après avoir entendu l'histoire de Ronan, elle savait bien qu'elle avait de la chance d'avoir encore ses deux parents.

Depuis qu'elle l'avait rencontré, elle voyait le monde différemment. Elle avait l'impression de grandir à son contact, de devenir une meilleure personne, plus ouverte, moins égoïste.

— Si tu as envie de participer à la pièce de théâtre, tu devrais le faire, fit-il soudain. Dans ce cas-là, je participerai aussi. Après tout, cela pourrait être drôle.

— Je ne sais pas… Ça fait longtemps que j'ai tourné la page sur cette partie de ma vie.

— Je pense néanmoins que tu es une bonne actrice et que tu devrais le faire.

— Es-tu en train de me dire que tu veux sacrifier nos soirées à faire l'amour au profit d'une pièce de théâtre amateur ?

A ces mots, il éclata de rire.

— Vu sous cet angle, en effet, ce n'est pas une très bonne idée.

— Voyons déjà si Lettie trouve une autre actrice. Sinon, peut-être que j'accepterai de l'aider.

Il promena sa main douce sur sa joue, repoussant la serviette toujours nouée autour de ses cheveux, et elle le laissa faire, heureuse et détendue.

De temps en temps, elle se sentait vraiment proche de lui, comme si un lien magique les unissait, liant leurs âmes entre elles. Chaque fois elle en éprouvait un étrange sentiment, car c'était ainsi qu'elle s'était toujours imaginé l'amour.

Or ils ne se connaissaient que depuis quelques semaines. Il ne pouvait donc pas s'agir d'amour entre eux, même s'ils passaient toutes les journées ensemble, et toutes leurs nuits, dans les bras l'un de l'autre.

Ronan avait confiance en l'avenir, mais sans être arrogant comme la plupart des hommes qu'elle avait croisés.

Il n'éprouvait aucune gêne à lui poser des questions, à apprendre et à progresser. Il semblait simplement heureux de passer du temps avec elle.

— Fais-moi l'amour, lui murmura-t-elle soudain, gagnée par une émotion indescriptible.

Il lui sourit puis, doucement, approcha son beau visage du sien.

Il referma ses mains sur ses hanches et roula sur le dos afin qu'elle le chevauche.

Il saisit ensuite la serviette dans laquelle elle était enroulée puis l'ouvrit, dévoilant son corps nu.

Il la contempla un long moment puis, sans un mot, le regard brûlant de désir, il referma sa bouche sur un sein. Elle se sentit aussitôt vaciller.

Elle ferma les yeux, noua ses bras autour de son torse et s'abandonna. La tête lui tournait, un brasier de désir brûlait en elle et annihilait toute sa raison.

Tout ce dont elle avait besoin était dans ce studio. Et elle voulait que ce moment dure pour toujours.

Mais en attendant l'éternité, peut-être devrait-elle vivre au jour le jour et profiter de chaque instant, sans penser au lendemain, sans penser à l'avenir.

La maison des Sibley embaumait.

Debout dans le salon, Ronan s'enivra de ces délicieux parfums et ferma les yeux, fouillant dans sa mémoire à la recherche d'un souvenir de fête en famille. Malheureusement, même si beaucoup de souvenirs étaient revenus à sa mémoire depuis son arrivée à Sibleyville, il ne maîtrisait pas son inconscient. Il ne pouvait pas faire surgir des souvenirs sur commande.

— Tu viens ? lui dit Charlie.

— La dernière fois que je suis venu chez tes parents, je n'étais qu'un type que tu venais d'embaucher pour t'aider à la ferme ostréicole. Aujourd'hui, je suis ton amant.

— Tu penses que je viens d'une famille coincée, d'une famille traditionnelle à cheval sur les principes ? Je crois pourtant t'avoir expliqué que j'ai été élevée par des parents très libéraux. Tu ne crains rien. Personne ne te fera aucun reproche.

— Bonsoir, bonsoir, lança soudain le père de Charlie en arrivant par la porte de derrière. C'est le jour de la dinde. Notre jour préféré.

Ronan lui tendit la main.

— Bonsoir monsieur Sibley.

— Est-ce de mon père que vous voulez parler ? C'est le seul qui s'appelle monsieur Sibley. Nous nous connaissons maintenant, jeune homme, vous pouvez m'appeler Peyton.

— Dans ce cas-là… Bonsoir Peyton.

— J'ai entendu dire que vous étiez très doué pour l'entretien des coques des bateaux. Et Jake m'a dit que vous ne rechigniez pas à transporter de lourds casiers.

— J'aime beaucoup ce travail. Et j'adore les huîtres.

L'homme éclata de rire.

— Je ne suis pas sûr que cela dure longtemps, Ronan. La plupart des gens s'imaginent que pouvoir manger des huîtres tout le temps est un rêve. Eh bien moi, je rêve de beignets, bien gras et bien sucrés. Je pourrais manger des beignets du soir au matin.

— Bien sûr que non, intervint alors Penny Sibley, qui venait d'entrer dans la pièce et se dirigeait vers sa fille pour l'embrasser. Bonsoir Charlotte. Bonsoir Ronan, je suis heureuse de voir que vous êtes venu.

— Bonsoir madame, répondit-il. Merci pour votre invitation. Je n'aurais manqué ce Thanksgiving du mois de septembre pour rien au monde.

— Je pensais plutôt que vous alliez m'éviter, après notre petite discussion sur le sexe, l'autre jour, répliqua-t-elle amusée. Je suis désolée si je vous ai mis mal à l'aise.

— Maman, s'il te plaît, intervint Charlotte. Tu n'as pas besoin de t'excuser. La prochaine fois, essaye simplement de te souvenir que tout le monde n'est pas aussi ouvert que toi. A nous, tu peux dire tout ce qui te passe par la tête, mais les autres ne te comprennent pas toujours.

— Maman, as-tu de l'acide sulfurique ? cria soudain Garrett en arrivant en courant dans le salon, un casque de football encore sur la tête. Tiens, salut Ronan.

— Salut Garrett.

— Alors, maman, insista le jeune homme, à l'évidence pressé.

— Je ne crois pas, mon cheri. Mais tu en trouveras sans doute au drugstore. Pour quoi en as-tu besoin ?

— Pour une expérience. Isaac, tu peux me conduire jusqu'au drugstore ?

De l'acide sulfurique ? Ronan fronça les sourcils. Est-ce que ce n'était pas un peu dangereux ?

— Tu es sûre que c'est prudent ? demanda Charlie à sa mère, comme si elle lisait dans les pensées de Ronan.

— Je pense que si Garrett sait qu'il a besoin d'acide sulfurique, il est également au courant des dangers, répondit Penny. De toute façon, je ne pense pas que Clayton acceptera de lui en vendre. Mais je préfère que ce soit lui qui refuse, plutôt que moi. Bon, ce n'est pas tout ça, mais il faut que je retourne m'occuper de ma dinde. Mon chéri, propose un verre à Ronan.

— Je m'en occupe, répondit Abby, une bouteille de bière à la main.

Elle lui tendit cette bouteille puis repartit, tout en dansant et en chantant.

Au même instant, Peyton lui donna alors une tape amicale dans le dos.

— Je suis heureux que vous soyez là, Ronan, lui dit-il.

Puis le père de Charlie repartit vers son bureau, les laissant seuls, lui et Charlie.

— Montre-moi ta chambre, demanda-t-il.

Sans un mot, elle lui prit la main et l'entraîna jusqu'au deuxième étage de la maison. Là, elle ouvrit une porte menant au grenier. A cet étage, l'espace était divisé en deux chambres avec une salle de bains juste au milieu.

— C'est ici que vivaient les domestiques, autrefois, lui

expliqua-t-elle. Deux servantes dans une chambre et le cuisinier dans l'autre.

Elle lui montra une pancarte sur la porte avec son nom en lettres dorées.

— Comme tu peux le voir, cette chambre est la mienne.

Elle ouvrit la porte et se tourna vers lui pour lui faire signe d'entrer.

Il avança lentement, presque timidement.

Il ignorait à quoi il s'attendait. Il ne connaissait que la Charlie adulte. Il n'arrivait pas à l'imaginer petite fille ou même adolescente.

Elle s'assit au bord du lit et le regarda examiner les lieux.

— Cherches-tu quelque chose en particulier, Ronan ?

— Non, je me contente de regarder.

— Pourquoi ?

Il haussa les épaules.

— Je suis simplement curieux. Est-ce que je suis le premier garçon à venir ici ?

— Bien sûr que non, répondit-elle en éclatant de rire.

Mais lorsqu'il se retourna pour la regarder, il remarqua qu'elle rougissait.

— Désolée, Ronan, je me suis mal exprimée. Danny venait de temps en temps. Il entrait par l'extérieur, en grimpant par la gouttière.

— Parle-moi de lui, demanda-t-il tout en cherchant une photo sur les étagères.

— Tu peux toujours fouiller, je n'ai pas de photos de lui. Je les ai toutes brûlées après notre séparation.

— Raconte-moi.

Il ne pouvait pas s'en empêcher, il était curieux.

Après tout, elle avait passé six ans avec Danny. Cette histoire avait forcément compté pour elle.

Mais aujourd'hui, c'était avec lui qu'elle était, se rappela-t-il. Danny était loin, à New York. Il n'avait aucune raison de s'inquiéter ni d'être jaloux.

— Il était beau garçon, drôle, et très populaire au lycée,

lui raconta-t-elle. Il avait une telle confiance en lui que c'en était contagieux. Tout le monde tournait autour de lui comme des abeilles autour d'un pot de miel. Il n'était jamais seul, il avait toujours sa cour.

— On dirait le garçon idéal, répondit-il avec une pointe d'envie dans la voix.

Contrairement à Danny, il n'avait jamais été populaire, au lycée. Il était même plutôt le mouton noir. Il n'attirait pas les filles, à part les filles bizarres qui avaient un faible pour les types sombres et torturés. Il était l'opposé des garçons populaires et brillants.

— Peut-être, répondit enfin Charlie, mais il n'était pas idéal pour moi. C'est d'ailleurs une partie du problème. La plupart des gens pensent que ce genre de garçons plaît à toutes les filles, et pendant un moment, c'était en effet le cas. Mais plus je passais du temps avec lui, plus je me rendais compte que ses qualités n'étaient que superficielles. Il n'y avait pas grand-chose en dessous.

— Et c'est ce que tu désires ? Un homme profond ?

Elle haussa les épaules, comme si elle n'en savait rien. Comme si cette question la dérangeait.

— Peut-être…

Il attrapa son annuaire du lycée puis s'installa sur le lit à côté d'elle.

— Voyons voir. Charlotte Sibley…

Il feuilleta l'album jusqu'à trouver sa photo.

— Tu étais déjà très belle. Mais si nous avions été dans le même lycée, je doute que tu m'aies accordé le moindre regard.

— Crois-moi, je t'aurais remarqué. Au cas où tu ne le saurais pas, tu es plutôt beau gosse. J'imagine que de nombreuses filles t'admiraient.

— Pas vraiment. Les filles me trouvaient bizarre.

— Pourquoi ?

— Je ne parlais pas beaucoup, je ne souriais jamais, je n'avais pas d'amis. Evidemment, je parlais à quelques types de ma classe, mais je ne sortais pas avec eux. J'écoutais tout le temps de la musique et je rentrais souvent à la maison pour déjeuner, afin d'éviter la cafétéria. Je ne faisais partie d'aucune équipe de sport.

Il s'arrêta soudain et secoua la tête.

— Je ne sais pas comment tu fais, reprit-il.

— Comment je fais quoi ?

— J'ai l'impression que quand je suis avec toi, il te suffit d'appuyer sur un bouton pour que je me mette à parler, à me confier à toi. Je n'arrive même plus à m'arrêter.

Sans un mot, elle lui prit l'album des mains puis déboutonna sa chemise et posa sa bouche sur son torse.

— Que fais-tu Charlie ?

— J'avais juste envie de t'embrasser.

— Pas ici, pas dans la maison de tes parents.

Elle éclata de rire.

— Mes parents sont les propriétaires du studio et du hangar à bateaux, alors c'est aussi chez eux que nous passons toutes nos nuits. Et puis, je suis une grande fille.

— Mais si jamais quelqu'un entrait ?

Elle se leva puis alla verrouiller la porte.

— Rassuré ?

— Non, car si quelqu'un essaye d'ouvrir la porte, il saura ce que nous sommes en train de faire.

— Ne sois pas aussi coincé, Ronan. Personnellement, je trouve toute cette situation plutôt excitante.

Il se releva et croisa les bras devant sa poitrine. Elle se moquait de lui et il refusait de céder.

— Hors de question. En plus, je ne ferai rien dans ce lit, je ne veux pas passer après ton copain Danny.

— Si je comprends bien, tu es jaloux, murmura-t-elle en le rejoignant et en refermant ses mains douces autour de ses hanches. Tu n'as pourtant aucune raison.

— Si, murmura-t-il. Il t'a eue pendant six ans, jour et nuit. Il a vécu une vie avec toi.

— Mais peut-être que la qualité est plus importante que la quantité.

— Que veux-tu dire ?

— J'ai passé de nombreux jours et de nombreuses nuits avec lui, c'est vrai. Mais même mis bout à bout, ces jours ne sont pas comparables avec ce que nous partageons tous les deux. Danny et moi, nous étions des enfants. A l'époque, j'ignorais tout de la passion.

— Et maintenant ?

— Je crois que je sais ce que c'est. Je peux d'ailleurs te le montrer tout de suite si tu veux.

— Tu peux essayer, mais il va falloir le faire tout habillée, et juste avec tes lèvres.

— Tu me demandes de relever un défi ?

Le regard brillant d'une détermination conquérante, elle prit sa main puis l'attira jusqu'au lit et le fit gentiment tomber sur le matelas. Puis elle le chevaucha, repoussant ses mains au-dessus de sa tête.

— Joyeux Thanksgiving, Ronan.

— Tu as perdu la tête, rétorqua-t-il avant de prendre possession de sa bouche.

— Mais j'ai l'impression que tu aimes quand je perds la tête. Admets-le.

Pour toute réponse, il laissa échapper un soupir de plaisir.

En vérité, il avait besoin d'elle, qu'elle ait perdu la tête ou pas.

Il adorait sa personnalité étonnante, son irrésistible sourire, son cœur de déesse… Et il était prêt à tout pour la garder auprès de lui.

- 6 -

— Si tu le tords un peu plus, Charlie, cela devrait fonctionner.

— Non, je ne peux pas le plier.

— Bien sûr que si, insista-t-il.

— Non, il deviendra inutilisable.

— Non. Pas un casier en acier comme celui-ci.

Cette fois, Charlie perdit patience.

— Je sais en quoi sont faits mes casiers.

— Et moi, je connais les caractéristiques du métal. Je te rappelle que j'ai un diplôme d'ingénieur.

Elle releva la tête et le fixa, surprise. Il possédait un diplôme d'ingénieur ?

— C'est vrai ?

— Oui, Charlie, c'est vrai. Et je te promets que cette pièce de métal peut se tordre. Ensuite, le casier sera comme neuf.

— Tu ne m'as jamais dit que tu avais été à l'université.

Il attrapa le casier dans la cale du chaland et bondit hors du bateau.

— Tu ne le sais pas car nous n'avons jamais abordé le sujet, répondit-il enfin.

— Bien sûr que si, Ronan. Je t'ai dit que je n'avais pas été à l'université parce que j'étais partie tenter ma chance à New York. Et tu m'as répondu que tu avais toujours travaillé pour ton grand-père.

— Alors, si tu veux tout savoir, oui je suis allé à l'université, mais tout en travaillant. Je vivais à la maison et suivais essentiellement des cours du soir.

Il plaça ses mains sur ses hanches avant de poursuivre :

— Est-ce un problème ? Sommes-nous en train de nous disputer parce que je suis allé à l'université ?

— Non. Bien sûr que non. Je t'explique juste que... Enfin. Peu importe. Peux-tu porter le casier au garage pour le réparer, s'il te plaît ?

Pour toute réponse, il lui tendit la main.

— Viens, Charlie.

Elle sortit à son tour du bateau. Aussitôt, il l'attira entre ses bras.

— Oublie cela et embrasse-moi, ma chérie.

Docile, elle déposa un petit baiser rapide sur ses lèvres.

— C'est tout ? Tu peux faire beaucoup mieux que cela, Charlie.

Cela ne lui suffisait pas ? Dans ce cas...

Elle posa une main sur sa nuque puis plaqua sa bouche contre la sienne et l'embrassa à en perdre le souffle. Elle fit danser sa langue avec la sienne, comme si ce baiser était le dernier, comme s'il était essentiel à sa vie.

— Est-ce mieux maintenant ? lui demanda-t-elle lorsqu'elle rompit enfin leur étreinte.

— Pas mal. D'ailleurs, heureusement que je porte une salopette très large. Sinon, tout le monde verrait les délicates conséquences de ce baiser.

Elle rit aux éclats, avant de l'entraîner vers le hangar à bateaux. Leur journée de travail était enfin terminée. Alors qu'ils approchaient de la porte d'entrée, elle aperçut Garrett, qui de toute évidence les attendait. Quand il les vit, il se redressa d'un bond.

— Salut Ronan, lança-t-il. J'ai apporté quelques jeux vidéo. Je pensais que tu voudrais peut-être jouer avec moi.

Ronan se tourna vers elle, visiblement il ne savait trop quoi répondre et guettait son approbation. Elle lui sourit. Cela ne la dérangeait pas, au contraire même, elle aimait l'idée que Ronan s'intègre à sa famille.

Après le dîner de Thanksgiving, samedi soir, Ronan et

Garrett avaient fait équipe contre Isaac et Ethan dans un tournoi de jeux vidéo. Isaac et Ethan avaient toujours été très proches, et souvent Garrett se retrouvait un peu seul. La présence de Ronan tombait donc à pic.

— Il y a une console ici ? demanda Ronan.

— Oui, dans le bureau de papa, répondit le jeune garçon. Il l'a installée lorsqu'on était plus jeunes, pour qu'on puisse jouer lorsqu'on venait ici, après l'école. Mais on peut la brancher dans le studio.

— Très bien. Dans ce cas-là, je suis d'accord pour jouer avant le dîner. Mais seulement si ça ne dérange pas Charlie.

Garrett se tourna vers elle.

— Alors, t'es d'accord, grande sœur ? lui demanda-t-il sur un ton proche de la supplication.

Elle secoua la tête en riant.

— Bien sûr. Et puis, si tu veux, tu pourras rester et partager une pizza avec nous. Ça te dit ?

— Super.

Ronan ouvrit la porte du hangar et les laissa passer.

— Pourquoi ne vas-tu pas tout installer pendant que je prends ma douche, proposa-t-il à Garrett. Je te retrouve dans quelques minutes.

Sans attendre, Garrett se précipita dans l'escalier.

— On dirait que nos projets ont changé, lui murmura alors Ronan en lui prenant la main.

Ce geste était si tendre, mais si simple, que son cœur se mit à battre un peu plus fort.

Ronan avait été d'une incroyable gentillesse avec Garrett, au dîner. Il semblait comprendre les sentiments de son frère, et surtout l'impression qu'avait ce dernier d'être toujours à l'écart, un peu comme s'il était le mouton noir de la famille.

— Merci Ronan. Tu n'étais pas obligé d'accepter.

— Mais j'en avais envie. Si j'ai le choix entre une bonne partie de jeu vidéo et faire l'amour avec la plus jolie fille de Sibleyville, je choisis le jeu vidéo. Sans la moindre hésitation.

Amusée, elle lui donna un petit coup de coude.

— Tu n'arrêtes pas de m'étonner.

— Sérieusement, Charlie, ton frère est un adolescent très sympa. En plus, j'aime bien jouer aux jeux vidéo et je sais que ce n'est pas très drôle d'être seul.

Emue par ces mots, elle l'enlaça et se serra contre lui.

— Tu es vraiment un homme bien, Ronan Quinn.

Il déposa un baiser coquin sur sa joue.

— Viens donc prendre une douche, ma belle, et ensuite, peut-être Garrett te laissera-t-il jouer avec nous.

— C'est gentil, mais je préfère vous laisser jouer entre garçons.

— Comme tu veux.

Elle le suivit des yeux tandis qu'il montait prendre sa douche, et un étrange sentiment l'envahit soudain, un sentiment sur lequel elle préféra ne pas s'attarder.

Pendant que Garrett et Ronan se livraient à leur partie, elle commanda une pizza. Une fois la question du dîner réglée, elle se fit couler un bon bain chaud avec des sels de bain à la lavande.

Elle s'immergea doucement dans l'eau brûlante et laissa échapper un long soupir de bien-être.

Ces dernières semaines, Ronan et elle avaient établi une certaine routine. Ils passaient leurs journées sur l'eau, à travailler, et leurs nuits au lit, à s'aimer encore et encore, à se combler, à se faire du bien.

Plus elle passait du temps avec lui, plus elle désirait passer du temps avec lui. Sans y prendre garde, Ronan s'était peu à peu insinué en elle, devenant indispensable à son bonheur, à son équilibre.

Elle n'en était pas encore à penser à lui comme à un mari potentiel, c'était une idée beaucoup trop effrayante. Néanmoins, elle pouvait l'imaginer rester à ses côtés, pour quelques mois supplémentaires. Et peut-être même beaucoup plus longtemps.

S'obligeant à refouler ces pensées, elle attrapa un gant

de toilette sur l'étagère puis le mouilla avant de fermer les yeux et de le poser sur son visage. Elle s'enivra du parfum fleuri de la lavande et, peu à peu, son esprit se remit à vagabonder, en toute liberté.

Ronan… Elle esquissa un sourire rêveur. Toutes ses pensées la ramenaient vers lui. Elle ne pouvait pas s'en empêcher, il la rendait heureuse. Il la comblait.

C'était l'homme de sa vie.

Enfin… C'était l'homme qui partageait sa vie, pour le moment.

Jusqu'à présent, elle avait toujours su dans quelle direction elle allait, elle avait toujours eu des objectifs, des rêves et elle les avait poursuivis sans relâche. Son déménagement à New York, alors qu'elle n'avait que dix-huit ans, avait été l'exemple le plus représentatif de son état d'esprit.

Mais avec Ronan, elle ne disposait pas du même courage. Même si ses sentiments pour lui devenaient chaque jour plus puissants, plus profonds, elle ne pouvait pas se projeter au-delà de la date prévue de son départ de Sibleyville. Impossible. Elle n'était pas encore capable de faire de Ronan son nouveau rêve, son nouvel objectif.

Elle n'y arrivait pas.

Secouant la tête, elle s'essuya les mains, attrapa le manuscrit de Lettie qu'elle avait posé à côté de la baignoire et commença à le lire.

Au bout de quelques pages, elle soupira. Lettie avait peut-être de nombreux talents, mais l'écriture théâtrale n'en faisait certainement pas partie.

Le Sort de Birdie Quinn était un mélodrame qui ressemblait davantage à un feuilleton télévisé qu'à une œuvre de Shakespeare, et Edward n'avait absolument rien d'un héros romantique et passionné façon Heathcliff ou Roméo. Quant à Moira, elle lui faisait davantage penser au personnage de Blanche, dans *Un tramway nommé désir.*

Les dialogues étaient assez drôles, elle devait le reconnaître.

Enfin. Il ne s'agissait que d'une pièce amateur, les spectateurs ne se montreraient sans doute pas trop difficiles. Mais au risque de froisser Lettie, elle ne participerait pas à cette pièce.

Elle n'en avait pas envie.

Fatiguée soudain, elle laissa retomber le manuscrit au sol.

Sa vie d'actrice lui semblait soudain un souvenir très ancien. Même si elle avait aimé ces années, elle se souvenait à peine de la femme qu'elle était à l'époque. Elle avait tant changé depuis.

Elle avait aussi beaucoup changé depuis l'arrivée de Ronan à Sibleyville.

Elle ferma les yeux et, instantanément, des images de Ronan envahirent son esprit.

Ronan dans son lit, son magnifique corps nu alangui à ses côtés, son sexe dur et tendu.

A cette idée, sa température grimpa de quelques degrés, ses seins devinrent durs et son sexe se contracta, devenant presque douloureux. Elle se mordit la lèvre pour tenter de maîtriser son corps qui lui échappait, pour tenter de contrôler son désir, mais il était désormais irrépressible.

Un petit bruit à la porte la ramena soudain à la réalité. A regret, elle rouvrit les yeux et se redressa dans la baignoire.

— La pizza est là, fit Ronan en entrouvrant la porte.

— Très bien. J'arrive.

— Tu sais que je préférerais être avec toi, n'est-ce pas ?

Elle sourit.

— Je sais, mais nous nous rattraperons plus tard. Ne t'inquiète pas.

Il ferma la porte derrière lui et elle laissa échapper un soupir de ravissement.

Parfois, elle n'arrivait pas à croire à sa chance. Sa vie était devenue si magnifique ces dernières semaines ! Elle avait peur qu'il ne s'agisse que d'un rêve. Un rêve qui prendrait fin dès qu'elle rouvrirait les yeux.

Combien de temps pourrait-elle encore nier ses sentiments

pour Ronan ? Cette question la frappa soudain, mettant au jour une évidence qu'elle ne pouvait plus nier.

Car même si elle faisait tout ce qui était en son pouvoir pour rester raisonnable, elle était persuadée d'une chose. Elle était en train de tomber amoureuse de Ronan Quinn.

Oui, elle était bel et bien en train de tomber amoureuse de lui.

A moins qu'elle ne le soit déjà…

Fatigué, Ronan se frotta les yeux. Le ciel était encore sombre, mais la ville se réveillait peu à peu.

Il avait laissé Charlie dormir quelques minutes supplémentaires pour aller chercher le petit déjeuner.

A Seattle, il prenait toujours soin de manger des petits déjeuners énergétiques et sains. Mais ici, il travaillait si dur qu'il avait bien besoin d'un ou deux beignets bien gras pour tenir jusqu'au déjeuner.

Il poussa la porte de la boulangerie et, d'un signe de la main, salua le patron qu'il commençait maintenant à bien connaître.

Il se dirigea ensuite vers le comptoir pour passer commande. En attendant qu'elle soit prête, il s'installa à une petite table et ouvrit un exemplaire du *Boston Globe* abandonné sur la table.

— Je pensais bien que je vous trouverais ici, Ronan Quinn, fit soudain une voix féminine derrière lui.

Il baissa le journal et reconnut Lettie Trowbridge.

Il ne l'avait croisée qu'une seule fois, mais il devina tout de suite que si elle était là, c'était qu'elle avait quelque chose de précis à lui dire.

Etait-ce au sujet de sa pièce ? Ou avait-elle une autre idée en tête ?

— Bonjour, Lettie. Comment allez-vous ?

— Très bien. Enfin… Plus ou moins, car ma pièce est en train de prendre l'eau avant même d'avoir été montée.

Je ne trouve personne pour incarner les rôles principaux, pour les jouer avec talent, avec authenticité. Avez-vous déjà pensé à monter sur scène, monsieur Quinn ?

— Non, jamais. Je n'aime pas être en pleine lumière.

— Pourtant, vous feriez un malheur, j'en suis certaine. Mais ce n'est pas pour cette raison que je suis ici. Il faut que je vous parle sérieusement.

Que pouvait-elle avoir à lui dire ? Cela ne lui disait rien qui vaille.

— Je n'ai pas beaucoup de temps. Je dois aller travailler.

Elle regarda le numéro de son ticket.

— Il y a plusieurs clients avant vous, vous avez donc le temps. De toute façon, je vous promets que cela ne prendra pas plus de quelques minutes.

— Dans ce cas-là…

Résigné, il regarda la vieille femme s'asseoir face à lui.

— Dites-moi tout, Lettie. Que puis-je faire pour vous ?

— Il faudrait que vous épousiez Charlotte Sibley.

Surpris par ces mots, il éclata de rire. Puis, remarquant que les visages de tous les autres clients se tournaient vers lui, il baissa la tête avant de reprendre à voix basse :

— Vous vous moquez de moi, n'est-ce pas, Lettie ?

— Bien sûr que non. Sachez que je suis payée par la municipalité pour aider les célibataires à trouver l'âme sœur. Et depuis votre arrivée ici, j'entrevois enfin la fin de nos soucis et la possibilité pour moi de prendre des vacances. Grâce à vous, je pourrais organiser un dernier mariage et, enfin, conjurer le mauvais sort. Je suis donc ici pour savoir ce qu'il faut faire pour que vous acceptiez d'épouser Charlotte.

— Ce qu'il faut faire ? Vous… Vous parlez d'argent ?

— Oui. D'argent ou bien d'un autre type de compensation, si vous préférez. Une voiture, une maison…

Incrédule, abasourdi, il secoua la tête. Avait-il bien entendu ? Il n'en revenait pas.

— Si je comprends bien, Lettie, vous voulez me payer pour que j'épouse Charlotte ?

C'était à peine croyable.

— Y a-t-il un autre moyen de vous convaincre de l'épouser ?

— Non. Enfin. Je ne veux pas me marier avec elle pour l'argent… Je ne dis pas que je ne veux pas l'épouser mais… Mais… Enfin, cette conversation est ridicule.

— Si vous l'épousiez, les familles Sibley et Quinn seraient enfin unies. Le sort serait conjuré et de nombreux jeunes accepteraient sans doute de rester ici, à Sibleyville.

Il secoua la tête et regarda autour de lui.

Tous les clients faisaient mine d'être occupés, mais il ne se faisait pas d'illusions. Ils devaient tous écouter attentivement sa conversation avec Lettie.

— Avez-vous parlé à Charlotte ? reprit-il.

— Evidemment.

— Et qu'a-t-elle répondu ?

— Qu'elle y réfléchirait.

Qu'elle y réfléchirait ? Vraiment ?

Charlotte n'hésitait pas à lui montrer l'affection qu'elle ressentait pour lui, mais ils n'avaient jamais parlé d'avenir. Ils n'avaient jamais abordé le sujet. En fait, Charlie semblait même éviter toute conversation concernant le futur et ce qu'ils feraient au bout des six semaines.

Avait-elle vraiment pensé à la possibilité d'un mariage ?

Honnêtement, cela l'étonnait.

De temps en temps, quand ils travaillaient, il la regardait et il se rendait compte qu'il aurait du mal à la quitter, mais ce n'étaient que quelques pensées. Rien de bien sérieux. Rien de bien précis.

Apparemment, des projets terriblement précis avaient été faits pour eux, par Lettie.

La femme derrière le comptoir appela soudain son numéro et il se leva, impatient de fuir et de quitter la vieille femme.

— C'était un plaisir de vous voir, Lettie. Je vous souhaite une bonne journée.

Sans un mot de plus, il se dépêcha de rejoindre le comptoir et paya ses trois beignets. Puis, son sac à la main, il se précipita hors de la boutique.

Sur le chemin du retour, il réfléchit.

Peut-être le moment était-il venu pour eux de parler de leur avenir. Cela faisait maintenant trois semaines qu'il était arrivé à Sibleyville, et il devinait que les trois prochaines semaines passeraient encore plus vite que les trois premières. Rien ne pourrait arrêter ou ralentir le temps. Alors pourquoi ne pas en parler ?

Et pourquoi ne pas décider de rester ?

Pourquoi ne pas oublier la limite des six semaines et rester autant de temps qu'il en avait envie ?

Après tout, il avait un travail, ici, et il pouvait le garder plus longtemps. N'était-il pas devenu indispensable à Charlie et à la ferme ostréicole ?

Mais s'il restait, il faudrait sans doute qu'ils prennent quelques décisions concernant son installation.

Jusqu'à présent, Charlie avait refusé qu'il lui paye un loyer pour le studio, mais il ne pouvait rester plus longtemps gratuitement. Cela le gênait.

Quelques minutes plus tard, il pénétrait dans le studio, sur la pointe des pieds, et il relégua ses questions dans un coin de sa tête.

Charlie dormait toujours.

Ils n'avaient pas beaucoup dormi ces derniers jours. Ils avaient passé beaucoup de temps à jouer avec leurs désirs, à savourer une complicité incroyable, à faire l'amour, encore et encore, repoussant chaque fois plus loin les limites du plaisir, alors il n'était pas surpris qu'elle dorme encore.

Doucement, il se dirigea vers la cuisine et versa du café dans une tasse puis la porta dans la chambre.

— Tu essayes de me réveiller ? murmura-t-elle en ouvrant les yeux.

— Je pensais que tu dormais.

— Non, je t'ai entendu rentrer.

Elle s'assit et repoussa les cheveux qui lui étaient tombés devant les yeux avant de prendre la tasse de café.

— Merci Ronan. J'en ai bien besoin car si je m'écoutais, je resterais au lit toute la journée, tellement je suis fatiguée.

— Pourquoi ne le fais-tu pas ? Je peux me débrouiller seul ou bien rejoindre l'équipe de Jake, si tu veux te reposer.

— Non. Après une bonne tasse de café, cela ira beaucoup mieux. On a beaucoup à faire aujourd'hui. Les célébrations du bicentenaire de la ville commencent la semaine prochaine. Il faut prendre de l'avance sur la récolte des huîtres car aucun employé ne travaillera vendredi. Je leur accorde une journée de congé car ils devront se relayer pour tenir le stand à la fête pendant le week-end.

— Comme tu veux, mais ce soir on se couche tôt alors.

Elle s'étira et posa sa tête sur ses genoux.

— Tu me dis cela tous les soirs, mais nous finissons toujours par changer d'avis, Ronan. Pourquoi ?

Il lui caressa tendrement les cheveux. Des cheveux d'une incroyable douceur.

— Parce que je ne peux pas m'empêcher de te toucher, c'est aussi simple que cela. Peut-être ai-je un problème ? Peut-être devrais-je consulter un professionnel.

— Si tu veux voir une prostituée, cela risque d'être difficile. Nous n'en avons aucune dans les environs.

Il éclata de rire.

— Je ne pensais pas à une prostituée, Charlie, mais plutôt à un psychanalyste, à quelqu'un capable de m'aider à canaliser mes désirs.

— Il n'y a aucun psychanalyste à Sibleyville non plus. Nous sommes en Nouvelle-Angleterre ici. Lorsque nous avons un problème, nous prenons une profonde respiration… Et puis nous passons à autre chose. De toute façon, je n'ai pas très envie que tu apprennes à maîtriser tes désirs. J'aime quand tu te laisses emporter, avec moi…

Comme pour le lui prouver, elle se redressa et l'embrassa, mordillant ses lèvres avec malice.

Envoûté par ce baiser chargé de promesses, il s'abandonna. Il succomba à la sensualité.

Puis, incapable de résister à la tentation, il laissa ses mains prendre possession de son corps, de son corps aux incroyables courbes sensuelles. Il adorait savoir qu'il pouvait la toucher et la caresser quand bon lui semblait. Il adorait la serrer entre ses bras et sentir sa chaleur féminine irradier dans tout son corps.

— Charlie… Si nous restons au lit pour faire l'amour, nous allons être en retard au travail.

— Peu importe, c'est moi la patronne.

— C'est vrai. C'est toi la patronne.

— Et en tant que patronne, je peux t'ordonner de te déshabiller et de me faire l'amour.

Comment résister à une telle demande ? Il ne pouvait pas. Il n'en était pas capable.

Déterminé à obéir à ses ordres, à ses désirs, il se débarrassa rapidement de ses vêtements puis, lentement, il la pénétra, savourant le plaisir, le faisant durer aussi longtemps que possible, jusqu'à ce qu'elle crie son nom, jusqu'à ce qu'elle touche les étoiles, jusqu'à ce qu'elle atteigne le firmament.

Lorsqu'elle poussa enfin un long cri animal, il explosa à son tour, comblé et satisfait.

En cet instant, ils ne faisaient plus qu'un. Ils étaient unis, corps et âme.

Plus le temps passait, plus il lui faisait l'amour, plus il avait l'impression qu'il ne pourrait jamais se passer d'elle et, à son grand soulagement, rien ne semblait pouvoir les séparer.

Rien du tout.

— Ce soir, nous nous coucherons tôt, murmura-t-il après avoir repris son souffle. Nous serons sages, je te le promets.

Elle l'embrassa une nouvelle fois.

— Très bien, répondit-elle.

Puis elle se leva et reprit la tasse de café sur la table de chevet.

— Je voudrais aussi que nous discutions de plusieurs choses, osa-t-il ensuite. Enfin… si tu le veux bien.

Pour toute réponse, elle fronça les sourcils et se tourna vers lui.

— Tu es bien sérieux, tout à coup, Ronan.

— Je le suis.

— Dans ce cas-là, nous devrions peut-être en parler tout de suite.

— Non, cela attendra.

Cela attendrait, pour le moment, il ignorait comment amorcer cette conversation.

Puisque la ville entière semblait prête à tout faire pour qu'ils restent ensemble, il était temps pour eux de prendre une décision concernant leur avenir.

Leur décision.

Main dans la main, ils se dirigèrent vers le hangar.

Leur relation était idéale, parfaite, songea Charlotte tout en éclatant de rire à la blague qu'il venait de lui raconter.

Ils riaient ensemble comme s'ils se connaissaient depuis des années et non pas trois semaines. Et même s'ils passaient quasiment vingt-quatre heures sur vingt-quatre ensemble, leur relation était sereine et naturelle. Ils semblaient faits l'un pour l'autre.

Oui, leur relation était belle. Très belle. Trop belle ?

Trop belle pour être vraie ?

Elle était encore dans ses pensées, lorsqu'elle s'aperçut que Michelle, sa cousine, les attendait devant la porte du hangar.

Michelle était en charge des expéditions, dans l'entreprise. Elle travaillait tous les après-midi, de 13 heures à 17 heures.

Etrange. Que voulait-elle ?

— Salut Michelle. Comment vas-tu ?

— Pas très bien. Nous avons un gros problème.

— Tu vas m'expliquer tout cela. J'arrive dans quelques instants, répondit-elle avant de se tourner vers Ronan.

— Je vais me doucher, lui murmura ce dernier. A tout à l'heure.

Elle lui répondit d'un signe de tête puis le regarda s'éloigner avant de se tourner vers sa cousine.

— Il est craquant, lui souffla cette dernière. Tu vas l'épouser ?

— Non, rétorqua-t-elle avec force. Tu ne vas pas t'y mettre, toi aussi. Qui t'a parlé de cela ? Lettie ?

— Non, ta mère. Et puis ma mère, ma tante et trois de mes cousins. Toute la ville parle de toi et de Ronan. J'ai même entendu dire que Lettie l'avait croisé ce matin à la boulangerie et qu'elle lui avait proposé une forte somme d'argent.

— Pourquoi ?

— Pour t'épouser. Apparemment, le maire aurait autorisé le déblocage d'un budget spécial. Il semblerait que certains soient prêts à tout pour qu'il reste à Sibleyville.

Charlotte accusa le coup, mais face à Michelle, elle décida de prendre la chose à la légère.

— Mon Dieu. Cette histoire est en train de virer au cauchemar. Merci de m'en avoir parlé, Michelle. Bon. Il y a autre chose ou…

— Lettie n'est pas le problème dont je voulais te parler. Non. Le problème, c'est que nous avons commis une erreur avec la livraison Bellingham. Je ne sais pas ce qui s'est passé, mais nous avons mis la mauvaise adresse sur le colis et il est parti vers un des restaurants de New York.

Zut. C'était en effet un gros problème.

— C'est la première commande de Bellingham. Nous ne pouvons pas nous permettre de faire une erreur. En plus, l'inauguration du restaurant a lieu demain. Il n'y a donc qu'une seule solution : prépare un autre colis, double la quantité d'huîtres, je lui livrerai moi-même.

— Je peux m'en occuper, Charlotte, si tu veux. C'est ma faute, c'est moi qui n'ai pas vérifié l'adresse.

Charlie secoua la tête.

— Non, je préfère m'en charger. En plus, j'ai vraiment besoin de quitter la ville pendant quelques heures pour me changer les idées.

Tout en disant cela, elle repensa aux événements de ce matin.

Lorsqu'il était revenu de la boulangerie, Ronan lui avait annoncé vouloir discuter. Et d'après ce que venait de lui apprendre Michelle, elle devinait maintenant de quoi il s'agissait.

Et elle était en colère.

Ce n'était pas gentil de la part de Lettie de lui faire subir une telle pression.

Ronan était simplement venu à Sibleyville pour travailler, pendant six semaines. Il n'avait rien à voir avec cette histoire de sort et de prédiction. Il n'avait pas demandé à être soumis aux regards inquisiteurs des habitants et encore moins à ce qu'on le force à se marier.

— Prépare un nouveau colis, Michelle, et laisse-le sur la table. Je m'en occuperai, répéta-t-elle, déterminée.

— Comme tu veux, répondit sa cousine. Je suis désolée et je te promets qu'une telle erreur n'arrivera plus jamais.

— Ce n'est pas grave, la rassura-t-elle avant de rentrer dans le hangar.

Une fois à l'intérieur, elle se débarrassa de sa salopette, de ses bottes et monta à l'étage. Là, elle ôta progressivement le reste de ses habits puis se dirigea, nue, vers la salle de bains.

La pièce était pleine de buée, et elle entendait l'eau couler dans la douche.

Le cœur battant, elle ouvrit la porte de la cabine et y pénétra.

— Salut, dit-elle en posant les mains sur les épaules de Ronan.

— Retourne-toi, se contenta-t-il de répondre.

Puis, sans lui laisser le temps de prononcer le moindre mot, il la prit par les hanches et l'attira sous le jet d'eau brûlante. Elle ferma les yeux, savourant le contact de l'eau ruisselant sur sa peau.

— Laisse-moi te laver les cheveux, ma chérie.

Elle ne répondit pas et se contenta de rejeter la tête en arrière. Elle le laissait maître des événements.

Il se versa un peu de shampoing dans les mains puis l'étala sur ses cheveux humides. C'était délicieux ! Le contact de ses mains douces et expertes sur son cuir chevelu était une vraie bénédiction après une rude journée de travail. Ronan savait exactement comment la toucher, comment la détendre ou l'exciter selon les moments, comment la titiller ou l'apaiser. Il savait lire en elle comme s'il disposait d'un manuel secret. C'était presque comme s'il la connaissait mieux qu'elle ne se connaissait elle-même.

— Tu crois que cette douche en commun nous permettra de tenir jusqu'à demain et de rester sages ce soir ? lui demanda-t-il soudain.

— Ah oui, j'avais complètement oublié.

— Tu as dit que tu voulais te coucher tôt.

— Hélas, cela ne sera pas possible. Nous partons pour Boston dès qu'on a fini de se doucher.

— Boston ?

Elle se rinça les cheveux puis ouvrit les yeux et contempla le beau visage devant elle pendant quelques instants avant de lui expliquer :

— Il y a eu une erreur d'adresse sur le colis destiné à Bellingham. Tu te souviens de ce célèbre chef de Boston ? L'inauguration de son restaurant a lieu demain et il a besoin de ses huîtres. Malheureusement, celles qui lui étaient destinées sont en route pour un restaurant de New York. Alors nous allons lui en livrer, nous-mêmes, d'autres.

— A quelle distance de Boston sommes-nous ?

— Trois cents kilomètres. Je pensais que nous pourrions dîner là-bas, passer la nuit dans un hôtel de charme… J'ai envie de quitter Sibleyville pendant quelque temps.

— Tu as besoin d'un jour de repos.

— C'est vrai. Nous nous rattraperons au travail après-demain.

Il se tut et prit son visage en coupe avant de l'embrasser longuement, passionnément, et de nouveau elle se laissa submerger par une vague de sensualité.

— Je crois que je vais sortir de cette douche avant de profiter de toi, lui murmura-t-il d'une voix sensuelle après avoir rompu leur baiser.

— Tu as raison, c'est plus prudent. Va donc t'habiller. Il se peut que je t'invite dans un bon restaurant.

— Pas de problème.

Il sortit enfin de la douche et elle termina de se laver.

Elle était impatiente de quitter Sibleyville maintenant. Même si elle aimait sa routine et la vie calme qu'elle vivait ici avec Ronan, elle avait besoin d'un peu de nouveauté.

Si Ronan pensait qu'il la connaissait, alors cette sortie était une opportunité de lui montrer qu'elle pouvait encore le surprendre.

Elle s'enroula dans une grande serviette et contempla un instant son reflet dans le miroir.

Après un été passé à travailler dehors, au soleil, sa peau avait pris une belle nuance dorée, et quelques taches de rousseur avaient fait leur apparition sur son nez.

Elle passa une main dans ses cheveux humides puis attrapa sa trousse à maquillage.

Cela faisait des mois qu'elle ne s'était pas maquillée.

Elle avait perdu cette habitude le jour où elle avait quitté New York. Mais il était temps pour elle de prouver à Ronan qu'elle n'était pas une fille de la campagne sans intérêt et qu'elle pouvait avoir l'air sexy et sophistiquée.

Elle pouvait jouer les séductrices ou les femmes fatales, lorsqu'elle le voulait.

Après avoir terminé de se maquiller, elle se sécha les cheveux puis boucla quelques mèches comme elle avait l'habitude de le faire avant les castings. Quand elle eut terminé, elle se contempla, satisfaite.

Voilà. Sophistiquée et sexy. Elle était contente du résultat.

Elle jeta ensuite un coup d'œil dans la chambre. Vide, à part le sac de voyage de Ronan, posé au pied du lit. Parfait. Elle allait pouvoir s'habiller tranquillement.

Elle conservait une ou deux robes dans le studio, en cas de rendez-vous professionnel de dernière minute.

En quelques secondes, elle trouva sa robe préférée, un modèle à fleurs, et se glissa dedans, sans mettre de soutien-gorge. Elle passa ensuite des bas et glissa ses pieds dans des escarpins avant de jeter un dernier coup d'œil dans le miroir.

— Très bien, murmura-t-elle. Il est temps, maintenant, de mettre un peu de piment dans ma vie.

— Dois-je charger…

Ronan s'interrompit net en pénétrant dans la chambre.

Son étonnement laissa vite place à un immense sourire.

— Tu es splendide, Charlie.

Voilà exactement le compliment dont elle avait besoin, ce soir.

Ce soir, elle se sentait belle, elle se sentait sexy et elle voulait qu'il lui dise.

Tout le monde avait peut-être parié sur l'issue de leur aventure, mais la seule chose qui comptait pour elle, c'était l'opinion de Ronan.

— J'ai eu envie de me mettre sur mon trente et un.

— Tu es très belle. Je ne dis pas que tu n'es pas belle les autres jours. Parce que c'est tout le contraire, tu es toujours belle. Mais ce soir, c'est différent.

Touchée, elle esquissa un sourire timide.

— Merci Ronan. Laisse-moi finir de me préparer, mettre

quelques petites choses dans mon sac et je serai prête. On va prendre le 4x4. Si tu veux, tu peux aller chercher les huîtres sur la table en bas et les charger dans la voiture. J'arrive dans cinq minutes.

Avant de quitter la chambre, Ronan se dirigea vers elle d'un pas décidé et l'embrassa avec passion.

— Je suis impatient.

— Vous avez raison de l'être, monsieur Quinn. Peut-être aurez-vous de la chance ce soir.

— Tu portes quelque chose sous cette robe, ma chérie ?

— En bas oui, mais pas en haut.

A ces mots, il ferma les yeux, comme s'il devait faire un gros effort sur lui-même pour ne pas craquer.

— Finalement, je n'aurais pas dû te poser cette question, reprit-il après avoir avalé sa salive. Quant à toi, tu devrais mettre quelque chose en dessous, sinon je ne vais penser à rien d'autre pendant toute la soirée.

— Je ne peux pas porter de soutien-gorge avec cette robe. Tu veux que je me change ?

— Non, ce n'est pas grave. Je vais m'occuper des huîtres pour me changer les idées. On se retrouve en bas ?

Elle laissa échapper un petit rire tandis qu'il sortait de la pièce.

Peu importait sa tenue. Ce soir, dans le regard de Ronan, elle se sentait la plus belle femme du monde.

Lorsqu'elle avait quitté New York, elle ignorait de quoi serait faite sa vie. Elle attendait, hésitait, s'interrogeant sans cesse sur ce qui allait lui arriver, qui elle allait rencontrer. Et maintenant que Ronan était là, elle avait l'impression que son futur était à portée de main.

— Oui, il est peut-être temps de parler du futur, murmura-t-elle en attrapant son sac.

A cette idée, un frisson d'inquiétude la traversa. Etait-il trop tôt ?

Non, elle voulait prendre des décisions.

Elle *devait* prendre des décisions, ce n'était certainement pas Lettie qui déciderait à sa place.

Mais avant d'entreprendre quoi que ce soit, elle devait savoir ce que Ronan ressentait.

- 7 -

Cette soirée en amoureux à Boston, c'était comme un rêve pour lui. Un merveilleux rêve dont Charlie et lui seraient les héros.

Après avoir livré les huîtres au restaurant de Bellingham, ce dernier les avait invités à rester. Lui et Charlie s'étaient donc installés à une petite table, à l'écart de la foule, et les yeux dans les yeux, ils avaient dégusté une soupe de pétoncles, des crevettes à la plancha et un délicieux tiramisu.

Une fois rassasié, il avait proposé à Charlie une petite promenade avant de partir à la recherche d'une chambre d'hôtel.

A Sibleyville, il n'avait jamais vraiment le temps de se détendre ainsi. Ils passaient la plupart de leurs moments de liberté dans le studio, enfermés, et à sa grande surprise, il se sentait un peu nerveux tout à coup. Comme si hors du confort de l'appartement, il était moins sûr de lui, moins confiant.

Depuis leur rencontre, ils jouaient une partition simple et bien écrite. Mais loin de Sibleyville et de Mistry Bay, il avait l'impression de marcher sur des œufs. Au fond, il ne savait pas du tout ce que Charlie attendait de lui.

Il avait envie de lui parler de sa discussion avec Lettie, ce matin. Il était curieux. Il voulait savoir ce qu'elle pensait des projets que la vieille dame avait forgés pour eux. Mais s'il y avait bien un sujet qu'ils évitaient depuis son arrivée à Sibleyville, c'était celui de leur relation, et de leurs sentiments l'un pour l'autre. Alors oui, il hésitait.

A vrai dire, il n'avait jamais été le genre d'homme à analyser ses aventures, à les étudier au microscope, à les disséquer. En plus, ce que ses conquêtes pensaient de lui ne l'intéressait pas.

Mais avec Charlie, tout était différent. Il voulait savoir précisément où il en était avec elle. Il voulait comprendre.

Etait-elle en train de tomber amoureuse de lui comme lui était tombé amoureux d'elle ? Ou bien se contentait-elle de s'amuser en attendant qu'il reprenne son bus pour Seattle ?

Malheureusement, il ne disposait pas de réponses à ses questions.

— Tu es bien silencieux, remarqua-t-elle soudain. Tu vas bien ?

Il approuva d'un signe de tête puis il prit sa main et la porta à ses lèvres.

— Oui, tout va bien, Charlie. Je suis heureux d'être ici avec toi. J'ai toujours rêvé de visiter Boston. Je crois d'ailleurs que certains de mes cousins éloignés y vivent. C'est du moins ce qu'affirme mon grand-père.

— Si cela se trouve, tu descends de Birdie Quinn. Avant de s'installer à Sibleyville, Birdie a vécu quelque temps à Boston.

Peut-être…

Mais il ne répondit pas. Il laissa le silence s'installer entre eux.

D'habitude, il ne manquait pas de sujets de conversation. Mais ce soir, à part de leur avenir, il ne savait pas de quoi lui parler. Aucun sujet ne venait à son esprit.

— Je… J'imagine que, après avoir vécu à New York, Sibleyville te paraît vraiment une toute petite ville.

A ces mots, elle s'arrêta net et se tourna vers lui, le fixant avec intensité, avec sérieux.

— Ronan… Je suis au courant pour ce matin, à la boulangerie et je suis vraiment désolée.

— Comment sais-tu…

— Sibleyville est une petite ville. Tout le monde est

au courant de tout. Tu ne mérites pas toute cette curiosité et je veux que tu saches que je n'ai rien à voir avec les projets de Lettie.

— Je le sais.

Il passa son bras autour de son épaule et l'attira à lui.

— Si je comprends bien, Charlie, tu penses que je devrais refuser l'argent. C'est dommage. Cela aurait fait du bien à mon compte en banque.

Tout en parlant, il la vit blêmir avant d'éclater de rire en se rendant compte qu'il blaguait.

— Crois-moi, Ronan, je suis la dernière femme que tu aurais envie d'épouser.

Il fronça les sourcils. Pourquoi disait-elle cela ?

Quand il imaginait vivre un de ces contes de fées où l'amour gagne toujours et où les héros sont heureux jusqu'à la fin des temps, c'était elle qu'il voyait à ses côtés. C'était toujours elle.

Alors pourquoi ?

— Pourquoi, Charlie ?

— Parce que je suis beaucoup trop autoritaire.

— C'est vrai.

— Et parce que j'aime être libre.

— Ça aussi, c'est vrai. Mais ce ne sont pas des motifs rédhibitoires. Je t'aime bien telle que tu es, Charlie.

— Tu m'aimes bien ?

Pour toute réponse, il se contenta d'un signe de tête et elle le serra dans ses bras, fort, comme si elle était émue.

— Tu es le premier homme à me dire quelque chose d'aussi gentil, Ronan.

— Corrige-moi si je me trompe, mais je crois qu'il n'y a eu qu'un autre homme dans ta vie, et qu'en plus celui-ci t'a laissée partir.

— C'est vrai, admit-elle en serrant sa main dans la sienne et en reprenant leur promenade.

— Penses-tu qu'il te faut encore sortir avec d'autres

hommes, pour pouvoir comparer et savoir si tu as trouvé le bon ? Ou bien deux te suffisent-ils ?

Il avait à peine prononcé ces mots qu'il les regretta.

Il n'avait pas voulu s'exprimer ainsi.

Il avait voulu parler sur le ton de la plaisanterie mais, au final, sa remarque ressemblait davantage à une attaque qu'à une déclaration d'amour.

Après réflexion, peut-être était-ce cela dont il s'agissait. Peut-être était-il en colère.

Il voulait être le dernier homme qu'elle embrasse, qu'elle caresse, qu'elle touche. Le dernier homme avec lequel elle couche.

— Je ne suis pas sûre, répondit-elle au bout d'un moment.

Elle n'était pas sûre ?

Il ne s'attendait pas à cette réponse.

Sa question était maladroite, mais au moins la réponse de Charlie était on ne peut plus claire.

— Si je comprends bien, tu as des plans pour l'avenir. Un autre homme en vue ?

— Je n'ai aucun projet, rétorqua-t-elle d'un ton sec. Je n'ai aucun projet depuis mon retour de New York.

— Tu peux le dire, Charlie. Je suis capable d'entendre que je ne suis qu'une passade, une belle aventure qui ne durera que six semaines.

— Arrête, Ronan. Ce n'est pas de cela qu'il s'agit.

— Alors de quoi s'agit-il ? Dis-le-moi car j'aimerais beaucoup savoir où j'en suis avec toi. J'avoue me sentir un peu perdu.

Elle ne répondit pas. Elle se contenta d'accélérer son allure.

— Je n'ai vraiment pas envie d'en parler pour le moment, lui lança-t-elle lorsqu'il la rejoignit. Est-ce qu'on peut retourner à la voiture ?

Il chercha son regard, un peu surpris.

— Je pensais que nous restions à Boston pour la nuit.

— Non. J'ai envie de rentrer à la maison. Tout est différent ici. Ça ne me plaît pas.

Elle semblait si furieuse qu'il préféra ne rien répondre. Il ignorait comment réagir.

Il l'avait toujours vue concentrée, maîtresse de ses sentiments, de ses émotions. Mais ce soir, elle semblait prête à perdre la tête, à hurler, et cela le déstabilisait.

Il n'avait jamais été à l'aise dans ce genre de situations.

Il pouvait à peine faire face à ses sentiments, alors il n'était pas vraiment qualifié pour gérer ceux d'une femme.

Devait-il l'embrasser ? Lui demander quel était le problème ? Lui proposer un mouchoir ? Il n'en avait pas la moindre idée.

Après réflexion, si elle désirait rentrer à Sibleyville, soit. Avec un peu de chance, la situation s'améliorerait d'elle-même, une fois là-bas.

En silence, ils retournèrent à la voiture devant le restaurant de Joel Bellingham. Il lui tint la portière pendant qu'elle s'installait sur le siège passager.

— Je vais conduire.

— Comme tu veux.

De plus en plus surpris par son attitude, il démarra sans rien ajouter.

Il ignorait dans quelle direction aller, mais il n'osa pas demander de l'aide. L'atmosphère était tellement tendue entre eux qu'il avait peur de ce qu'elle pourrait lui rétorquer.

Heureusement, au bout de quelques mètres, il finit par trouver un panneau et, quelques minutes plus tard, il s'engageait sur l'autoroute 93.

— Je croyais posséder toutes les réponses, dit-elle d'une petite voix au bout d'un long moment. Je croyais que je menais la vie que je désirais et lorsque je me suis rendu compte que cela ne fonctionnait pas, j'ai compris en plus que je ne savais tout simplement pas ce que je voulais à la place. Je crois que j'attendais que quelque chose se passe, que le destin me donne un signe…

Elle s'interrompit brutalement et se tourna vers lui.

— Tu es le signe que le destin m'a envoyé, Ronan. Depuis que tu es là, j'ai retrouvé un but à ma vie.

Touché par ses mots, il lui serra brièvement la main.

— Il n'y a rien de mal à cela, n'est-ce pas ?

— A première vue, non. Mais le problème, Ronan, c'est que je ne sais pas si je désire cela par défaut, parce que je n'ai rien trouvé d'autre, ou parce que c'est le destin, mon destin. Le fait que le sexe avec toi soit si bon ne m'aide pas. Au contraire. Cela ne fait qu'accroître ma confusion.

— Tu préférerais t'ennuyer pendant que je te fais l'amour ?

— Non, même si cela m'aiderait sans doute à faire le point sur mes sentiments.

— Que désires-tu Charlie ? reprit-il d'un ton grave.

Il était déterminé à obtenir des réponses à ses questions.

— Je n'en ai pas la moindre idée. J'ai vingt-cinq ans. D'habitude, à cet âge, les gens ont quelques idées, non ?

— Personnellement, j'ai vingt-six ans et je me cherche toujours. Mais je pense que j'approche petit à petit du but.

Elle ne répondit pas. Elle se contenta de le dévisager durant de longues secondes.

— Que veux-tu dire ? finit-elle par lui demander.

A vrai dire, il ignorait comment répondre à cette question. Mais jusqu'à présent, ils avaient toujours été honnêtes l'un avec l'autre. Alors peut-être l'heure était-elle venue de lui avouer ses sentiments.

— J'aime Sibleyville. J'aime travailler à la ferme ostréicole. Et je t'aime beaucoup, beaucoup beaucoup.

— Je t'aime beaucoup… moi aussi, répondit-elle en lâchant un long soupir. Et cela me suffit, pour le moment. Nous n'avons besoin de rien d'autre.

Elle semblait tellement heureuse et soulagée de sa réponse qu'il n'eut pas le courage d'insister pour en savoir plus. Pourtant les questions étaient toujours aussi nombreuses.

Elle n'avait besoin de rien d'autre, disait-elle.

Il ne comprenait pas bien.

— Que vas-tu faire pour Lettie ?

— L'ignorer, tout simplement, même si je ne me fais guère d'illusions. Elle est sincèrement convaincue qu'un mariage est la seule solution pour conjurer le mauvais sort jeté par Birdie. Elle ne renoncera pas tant que nous ne passerons pas devant monsieur le maire, ou alors qu'on quitte la ville.

— Tu penses qu'elle a raison ? Qu'un mariage conjurerait le mauvais sort ?

Elle haussa les épaules avant de répondre :

— Ma famille a toujours considéré que ce mauvais sort n'était qu'une légende. Mais lorsque je suis partie pour New York, avec Danny, tout le monde a pensé que le sort était conjuré. Deux jeunes gens originaires de Sibleyville étaient amoureux et allaient se marier. Hélas, nous avons rompu, tout le monde a été déçu. Pendant un moment, je me suis sentie responsable, d'autant plus responsable que le mauvais sort était déjà la faute de mes ancêtres. Mais en fait, je n'y suis pour rien. Si personne ne tombe amoureux à Sibleyville, c'est que tout le monde croit à la prédiction. Comment appelle-t-on ce genre de comportement, déjà ? J'ai oublié le mot.

— Etre fou ?

— Non. Une prophétie autoréalisatrice, voilà de quoi il s'agit. La prophétie se réalise car les habitants pensent qu'elle va se réaliser. Le problème est que je n'ai pas envie de participer à toute cette histoire. Je ne veux rien avoir à faire avec cette prophétie.

— Je pense que tu devrais arrêter de te faire du souci pour les autres, Charlie.

— C'est plus facile à dire qu'à faire.

Il prit sa main et l'embrassa pour tenter de lui changer les idées.

Que pouvait-il faire d'autre ?

Hélas, pas grand-chose, sachant que tout le monde dans

la ville voulait le marier avec une fille rencontrée trois semaines plus tôt.

Mais l'idée d'épouser Charlie, de passer le reste de sa vie avec elle ne l'angoissait pas. Au contraire, cette perspective l'attirait, l'excitait même.

Etait-ce normal ?

Etait-ce ainsi qu'un homme se rendait compte qu'il était amoureux ?

C'était probablement impossible de tomber amoureux en trois semaines seulement, mais depuis leur rencontre, il régnait entre eux une attirance d'une puissance inouïe contre laquelle il ne pouvait pas lutter.

Au départ, il pensait qu'il ne s'agissait que d'un simple désir, d'attirance sexuelle. Aujourd'hui il savait que c'était bien plus que cela.

Il aperçut soudain un panneau annonçant un hôtel.

Incapable d'attendre trois heures avant de l'embrasser et de la toucher de nouveau, il mit son clignotant.

Il mourait d'envie de la sentir entre ses bras, de la posséder. Tout de suite. Maintenant.

— Où allons-nous ? lui demanda-t-elle en le voyant tourner.

— A l'hôtel.

— Je pensais qu'on rentrait à Sibleyville.

— Non, je ne peux pas attendre trois heures. J'ai des projets plus urgents.

Une fois garé, il lui fallut un quart d'heure pour s'enregistrer et obtenir la clé de la chambre.

Ils avaient à peine passé la porte de la chambre que toutes ses barrières cédèrent. Le désir qu'il éprouvait était si intense qu'il balayait tout sur son passage : raison, doute, interrogation. C'était une sensation d'une telle intensité qu'il en eut le souffle coupé.

Incapable d'attendre une seconde de plus, il la plaqua contre le mur et l'embrassa avec une fougue qu'il ne se connaissait pas.

Elle répondit immédiatement en faisant glisser la fermeture Eclair de son pantalon. Elle libéra son sexe déjà tendu à l'extrême avant de refermer sa main dessus, lui donnant la chair de poule.

Avec une fièvre égale à la sienne, elle noua ses jambes autour de ses hanches et se serra contre lui en une troublante invitation. Mais il s'efforça de ralentir le rythme. Il avait envie de prendre son temps pour la pénétrer, pour l'aimer.

Oui, il voulait l'aimer car il en était désormais persuadé, cette femme l'avait envoûté. Elle s'était insinuée profondément dans son cœur et son âme, et il n'avait pas envie de la perdre.

Lettie appela vers 18 heures, alors que Charlotte était en train de préparer à dîner pour Ronan.

Lorsqu'elle reconnut le numéro de Lettie sur son portable, elle décida de ne pas répondre. Mais son téléphone sonna une nouvelle fois moins de deux minutes plus tard.

Lettie n'était pas le genre de femme à renoncer facilement.

— Bonsoir Lettie, fit-elle en décrochant enfin.

— Charlotte ? Je suis désolée de t'appeler aussi tard. Je sais bien que tu n'avais pas l'intention de reprendre ta carrière d'actrice, mais je n'ai pas trouvé d'autres solutions. J'ai vraiment besoin de toi pour le rôle-titre. La représentation a lieu dans seulement quatre jours.

Charlotte réprima à grand-peine un soupir.

— Je croyais que tu allais chercher une remplaçante.

— Oui, j'avais convaincu Emma Woburn d'accepter le rôle, mais lorsqu'elle a découvert qu'elle devrait embrasser l'acteur principal, elle a refusé. Elle a dit que même si je la payais, jamais elle n'accepterait d'embrasser un autre homme que son mari.

— Dans ce cas-là, il te suffit de supprimer la scène du baiser. C'est facile.

— Impossible, c'est la scène la plus importante de toute

la pièce. De toute façon, Emma jouait très mal. Elle aurait fait fuir les spectateurs.

Charlotte fixa Ronan, qui était en train de la dévisager et lui faisait des signes.

— Tu devrais peut-être en profiter pour passer un contrat avec elle, lui suggéra-t-il à voix basse.

Elle posa sa main sur le combiné pour que Lettie ne l'entende pas.

— De quel genre de contrat parles-tu ?

— Tu acceptes de jouer dans sa pièce, mais en échange, elle oublie son projet de mariage.

Excellente idée. Elle reprit aussitôt la communication.

— Lettie, j'accepte mais à une seule condition. Tu laisses tomber tous tes projets de mariage entre Ronan Quinn et moi.

La vieille femme ne répondit pas tout de suite.

— Lettie ? Tu es toujours là ?

— Bon d'accord, finit par marmonner Lettie. De toute façon, à quoi bon insister. Si je veux vivre avec ma sœur, elle n'a qu'à revenir à Sibleyville.

— Marché conclu. Quand as-tu besoin de moi ?

— Maintenant. Et n'oublie pas tes chaussures de claquettes, s'il te plaît.

— Je vais devoir danser ? demanda Charlotte un peu alarmée.

— Non, mais je rajouterai peut-être une petite scène.

Charlie raccrocha et se tourna vers Ronan. Il semblait se retenir pour ne pas éclater de rire.

— Arrête, s'il te plaît. Si tu te moques, je trouverai un moyen de te faire monter sur scène avec moi.

— Non, pitié. Pas sur scène.

— Alors arrête.

— Je rigolais en imaginant un numéro de claquettes dans une pièce sur une sorcière du XIXe siècle. Cela risque d'être très intéressant.

Elle fit le tour de la table et vint se poster face à lui, un petit sourire aux lèvres.

— Viens avec moi au théâtre.

— Est-ce vraiment nécessaire ?

— Oui. Tu pourras m'aider à apprendre mon rôle. Et puis, ta présence rendra l'expérience plus supportable, car je sais exactement ce qui se passera dès que je poserai le pied sur le plateau. Tout le monde va me harceler avec cette histoire de mariage. Enfin, tout le monde, sauf Lettie, puisqu'elle l'a promis.

— Très bien. Allons-y.

Il attrapa les clés de la voiture puis une bouteille d'eau dans le réfrigérateur.

— De quoi d'autre as-tu besoin, Charlie ? Faut-il que je rameute des spectateurs ? Quelques photographes ? Ou alors que je te trouve un tapis rouge ?

Elle l'agrippa par la chemise et fit mine de le rabrouer.

— Ecoute-moi bien, Ronan Quinn. Si tu n'arrêtes pas de te moquer, je ne t'embrasserai plus jamais.

— Même si tu voulais arrêter de m'embrasser, tu n'en serais pas capable, rétorqua-t-il avant de l'attirer à lui.

Il avait raison, cent fois raison, mais elle décida de faire durer un peu le plaisir. Elle serra les lèvres et détourna son visage.

Lâchant un cri bestial, il la prit alors dans ses bras et la jeta sur le lit. Le regard possessif, animal, il grimpa sur elle.

— D'accord, d'accord, dit-elle en riant. Je me rends.

— Très bien. On peut y aller.

Quelques minutes plus tard, ils étaient dans la voiture en direction du théâtre.

Celui-ci était situé dans un vieux bâtiment de pierre qui abritait autrefois l'école élémentaire de Sibleyville et, aujourd'hui, le musée municipal.

A peine était-elle entrée dans le hall, que l'odeur du lieu fit resurgir tout un tas de souvenirs.

Elle avait participé à toutes les pièces de théâtre,

lorsqu'elle était au lycée. Elle connaissait cette scène aussi bien que la baie.

Dès qu'ils pénétrèrent dans la salle, Lettie lui fit de grands signes.

— Mesdames et messieurs, dit cette dernière d'une voix forte. Accueillez notre nouvelle Moira Quinn, notre star locale, mademoiselle Charlotte Sibley.

Toutes les personnes présentes dans le théâtre se mirent à applaudir, et elle sentit ses joues s'empourprer. Devinant son angoisse, Ronan lui pressa une dernière fois la main avant d'aller s'installer dans la salle.

— Souviens-toi de ta promesse, murmura-t-elle à Lettie lorsqu'elle rejoignit enfin la vieille femme.

— Charlotte, répondit-elle comme si de rien n'était, comme si elle n'avait pas entendu son ton menaçant, tu connais la plupart des autres acteurs. Maxine Forman jouera le rôle de Birdie, ta mère.

Charlie sourit à Maxine.

— Et nous avons une surprise pour toi, poursuivit Lettie. Un grand acteur a accepté de reprendre le rôle d'Edward.

Elle aperçut alors une silhouette sortir des coulisses. Une silhouette qui ne lui était pas inconnue.

Mon Dieu…

Sous le choc, elle retint son souffle.

— Salut Charlie.

— Danny… Qu'est-ce que… Qu'est-ce que tu fais à Sibleyville ?

— Je ne suis là que pour quelques jours, afin de rendre service à Lettie. Comment vas-tu Charlotte ?

Elle fit un immense effort sur elle-même pour se reprendre. Mais son cœur battait si fort dans sa poitrine qu'elle ignorait si elle serait capable de respirer, ou bien de parler.

Danny Merrick était de retour ? A Sibleyville ?

Cela faisait plus d'un an qu'elle ne l'avait pas vu et qu'elle ne lui avait pas parlé et, tout à coup, il était là, devant elle.

Pourquoi ? Cela faisait-il partie du plan de Lettie ?

Elle jeta un coup d'œil en direction de la vieille femme, mais celle-ci était visiblement plongée dans une intense conversation avec Maxine.

— Je vais très bien, répondit-elle alors à Danny. Très très bien, même.

— J'ai entendu dire que tu travaillais pour ton père.

— C'est vrai.

Son ton était sec et dur, elle n'avait aucune envie de lui parler. Elle devait même se retenir pour ne pas faire demi-tour et fuir.

Mais elle n'avait pas à se sentir gênée, après tout. Et encore moins coupable. Elle ne devait rien à Danny. Il ne faisait plus partie de sa vie depuis bien longtemps.

— Tu manques à Sally, reprit Danny. Tu te souviens de Sally Franklin, ton agent ?

— Evidemment que je m'en souviens, marmonna-t-elle.

A quel genre de jeu jouait-il ? Ou plutôt, quel rôle jouait-il dans la mascarade montée par Lettie ? Car elle était sûre que Lettie était dans le coup.

— Sally m'a dit qu'elle avait quelques propositions pour toi, qu'elle avait tenté de t'appeler pour passer des castings mais que tu n'avais jamais répondu à ses appels. Un des rôles concerne un feuilleton télévisé.

— Je ne suis plus actrice, Danny.

— Eh bien alors que fais-tu dans ce théâtre ?

Elle était bel et bien dans un théâtre, oui, mais elle mourait d'envie d'en sortir.

Elle se doutait bien que la présence de Danny était une façon de la pousser à remonter sur les planches, même s'il s'agissait d'un mélodrame stupide sur une prédiction vieille de plus d'un siècle.

Elle jeta un coup d'œil par-dessus son épaule pour voir Ronan. Celui-ci lui souriait toujours, ignorant à l'évidence ce qui se passait sur la scène.

— Commençons, lança-t-elle alors, pressée de passer

à autre chose. Je dois me lever tôt demain matin et je n'ai pas beaucoup de temps.

Danny s'approcha et posa une main dans le creux de son dos.

— Pas de problème, viens par là, nous serons mieux pour répéter nos scènes.

Il l'attira vers une petite table.

— Tu as vraiment l'air en pleine forme, poursuivit-il.

— Danny… je ne suis ici que pour rendre service à Lettie. Si j'avais su que tu jouais le rôle-titre, j'aurais refusé de participer. Malheureusement, il est trop tard pour changer d'avis, alors le mieux c'est de nous contenter de rester professionnels et de faire notre travail. C'est tout.

Tout en parlant, elle l'observa attentivement. Tout à coup, les questions se bousculaient en elle et un doute l'effleura.

— Combien vas-tu gagner en jouant dans cette pièce ?

— Deux mille dollars. Au départ, j'ai été étonné par la somme. Lettie ne m'a appelé qu'il y a quelques jours et m'a expliqué que l'homme devant jouer le rôle-titre avait été arrêté. Et toi, combien vas-tu gagner ?

— La même chose, répliqua-t-elle.

Un mensonge, bien sûr.

— Je savais bien que tu ne pourrais pas résister à l'appel des planches. L'amour du théâtre est dans ton sang, dans tes gènes. Tu devrais être à New York, sur scène. C'est ta carrière, c'est ta vie.

Elle réprima un juron. Pour qui se prenait-il, à lui parler comme ça ? Elle mourait d'envie de le gifler. Il la mettait hors d'elle.

— Quelle carrière, Danny ? Je n'avais pas de carrière. Je n'avais que quelques petits rôles qui me permettaient à peine de payer mes factures.

— Je viens de passer des essais pour un grand rôle dans un feuilleton. Je devrais avoir la réponse la semaine prochaine et, avec un peu de chance, je m'installerai sur la côte Ouest.

— Tant mieux pour toi.

Que pouvait-elle dire d'autre ? Tant mieux pour lui, en effet, mais ce qu'il faisait ne l'intéressait pas.

Ils se mirent à répéter.

Décidément, songea-t-elle tout en annotant son script, Danny n'arrivait pas à la cheville de Ronan.

C'était seulement maintenant, avec la distance et le temps, qu'elle se rendait compte des nombreux défauts de Danny.

La confiance en lui qu'elle admirait autrefois n'était que de l'arrogance. Danny n'aimait que lui, et son physique. Il passait son temps à s'admirer dans le miroir, à vérifier sa coiffure, sa tenue. Et puis la façon dont il était faussement affectueux lui donnait envie de le frapper.

Il la rendait folle.

Comment avait-elle pu rester aussi longtemps avec lui ? Avait-il changé depuis qu'elle l'avait quitté ? Ou bien avait-il toujours été un homme insignifiant ?

Elle se força à revenir au présent et au texte. Hélas, elle n'arrivait pas à se concentrer. Son esprit retournait sans cesse à l'homme qui l'attendait, assis sur les gradins.

Contrairement à Danny, Ronan était un homme bien. Un homme qui ne jouait pas, qui ne se faisait pas passer pour ce qu'il n'était pas. Il était bien dans sa peau. Et à l'idée qu'elle avait gâché de nombreuses années avec Danny, elle avait envie de vomir.

C'était tellement humiliant.

Mais ce qu'elle voulait vraiment savoir, c'étaient les raisons de la présence de Danny à Sibleyville.

Plus elle y pensait, plus elle trouvait cette situation étrange.

Espérait-il qu'elle retombe amoureuse de lui, comme une lycéenne ? Soudain, une idée lui traversa l'esprit. Et si c'était l'inverse ? Et si Lettie espérait que, en voyant Danny tel qu'il était, elle s'engage définitivement avec Ronan ?

Elle reporta son attention sur la pièce.

Il lui restait trois jours pour apprendre le rôle et quelques-uns de plus pour comprendre ce qui lui arrivait.

Mais avant, elle devait annoncer à Ronan que son ex-petit ami était de retour.

Elle n'avait pas le choix car elle était sûre d'une chose, personne à Sibleyville n'était capable de garder le moindre secret et elle préférait qu'il l'apprenne de sa bouche à elle, plutôt que de celle de Lettie.

Les répétitions durèrent plus longtemps qu'il ne le pensait, mais il ne s'ennuya pas. Au contraire.

Ronan n'avait jamais imaginé Charlie sur scène.

Elle lui avait bien parlé de son expérience à New York, mais tout cela lui avait toujours semblé irréel. Mais à la voir évoluer sur scène, jouer un rôle si différent de sa personnalité, il ne pouvait s'empêcher d'être captivé.

Elle parlait avec un accent irlandais plus vrai que nature. Et pour avoir été élevé par un grand-père irlandais, il savait à quoi ressemblait un tel accent. Mais plus que tout, ce qui le fascinait, c'était qu'elle parvenait à rendre intéressant le texte insignifiant écrit par Lettie.

La majorité des acteurs quittèrent la répétition au bout d'une heure, mais Charlie dut rester pour travailler avec l'autre premier rôle, sous la direction de Lettie. Il en profita pour observer l'homme qui jouait Edward, la façon dont il se comportait à l'égard de Charlie, comment il la touchait, comment il la regardait dans les yeux.

Pour un acteur amateur, il n'était pas mauvais. Il exagérait peut-être ses sentiments, dans certaines scènes, mais Charlie et lui formaient une bonne équipe. Ce qui était plutôt pas mal, vu la piètre qualité de la pièce. Grâce à eux deux, l'histoire paraissait presque crédible.

Lorsque la répétition se termina, Charlie se dirigea vers lui en souriant. Dieu qu'elle était belle !

— Charlie, attend, cria l'autre acteur, derrière elle.

Elle jeta un coup d'œil par-dessus son épaule, mais ne se retourna pas.

— Viens, lui murmura-t-elle. Sortons d'ici.

Surpris, il la regarda puis regarda l'homme derrière.

— Il y a quelqu'un qui t'appelle, Charlie.

— Je sais, mais je n'ai pas envie de lui parler.

Voilà qui était étrange. Charlie était plutôt du genre chaleureux et sociable d'habitude.

— Comme tu veux.

Une fois sur le parking, il passa son bras sous le sien et l'embrassa.

— Tu jouais vraiment bien.

— Merci.

— Je ne dis pas cela pour te flatter, mais parce que c'est vrai. Ton accent irlandais était parfait. Mon grand-père t'aurait applaudie.

— Je devrais laisser tomber, marmonna-t-elle. Je n'arrive pas à croire que Lettie a eu ce culot.

De quoi parlait-elle ?

— Qu'a fait Lettie ?

— Le type qui joue l'autre rôle-titre… C'est Danny. Danny Merrick. Elle l'a convaincu de jouer dans cette pièce de théâtre amateur en échange de deux mille dollars !

Il resta muet.

A vrai dire, il ignorait comment réagir.

Elle lui avait si peu parlé de cette relation qu'il n'imaginait pas que cela puisse être un problème pour elle. En plus, sachant que Danny habitait New York, il n'avait jamais vraiment pensé à lui. Mais maintenant que l'homme en question était à Sibleyville, qu'il passait du temps avec Charlie, qu'il la touchait… Et allait devoir l'embrasser… Tout devenait très différent.

— Dis quelque chose, reprit Charlie d'un ton suppliant.

— Je… Je suis surpris.

Il ouvrit la portière du 4x4 et la laissa monter.

Une fois derrière le volant, il la regarda. Elle le fixait, l'air perplexe.

— Je suis surpris, répéta-t-il.

— C'est tout ce que tu as à dire ?

— Il joue bien, ajouta-t-il.

Puis il démarra et sortit du parking.

— Que voudrais-tu que je dise d'autre, Charlie ?

— Je ne sais pas. Je pensais juste que tu serais… Plus en colère. Moi je suis en colère. J'ai l'impression que Lettie m'a piégée. Elle savait que jamais je n'accepterais de jouer avec lui. Et en plus, elle le paye !

Tout à coup, il se sentait vaguement perdu. Il aurait dû se sentir jaloux, c'est vrai, mais il avait du mal à s'énerver contre cet homme. Il était clair qu'elle le détestait !

— D'accord, je suis fâché, dit-il néanmoins pour lui faire plaisir.

— Bien. Mais pourquoi ?

— Parce que toi, tu l'es. Mais toi, pourquoi es-tu en colère ?

— Je ne sais pas. J'ai l'impression que tout bouge autour de moi, mais que je suis clouée sur place. Je n'avais vraiment pas besoin de l'entendre me dire que je devrais repartir à New York pour tenter une nouvelle fois ma chance.

A ces mots, il se renfrogna. Cette fois, il était en colère.

— Il veut que tu repartes à New York ? Avec lui ?

— Oui. Il m'a dit que mon agent avait quelques rôles à me proposer. Il est vrai qu'elle m'a laissé des messages et que je ne l'ai pas rappelée.

Oui, en colère. Très, très en colère même.

— Tu ne repars pas, n'est-ce pas ?

— Non. Bien sûr que non. Enfin, je me demande juste quels rôles elle m'a trouvés. La vie est parfois ironique. Il suffit que je quitte New York pour que des metteurs en scène me demandent.

Elle prit une profonde respiration avant de reprendre :

— Si Danny a le culot de m'embrasser avec la langue, pour la scène du baiser, je vais le tuer.

— Je m'en occuperai pour toi.

Elle éclata de rire.

— En attendant, tu veux bien m'aider à apprendre mon texte ? Je dois le connaître pour demain soir. La pièce ne dure que trente minutes, mais je veux la jouer sérieusement. Non pas que Lettie mérite que je fasse des efforts pour elle, mais pour le public.

Le portable de Charlie sonna à cet instant. Elle regarda l'écran mais ne fit pas mine de décrocher.

— Qui est-ce ? demanda-t-il, intrigué.

— Danny, répondit-elle. Lettie a dû lui donner mon numéro de portable. Il veut sans doute qu'on se retrouve pour boire un verre, afin de discuter de la pièce. Bon Dieu. Je suis en train de devenir folle.

— Tu veux lui parler ?

— J'aurais beaucoup de choses à lui dire, mais non, je ne veux pas lui parler. Tu sais ce que j'aimerais faire ? J'aimerais aller boire un verre. Toi et moi. J'ai besoin de me détendre sinon je n'arriverai jamais à m'endormir ce soir.

Si elle avait besoin de se détendre, il avait bien quelques idées pour l'aider. Mais il suffisait qu'il la regarde pour comprendre que cela ne faisait pas partie de ses projets pour le moment.

— Où voudrais-tu aller ?

— Au Briseur de Vagues.

Il connaissait ce pub. Il n'était qu'à quelques centaines de mètres du hangar.

— Parfait, on pourra y aller à pied en plus.

Lorsqu'ils arrivèrent au pub, une demi-heure plus tard, elle avait retrouvé sa bonne humeur et semblait même s'être résignée à subir toutes les manipulations de Lettie.

Lui par contre ne se sentait pas aussi calme. Les prochains jours seraient compliqués pour elle, entre le travail, les répétitions, les face-à-face avec son ex… Et cela le contrariait.

Ils trouvèrent une table libre et, pendant qu'elle s'installait, il alla au bar commander deux bières, deux hamburgers et une assiette de frites.

— Je crois savoir ce que manigance Lettie, lui annonça-t-elle lorsqu'il la rejoignit.

Il prit une gorgée de bière avant de répondre :

— Dis-moi.

— Elle n'essaye pas de me manipuler. Elle essaye de te manipuler, toi. Elle essaye de te rendre jaloux. Elle pense que si elle met Danny entre nous, tu deviendras possessif et tu me déclareras enfin ta flamme.

Tout en l'écoutant, il se mit à réfléchir. Le plan de Lettie avait-il d'ores et déjà fonctionné ?

Peut-être.

Il n'aimait pas savoir que Charlie allait passer du temps avec Danny Merrick. Il lui suffisait même d'y penser pour que la violence des sentiments qu'il éprouvait envers elle le prenne à la gorge.

Il la dévisagea et remarqua des lueurs de colère dans son regard doré.

Elle était la plus belle femme qu'il ait jamais vue. Ce Danny était-il prêt à la récupérer ?

Et lui était-il prêt à la garder ?

- 8 -

Les célébrations du bicentenaire de Sibleyville débutèrent le vendredi midi par une parade dans les rues.

Charlie avait donné une journée de congé à tous les employés afin qu'ils puissent profiter de la fête, à condition qu'ils passent chacun, et à tour de rôle, un moment derrière le stand de la société.

Comme sa ferme, les autres entreprises et boutiques avaient fermé leurs portes, mais chacune tenait son propre stand. Pendant tout le week-end, les visiteurs et les touristes pourraient voir à quel point la bourgade était paisible, agréable, et idéale pour y élever des enfants.

Malheureusement, ce n'était pas l'endroit idéal pour tomber amoureux. Mais ce point-là, les habitants ne le criaient pas sur les toits.

Elle s'était installée sur un muret pour regarder le passage de la parade en compagnie de Ronan.

La ferme ostréicole de Mistry Bay avait son propre char, un char en forme d'huître, évidemment. Ses frères et sœurs se chargeaient de l'animer et jetaient des bonbons aux enfants rassemblés le long du parcours.

Lorsque Garrett et Libby les aperçurent, elle et Ronan, ils leur firent de grands signes et lancèrent des friandises dans leur direction.

Riant aux éclats, Ronan aida les enfants à récupérer les bonbons avant que des adultes ne s'en emparent.

— C'est fantastique, s'exclama-t-il avec un enthousiasme qui lui réchauffa instantanément le cœur. J'adore cette ambiance. C'est exactement comme cela que j'imaginais la vie dans une petite ville.

— J'aime cette ambiance, moi aussi. J'ai de très bons souvenirs de mon enfance. J'ai adoré grandir ici.

D'ailleurs, quand elle imaginait élever des enfants, ses enfants, c'était toujours ici, à Sibleyville, dans cette petite ville du Maine, au bord de l'océan.

Peut-être d'autres avaient-ils eu le même rêve, avant elle, mais avaient été contraints de quitter la ville pour trouver l'amour…

Peut-être Birdie avait-elle réellement jeté un mauvais sort sur la ville.

Elle avait toujours mis un point d'honneur à ne pas accorder d'importance à cette prophétie. Mais elle ne pouvait nier l'évidence. Les gens ne tombaient pas amoureux à Sibleyville.

Personne ne tombait amoureux.

En raison d'une tragique histoire d'amour vieille de plus d'un siècle, ils étaient obligés de s'en aller pour trouver l'amour.

Si la prophétie était vraie, se demanda-t-elle soudain en se lovant contre Ronan, comment avait-elle pu tomber amoureuse de lui ? Il vivait à Sibleyville désormais. Il en était un résident.

A moins que… A moins que ce ne soit leur destin, à Ronan et elle, de conjurer ce mauvais sort…

Une calèche arriva à cet instant, et la vision du maire et de son épouse souriant et lançant des saluts à la foule, la ramena à l'instant présent. Venaient ensuite le char de l'association épiscopale, puis celui du club de tricot dans lequel se tenait sa mère.

En l'apercevant, celle-ci lui envoya un baiser.

Elle salua ensuite son père qui défilait avec l'orchestre des vétérans, en jouant des cymbales, et son frère Ethan qui tenait le drapeau devant l'association des scouts.

Quelques minutes plus tard, un policier à cheval signifia

la fin de la parade. Soudain pleine d'énergie, elle prit la main de Ronan.

— Et maintenant ? Quel est le programme, ma chérie ?

— Direction le parc, pour le déjeuner. Notre stand propose de délicieuses cassolettes d'huîtres préparées par ma mère. Elle a passé des jours et des jours en cuisine.

— Allons-y. Je meurs de faim.

Sur le chemin, plusieurs personnes s'arrêtèrent pour saluer Ronan.

Cela la fit rire. En moins d'un mois, il était devenu une véritable petite célébrité à Sibleyville.

Une fois au parc, il lui offrit une limonade puis ils se dirigèrent directement vers les jeux, les chamboule-tout, les courses en sac… Au passage, elle lui présenta plusieurs anciennes amies de lycée, curieuses de faire sa connaissance.

Elle était d'ailleurs en train de discuter avec l'une d'elles lorsque Garrett vint lui voler Ronan. Apparemment, il voulait lui montrer le lecteur MP3 en jeu sur le stand de tir.

Elle regarda les deux garçons s'éloigner avec un sourire et poursuivit son chemin.

Quelques instants plus tard, elle sentit une main dans son dos.

Impatiente de retrouver Ronan, elle se retourna et… se retrouva face à Danny, un sourire charmeur aux lèvres.

Zut ! Que lui voulait-il ?

— Salut Charlie, fit-il d'un ton enjôleur. Je suis content de te voir. J'espérais bien avoir l'occasion de te croiser.

— Va-t'en Danny. Laisse-moi tranquille.

— Ne sois pas un rabat-joie, Charlie. Nous pouvons au moins être polis l'un avec l'autre. Nous avons été amoureux, à une époque, non ?

— L'étions-nous ? Je n'en suis même pas sûre. Nous étions beaucoup trop jeunes pour savoir ce qu'est vraiment l'amour…

Elle s'interrompit, le temps de rassembler ses pensées.

— Nous étions de très bons amis, je l'admets. Ensuite,

nous avons été amants. Mais nous n'étions pas amoureux. Aujourd'hui, je le sais. J'en suis convaincue.

— Tu me manques, Charlie, poursuivit Danny, comme s'il ne l'avait pas entendue. Cela fait un an que tu es partie et je continue à penser à toi chaque jour. New York sans toi… ce n'est pas pareil.

— Je suis sûre que tu t'es fait de nouveaux amis, rétorqua-t-elle.

— Mais je préférais mes anciens amis, répondit-il en tentant de lui prendre la main.

Elle recula, nerveuse. Elle refusait qu'il la touche. Il en était hors de question.

— Je dois y aller.

— Attends. Accorde-moi au moins quelques minutes. J'ai une proposition à te faire.

Elle laissa échapper un sourire las puis s'arrêta. Elle pouvait bien lui accorder deux minutes. De toute façon, il ne la laisserait pas tranquille sinon.

— Je t'écoute, Danny. De quoi s'agit-il ?

— Je voudrais que tu reviennes à New York et que nous redevenions amis. Tu pourrais rester dans l'appartement, le temps de relancer ta carrière. Je suis persuadé que tu peux réussir…

— Charlie ?

Elle reconnut la voix de Ronan.

Immensément soulagée, elle se retourna. Il se tenait là, un sac contenant un poisson rouge, dans la main. Aussitôt, un sentiment de tendresse la gagna.

Il avait l'air tellement adorable avec ses cheveux noirs en désordre, sa peau dorée par le soleil, et son petit poisson rouge à la main. Jamais elle ne l'avait trouvé aussi beau qu'à cet instant, aussi séduisant et désirable.

— Ronan… Je vois que tu ne reviens pas seul. Vas-tu me présenter ton nouvel ami ?

— Voici Nemo. Garrett l'a gagné à la tombola, mais il

ne voulait pas s'encombrer, alors je lui ai dit que je m'en occuperai et que…

Il s'interrompit brusquement. Apparemment, il venait d'apercevoir Danny.

— Bonjour. Nous ne nous connaissons pas encore. Je suis Ronan Quinn.

A ces mots, elle vit Danny écarquiller les yeux.

— C'est donc vous le fameux Quinn ? répondit ce dernier. Vous étiez au théâtre, l'autre soir, n'est-ce pas ?

— C'est vrai, répondit Ronan. J'ai d'ailleurs trouvé que vous jouiez très bien. J'avais vraiment l'impression d'être face au vrai Edward Sibley.

— Merci, fit Danny. Ce n'est pas le plus grand rôle du monde, mais c'est pour une bonne cause. Et puis, comme je n'avais pas vu mes parents depuis longtemps, je me suis dit que c'était l'occasion idéale de revenir à Sibleyville.

— Vous n'aviez pas vu Charlie depuis longtemps non plus, continua Ronan.

— C'est vrai, admit Danny. J'ai entendu dire qu'elle vous avait embauché à la ferme ostréicole.

Elle toussota, agacée.

— Pouvez-vous arrêter de faire comme si je n'étais pas là, tous les deux. Oui, Danny. Ronan travaille avec moi. Il vit aussi avec moi. Nous sommes en couple. Maintenant, as-tu d'autres questions ?

Danny ne répondit pas. Tout à coup, il semblait mal à l'aise. Quant à Ronan, il la dévisageait avec… avec curiosité.

— Tu es ma petite amie ? lui demanda-t-il, l'air ahuri, comme s'il n'en croyait pas ses oreilles.

— Non… Enfin, si. Mais tu n'es pas censé poser de questions. Je parlais à Danny.

— Désolé.

— Danny, je te verrai ce soir au théâtre, reprit-elle. Quant à toi, Ronan, viens avec moi. J'ai faim.

Elle lui prit la main puis l'attira loin, le plus loin possible de Danny.

— Je n'arrive pas à croire que j'aie pu être amoureuse de lui. Son arrogance me répugne.

— Personnellement, je l'ai trouvé plutôt sympathique.

Quoi ? Que venait-il de dire ?

Elle n'en revenait pas.

Abasourdie, elle se tourna vers lui. Pensait-il vraiment que…

Non, il se moquait.

Evidemment qu'il se moquait.

— Quel comédien tu es, Ronan. Tu es si drôle que j'ai oublié de rire !

— Bon, soyons sérieux quelques secondes. Me considères-tu vraiment comme ton petit ami ?

— Non. Tu es plus que cela. Nous sommes… Nous sommes ensemble. Je trouve le terme de petit ami un peu puéril.

— Et tu me préfères donc à Danny.

Elle éclata de rire.

— Oui, je te préfère à Danny. Je te préfère un milliard de fois plus.

— Lorsque tu l'embrasseras, à la fin de la pièce, c'est donc à moi que tu penseras.

— Bien sûr.

Il lui lança un sourire éclatant. Il semblait rassuré.

Et il le lui prouva en se penchant et en effleurant ses lèvres d'un baiser.

— C'est une très bonne nouvelle, Charlie. Je m'en réjouis, mais sache que si Danny souhaite que nous nous battions en duel pour toi, je suis prêt.

— En voilà une surprise. Je ne pensais pas que tu étais le genre d'homme prêt à utiliser la violence pour se défendre.

— Il y a encore beaucoup de choses à mon sujet que tu ignores. Je suis un homme plein de mystères.

— Oui et tu es un homme qui arrive à me faire sourire, même quand je suis hors de moi. C'est important.

Il lui tendit le poisson rouge.

— Tiens, pour te remercier, je te laisse porter Nemo. Nous allons manger une cassolette d'huîtres préparée par ta maman, puis nous rentrerons au studio et je te ferai répéter ton texte. D'ailleurs, je pense que je pourrais te donner quelques conseils utiles pour la scène du baiser.

— Tes conseils seront les bienvenus.

Tout en marchant, elle noua ses doigts aux siens.

Elle n'avait plus aucun doute sur la question, désormais. Elle était bel et bien tombée amoureuse de Ronan Quinn.

Contrairement à toutes les prédictions, elle était tombée amoureuse de lui à Sibleyville.

Etait-ce le destin ou une simple coïncidence si Ronan Quinn avait traversé sa route quelques semaines plus tôt ?

Elle l'ignorait.

Tout ce qu'elle savait pour le moment, c'était qu'elle était amoureuse de lui.

Mais était-elle prête à lui demander de rester ? C'était une autre question à laquelle elle n'avait pas encore de réponse.

Hélas.

Le théâtre était comble pour la représentation de la pièce de Lettie Trowbridge, *Le Sort de Birdie Quinn*.

Charlie avait réservé toute une rangée de sièges pour sa famille, mais pour une raison qui lui échappait un peu, Ronan était beaucoup trop nerveux pour s'asseoir aussi près.

Il préférait rester debout, au fond de la salle.

Après leur déjeuner au parc, Charlie et lui étaient retournés à l'appartement. Ils avaient ensuite passé un long moment à répéter le texte et à discuter de la mise en scène. A 16 heures, elle était partie au théâtre pour les dernières répétitions en costume.

Il n'avait pas envie de la voir face à Danny. Cela le mettrait en colère et ce n'était pas la peine qu'il s'énerve pour rien.

Les lumières baissèrent soudain d'intensité, le rideau

rouge s'ouvrit et, toujours aussi mal à l'aise, il s'installa à proximité de la sortie de secours.

Quelques instants plus tard, la pièce débuta et il serra les poings pour tenter de rester calme, de maîtriser son rythme cardiaque. Plus facile à dire qu'à faire. Il avait l'impression d'avoir plus le trac qu'elle.

Il n'avait pourtant aucune raison.

A moins que ce soit à cause de sentiments qu'il ressentait pour elle.

Oui, voilà sans doute ce que c'était que d'être amoureux. On ressentait les mêmes sentiments que l'autre. On partageait ses joies et ses peines.

Les scènes s'enchaînèrent et, au fur et à mesure de la pièce, il parvint à se détendre.

Enfin, il restait toujours le baiser de la dernière scène.

Il connaissait bien le talent de Charlie dans ce domaine. Cette fille savait parfaitement embrasser, même lorsqu'elle était nerveuse.

Le baiser arriva enfin et, à sa grande surprise, personne n'applaudit. Non. Les spectateurs demeurèrent silencieux, parfaitement silencieux.

Voilà qui était étrange. Il ne s'attendait pas à cette réaction.

Les acteurs sortirent de scène puis revinrent pour le salut final, et cette fois il applaudit à tout rompre. Charlie le méritait bien. Elle avait été fantastique.

Les autres spectateurs semblaient du même avis que lui. Il avait l'impression que c'était elle qu'ils applaudissaient, elle et personne d'autre.

Après le dernier rappel, un homme monta sur scène. D'après les murmures qui s'élevaient à côté de lui, il s'agissait du maire de Sibleyville.

Ce dernier offrit un bouquet à Charlie, un autre à Maxine et un dernier à Lettie.

Il demanda ensuite le silence dans la salle et se racla la gorge.

— Mesdames et messieurs, commença le vieil homme. Je

suis heureux de voir que vous êtes venus si nombreux pour applaudir cette belle pièce écrite par Leticia Trowbridge. Mais je voudrais vous parler ce soir d'une affaire plus sérieuse. En tant que maire de Sibleyville, vous savez que j'ai le pouvoir d'organiser un mariage. J'ai même le devoir de tout faire pour organiser ce mariage qui, je l'espère, conjurera une bonne fois pour toutes le mauvais sort jeté par Birdie Quinn.

A ces mots, il sentit son estomac se serrer.

Que se passait-il ?

Le maire allait-il demander à Charlie de…

— Ronan Quinn, cria l'homme, le tirant brutalement de ses réflexions. Etes-vous ici, monsieur Quinn ?

Oui, il était là.

Mal à l'aise, il leva la main et fit quelques pas dans l'allée.

— Les deux parties sont donc présentes, continua le maire, parfait. Je peux donc vous annoncer officiellement que je suis prêt à faire un grand effort, au nom de la municipalité, pour que l'affaire soit enfin conclue.

L'homme sortit une feuille de sa poche et ouvrit la bouche puis la referma lorsque Charlie s'approcha et lui murmura quelques mots à l'oreille.

Elle n'avait pas l'air contente.

— Je comprends, Charlotte, répondit le maire. Laissez-moi au moins exposer ma proposition avant de la refuser, vous me le devez bien. J'ai ici un contrat que je suis prêt à vous faire signer, à vous et Ronan. Pour conjurer le mauvais sort qui pèse sur Sibleyville et en fait une ville maudite en amour, nous souhaiterions que vous vous mariiez. Pour cela, le conseil municipal a décidé de vous octroyer la somme de cinquante mille dollars. Une somme que vous pourrez vous partager comme vous l'entendez, à condition de rester mariés un an.

Dès que le maire se tut, le public se mit à applaudir. Ronan ne fit pas le moindre geste. Il demeurait immobile, incrédule. Il avait l'impression de vivre un cauchemar et qu'il allait bientôt se réveiller.

— Un mariage, un mariage, criait la foule. Un mariage !

— Monsieur Quinn, reprit le maire. Qu'en pensez-vous ?

Complètement perdu, il dévisagea Charlie.

Elle avait l'air mortifiée, abasourdie, elle aussi.

Sans jamais la quitter du regard, il descendit lentement vers la scène.

La situation était peut-être un peu étrange, mais l'heure était venue pour lui de révéler ses sentiments et ses intentions. Il savait ce qu'il désirait maintenant. Il n'en avait plus aucun doute, alors cela ne servait plus à rien de repousser le moment de vérité.

— J'aimerais beaucoup épouser Charlotte Sibley, monsieur, annonça-t-il alors. A condition qu'elle m'accepte comme époux, évidemment.

Charlie le regarda, bouche bée, comme s'il venait de dire une énormité.

— Je te demande de m'épouser, Charlie, répéta-t-il d'une petite voix en se tournant vers elle.

— Attendez, intervint alors Danny. Un instant, s'il vous plaît. Qui a dit que Charlie devait épouser un Quinn pour conjurer le mauvais sort ? Charlotte et moi sommes tous deux résidents de Sibleyville et moi aussi, j'aimerais l'épouser. Je pense que c'est une bien meilleure idée.

Ignorant le brouhaha des spectateurs, Ronan continua à fixer Charlie. Elle était blême.

Il fit un pas dans sa direction pour tenter de la rassurer.

— Alors, Charlie, veux-tu bien m'épouser ? répéta-t-il à voix basse.

— Epouse-moi, Charlotte, insista à son tour Danny.

— Voilà qui est intéressant, fit le maire. Pourquoi ne pas organiser un vote pour décider qui Charlotte doit épouser ? Alors, combien de personnes pensent qu'elle devrait épouser monsieur Quinn ?

— Stop, cria-t-elle enfin. Arrêtez, tout le monde ! Je

refuse de vous laisser décider de ma vie à ma place. C'est à moi seule de prendre cette décision.

— Très bien, concéda le maire. Dans ce cas-là, dites-nous quelle est votre décision ? Allez-vous épouser Danny Merrick ou bien Ronan Quinn ?

Elle secoua la tête et ses beaux yeux dorés se brouillèrent. Elle semblait se retenir pour ne pas fondre en larmes.

— Aucun des deux, marmonna-t-elle d'une petite voix. Pour conjurer le mauvais sort, il vous suffit d'arrêter de croire à cette prédiction stupide. Le mauvais sort n'existe que parce que vous y croyez.

Puis, sans un mot de plus, elle sortit de la salle en courant.

Mortifié, Ronan remonta l'allée centrale de la salle, les yeux baissés, pour ne pas croiser les regards des spectateurs qui cherchaient à lui dire quelque chose.

Il sortit enfin dans la nuit fraîche du mois de septembre et partit aussitôt à la recherche de Charlie.

Il aperçut une silhouette féminine au loin et il lui courut après.

— Charlie !

Elle ne se retourna pas et bientôt, elle fut hors de vue.

Il comprenait sa réaction, son malaise. Quelle scène horrible et devant toute la ville en plus ! Pourtant, il voulait néanmoins lui parler, la rassurer. Il voulait qu'elle sache que la proposition du maire n'avait rien à voir avec son désir de l'épouser.

Il se moquait de l'argent ou de la prophétie. Il n'était intéressé que par une chose, son amour pour elle. Et même si sa demande en mariage n'était pas conventionnelle, elle venait du fond de son cœur.

Il y avait des objections, bien sûr. Ils ne se connaissaient que depuis quelques semaines, il devait repartir à Seattle au début du mois prochain, il ne lui avait pas encore avoué ses sentiments… Mais rien dans leur relation ne s'était passé normalement.

Peut-être cette demande en mariage était-elle précipitée, mais elle était sérieuse.

Très sérieuse.

Peu importait où ils décideraient de vivre. Il savait juste qu'il voulait Charlie dans sa vie, pour toujours.

Ne lui restait plus maintenant qu'à la convaincre.

Hagarde, Charlie marcha vers le hangar, se débarrassant petit à petit de son costume, l'arrachant, le déchirant comme pour se défaire des derniers vestiges de cette atroce soirée.

Une fois à l'abri dans le studio, elle laissa libre cours à ses larmes et à sa colère.

Que devait-elle faire ?

Elle ne pouvait pas rester ici. C'était impossible. Elle avait été humiliée devant toute la ville.

Mais où pouvait-elle aller ?

Et comment Ronan avait-il pu lui faire cela ?

Elle lui faisait confiance, elle le croyait, elle croyait en lui. Et voilà que sans un mot, sans prévenir, il s'était rangé de leur côté et il l'avait trahie.

Pensait-il vraiment qu'elle allait croire à sa déclaration d'amour ?

Peut-être avait-il pensé que cela lui éviterait une situation gênante, mais en prétendant vouloir l'épouser, il n'avait fait qu'aggraver toute l'affaire. Tous les habitants de la ville allaient maintenant la regarder avec pitié lorsqu'ils se rendraient compte qu'il n'avait pas réellement envie de l'épouser.

Elle n'avait pas le choix : elle devait partir, au moins quelques jours, histoire de réfléchir et de faire le point.

Le travail ne reprenait que lundi. Cela lui laissait suffisamment de temps pour mettre un peu de distance entre elle et Sibleyville. Entre elle et Ronan.

— Charlie ?

Reconnaissant la voix de Ronan, elle se dépêcha de mettre un jean puis attrapa son sac et le posa sur le lit.

— Charlie ? répéta-t-il d'une voix un peu plus forte.

Il approchait. Il devait être au rez-de-chaussée.

Elle sortit des vêtements du placard et les glissa en désordre dans son sac. Quelques culottes, un pull…

— Charlie ?

Elle jeta un coup d'œil par-dessus son épaule. Il se tenait là, debout dans l'embrasure de la porte.

— Que fais-tu, Charlie ?

— Je quitte la ville. Je ne peux pas rester ici.

Il fit un pas dans sa direction, mais elle leva une main pour l'arrêter.

— Non. Ne dis rien, Ronan, s'il te plaît.

— Tu es en colère contre moi ?

— Evidemment que je suis en colère ! Comment as-tu pu me faire cela ? Comment as-tu pu entrer dans leur jeu absurde ? Tout allait si bien entre nous et… Tu as tout gâché.

— Comment j'ai tout gâché ?

— Avec cette ridicule demande en mariage ! Je n'ai pas besoin que tu joues au preux chevalier pour moi ou que tu tentes de sauver la ville. Je n'ai pas besoin de cela. C'est leur problème. Ils en sont les seuls responsables s'ils choisissent de perpétuer cette stupide prophétie. Ils sont les seuls responsables de leur malheur. Et cette soirée le prouve. Si je ne t'épouse pas, ils vont penser que c'est la faute de Birdie et de sa stupide prophétie !

A bout de nerfs, elle réprima un cri et mit ses mains sur ses oreilles. Elle n'en pouvait plus. Elle était en train de devenir folle.

— Cette histoire de mauvais sort n'a aucun sens. Il n'y a jamais eu aucun sort ! Birdie n'était pas une sorcière !

— Birdie ne m'intéresse pas. Si je t'ai demandée en mariage, ce soir, c'est simplement que j'ai pensé que c'était le meilleur moyen pour que nous passions le reste de notre vie ensemble.

Incrédule, elle le fixa. Il avait perdu la tête !

— Arrête !

— Je veux simplement être avec toi, Charlie. Pour longtemps. Pour toujours.

— Mais comment peux-tu dire ça, tu me connais à peine.

— Je te connais suffisamment, et je ne changerai pas d'avis. Je suis amoureux de toi, et je pense qu'on devrait passer à l'étape suivante.

— Tu es fou. Je ne vais pas épouser un homme que je ne connais que depuis trois semaines.

— Mais tu pourrais épouser un homme que tu aimes ?

— Evidemment.

Il la prit dans ses bras, pour la forcer à le regarder, mais elle détourna le regard. Il posa alors un doigt sous son menton jusqu'à ce qu'elle lève les yeux.

— Que ressens-tu pour moi, Charlie ? Sois honnête. Au plus profond de ton cœur, que ressens-tu ?

Que ressentait-elle ?

Elle ouvrit la bouche pour répondre, mais aucun mot ne vint.

— Je ne sais pas, finit-elle par marmonner avant de s'éloigner et de retourner à ses bagages.

— Je ne te crois pas. Je sais que tu sais, et que tu essayes de tout rationaliser dans ta tête sans y parvenir. Ce qui nous arrive est exceptionnel, effrayant mais bien réel. C'est même tellement réel que tu ne peux pas l'admettre. Tu es amoureuse de moi, autant que moi, je suis amoureux de toi.

— Si la prophétie est vraie, alors c'est impossible. Deux personnes ne peuvent pas tomber amoureuses à Sibleyville. Et si la prophétie n'est pas vraie, alors tu n'as pas besoin de m'épouser puisqu'il n'y a aucun mauvais sort à conjurer.

Elle attrapa son sac puis se dirigea vers la salle de bains et commença à y mettre son nécessaire de toilette.

— Où vas-tu ? lui demanda Ronan en la suivant.

— Je ne sais pas, mais je te demande de rester ici et de t'occuper des huîtres. Au besoin, mon oncle Jake t'aidera.

Il tenta de lui prendre le poignet, mais elle s'écarta avec force. Elle ne voulait pas qu'il la touche. Surtout pas.

— S'il te plaît, Ronan. Nous discuterons lorsque je rentrerai, je te le promets. En attendant, j'ai besoin d'être seule pendant un moment.

Comme pour lui prouver sa bonne volonté, elle déposa un baiser sur sa joue.

— Dis à mes parents que je vais bien et que je les appellerai.

— Très bien. En échange, je voudrais que tu m'appelles lorsque tu arriveras, là où tu vas, où que ce soit.

— Promis.

Il posa son front sur le sien, et elle ferma les yeux pour retenir les larmes qui menaçaient de couler.

Malgré sa colère, elle avait envie de rester, de se noyer dans ses yeux bleus, de se fondre entre ses bras puissants, et de lui faire l'amour jusqu'à tout oublier.

Mais elle ne le pouvait pas.

Hélas.

— Je t'attendrai, Charlie. Je ne partirai pas, je te le promets.

Elle prit une profonde respiration pour se donner du courage puis se dirigea vers la porte.

Elle avait envie de se retourner, pour le voir une dernière fois, juste pour avoir la certitude que tout se passerait bien et que ce qu'il lui avait dit était vrai. Mais elle y renonça de peur de craquer.

— Merci, se contenta-t-elle de murmurer sans le regarder. Merci de me laisser faire ce que je dois faire.

Puis elle dévala l'escalier en courant.

Quelques minutes plus tard, elle démarra en trombe et prit la direction du nord, fuyant le plus loin possible pour tenter d'oublier l'humiliation subie.

Ce n'est qu'une fois hors de la ville, qu'elle s'autorisa à penser à ce que Ronan lui avait dit.

Il l'aimait.

Et il voulait rester avec elle.

Elle aurait dû être en train de sauter de joie, de crier son bonheur sur tous les toits. N'avait-elle pas trouvé l'homme de sa vie, l'homme parfait ? Mais non. Au lieu de cela, elle était seule, dans sa voiture, en train de fuir.

Elle avait toujours pensé que quand l'homme de sa vie ferait son apparition, elle serait certaine de son amour.

Mais ce soir, elle n'était certaine de rien du tout.

- 9 -

Ronan travaillait du matin au soir, sans s'arrêter, jusqu'à avoir les muscles tellement endoloris qu'il tenait à peine debout. C'était le seul moyen qu'il avait trouvé pour parvenir à trouver le sommeil, une fois la nuit venue.

Cela faisait maintenant cinq jours que Charlie était partie et qu'il n'avait pas eu de ses nouvelles.

Il ignorait où elle était, avec qui elle était, et ce qu'elle faisait. Alors, pour tenter de se rassurer, il se répétait que s'il restait à Sibleyville, il finirait bien par la revoir. Elle reviendrait forcément.

Cela ne l'empêchait pas d'avoir quelques doutes.

Peut-être était-elle repartie à New York, retrouver l'homme qu'elle avait aimé autrefois… Non. Il ne croyait pas à cette hypothèse.

Il ne disposait pourtant d'aucune preuve, et d'aucune certitude.

Il avait croisé la mère de Charlie au bureau, il y a quelques jours et elle lui avait promis de l'appeler si elle avait des nouvelles. Etonnamment, elle ne semblait pas particulièrement inquiète.

Quant aux habitants de Sibleyville, ils continuaient à se mêler de sa vie. Depuis le départ de Charlie, certains étaient venus le voir pour le remercier d'avoir tout fait pour tenter de conjurer le mauvais sort lancé par Birdie.

Plongé dans ses pensées, il amarra le chaland au quai et monta sur le ponton.

Tous les après-midi, il travaillait avec Jake à la récolte

des huîtres provenant des casiers situés sur la côte ouest de la baie. Ensemble, ils avançaient vite et bien, mais en silence, ni l'un ni l'autre ne semblant vouloir parler.

Il attrapa la bouteille Thermos ainsi que le panier dans lequel il rangeait habituellement son déjeuner, puis il prit le chemin du hangar. Là, un homme l'attendait devant la porte.

Danny Merrick.

Il avait entendu dire qu'il avait quitté la ville à l'issue du spectacle. Mais apparemment, il était de retour.

Voilà qui était étrange.

— Que voulez-vous ? lui demanda-t-il d'un ton sec.

Il n'avait aucune envie de le voir, aucune envie de lui parler. Et aucune intention de masquer son hostilité à son égard.

— Je dois parler à Charlie, répondit Danny. Savez-vous où je peux la trouver ?

Ronan secoua la tête.

Il l'ignorait. Mais même s'il l'avait su, il ne l'aurait pas dit à ce type. Certainement pas…

— Je pensais qu'elle était à New York, continua Danny, mais…

— Je ne sais pas, je n'ai pas eu de ses nouvelles.

— Elle n'est pas là-bas.

— Si vous avez quelque chose à lui dire, je lui transmettrai lorsque je la verrai.

Il ouvrit la porte du hangar et entra, sans plus se préoccuper de Danny. Avec un peu de chance, ce dernier allait comprendre le message et partir.

Malheureusement, Danny le suivit.

— Alors ? insista Ronan tout en se débarrassant de ses bottes et de sa salopette. Quel est ce message ?

Qu'il en vienne rapidement au fait et le laisse tranquille.

— Charlie doit retourner à New York, répondit Danny. Pas pour moi, mais pour sa carrière. Je sais que c'est à cause de moi qu'elle est partie, mais elle possède un talent fou et je refuse qu'elle gâche sa vie en récoltant des huîtres dans un pathétique village de Nouvelle-Angleterre.

— C'est tout ?

— Non. Dites-lui aussi que son agent a essayé de la joindre. Elle a rendez-vous pour passer une audition, la semaine prochaine. Un beau rôle. Je pense qu'elle devrait tenter sa chance.

— Très bien. Je lui dirai tout cela.

Danny lui lança un regard noir. Il ne lui faisait pas confiance ? Grand bien lui fasse.

— Vous pensez la connaître. Vous pensez savoir ce qui lui convient le mieux, n'est-ce pas ? lui lança Danny d'un ton accusateur.

— Non. Je veux juste qu'elle soit heureuse.

— Et si elle vous annonçait qu'elle ne peut être heureuse qu'avec moi ?

— Il y a peu de chances pour que cela arrive, mais si jamais c'était le cas, alors je lui souhaiterais tout le bonheur du monde. Puis je jetterais un sort sur votre carrière. Après tout, je suis un Quinn et je suis irlandais, je dois bien posséder quelques pouvoirs magiques.

Danny le foudroya du regard.

Avait-il l'intention de le frapper ? En tout cas, il en avait l'air.

— Ravi de vous avoir vu, se contenta finalement de dire Danny avant de faire demi-tour. Lorsque vous verrez Charlie, dites-lui que je suis désolé.

Ronan lui ouvrit la porte en grand puis la claqua derrière lui avant de monter à l'étage.

En passant devant le bureau, il aperçut Penny Sibley, en train de trier les factures.

— Ronan, comment allez-vous ?

— Bien. Et vous ?

— Si je peux me permettre, vous n'avez pas l'air d'aller bien. Vous avez l'air particulièrement fatigué.

— Je le suis en effet. Je travaille beaucoup, c'est la seule façon de pouvoir réussir à dormir un peu.

— Jake est impressionné par votre travail et il espère que vous resterez ici. Quant à nous… Nous apprécions beaucoup ce que vous faites en ce moment. C'est très gentil de votre part de remplacer Charlie pendant son absence.

Que pouvait-il faire d'autre ? Cela lui avait paru tout à fait naturel de la remplacer.

— Cela ne me dérange pas, répondit-il en haussant les épaules. J'aime ce travail.

La mère de Charlie reposa ses lunettes puis riva son regard au sien. Tout à coup, elle semblait très sérieuse.

— Ronan… Elle risque de m'en vouloir, mais il faut que je vous le dise. Charlie est rentrée à la maison, hier soir.

A ces mots, il sentit un immense sentiment de soulagement le gagner. Tout à coup, il avait l'impression de pouvoir respirer normalement.

Enfin !

— Elle va bien ?

— Oui, elle va bien. Elle se sent juste un peu perdue et elle s'en veut d'être partie comme elle l'a fait. Mais je suis sûre que tout s'arrangera bien vite.

Il hocha la tête.

— Merci de me l'avoir dit.

— Je pensais que vous pourriez venir dîner à la maison ce soir. Je ne préparerai rien de spécial, juste un rôti et quelques pommes de terre. Charlie s'occupera du dessert. Peut-être pourriez-vous profiter de cette occasion pour discuter.

Ces derniers jours, il avait beaucoup réfléchi à ce qu'il lui dirait lorsqu'il la reverrait, mais maintenant que la possibilité lui était enfin donnée, il était complètement paniqué.

— Vous pensez qu'elle ne m'en voudra pas ? demanda-t-il, un peu inquiet.

— Nous ne le saurons qu'en essayant, répondit Penny.

Allez donc prendre une douche et réfléchissez. Nous passerons à table à 18 heures.

Il hésitait.

Charlie lui avait manqué à un point inimaginable. Sans elle, il avait même cru devenir fou.

Elle lui avait manqué le jour, la nuit…

Lorsqu'un homme et une femme étaient amoureux, ils étaient censés être toujours ensemble, n'est-ce pas ? Alors le plus vite il la ramènerait au studio, le plus vite tout irait mieux.

— Je crois que je vais accepter votre invitation, Penny. Cela me donnera une chance de réparer les dégâts que j'ai commis.

— Mais vous n'avez rien fait de mal, Ronan. Tout ce que vous avez fait, c'est rendre Charlie heureuse. Il n'y a rien de mal à cela. Répétez-lui à quel point vous l'aimez et un jour, elle lèvera les yeux vers vous et vous croira. J'en suis persuadée.

— Très bien. Je vais me préparer.

— Mettez donc votre chemise bleue. Elle fait ressortir vos yeux.

— Merci du conseil, répondit-il en souriant.

Une fois dans son studio, il mit un moment à se remettre du flot d'émotions qui venait de l'envahir.

Ce soir, le destin lui offrait une seconde chance.

Il n'avait pas beaucoup d'expérience en matière d'amour et de séduction. D'ailleurs, il n'avait pas eu besoin de faire beaucoup d'efforts pour la séduire.

Il n'y connaissait rien. Fallait-il offrir des fleurs, des chocolats ? Il ne savait même pas si toutes les femmes aimaient les bouquets de fleurs. Ce qu'il savait par contre, c'était que Charlie ne mangeait pas de chocolat.

Alors peut-être pourrait-il lui offrir des bonbons… Non, ce n'était sans doute pas suffisant pour se faire pardonner.

Et un bijou ?

Le problème avec les bijoux était qu'ils pouvaient parfois

être mal interprétés. Mais un collier ne signifiait pas la même chose qu'une bague.

Et des boucles d'oreilles ?

Il poussa un profond soupir.

Il n'avait jamais demandé de conseils à ses frères, concernant les femmes, et ce soir, pour la première fois, il le regrettait. Cameron, Dermot et Kieran auraient forcément de bons conseils à lui donner pour reconquérir Charlie et faire que ce dîner ne soit pas un fiasco.

Malheureusement, ses frères étaient loin et il était seul. Tout seul.

Et ni sa chemise bleue, ni une boîte de chocolats, ni même un diamant n'allaient convaincre Charlie de l'étendue de tout son amour. Il devrait donc trouver un autre moyen de lui prouver qu'il l'aimait plus que tout, plus que tout autre homme au monde.

Il était prêt à rester à Sibleyville jusqu'à ce qu'elle en soit convaincue. Si cela prenait un an, ou deux, pourquoi pas.

Voilà ! Il allait lui prouver son amour.

Il était déterminé, et motivé.

— Tiens-toi prête, Charlotte Sibley, murmura-t-il. J'ai enfin trouvé la vie qui me plaît et elle ne débutera pas tant que tu n'en feras pas partie.

Charlie repoussa une mèche de cheveux qui glissait et continua à pétrir la pâte à tarte avant de l'étaler sur le plan de travail.

— Pourquoi tu fais une tarte ? lui demanda sa sœur Abby.

A vrai dire, elle ignorait pourquoi elle préparait une tarte, mais c'était une des recettes qu'elle connaissait bien et qu'elle était capable de réussir les yeux fermés. Et pour le moment, elle avait besoin de s'occuper pour arrêter de penser à Ronan.

Si elle avait su tricoter, elle aurait tricoté une écharpe. Ou bien une couverture.

— J'ai envie d'une tarte, répondit-elle enfin.

Elle était rentrée chez ses parents la veille au soir, après cinq jours passés à Bar Harbor.

Elle avait choisi cette destination, parce qu'elle s'était imaginé qu'elle pourrait faire de longues promenades au bord de l'océan, pour se changer les idées. Au lieu de cela, elle était restée enfermée dans sa chambre d'hôtel, à regretter que Ronan ne soit pas là avec elle.

Puis, après avoir dépensé une centaine de dollars chez le loueur de DVD, elle s'était rappelé qu'elle pouvait regarder des films gratuitement chez elle et elle avait pris le chemin du retour.

Elle se sentait bien chez elle.

Si bien que depuis hier, elle n'avait pas quitté la maison. Elle n'était pas encore prête à affronter les regards de déception, les questions.

Etait-elle amoureuse de Ronan Quinn ?

Allait-il rester à Sibleyville et l'épouser ? Ou bien allait-elle poursuivre sa vie de célibataire comme elle l'avait fait depuis qu'elle avait quitté New York ?

— Je suis contente que tu sois rentrée, Charlie, reprit Abby.

Elle sourit à sa sœur.

— Merci. Moi aussi je suis contente d'être rentrée.

— Je suis désolée de ce qui est arrivé à la fin de la pièce. Ronan et Danny n'auraient pas dû te faire cela. Pas en public.

— C'était en effet assez gênant. Et moi qui pensais que le jour où un homme demanderait ma main, ce serait de façon romantique…

— Mais c'était romantique ! Ronan est monté sur scène et, devant toute la ville, il a avoué qu'il t'aimait, comme un chevalier des temps modernes venu délivrer une princesse de son donjon. Bien sûr que c'était romantique.

— Je crois qu'il voulait surtout m'éviter une séance d'humiliation.

— Mais n'est-ce pas ce que ferait n'importe quel homme amoureux ?

Charlotte haussa les épaules. A vrai dire, elle n'en savait rien.

— Tout ce que je sais, Abby, c'est qu'on ne tombe pas amoureux en trois semaines. C'est impossible. Personne ne peut tomber amoureux en trois semaines.

— Papa et maman nous ont toujours dit que nous autres, les Sibley, nous n'en faisons qu'à notre tête. Alors rien ne t'empêche de tomber amoureuse en trois semaines. D'ailleurs, est-ce que tu l'aimes ?

Elle ferma les yeux pour tenter de rassembler ses pensées.

Aimait-elle Ronan ?

— Oui. Je crois que je l'aime. Mon cœur l'aime, mais ma raison… Ma raison ne sait pas. Elle trouve que tout cela est beaucoup trop rapide.

Pour toute réponse, sa sœur applaudit.

— Je savais que tu l'aimais, Charlie. Je l'avais bien dit à maman, après la pièce. J'ai vu comment tu le regardais…

Abby s'approcha d'elle et l'enlaça.

— Je dois te l'avouer, Charlie, je suis un peu jalouse. Cet homme est beau comme un dieu. Vos enfants seront magnifiques.

— Ne te fais pas trop d'idées, Abby. Je ne sais même pas s'il est toujours en ville.

— Bien sûr qu'il est toujours là. Il travaille avec oncle Jake. Danny est parti, lui. Enfin, il est revenu, puis il est reparti lorsque Ronan a menacé de lui jeter un mauvais sort. Je ne crois pas qu'il revienne avant bien longtemps.

— Est-ce qu'on parle beaucoup de moi en ville ?

— Oui, mais gentiment. Tout le monde est plutôt désolé de ce qui s'est passé. Certains ont même appelé le maire et Lettie pour leur demander de s'excuser publiquement.

Elle allait répondre lorsqu'elle entendit la porte d'entrée grincer.

— Si c'est Libby, dis-lui que je l'attends pour vider le

lave-vaisselle. C'est son tour. Et si c'est Garrett, demande-lui de sortir la poubelle.

— Pas de problème, répondit Abby en se dirigeant vers la salle à manger.

— Tu peux aussi essayer de trouver maman, cria-t-elle à sa sœur. Il faut qu'elle dise à papa que le dîner sera prêt à 18 heures.

Pas de réponse. Abby devait sans doute être remontée dans sa chambre.

Elle contempla sa tarte.

Ainsi, Ronan était toujours à Sibleyville.

Peut-être pourrait-elle aller faire un petit tour au hangar après dîner, pour vérifier son courrier… Ou alors, elle pourrait se glisser dans le studio et…

La porte de la cuisine s'ouvrit et elle leva la tête, prête à accueillir son frère ou sa sœur.

Mais elle se retrouva face à face avec Ronan.

Sous le choc, elle demeura immobile de longues secondes, le cœur battant à toute allure dans sa poitrine, le souffle court.

Elle mourait d'envie de se précipiter dans ses bras. Mais elle était incapable d'esquisser le moindre geste et se contenta de le fixer.

Lui aussi se tenait immobile, les mains dans les poches, sa chemise bleue faisait ressortir ses beaux yeux couleur azur.

Au bout de quelques longues secondes, il fit un pas dans sa direction et elle sentit aussitôt un délicieux frisson glisser le long de son dos et ses genoux vaciller.

— Ronan…

— Charlie… Je suis content de te voir.

— Moi aussi.

— La séparation t'a-t-elle fait du bien ?

Elle haussa les épaules.

— Je crois. Mais je ne suis pas allée bien loin, juste à Bar Harbor.

— Je ne sais pas où c'est, avoua-t-il.

Tout en disant cela, il sortit ses mains de ses poches et les frotta l'une contre l'autre. Il semblait vraiment mal à l'aise.

— Charlie, je… Je voulais t'apporter des fleurs, mais j'ignorais lesquelles tu aimais. Et puis comme tu n'aimes pas beaucoup le chocolat…

— Comment va le travail ? le coupa-t-elle pour tenter de changer de sujet.

— Bien. Tu nous as, à peine, manqué ! Non, c'est faux. Tu nous as beaucoup manqué, mais nous nous sommes débrouillés.

— Merci. Je savais que tu t'en sortirais.

Il ne répondit pas et un nouveau silence pesant s'installa entre eux.

Elle avait parfaitement conscience de son malaise, mais le problème était qu'elle ignorait quoi dire.

— Je vais te dire pourquoi je suis venu ce soir, dit-il enfin. Et ensuite, je te laisserai tranquille.

Il s'avança encore vers elle, si près qu'il pouvait presque la toucher.

Cela faisait cinq jours qu'elle attendait ce moment, qu'elle en rêvait. Et voilà qu'il était arrivé.

Malheureusement, elle était paralysée. Incapable d'esquisser le moindre geste, de prononcer le moindre mot. Le mieux serait sans doute d'écouter ce qu'il avait à lui dire. Oui, ce serait un bon début.

— Avant de te rencontrer, Charlie, ma vie était triste, morne, sans intérêt. A cause de mon histoire, je ne me sentais bien nulle part. Puis je suis arrivé à Sibleyville, tu m'as ouvert ta porte et tu as fait entrer le soleil dans ma vie. A ce moment-là, j'ai enfin compris que je pouvais être heureux.

— Ronan, je…

Il posa un doigt sur sa bouche pour l'empêcher de parler.

— Je dois terminer, sinon je n'arriverai jamais à le dire. Tu as changé ma vie, Charlie. Et je veux rester ici, avec toi. Si tu ne veux pas m'épouser, tant pis. Travailler pour toi me suffira.

Il s'interrompit pour reprendre son souffle, avant de reprendre :

— Mais si tu ne veux pas que je travaille avec toi, alors je trouverai un autre emploi dans les environs.

— C'est vrai ? Tu serais prêt à démissionner ?

Il lui prit la main et noua ses doigts aux siens.

— J'ai besoin d'être à tes côtés, Charlie. Tu es mon oxygène. Je ne peux pas vivre sans toi, et je suis prêt à tout pour que nous soyons ensemble.

— Tu es sûr de vouloir rester à Sibleyville ?

— Je veux être là où tu es, où que ce soit. Si tu préfères vivre sur une île déserte, cela me convient aussi. Je construirai une hutte et nous mangerons des noix de coco du soir au matin, nous nous baignerons nus dans l'océan et…

— Cela ressemble à une lune de miel.

A ces mots, il plongea son regard dans le sien, comme pour s'assurer d'avoir bien entendu.

— Pour partir en lune de miel, il faut d'abord se marier.

— Dans la famille, nous ne faisons jamais comme les autres

— Parfait. Dans ce cas-là, commençons par la lune de miel. Nous nous occuperons du mariage plus tard.

Elle posa les mains sur son torse.

Enfin.

Enfin, elle s'autorisait à le toucher.

— Je pense que cela pourrait me convenir, Ronan.

Pour la première fois depuis qu'il était entré dans la cuisine, il lui sourit et ce sourire lui fit l'effet d'un grand rayon de soleil. Il balaya instantanément tous ses doutes, toutes ses questions, toutes ses angoisses.

— Je t'aime, Ronan. Je sais que c'est fou mais je ne crois pas pouvoir vivre sans toi non plus.

Il l'enlaça et lorsqu'il l'embrassa, elle sentit ses genoux faiblir, son pouls s'accélérer et tous ses sens s'éveiller.

Tout ce qu'elle avait désiré dans la vie était là devant elle, à portée de main.

Son rêve était enfin devenu réalité.

Elle n'avait que faire des rêves de gloire, elle n'en avait pas besoin pour être heureuse. Cet homme suffisait à son bonheur. Il avait capturé son cœur et elle le lui avait offert, avec tout son amour.

Du moment qu'ils étaient ensemble, sa vie serait parfaite. Elle en était désormais convaincue.

— Tu restes pour le dîner ?

— Je pensais qu'on pourrait retourner au studio pour manger quelques huîtres.

— D'accord. Commençons par les huîtres et nous verrons bien ce qui se passera ensuite.

Main dans la main, ils se dirigèrent vers l'entrée.

— Abby, cria-t-elle avant de sortir de la maison. Occupe-toi de la tarte, s'il te plaît. Je m'en vais avec Ronan.

— Quoi ? cria sa sœur.

Pour toute réponse, elle claqua la porte puis se mit à courir avec Ronan en direction de sa voiture.

— Tu sais, je crois qu'il faut changer une chose dans notre relation, Ronan.

— Laquelle ?

— Je n'ai plus envie d'être ta patronne. Je crois que je devrais me trouver des associés.

— Mais seras-tu toujours ma patronne au lit ?

Elle éclata de rire.

— Tu peux compter là-dessus, mon amour.

Epilogue

Martin Quinn regarda ses quatre petits-fils s'installer autour de la longue table dans la salle de réunion des chantiers navals Quinn Yachtworks, à Seattle.

En cette veille du Nouvel An, il avait prévu une fête dans un des meilleurs restaurants de Seattle. Mais pour le moment, il fallait qu'ils discutent.

Il balaya la pièce du regard, s'attardant sur ses quatre petits-fils et les femmes qui les accompagnaient.

Lorsqu'ils les avaient envoyés aux quatre coins du pays pour réfléchir à la vie dont ils rêvaient, il s'attendait bien à quelques changements. Mais jamais il n'avait imaginé que tous les quatre reviendraient amoureux.

Cameron s'était installé à Albuquerque et vivait désormais heureux avec une ancienne policière nommée Sofia Reyes. Il avait décidé de quitter l'entreprise pour se mettre à son compte comme architecte.

Dermot était rentré à Seattle début octobre. Sa petite amie, Rachel Howe, l'avait rejoint peu de temps après, abandonnant sa vie dans le Wisconsin pour vivre auprès de lui.

Son frère jumeau, Kieran, avait lui trouvé l'amour dans les bras d'une chanteuse de country qui tentait aujourd'hui de percer à Seattle.

Quant à Ronan, le dernier des garçons et celui qui avait le plus souffert de la mort de ses parents, il avait trouvé la révélation loin de Seattle. Il était revenu du Maine avec

Charlotte, une jeune femme à laquelle il était maintenant marié.

Martin avait toujours rêvé du jour où il léguerait son entreprise à ses garçons, mais il avait aussi toujours su qu'il ne pouvait pas les forcer à reprendre l'affaire si tel n'était pas leur destin.

Il avait fait son possible pour les aider, pour les élever, malgré le deuil auquel ils avaient dû faire face très tôt.

Après réflexion, il n'avait pas dû faire du trop mauvais travail. Aujourd'hui, tous semblaient heureux et prêts à aller de l'avant.

Emu, il se racla la gorge puis saisit une coupe de champagne.

— Je suis sûr, mes garçons, que vous êtes pressés d'aller dîner, alors je serai très rapide. Cameron et Ronan, vous avez décidé de vivre votre vie loin de Seattle.

Tandis qu'il parlait, son assistante, Miriam, leur tendit à tous les deux une enveloppe.

— Voici pour tous les deux un chèque représentant une avance sur les vingt-cinq pour cent des parts des chantiers navals qui vous reviennent. Pendant les cinq prochaines années, vous recevrez chaque mois une somme correspondant au rachat, par vos frères, de ces parts.

Miriam tendit ensuite deux enveloppes aux jumeaux.

— Et vous, Dermot et Kieran, je vous conseille de faire relire ces contrats par des avocats. En attendant, ces documents font de vous les nouveaux directeurs associés de l'entreprise. J'ai vendu mes parts en échange d'un chèque et d'une partie de la marchandise.

— Une partie de la marchandise ? répéta Cameron, à l'évidence perplexe.

— Oui, le Hull 854. Je peux vous l'annoncer aujourd'hui, je pars faire un tour du monde en bateau.

Dermot se tourna vers ses frères et les regarda, l'air inquiet.

— Tu pars tout seul, grand-père ? C'est un grand bateau. Je ne suis pas certain que tu puisses le manœuvrer seul.

— Ne vous inquiétez pas. Je ne serai pas seul.

— Qui t'accompagnera ? lui demanda Ronan.

— Miriam.

Martin affronta les quatre paires d'yeux qui le fixaient. Leur étonnement était bien légitime.

— Miriam ? Notre Miriam ? finit par demander Kieran.

— Non, ma Miriam, répondit Martin en tendant la main vers son assistante.

— Miriam, répéta Cameron.

— Oui. Cela fait plusieurs années que nous naviguons ensemble et j'ai pensé qu'il était temps pour nous de prendre notre retraite et de voir un peu du pays.

— Félicitations Miriam, s'exclama Ronan. Et bienvenue dans la famille. Tu as l'intention de l'épouser, n'est-ce pas grand-père ?

— Nous en avons en effet parlé, avoua Miriam.

— J'ai fait ma demande, précisa-t-il, mais elle m'a dit qu'elle devait réfléchir. En vous voyant tous les quatre, accompagnés de ces si jolies femmes, je repense au voyage que j'ai effectué, il y a presque cinquante ans. J'ai l'impression que c'est hier que je suis descendu de cet avion, avec votre père dans les bras. Lui et votre mère seraient si fiers de vous aujourd'hui… Alors ce soir, je veux porter un toast à mes garçons préférés et leurs jolies femmes. A Cameron et Sofia, Kieran et Maddie, Dermot et Rachel, Ronan et Charlotte.

Rachel leva son verre.

— A Martin et Miriam, dit-elle.

— J'espère que vous trouverez le bonheur. J'espère que mes anges irlandais vous protégeront très longtemps. *Slainte chuig na fir, agus go mairfidh na mna go deo.*

— Vas-tu enfin nous dire ce que cela signifie, grand-père ?

— La santé pour les hommes et que leurs femmes vivent éternellement.

Pendant la demi-heure suivante, le champagne coula à flots et les rires résonnèrent dans la salle de réunion, mais Martin ne pouvait pas s'empêcher de repenser aux jours sombres qu'ils avaient dû traverser, tous les cinq.

Ce soir, il sentait très fortement la présence de son fils et de sa belle-fille près de lui. Il lui suffisait de regarder les quatre frères pour retrouver le sourire de Jamie et les yeux pétillants de Suzanne, leurs cheveux sombres et leurs yeux bleus.

Et un jour, peut-être, il retrouverait ces traits dans les visages de ses arrière-petits-enfants. Ainsi Jamie et Suzanne seraient toujours là, avec eux.

JO LEIGH

Lui entre tous

Passions extrêmes

éditions HARLEQUIN

Titre original : WANT ME

Traduction française de EMMA PAULE

83-85, boulevard Vincent-Auriol, 75646 PARIS CEDEX 13.
Service Lectrices — Tél. : 01 45 82 47 47
www.harlequin.fr

- 1 -

Les festivités de la noce allaient bon train ; l'orchestre martelait *The Irish Rover* avec gaieté, la bière coulait à flots et les cent cinquante amis et proches de Theresa O'Brien-Moran se réveilleraient de toute évidence avec un gros mal de crâne le lendemain.

Entre deux danses, Shannon Fitzgerald s'était trouvé un coin relativement tranquille. Il lui avait fallu un bon moment avant d'oser approcher sa cousine pour lui proposer d'adhérer au petit club très fermé des échanges de repas de St Marks. Un club où l'on n'échangeait pas seulement des recettes ou de bons petits plats… mais aussi des cartes uniques en leur genre, qui détaillaient le profil d'hommes célibataires tout à fait attrayants, à destination de jeunes femmes en quête d'amour… Ariel serait une recrue parfaite pour le club, vraiment. Elle avait vingt-quatre ans, soit trois de moins qu'elle, vivait à Nolita, travaillait dans le centre-ville et, tout comme Shannon, elle était encore célibataire. Elle était surtout très jolie, ce qui n'avait pas échappé à un groupe de jeunes fêtards un peu éméchés pressés de la faire danser depuis le début de la soirée.

Ce soir, Shannon avait elle-même attiré son lot d'hommes, de jeunes trentenaires pour la plupart, à part Angus, bien sûr, qui avait tout juste fêté ses quatre-vingt-trois printemps. Les deux cousines avaient l'impression d'être cernées par un essaim d'abeilles. Elles avaient beau les chasser, ils se contentaient d'un tour au bar avant de revenir à la charge.

Si seulement l'un d'entre eux pouvait lui plaire… Mais ce n'était pas le cas.

Shannon regarda Ariel, guettant sa réaction à sa proposition.

— Des cartes à échanger ? s'étonna celle-ci en se penchant vers sa cousine pour qu'elle l'entende. Des cartes d'hommes célibataires ? Je croyais qu'à St Marks on échangeait simplement des repas ?

— C'est les deux, en fait. Côté nourriture, tu prévois quatorze plats congelés et tu repars avec autant de provisions de ton côté. C'est économique et varié, mais le plus important, évidemment, ce sont les cartes à échanger. Toutes, nous avons des amis, des ex ou des collègues célibataires qui conviendraient à d'autres femmes que nous.

Alors qu'elle faisait un clin d'œil à sa cousine, elle sentit Riley s'approcher d'elle en titubant. Elle repoussa son cousin sans même lui jeter un regard. Seigneur, l'haleine qu'il avait…

— Des hommes bien, reprit-elle en insistant sur « bien ». Des hommes avec qui nous aimerions voir sortir nos meilleures amies.

Ariel hocha lentement la tête, pensive, rajusta le bustier de sa robe rose, et s'exclama soudain :

— David Sainsbury, au bureau ! Il est inaccessible pour moi, mais c'est un homme extrêmement bien, et il vient de rompre avec sa petite amie. Lui, il ferait vraiment l'affaire. Il est toujours aimable avec les intérimaires : chaque fois qu'il va se chercher un café, il en prend aussi un pour son assistant. En plus, il est drôle.

— Eh bien voilà, tu as saisi le principe, répondit Shannon, ravie de pouvoir ajouter ce David à la liste.

Qui sait s'il ne pourrait pas l'intéresser, d'ailleurs… ?

— Comment est-ce que je fais ? demanda Ariel avec excitation. Je soumets son nom ?

— Tu me procures une photo de David, d'abord, histoire qu'on puisse se faire une idée de lui. Je vais te passer des modèles pour que tu voies à quoi ça ressemble. Ensuite, j'agraferai sa photo au recto de la carte.

— Oh ! oui. Bien sûr. Tu as tout le matériel à l'imprimerie, déclara Ariel en avalant une gorgée de bière.

Shannon regarda sa cousine attentivement. Elle paraissait si jeune encore ! Peut-être buvait-elle là sa première bière…

— L'imprimerie, bien sûr, acquiesça Shannon d'un air complice.

L'imprimerie Fitzgerald & Sons était un élément moteur de leur grande famille. Le père d'Ariel y avait lui-même travaillé plus de dix ans avant d'ouvrir sa propre papeterie. Shannon reprit au milieu du vacarme général :

— Au recto de la carte, tu remplis un petit formulaire. Ne t'inquiète pas, je te renverrai tout par e-mail, c'est juste pour t'expliquer le fonctionnement. D'abord, tu indiques sa profession. Ensuite, tu précises le genre de relation, mariage, relation ou aventure d'une nuit.

Ariel hocha la tête alors qu'elle assimilait ces différentes informations.

— Le genre de relation, d'accord, répéta-t-elle alors que l'importance de cette dernière précision s'imposait à elle.

— Exactement. Ensuite, son restaurant préféré. Et puis sa passion secrète. On ne parle pas de sa carrière mais de ce qu'il aime plus que tout. Le sport, les films, la danse, ce qui le branche le plus, quoi.

— David est un passionné de science-fiction. Il a toujours un bouquin de SF dans sa poche.

Shannon marqua un temps d'arrêt et plongea ses yeux dans ceux de sa cousine. La voix d'Ariel n'était pas neutre quand elle parlait de David. Et elle semblait savoir beaucoup de choses sur lui. Shannon réprima un soupir : elle venait de comprendre qu'elle ne sortirait pas avec ce David. Ariel était sa cousine, et elle ne voyait pas l'intérêt de provoquer une querelle familiale.

— Tu es sûre qu'il est hors d'atteinte pour toi ? demanda Shannon d'une voix douce.

— Politique de l'entreprise. C'est un de leurs meilleurs avocats, répliqua Ariel.

— Peut-être que ça vaudrait le coup alors de chercher un autre emploi, suggéra Shannon en esquissant un sourire.

— J'ai déjà tâté le terrain, tu sais, mais ce serait du suicide, répondit Ariel en secouant la tête. Je ne mettrais mon travail en péril pour rien au monde. Ils m'offrent une assurance santé complète, et bien rares sont les entreprises qui le font.

— Je te comprends, assura Shannon.

Elle attrapa son verre et but une gorgée de vin blanc, un sacrilège dans cette assemblée mais elle s'en moquait. La bière, c'était pour le pub, et le vin pour les mariages.

— Après ses passions, reprit Shannon, vient le plus important : ce qui fait de lui un homme spécial, différent des autres. Pourquoi tu le recommandes. Quand j'ai recueilli toutes ces informations, je les inscris au recto, je passe à l'impression et, voilà, la carte de David est prête !

— J'adore cette idée ! s'écria Ariel. Elle m'emballe vraiment.

— Et elle marche ! Sans compter que le système est très sûr parce que c'est la personne qui a proposé la carte qui organise le rendez-vous. Et puis, personne en dehors du groupe ne connaît l'existence de ces cartes.

— Même pas les hommes concernés ?

— Surtout pas les hommes concernés, répondit Shannon en regardant Ariel dans les yeux. C'est un secret absolu. Personne ne sait rien en dehors du groupe. Tu comprends ?

Ariel hocha la tête, avala une grande gorgée de bière et découvrit ses dents parfaites dans un large sourire.

— Audacieux…, déclara-t-elle. Et rusé !

— Je sais, dit Shannon, pas le moins du monde gênée de l'admettre puisqu'elle avait elle-même élaboré le concept. Ça fait environ deux mois qu'on s'échange les cartes, et le résultat a déjà dépassé toutes nos attentes. Notre seul problème, qui est toujours pour l'instant sans solution, c'est d'accroître notre éventail d'hommes célibataires tout en préservant le secret. Ce n'est pas évident.

Alors qu'elle achevait ces mots, une voix grave la fit se retourner.

— Shannon ?

Une voix profonde qu'elle n'avait pas reconnue. Cette fois-ci, ce n'était pas son cousin Riley.

— Oh ! bonsoir, Mike.

— Je me demandais si tu m'accorderais cette danse.

Mike était un homme bien, dans la trentaine. Il possédait une librairie qui, hélas, battait sérieusement de l'aile, et elle se sentit presque coupable de ne pas l'apprécier davantage que cela. Une fois, ils avaient essayé de sortir ensemble, mais le courant ne passait vraiment pas. Peut-être devrait-elle établir une carte à son nom ? Il était vraiment gentil.

— Oh ! Peut-être plus tard ? Désolée, je suis en plein milieu d'une conversation, lui lança-t-elle avec un sourire d'excuse.

— Bien sûr, pas de problème, répondit-il en lui adressant une moue découragée. Je reste dans le coin.

Dès qu'il fut suffisamment éloigné pour ne rien entendre de leur discussion, Ariel se pencha vers Shannon.

— Quel genre d'homme y a-t-il sur ces cartes ? Y a-t-il des restrictions ?

— Non, aucune, si ce n'est qu'ils doivent être dans la région, et être libres. On a déjà eu quelques superbes rencontres. Charlie Winslow et Bree Kingston, par exemple.

— C'était toi ? fit Ariel, médusée.

— C'était moi, répondit Shannon en souriant.

— Bon sang, c'est à peine croyable. C'est une idée de génie que tu as eue. J'en suis !

— Génial ! fit Shannon enthousiaste.

Elle sortit un tout petit carnet de sa pochette de demoiselle d'honneur.

— Je vais te donner l'adresse de…

Mais Ariel ne l'écoutait plus. Elle avait braqué les yeux sur un point au loin, par-dessus l'épaule de Shannon.

— Est-ce qu'il est sur une carte, celui-là ? demanda-t-elle.

Shannon se retourna pour voir de qui parlait sa cousine.

— Danny ? Non. J'ai décidé de ne pas inclure mes frères. Trop compliqué. Et puis, de toute façon, depuis quand t'intéresses-tu à…

— Pas Danny, le gars *avec* Danny.

L'homme en question lui disait vaguement quelque chose. Son corps, de toute façon, ne pouvait qu'attirer les regards…

— Hein ? Qui est-ce ? Est-ce que tu le connais ? répéta Ariel.

— Non, je ne crois pas. Je m'en souviendrais, murmura-t-elle en jaugeant sa silhouette virile qui paraissait approcher de la perfection.

L'homme portait une chemise blanche dont il avait ouvert le col après avoir desserré sa cravate noire, et un pantalon manifestement taillé sur mesure. L'ensemble lui donnait une allure incroyablement sexy. Ses cheveux sombres, la façon qu'il avait de rejeter la tête en arrière quand il riait, son sourire…

— Oh ! Mon Dieu ! cria Shannon.

Elle se leva aussitôt et rangea son carnet.

— C'est Nate Brenner !

— Qui ?

— Le meilleur ami de Danny. Je ne l'avais plus revu depuis une éternité.

— Eh bien, va donc lui demander s'il est célibataire, tu veux bien ? Il est à tomber, murmura Ariel avec un pincement au ventre.

Shannon opina de la tête et se dirigea vers Nate. Avait-elle vu juste ? Oui. Plus elle se rapprochait, plus il devenait clair que le garçon qui avait pratiquement grandi dans sa famille n'avait plus rien d'un garçon. Comment était-ce arrivé ? Le temps, bien sûr, mais cela remontait si loin que pour elle, Nate était toujours ce jeune homme fluet de dix-huit ans, franchement exaspérant à l'égard de la petite sœur de son meilleur ami. Oh ! bien sûr, il n'était pas plus odieux que ses propres frères, tous les quatre étant insupportables. Ils se moquaient sans arrêt d'elle, de ses cheveux, ou de son désir de devenir artiste. Et, chose qui n'avait rien arrangé, ces railleries coïncidaient avec les divers spectacles où elle avait joué, dansé, et chanté faux à tue-tête, et auxquels les garçons avaient été forcés d'assister. A cause d'elle, ces messieurs avaient manqué des matchs. *Le* péché impardonnable.

Car, en ce qui concernait ses quatre frères aînés, chaque conversation était orientée vers le sport. *Toutes* sans exception. Même quand ils discutaient de livres, c'étaient des livres de sport. Qui disait films disait films de sport. Bon, d'accord, ça et les cascades automobiles, mais c'étaient aussi des films de sport, d'une certaine manière. Quant aux femmes, elles ne pénétraient dans le groupe que si elles avaient réussi le premier test de l'équipe. Si elles étaient fans de Notre Dame football, elles étaient admises. Les Yankees ? Admises. La seule variable autorisée concernait les Boston Celtics. Ce n'était pas l'équipe préférée, mais on la considérait comme acceptable.

Shannon avait toujours soupçonné Nate d'avoir quelque chose en plus ; il était plus songeur, plus sérieux que ses hooligans de frères, mais elle était jeune quand il avait disparu de la circulation et elle avait cessé de se poser des questions.

Le passage de l'adolescence à l'âge adulte avait été très, très bénéfique à Nate, c'était certain. Il devait avoir trente-deux ans maintenant, tout comme Danny. Elle ne l'avait jamais trouvé beau. Passable, oui, mignon, peut-être. Mais à tomber ? Vous rigolez !

— Eh, Princesse, vise un peu qui est là, lança Danny quand elle fut assez près d'eux.

Le sourire de Nate s'élargit et marqua simultanément une grande surprise.

— Ça ne peut pas être Shannon, s'exclama-t-il.

— Ça peut, et ça l'est, répondit-elle du tac au tac.

Aussitôt, ils tombèrent dans les bras l'un de l'autre, comme de vieux amis qui se retrouvent. Mais Shannon eut une drôle d'impression. Cette accolade n'était pas anodine. A cause du corps de Nate. De son corps d'homme. Son torse, d'abord. Il était dur, musclé, large. Elle n'aurait même pas dû remarquer la sensation de ses seins plaqués contre lui. Cet homme, elle le connaissait depuis toujours. Elle l'avait vu dans son pyjama Spiderman, son préféré qu'il ne délaissait que pour revêtir une cape en brandissant un sabre laser.

Troublée, elle se recula pour le regarder.

— Mais bon sang, où étais-tu passé, Nate ? Ça fait une éternité.

— J'ai voyagé un peu partout. C'est une trop longue histoire pour t'ennuyer avec maintenant. Je veux savoir ce que toi tu as fait, répondit-il en la regardant intensément, de haut en bas. En tout cas… tu as bien grandi !

— Ce sont des choses qui arrivent, et toi aussi tu as bien grandi, dit-elle en riant.

— Je dirais plutôt que j'ai vieilli. Mais je ne suis pas certain d'avoir beaucoup grandi.

— Tu jettes toujours des pétards dans les toilettes ?

Nate et Danny éclatèrent de rire.

— Non ! répondit Nate. J'ai arrêté de faire ça.

— C'est un bon début, dit-elle. Es-tu revenu pour le mariage ?

— Pure coïncidence. Je suis venu pour affaires. Vendre l'affaire de mon père. Trouver une maison en ville.

— Vendre l'affaire ?… Oh ! Seigneur, excuse-moi. J'ai appris pour ton père. Toutes mes condoléances.

Son père était décédé deux ans plus tôt. Shannon s'était promis à plusieurs reprises d'écrire une lettre à Nate à ce sujet, mais ne l'avait jamais fait. Le temps était passé, et elle avait jugé qu'il était désormais trop tard. Elle s'en voulait terriblement, à présent.

— Merci, répondit-il comme si de rien n'était, mais elle vit sa mâchoire se contracter.

Cela avait été discret, presque imperceptible, mais il faut dire que rien n'aurait pu lui échapper tant elle le dévorait des yeux !

— Qu'est-il arrivé à ta maison de Gramercy ? continua-t-elle en se sentant rougir.

— Ma mère l'a vendue. Elle vit à Tel-Aviv à présent. Elle s'est remariée, et elle travaille à l'université.

— Ça fait quelques changements majeurs.

— Pas tant que ça. Vous, les Fitzgerald, êtes particulièrement stables, c'est tout. Et vous ? Brady et toi vivez toujours dans la grande maison ?

— Oui, et les parents aussi.

— Désolé de vous interrompre, dit Danny en tapotant l'épaule de son ami, je vais aller voir si Megan veut bien danser avec moi. Raconte donc tes aventures à la Princesse, Nate. Et apprends-lui les bonnes nouvelles.

Shannon regarda son frère plonger dans la foule.

— Alors comme ça, ils t'appellent toujours Princesse ?

Elle se retourna vers Nate et poussa un soupir.

— J'ai fini par renoncer. Ils sont odieux, et vraiment irrécupérables. Je ne sais même pas pourquoi tu as encore de l'affection pour Danny.

Nate lui posa une main sur le bras ; elle sursauta comme sous le coup d'une décharge électrique.

— N'importe lequel de tes frères se jetterait au feu pour toi.

— Ah oui ? Quand ?

Il se mit à rire, d'un rire bien plus profond que lorsqu'il avait dix-huit ans. Elle le regarda de nouveau.

— Comment va ta sœur ?

— Elle est mariée. Elle a un enfant, une petite fille. Ils habitent à Montauk, répondit-il.

— Je suis contente pour elle.

Nate indiqua de la tête la piste de danse.

— Tu veux essayer ? demanda-t-il d'une voix plus appuyée, la main toujours posée sur son bras.

Shannon n'avait pas encore dansé, mais comme de la musique moderne avait remplacé les danses traditionnelles irlandaises, elle répondit en souriant :

— Très volontiers.

Puis elle désigna une chope posée sur une table non loin d'eux.

— C'est ta table ?

Il la débarrassa de sa pochette, qu'il posa près de la chope avant de répondre :

— C'est la mienne, maintenant.

Puis il la guida vers un coin relativement calme de la piste de danse.

La chanson était vive et entraînante, et Shannon se sentait bien. Heureuse. Depuis le début de la soirée, tout s'était passé pour le mieux. Elle avait recruté Ariel, eu la surprise de sa vie en retrouvant Nate et, jusqu'à présent, avait évité tout ridicule : ni chanson improvisée, ni numéro de claquettes, toutes choses qui faisaient pourtant partie de son répertoire quand elle était petite. Elle avait beau avoir renoncé à se donner en spectacle depuis le lycée, sa famille, elle, la sollicitait toujours lors des fêtes et des grands repas de famille. Une corvée à laquelle il n'était pas facile d'échapper ! Shannon se concentra de nouveau sur la musique, trouva son rythme, s'anima et sourit à Nate. Mais bon sang, comment ne pas éclater de rire !

C'était le danseur le plus maladroit qu'elle ait jamais vu ! Danser, pour lui, devait vraiment être un acte contre nature tant il manquait de coordination. Et que faisait-il avec sa tête, toujours à dodeliner à droite, à gauche ?

Elle se mordit la lèvre pour ne pas exploser de rire et laissa seulement échapper un petit couinement tandis qu'il lui souriait en retour.

Au même moment, Danny et Megan se rapprochèrent d'eux en dansant. Son abruti de frère donna une bourrade à Nate en éclatant de rire bruyamment.

— Je n'avais encore jamais vu ça sur une piste de danse ! Très personnel, comme style… Qu'est-ce que tu nous fais, Nate, une danse de Martien ?

Nate sourit à Danny sans s'arrêter de… danser, si l'on peut dire, et tout en moulinant des bras il lui répliqua :

— Quoi que je fasse, je reste moi-même. Et toi, ajouta-t-il en se tournant vers Danny, tu es un barbare qui ne comprend rien à l'art. Allez, ouste, du vent !

Il agita la main pour le chasser, mais il n'y avait pas grande différence avec ses mouvements précédents.

Shannon éclata de rire. Pas parce qu'il dansait de manière ridicule, non, mais parce qu'il l'assumait pleinement. Lorsque son rire s'apaisa, elle remarqua qu'elle avait posé la main sur son cœur. Elle se sentit soudain toute chose. Malgré la musique et le chaos qui l'environnait, elle ne pensait plus qu'à une chose : non seulement Nate était devenu un très bel homme, mais il était aussi adorable.

La musique s'arrêta, juste une petite seconde, puis reprit sur un rythme bien plus rapide et endiablé, dans lequel elle se coula aussitôt. Bon sang, elle se laissa emporter et dansa comme si elle était seule dans sa chambre et que personne ne la regardait. Même pas Nate.

Son rire grave et charmant lui parvint alors qu'elle tourbillonnait et fut contagieux. La musique se mêlait à leurs rires et soulignait sa joie. Ils s'étaient approprié une bonne portion de la piste de danse, et cela faisait bien longtemps qu'elle n'avait pas connu une telle impression de liberté. La chanson prit fin trop tôt et tous les deux tentèrent de retrouver leur souffle.

— Waouh ! C'était génial ! s'exclama Nate.

— Oui, vraiment.

— Je dois dire en plus que bien rares sont les femmes à apprécier mon style unique.

— Ce sont des imbéciles.

— Ah, Shannon. Tu es trop gentille.

— Non, je ne le suis pas. Mais alors, pas du tout.

Une autre chanson envahit la piste, beaucoup plus lente, plus sensuelle, et la plongea cette fois-ci dans une ambiance romantique. Shannon eut un mouvement d'hésitation. Etait-il temps pour elle de quitter la piste, ou… Sans dire un mot, Nate lui passa un bras autour de la taille et commença à danser avec elle. Un geste sûr, précis, qui n'avait rien à voir avec son style inimitable de Martien. Il lui fut facile de poser les mains sur ses épaules et de laisser son cœur ralentir un peu. Shannon en profita pour reprendre la conversation que leur danse avait interrompue.

— Alors comme ça, tu nous reviens enfin après tout un tas d'aventures… Des aventures, voyez-vous ça ?

Il secoua un peu la tête puis chercha son regard.

— En quelque sorte, répondit-il.

— J'ai entendu Danny dire que tu étais allé apporter ton aide après le tsunami en Indonésie.

— C'est exact. Je pouvais faire quelque chose pour eux et ils avaient besoin d'aide.

— Et maintenant ?

— Ils en ont toujours besoin. Des tas de gens ont besoin d'aide. Je travaille pour une organisation qui m'envoie là où ils le jugent utile.

Au même moment, un danseur la percuta dans le dos et la propulsa contre Nate. Tout contre lui. Instinctivement, elle eut un geste de recul, afin de recréer un peu d'espace entre eux, mais il se passait autre chose, une chose qui n'avait rien à voir avec la foule et encore moins avec la danse. Il lui était impossible d'arracher ses yeux de lui, et de son côté, il la regardait comme s'ils étaient seuls dans la salle. Une chose était claire, Nate avait lui aussi perçu cette tension. Un frisson la parcourut, qu'il sembla remarquer.

Une autre bousculade les dérangea, mais celle-ci les sépara, ce qu'elle-même n'avait pu faire.

Elle vit Nate déglutir, observer un instant la foule avant de braquer de nouveau les yeux sur elle.

— Ça donne chaud, de danser ! Je boirais bien un verre. Pas toi ? Notre table nous attend. Je vais aller nous chercher à boire.

Dieu merci, songea Shannon. Ces derniers instants l'avaient étourdie, et elle avait besoin de souffler un peu seule pour se reprendre.

— Bonne idée. Du vin blanc pour moi, s'il te plaît.

— Du vin blanc ? Alors que la bière coule à flots ? Rebelle ! lança-t-il en riant.

— C'est tout moi, ça, répliqua-t-elle en souriant.

Il l'escorta jusqu'à la table, et son sourire disparut peu à peu alors qu'elle le regardait se frayer un chemin jusqu'au bar. Nate, son ami d'enfance ! S'il s'était agi de n'importe qui d'autre, elle aurait tout de suite su interpréter ces accélérations de son cœur, cette gorge nouée malgré elle. Mais Nate n'était pas n'importe quel homme. Elle se sentait désemparée. D'un côté, elle avait envie de lui présenter ses excuses et de lui assurer qu'elle ne s'était pas pressée contre lui délibérément. De l'autre, elle se disait que, puisqu'elle l'avait fait… Non. Dans le fond, elle n'avait pas envie de lui présenter ses excuses. Mais qu'avait-elle véritablement envie de lui dire ? Voilà ce qu'elle ne pouvait formuler. Et cela tenait surtout au fait qu'elle avait été incapable de le déchiffrer. L'espace d'un instant, elle avait cru que… Mais non, c'était ridicule.

Enfant, Nate était un vrai trublion. Il passait son temps à jouer les casse-cou tout en fanfaronnant. Cela lui avait valu pas mal d'ennuis, dans lesquels il avait régulièrement entraîné Danny, mais il avait toujours été le bienvenu dans la maison familiale, car il se retrouvait souvent seul, ses propres parents travaillant beaucoup et jusque tard.

Shannon repensa au Nate de son enfance. Etait-il toujours aussi intrépide et impulsif, quitte à se jeter dans la première folie venue sans réfléchir ? Le travail qu'il exerçait avait de quoi susciter la fierté, mais il était aussi dangereux. Toutefois, elle devait bien garder présent à l'esprit qu'elle n'avait connu que l'adolescent, et pas l'homme qu'il était devenu. Quatorze ans, c'était long, et elle-même n'avait plus rien à voir avec la fille qu'elle était à l'époque. Ou alors, peut-être que si. Parfois, c'était dur à déterminer.

Elle profita de l'absence de Nate pour se remettre un peu de rouge à lèvres. Elle avait à peine eu la place de le caser dans sa minuscule pochette, à côté de son petit carnet, d'un crayon, d'un billet de vingt et de pastilles à la menthe. Elle aurait pu prendre un sac plus grand, certes, mais cette pochette était assortie à sa robe de demoiselle d'honneur. D'ailleurs, Shannon en était satisfaite. Le fourreau sans manches au décolleté échancré était joli sans être non plus trop sophistiqué. Cette seule dernière année, on l'avait obligée à porter cinq robes atroces qui ne reverraient jamais le jour.

Six fois demoiselle d'honneur en une seule année ! Oh ! elle n'était pas dupe : elle était quasi sûre que toutes ses amies et collègues la sollicitaient en raison de ses relations. Etre responsable des ventes et du marketing de l'imprimerie assurait un excellent réseau avec tous les vendeurs, de Chelsea jusqu'au Village.

— Pourquoi cette bouille renfrognée ? l'interrogea une voix bien connue qui lui fit relever les yeux.

Nate posa sur la table son verre de vin et une grande chope de bière avant de s'asseoir face à elle. Ce qui provoqua en elle une drôle de sensation. Un doux frisson lui parcourut l'échine. Bon sang, il allait lui falloir surmonter ça. Ce qui devrait l'exciter plutôt, c'est d'ouvrir une carte à échanger à son nom. Avec son allure, son style de vie, ses voyages à l'international et ses inoubliables dons de danseur, il la méritait bien. D'autant que ses amies du club de St Marks avaient grand besoin d'une bouffée d'air frais.

Il avait des cheveux brillants qui donnaient envie de glisser la main dedans. Son front, large et viril, offrait à son visage une force peu commune. Quant à ses lèvres, épaisses et parfaitement dessinées, elles appelaient bien des caresses.

— Tu es séduisant, dit-elle tout à coup.

Avant de se pétrifier. Cela, elle n'avait pas prévu de le dire à voix haute.

Il marqua une hésitation alors qu'il portait la chope de bière à ses lèvres.

— Ah ? C'est-à-dire ?

Shannon se sentit virer à l'écarlate. Son cœur accéléra brutalement. Oh ! mon Dieu, que venait-elle de dire ? Elle ébaucha un sourire grimaçant pour tâcher de se ressaisir. Oh ! et puis après ? Ce qui était fait était fait. Elle avait une vie remplie, il avait une vie remplie aussi, et elle ne le reverrait sans doute pas de sitôt. Alors… Elle déglutit et déclara :

— Je te trouvais pas mal à l'époque, mais maintenant tu es vraiment beau.

Il tenta de réprimer un sourire pendant quelques secondes.

— Merci…

— Je t'en prie, répondit-elle en retrouvant peu à peu sa maîtrise. Bon, à présent, quelle est la bonne nouvelle que tu étais censé m'apprendre tout à l'heure ?

Il marqua une pause en lui jetant un regard profond.

— Je m'installe ici. Avec vous.

- 2 -

Nate vit l'expression de Shannon virer de la surprise à la stupeur. Il avala une gorgée de bière afin de dissimuler son sourire.

— Ah tiens ? dit-elle de l'air désintéressé d'une personne qui ne l'était absolument pas.

Il confirma d'un signe de tête.

— En arrivant, je suis descendu à l'hôtel Giraffe, mais lorsque ta mère l'a appris, elle a fait une crise, et a exigé que je rapatrie mes affaires chez vous tout de suite ! Alors j'emménage demain.

— Quelle chambre vas-tu prendre ? Celle de Danny, Myles ou Tim ?

— Oh là ! C'est celle de Myles ou rien ! s'esclaffa-t-il. Tes frères sont des sauvages, tu sais bien, et tu n'imagines quand même pas que je risquerais ma vie dans la chambre de Danny, non ?

Shannon lui rendit un sourire poli. Elle avait repris le contrôle d'elle-même, et c'était dommage. Enfin, d'après ce qu'elle laissait voir maintenant, mais il se posait quand même des questions. Cette danse… Pas les deux premières, évidemment, car il ne se faisait aucune illusion sur ses capacités de danseur. Heureusement pour lui, il avait cessé de s'en préoccuper. Il avait d'autres qualités. Et puis, si quelqu'un n'aimait pas son style, il n'avait qu'à regarder ailleurs.

Non, il pensait en fait au slow, quand il avait senti contre son torse les seins de Shannon. Ce slow qu'il avait dû interrompre afin qu'elle ne perçoive pas sa réaction.

Parce que c'était ça. Le choc, l'époustouflante réalité. Shannon avait grandi, et c'était aujourd'hui une vraie bombe. Après tout, cela n'aurait pas dû le surprendre car petite fille, elle était déjà très jolie, mais il n'aurait pu imaginer qu'elle deviendrait… Vénus sortant des eaux.

Elle avait des cheveux de déesse. Epais et longs, ils étaient d'une superbe teinte flamboyante. Surtout quand elle les détachait pour les laisser retomber dans son dos.

— Il y a plein de place à la maison en ce moment, dit-elle. Combien de temps comptes-tu rester ?

La question le ramena brutalement à la réalité. Shannon était si belle que son esprit vagabondait au loin.

— Combien de temps… ? Oh ! je suis censé retourner à Bali à la mi-mai. Mais j'espère bien tout boucler avant cela.

— Ah ! Je croyais que tu voulais acheter une maison en ville.

— C'est exact, répondit-il en se forçant à regarder droit devant lui afin de ne plus se laisser détourner de la conversation. Cela devrait me permettre de répartir le capital que je vais engranger. Ensuite, je vais la louer mais, d'abord, il faut que je trouve ce que je veux, et puis que je m'occupe de la meubler.

Il poussa un soupir, soulagé d'avoir trouvé un sujet parfaitement rasoir qui devrait calmer ses idées sensuelles pour le reste de la nuit.

Mais à ces considérations, la sensation de ses seins généreux contre son torse resurgit inopinément dans son esprit, et toute idée d'achat ou de location de maison s'envola. Comme Shannon avait changé ! Quand il était parti à la New York University, elle avait treize ans, elle était sérieuse comme un pape et en faisait des tonnes. Chaque fois qu'elle ouvrait la bouche, c'était une question de vie ou de mort, elle était le centre de l'univers et aucun de ses frères n'avait assez de patience pour elle. Surtout quand elle s'obstinait à surgir à l'improviste au moment où Danny et lui avaient enfin réussi à convaincre des filles qu'elles ne risquaient rien à entrer en douce dans la maison après 22 heures, la chambre de papa et maman Fitzgerald se trouvant au deuxième étage, où ils dormaient déjà comme des loirs.

— A Gramercy ?

Il écarquilla les yeux. Euh, de quoi parlait-elle… Gramercy… ? Ah, le lieu !

— Le quartier m'importe peu. Pas plus que le style de la maison. Duplex, maison mitoyenne, maison de ville, appartement… Ce qui compte, c'est que ce soit situé à Manhattan et que ce soit géré par une agence ou un syndic, de sorte que je puisse m'en aller sans m'en préoccuper. Et puis, ce serait sympa si ça me rapportait un peu d'argent. Si tu as des idées ou si tu entends parler de quelque chose…

— Je vais demander autour de moi, répondit-elle d'une voix professionnelle.

— Merci.

Il porta la bière à ses lèvres, elle souleva son verre de vin et tourna la tête vers la piste de danse, ce qui lui permit de pousser un soupir de soulagement discret.

C'était Shannon. La petite Shannon. Il la connaissait depuis qu'il avait huit ans. Durant les dix années qui avaient suivi, elle avait été une vraie peste. Seulement, maintenant, elle avait des courbes alléchantes, des jambes qui n'en finissaient plus, des dents parfaites et des yeux d'un vert profond. Et elle avait moins de taches de son qu'on aurait pu l'imaginer pour une vraie rousse. Une *vraie* rousse. Oh… A cette idée, Nate se sentit envahi par une onde de chaleur. Etait-elle rousse… partout ?

— Maintenant que j'y pense, poursuivit-elle d'une voix égale, il y a peut-être quelque chose dans le Flatiron District.

Et elle le regarda de nouveau de ses yeux d'émeraude.

Le Flatiron District. Super. Il fit un effort surhumain pour ne pas prêter attention au sursaut qu'il sentit derrière sa braguette. Allons, il avait trente-deux ans et Shannon était comme sa sœur à l'époque.

— Eh, balbutia-t-il en se penchant sur la table pour se concentrer sur elle. Je me souviens que tu passais ton temps à redécorer ta chambre, petite !

Elle se mit à rire.

— J'étais adolescente. Je ne décorais pas, j'illustrais. Je tombais toujours follement amoureuse de stars de cinéma ou de chanteurs de blues.

— Ta chambre était très jolie, dans mes souvenirs. Et elle sentait bon, aussi.

— Oui, je n'étais pas une sauvage qui laissait macérer pendant des mois ses chaussettes sales sur le plancher.

— Oh ! fit-il en se redressant. Je comprends mieux, à présent. On était des cochons, pas vrai ?

Elle roula les yeux et éclata de rire, avant d'acquiescer de la tête.

— Mais tes talents de décoratrice me seraient très précieux, tu sais, poursuivit-il.

— Ah oui ?

— Je suis sérieux, Shannon. J'ai besoin de quelqu'un qui m'aide à trouver la maison idéale, et ensuite à la meubler. Une touche féminine ne serait pas de trop. Ça fait très longtemps que je construis des maisons basiques et que je vis sous la tente ou dans des huttes. Je ne sais rien du marché de l'immobilier. Mais si tu es trop occupée, je peux toujours embaucher quelqu'un.

— Je crois que je pourrais libérer quelques heures dans mon emploi du temps surchargé pour un vieil ami, répliqua-t-elle.

Il avala ce qui restait de sa bière et chercha de nouveau son regard. Il allait vivre dans la même maison que Shannon. La Shannon d'aujourd'hui, si séduisante, si femme. Autant en finir tout de suite avec cela pour pouvoir passer à autre chose.

— Tu es toujours aussi belle, dit-il à voix basse alors que

l'orchestre jouait une complainte irlandaise mélancolique. Entre nous, encore plus maintenant que du temps de tes spectacles ridicules… Tous les hommes doivent te courir après, Princesse. Absolument tous.

Le rouge lui monta aux joues. Et il fallait reconnaître que cela lui allait diablement bien. Avant, à l'adolescence, il s'en servait contre elle, il adorait provoquer sa colère et faisait tout pour qu'elle regagne sa chambre et le laisse seul avec ses amis. A présent, les choses étaient bien différentes. Il trouvait le contraste entre sa peau pâle et le feu de ses émotions des plus fascinants.

— Vous n'allez pas me faciliter l'existence, n'est-ce pas, Nate Brenner ? s'enquit-elle d'un ton espiègle, juste assez fort pour qu'il l'entende.

— Non, avoua-t-il.

Puis il sourit bêtement, dépassé par les événements.

— Si tu veux bien m'excuser ? dit-il en se levant.

— Bien sûr, répondit-elle avec méfiance.

Au bar, il comprit qu'une bière n'allait pas suffire. Il commanda un double whisky, et le vida d'un trait.

— Alors ? Alors ?

Le murmure dans son oreille faillit lui faire lâcher son verre de vin blanc. Shannon se retourna. C'était Ariel, qui n'avait pas l'air embêtée de l'avoir fait sursauter ainsi.

— Alors quoi ?

— Est-ce qu'il est célibataire ? demanda-t-elle en indiquant Nate du menton.

Shannon leva les yeux. Il se trouvait dans la foule près de Danny. Il était minuit, et presque personne n'avait quitté la salle.

— Oui, il est célibataire, répondit Shannon dans un soupir. Mais il n'est pas là pour très longtemps.

— Peu importe. Une nuit me suffirait.

Shannon fixa sa cousine d'un air mécontent. Ariel avait

transpiré et des mèches de cheveux lui collaient au visage. Elle haletait, sans doute moins parce qu'elle parlait de Nate que parce qu'elle venait de danser comme une folle sur un air à la mode… même si elle semblait bien décidée à lui sauter dessus.

— Si je fais une carte à son nom, tu vas devoir être rapide. Première arrivée, première servie.

— Pour ça, fais-moi confiance. Tu as vu comment j'ai attrapé le bouquet de la mariée ? rétorqua Ariel. Je déteste être seule. Dommage que ton gars ne reste pas plus longtemps, j'adore son rire. Ça compte beaucoup pour moi. Ça, et le sens de l'humour. On peut tout surmonter si on arrive à rire de quelque chose.

— Tu l'as rencontré ? demanda Shannon.

— Oui, dit Ariel en poussant un soupir. Mais il était en pleine discussion avec Danny. Je te jure, j'aurais pu faire un strip-tease intégral sans que ni l'un ni l'autre le remarque.

— J'en doute. Mais ils ont des choses à se raconter, ça c'est sûr. Ils ne se sont pas revus depuis l'université, je crois. Imagine, tous ces matchs à rattraper…

— Au moins, il m'a fait rire.

— L'humour figure aussi en haut de ma liste, commenta Shannon. Avec la gentillesse. Et le fait de partager en commun certaines valeurs…

— N'oublie pas qu'il doit aussi être doué au lit, renchérit Ariel, le cou toujours tendu pour essayer de voir Nate.

— Ah, de ce côté-là, je ne peux rien te promettre.

— Ne me dis pas que vous n'avez jamais couché ensemble… ?

— Non.

— C'est une honte !

— Pas sûr. J'avais treize ans quand il est parti.

— Hum… Vu sous cet angle… Seigneur, c'est une véritable étuve ici. Ils ne pourraient pas ouvrir les fenêtres ?

— Je ne crois pas que ça servirait à grand-chose avec cent cinquante ivrognes qui dansent comme des malades.

— C'est super, non ? repartit Ariel en souriant. Je veux un mariage comme ça, gai, amical. Avec plein d'alcool et de bonne nourriture. Enfin, si jamais je me marie un jour.

— C'est à ça que servent nos cartes à échanger.

Il y avait eu d'heureux précédents au club St Marks. Rebecca Thorpe et Jake Donnely, par exemple. Ils vivaient ensemble à présent, à moitié à Brooklyn et à moitié dans l'Upper East Side, songea Shannon. Ils étaient follement amoureux et finiraient probablement par se marier.

— Et toi ? lui demanda sa cousine. Tu voudrais te marier ?

— Oui, moi aussi. Les hommes avec qui je suis sortie étaient sympas, mais la magie n'était pas au rendez-vous.

— Parfois, je me demande si c'est trop, d'espérer de la magie, réfléchit Ariel à voix haute.

— Bien sûr que non ! Il y a forcément un peu de magie dans chaque belle histoire d'amour. J'en suis certaine, assura Shannon.

La maison de deux étages en brique était un vestige du New York d'autrefois. Elle appartenait à la famille Fitzgerald et, depuis le cours élémentaire, Nate y avait plus souvent trouvé un foyer que dans la sienne.

Le taxi s'éloigna, le laissant sur le trottoir avec une valise et un sac de voyage. Si le mal de tête consécutif au mariage persistait, son cœur s'allégea à l'approche de la porte rouge sur la Troisième Avenue à Gramercy Park. Il se sentit redevenir enfant. Il n'était pas revenu là depuis l'université, quand Danny était allé étudier le design graphique à Boston.

Il tambourina contre la porte avec le heurtoir, celui que M. Fitzgerald, dit M. Fitz, avait remplacé après l'incident du base-ball. Celui-ci était en forme de gourdin irlandais, plus sonore, et il le préférait à l'autre.

Il entendit des pas de l'autre côté de la porte, et Mme Fitz lui ouvrit. Alors, oui, il eut de nouveau huit, dix, ou quatorze ans, il fut de nouveau un enfant, un adolescent, car à ses yeux, elle n'avait pas changé. Oh ! elle avait les cheveux gris à présent mais, à part cela, il détecta très peu de signes de vieillesse chez cette femme à la peau pâle constellée de taches de rousseur. Et puis il y eut sa moue mécontente. Sa sempiternelle moue, qui décourageait certains, mais que lui connaissait par cœur. Il savait à quoi s'en tenir. C'était une maman qui se faisait du souci pour sa progéniture. Elle avait coutume de dire que la maison était plus effrayante quand le silence y régnait, et c'était vrai.

— Remue-toi, Nathan… Tu ne vas pas rester en plan comme ça, non, bougonna-t-elle avec une touche d'accent irlandais, même si elle était née et avait grandi à New York.

Il tira sa valise à roulettes dans le vestibule et posa son sac sur la banquette de bois, en s'attendant presque à retrouver ses après-skis rangés dessous comme autrefois.

— C'est bon de rentrer à la maison, dit-il.

Quand il se retourna pour sourire à Mme Fitz, elle lui souriait aussi, un fait rare et merveilleux.

— Tant que nous vivrons ici, mon garçon, tu seras chez toi.

Il était si heureux de la revoir qu'il l'aurait bien serrée dans ses bras. Elle avait été un élément moteur de sa vie et il ne pensait pas assez souvent à elle. Seulement, si les Fitzgerald avaient un cœur énorme, ils n'étaient pas câlins. A part Shannon, apparemment.

— J'imagine que tu as faim. Et tu devrais d'ailleurs commencer par grignoter quelque chose, vu que Myles et Alice dorment toujours. Myles a repris son ancienne chambre, tu te doutes bien. Ah là là ! Tous ces ivrognes de hooligans ont dormi ici après la fête.

— Des hooligans ? Tu ne parles quand même pas de tes fils, maman ?

C'était Danny qui descendait l'escalier, pas rasé, hirsute, dans un atroce T-shirt zombie.

— Et moi qui ai si bonne mine, reprit Danny plein d'autodérision. C'est sûr qu'on est arrivés en groupe cette nuit…

— Vous deux, mettez donc la table, dit Mme Fitz en partant vers la cuisine. Mon Dieu, on est neuf. Il va falloir apporter des chaises.

— Si je comprends bien, toute la petite bande est restée dormir ici ? demanda Nate.

— Shannon et Brady habitent ici. Mais Tim, moi et tous ceux qui sont mariés, on a dû rester aussi. Personne n'allait prendre le train à 3 heures du mat', répondit Danny en se grattant le ventre.

Nate enleva son manteau et le suspendit à une des patères de bois du vestibule.

— Qu'est-il arrivé à Gayle au fait ? lui demanda-t-il.

— La Gayle de Boston ?

— Oui.

— Elle m'a flanqué dehors en slip, persuadée que j'avais couché avec sa meilleure amie. La vérité m'oblige à dire que c'était vrai, mais on avait seulement dormi ensemble. J'étais complètement innocent, mais Gayle n'a rien voulu entendre. Elle m'a traité de tous les noms et m'a même accusé de n'avoir aucune classe ! répondit Danny, qui partit vers la cuisine en se grattant le derrière à travers son jean.

— Va comprendre, répliqua Nate en haussant les sourcils.

Il suivit son ami et, partout où il posait le regard, lui revenait une bribe de son passé. Il s'était cogné contre le bord de la grande table de bois un jour qu'il courait malgré l'interdiction des adultes. Pour sa défense, il était poursuivi par Myles, de six ans son aîné, et vraiment agressif.

Il traversa la cuisine et alla ouvrir la porte du cellier. Ce n'était pas l'accumulation de provisions — suffisantes pour nourrir une armée — qu'y conservait Mme Fitz qui l'intéressait, mais le tableau des tailles sur le mur. Il y retrouva son prénom et ceux de Danny, Tim, Myles, et Brady. Celui de Shannon n'y figurait pas, en revanche. Un détail qu'il avait oublié et dont il ignorait la raison.

— Pitié, dites-moi qu'il y a du café !

Cette voix claire, c'était… Shannon, même si son timbre avait évolué depuis l'enfance, se dit-il. Malgré lui, les souvenirs affluèrent. Il passa la tête par la porte du cellier et la surprit en robe de chambre, ses cheveux roux rejetés sur une épaule.

Une telle couleur paraissait onirique mais était pourtant bien réelle. Quand la famille Fitz se rendait à Coney Island ou au bord de la mer autrefois, les parents n'avaient aucun mal à repérer leurs enfants dans la foule : là où étincelaient leurs tignasses flamboyantes, là ils se trouvaient.

Bien sûr, Shannon attrapait toujours des coups de soleil. Sa mère avait beau la tartiner de crème, rien n'était capable de protéger sa peau de porcelaine, ni les ombrelles ni les T-shirts.

— Bonjour Shannon, lança-t-il en sortant du cellier.

— Oh ! fit-elle en portant une main à ses cheveux. Tu es là.

— Je viens d'arriver, répondit-il. En fait, je suis chargé de mettre la table.

— Maman est une esclavagiste.

— Si tu crois que je ne t'ai pas entendue ! cria Mme Fitz en feignant la colère. Allez, tu ferais mieux de boire ton café et de t'habiller. On a une maisonnée à nourrir.

Shannon se retourna vers sa mère, qui était plantée devant la cuisinière et s'écria :

— C'est quand même dingue que pas un homme ne sache cuisiner seul dans cette maison ! Pas un seul !

Elle s'était planté les mains sur les hanches et, une fois encore, Nate fut abasourdi par la nouveauté de ses courbes si féminines. Cela lui paraissait impossible. Mais bon, lui aussi avait changé.

— Tu sais comment sont tes frères, protesta sa mère. Si on les laissait faire, ils ne mangeraient que des cochonneries.

— Eh bien, c'est ce qu'ils méritent. Des cochonneries ! rétorqua Shannon en se retournant vers Nate. Surtout, ne t'avise pas de demander *qui* achète les bonbons, les chips, les biscuits, les gâteaux et tout ce qu'il y a de plus gras dans cette ville.

— Loin de moi cette idée, répliqua-t-il un sourire aux lèvres.

— Je vois que tu auras au moins appris la prudence au fil de tes années de pérégrination.

— Que ta mère a le cœur sur la main et qu'elle veut le bonheur de ses fils ? poursuivit-il. Oui, ça, je l'avais saisi.

Mme Fitz marqua son approbation d'un signe de tête et continua à remuer ce qui sentait bon le ragoût de bœuf. Shannon sourit à Nate, lui tapota le bras et s'en fut vers la cafetière gigantesque qui occupait la moitié du plan de travail, lequel était particulièrement inadapté.

La maison était grande pourtant, mais surtout en hauteur. Les pièces avaient une hauteur sous plafond de trois mètres mais des dimensions réduites. La vieille table de chêne sur laquelle il avait dévoré d'innombrables bols de céréales était trop grande pour le coin petit déjeuner. Même le salon n'était pas adapté à son ameublement. Combien de matchs avait-il regardés sur ces canapés et ces fauteuils, il n'aurait su le dire. C'était une loi des hommes du clan Fitz. Si la télévision diffusait un match, quel qu'il soit, on pouvait être sûr de trouver les mâles de la famille scotchés devant.

Et puis il y avait les casse-croûte, les grands dîners de viande et de pommes de terre, avec assez de chou pour dégoûter un Polonais.

— C'est ça qui manque, réfléchit-il tout haut.

La phrase lui avait échappé. Danny, qui se servait un café, Shannon, qui buvait le sien, et Mme Fitz le dévisagèrent, perplexes.

— Le chou… L'odeur du chou dans la cuisine, précisa-t-il avant de comprendre son erreur stratégique.

Autant déclarer haut et fort que la puanteur lui manquait ! Nate balbutia quelques secondes avant de se reprendre :

— Je rêve d'un bon vieux ragoût au chou, madame Fitz. J'y pense encore après toutes ces années.

— Eh bien, ton vœu sera exaucé, lui répondit-elle en se retournant vers sa marmite. L'avantage, c'est qu'avec la nouvelle hotte, ça n'empestera plus toute la maison.

Il secoua la tête en lui souriant. Comme il était heureux de se retrouver ici ! C'était tellement mieux que l'hôtel ! Il aurait dû penser à lui demander l'hospitalité avant de quitter l'Indonésie.

— Danny m'a dit que tu travaillais avec des réfugiés, dit Mme Fitz en s'essuyant les mains sur un torchon.

— Oui, la plupart du temps, répondit-il alors qu'on lui tendait une pile d'assiettes. Je travaille pour l'International Rescue Committee. Ce sont eux qui établissent mon planning.

— Voilà qui est intéressant ! Dis-nous en quoi ça consiste, reprit Mme Fitz en lui faisant signe de continuer.

— J'arrive sur le terrain après le passage d'une catastrophe naturelle et j'aide à planifier et à mettre en œuvre le redéveloppement. Nous essayons dans la mesure du possible de récréer les villages et les villes, même si un nouvel agencement serait mieux. Perdre tout ce qu'on connaît dans un tsunami ou un tremblement de terre a de quoi désorienter. Alors, on étudie les vieilles photos, les dessins, les plans, et on essaye de comprendre comment rendre d'abord leur équilibre aux gens, et ensuite ajouter quelques améliorations.

Il jeta un œil à Shannon. Son bol près de sa bouche, elle avait suspendu son geste et l'écoutait. Lui-même avait beau parler à Mme Fitz, c'était elle qu'il regardait… Il s'obligea à tourner la tête de nouveau vers son hôtesse.

— Ce travail est parfois très dur, ce sont des défis permanents, mais il procure d'immenses satisfactions.

— Je n'arrive même pas à l'imaginer, marmonna Mme Fitz.

Non, elle ne pouvait pas, il en était certain. Elle ne pouvait pas imaginer les conditions, la sueur, la dévastation, l'angoisse terrifiante dans les regards.

Soudain, le silence se fit dans la cuisine, une rareté dans cette maison. Mince ! Il avait donné trop de détails, et l'ambiance était devenue soudainement grave. Il ne cherchait pas à donner une image pittoresque de la misère de ces victimes, mais juste une image vraie, à même de faire comprendre aux gens que tout le monde ne jouit pas d'une vie confortable. Toutefois, la mine compatissante de Shannon le toucha… et il se promit de ne plus parler de tout ça.

— Emmène Nate à l'étage, Shannon, dit Mme Fitz, rompant finalement le silence. Il n'a pas encore vu les travaux.

— Tout de suite ? s'enquit-elle.

— Tu préfères attendre que le déjeuner soit froid ?

— Viens, je vais te faire faire le tour du propriétaire, dit Shannon à Nate, une main agrippée à son bol et l'autre dans sa poche. Ce qu'a fait maman de la chambre de Danny va te plaire.

— Eh, se plaignit ce dernier, il est censé m'aider à mettre la table. Et je vous préviens, ma chambre ne ressemble à rien, c'est le bazar.

— Mais qu'as-tu fichu ? Tu n'y as passé qu'une seule nuit ! s'exclama Mme Fitz.

— Rien, m'man. Pas de quoi t'inquiéter.

Nate laissa Danny à ses corvées domestiques et suivit Shannon dans l'escalier. Il se réjouissait de revoir les photos alignées sur le vieux papier peint ivoire, mais en fut vite détourné par un spectacle autrement plus intéressant : le balancement voluptueux des hanches qui le guidaient dans la maison…

- 3 -

Shannon avait été de ces enfants qui aiment la scène et la lumière des projecteurs et qui s'épanouissent chaque fois qu'ils dansent ou qu'ils chantent en public. Il avait été forcé d'assister à bon nombre de ses récitals et reconstitutions historiques. Il s'y ennuyait chaque fois à mourir, mais y allait quand même. Danny et lui s'ingéniaient à perturber le spectacle et y arrivaient d'ailleurs assez bien, ne perdant pas totalement leur temps. Mais cette fois, c'était Shannon qui menait la danse. Jamais il ne l'avait vue onduler des hanches ainsi.

Elle le conduisit à l'ancienne chambre de Danny, où il avait dormi d'innombrables fois. Elle sourit en poussant la porte et jeta un coup d'œil à l'intérieur avant d'entrer vraiment.

— Une salle de couture ? s'enquit-il avec surprise.

— Pas seulement, répondit Shannon. C'est aussi une bibliothèque, un boudoir, une salle de tricot, un havre de paix. Un endroit où échapper aux barbares et à leurs jeux de sauvages.

— J'ignorais que ta mère avait toutes ces activités.

— Elle… élargit ses horizons, déclara Shannon, même s'il y avait bien plus à dire, s'il déchiffrait correctement son expression.

— A-t-elle pris sa retraite ?

— Oui, elle s'occupe toujours de la comptabilité de l'imprimerie quand je suis débordée mais, depuis que Brady a pris la direction, elle a décidé de faire autre chose que la cuisine, le ménage ou le rangement.

En parlant de rangement, songea Nate, Danny avait eu raison de les mettre en garde. Ses vêtements étaient éparpillés sur ce qui ressemblait à un fauteuil relax très confortable. Il y en avait partout, et même jusqu'à la poignée de porte du placard.

— Au moins, Danny n'a pas changé, lui, glissa-t-il d'un ton espiègle.

Shannon se pencha vers Nate et baissa la voix :

— Pour être honnête, il n'a pas si mal tourné que ça… Il se débrouille comme un chef dans sa boîte de publicité. Ne lui répète surtout pas que je te l'ai dit, mais il est vraiment bon. Il a un don.

Trop occupé à inspirer son parfum à la fois frais et sensuel, il faillit passer à côté de ce qu'elle venait de dire.

— Attends, est-ce que je suis bien chez les Fitzgerald, là ? Non, je me suis sûrement trompé de maison. Toi ? Dire du bien de Danny ?

— C'est sûrement parce que je ne le vois pas souvent. L'absence renforce la tolérance, rétorqua-t-elle d'un air mutin.

— Tiens, tiens, voilà qui est étonnant.

— C'est pourtant la vérité, répondit-elle en lorgnant la pile de pelotes de laine repoussée dans un coin. Au fait, tu es prévenu. Tu ne partiras pas d'ici sans au moins une demi-douzaine de nouvelles écharpes en laine.

— Eh, je travaille en Indonésie ! Température annuelle moyenne, 27 degrés, taux d'humidité, 90 %…

— Comme si ça pouvait la décourager ! Oh ! Que je te dise… Les couleurs seront hideuses, aussi.

— Eh bien, je suis déjà impatient de voir ça, assura-t-il en riant.

— Non, c'est faux, dit-elle en regagnant le couloir. Mais tu pourras toujours les donner. Elles sont vraiment chaudes.

Il s'avança dans le couloir à sa suite. Combien de souvenirs ! C'est alors qu'il se rappela cette petite pièce qu'à l'époque il dédaignait tant, mais qui maintenant…

— Et ta chambre ? lui demanda-t-il.

— La mienne ? Elle est toujours trop petite.

— J'aimerais bien la voir.

Pendant un long moment elle le fixa, les lèvres entrouvertes. Puis elle les humecta nerveusement.

— Pourquoi ?

Il sentit son ventre se nouer. Bon sang, il avait de nouveau douze ans, quand il s'était fait pincer à jeter un œil au *Playboy* de M. Fitz !

— Par curiosité, affirma-t-il. Est-ce que l'habitat naturel de la petite Shannon d'autrefois a évolué ?

Elle haussa les épaules.

— Comme tu voudras. C'est la deuxième porte.

— Je sais.

Il se fourra les mains dans les poches, soudain gêné. Avait-il pris la bonne décision en débarquant ici ? Après tout, ce n'était pas comme s'il ne pouvait pas se permettre de séjourner à l'hôtel, et ça aurait probablement été plus sage. Car le vrai problème, c'était Shannon. Il ne s'était pas attendu à la revoir, ou du moins, pas à la redécouvrir dans ce corps parfait de femme épanouie.

— Est-ce que ça ne va pas être trop bizarre ? demanda-t-il tout à coup en se figeant.

— Quoi donc ? dit-elle en écarquillant les yeux mais sans le leurrer une seule seconde.

Elle avait les pupilles dilatées et, au bas de son cou, son pouls battait autant que le sien.

— Peut-être que ce n'est pas une bonne idée, susurra-t-il.

— Ne sois pas bête, souffla-t-elle en lui posant une main sur le bras, avant de lui prouver qu'il avait vu juste en la retirant trop vite. On va pratiquement avoir tout l'étage pour nous. Brady dort au bout du couloir, mais il passe presque toutes les nuits chez sa petite amie.

Ces derniers mots n'auraient pas dû le ravir à ce point. Pas du tout, même. Et pourtant…

Il fallait, pour le bien de tous, qu'elle calme sa nervosité et se comporte avec naturel. Il voulait voir sa chambre ? Eh bien, soit, il n'y avait pas là de quoi déduire mille et une choses, de toute façon, ce n'était pas comme s'il ne l'avait jamais vue. Combien de fois Nate s'y était trouvé, quand elle leur hurlait, à Danny et lui, de la laisser tranquille, ou qu'elle appelait sa mère à grands cris en leur jetant une peluche à la tête. Mais ce n'était plus une chambre de petite fille et il n'était plus ce Nate d'autrefois.

Elle le vit marquer une hésitation alors qu'ils arrivaient devant sa porte.

— Pardonne-moi, j'aurais peut-être dû te demander l'autorisation, et non pas exiger d'autorité de revoir ta chambre. Je suis un malotru, tu vois, je n'ai pas tant changé que ça…

Elle sourit.

— Je ne suis pas une sauvage. Ma chambre est suffisamment en ordre pour accueillir les visiteurs surprise, dit-elle avant de noter une pointe d'incertitude dans ses yeux.

Elle se figea, prit une grande inspiration puis lui dit avec franchise :

— Je crois qu'il va nous falloir un peu de temps pour nous adapter à la situation. Tout ça est un peu étrange. On s'est quittés enfants et on se retrouve adultes…

— Tu crois qu'on s'apprécie toujours ? lui glissa-t-il d'une voix qui la remua au plus profond d'elle-même.

— Toujours ? Parce qu'on se serait appréciés ? ironisa-t-elle en tâchant de ne rien laisser paraître de son trouble. On était gosses, et à l'époque, tu n'arrêtais pas avec Danny. Ton devoir consistait à me faire tourner en bourrique.

— Et maintenant ?

Son corps se contracta quand elle croisa son regard chaleureux et direct.

— Contrarie-moi un peu pour voir, et je plaque ton lit contre le mur !

— Ah, la chambre a donc un service d'étage ? riposta Nate en souriant.

Elle retrouva le garçon qu'elle avait connu, farceur, taquin, et se détendit un peu.

— Un service d'étage et une femme de chambre, oui, oui, répliqua-t-elle en posant la main sur sa poignée de porte. Va donc parler de ça à maman, tu verras bien sa réaction.

Nate fit la grimace en imitant un homme qu'on vient de blesser.

— Je vois, tu essaies de te débarrasser de moi, lui lança Nate. D'ailleurs, je ne sais toujours pas pourquoi tes parents m'ont hébergé.

— Ce sont de grands sentimentaux. Ils ne nous ont même pas demandé de leur payer un loyer, à Brady et à moi et, quand j'ai commencé à le faire, j'ai découvert qu'ils déposaient mes chèques sur un compte d'épargne pour moi, expliqua-t-elle.

— C'est vraiment adorable.

— Oui, vraiment. Avec le recul, je crois qu'ils ont pensé que tu avais besoin du cocon d'une grande famille.

Il sourit encore.

— Mes parents ont fait des efforts, lui répondit-il. Vraiment. Ils nous aimaient, mais ils n'avaient pas le don pour élever des enfants.

— Je sais. Mais notre maison t'offrait un refuge utile de temps en temps, non ?

— C'était génial, tu veux dire !

— Ah, voilà, maintenant je retrouve mon bon vieux Nate.

A ces mots, elle se sentit redevenir elle-même, c'était un bon début alors qu'elle allait enfin lui ouvrir la porte de sa chambre. Sa chambre de femme.

— Bon, prêt pour la révélation ?

Elle poussa un soupir et reprit :

— C'est dur de devoir toujours vivre chez ses parents,

même si ça devient de plus en plus commun pour les gens de mon âge, merci la crise.

— C'est plutôt une chance, je trouve. Tu as toujours été très connectée à ton clan. C'est une chose que je t'envie.

— Tout dépend de la raison pour laquelle on le fait, dit-elle en ouvrant sa porte et en s'effaçant pour le laisser entrer.

Elle l'observa attentivement. Il ne fit que quelques pas à l'intérieur mais regarda partout. Son grand lit aux draps pastel, la touche lilas sur les murs et dans le fauteuil de lecture. Elle se demanda s'il se souvenait de tous ses posters de boys-bands, de Doogie Howser ou de Jonathan Taylor Thomas. A l'époque, le rose dominait, il y avait un baldaquin et des peluches. Une vitrine pleine de ses tiares et de ses trophées de Little Miss Gramercy, de Little Miss Manhattan et plus d'une douzaine d'autres. Certains étaient toujours exposés dans le salon près des trophées sportifs des garçons.

— J'avais raison, dit Nate.

— A quel sujet ?

— Ton bon goût. Mais la chambre n'est plus tout à fait la même sans le portrait de Leonardo DiCaprio, dit-il en se dirigeant vers un des dessins exposés sur le mur.

C'était une chambre ordinaire, petite et bien rangée, et très lumineuse. Il y avait un livre ouvert sur la table de chevet, un châle drapé dans le fauteuil. C'était confortable, calme, une sensation qu'elle avait rarement connue dans son enfance.

— Je passe de moins en moins de temps dans des maisons ou des lits, déclara soudain Nate. Parfois, j'ai la chance d'avoir une paillasse. Je me suis même habitué à dormir dans des hamacs.

— Qu'est-ce qui t'a attiré au loin ? Danny a dit que tu as voulu apporter ton aide après le tsunami, mais il n'a jamais dit pourquoi.

Nate se retourna, et il lui parut si affirmé, si sûr de lui.

Il portait un jean, une chemise Henley et des bottes, et elle l'imagina en train de travailler, de se salir les mains. Que de différence par rapport au jeune homme qu'elle avait connu autrefois ! Après ses années terribles d'adolescence, et avant son départ, elle se souvenait de lui surtout comme d'un lecteur. A l'époque, il aimait aussi l'architecture. L'idée de suivre les traces de son père ne semblait pas le contrarier. Son engagement humanitaire avait donc été pour elle une vraie surprise.

C'était peut-être affreux de dire ça, mais elle n'aurait jamais imaginé qu'il puisse déroger beaucoup à ses habitudes. Visiblement, elle s'était lourdement trompée.

— Ce qui m'a attiré dans l'humanitaire, répéta Nate pour lui-même… Je ne sais pas trop, à vrai dire. Je fuyais, je crois.

— Etait-ce si terrible que ça ?

— Non. Ce n'est pas comme si j'avais été maltraité. Je ne sais pas. Je crois que j'avais lu trop de romans d'aventures et que je voulais en vivre quelques-unes avant de me poser.

— Tu n'en as pas encore fini, à ce que je vois, répliqua-t-elle.

— Non. Pas encore.

— Quand sauras-tu qu'il te faudra repartir ? lui demanda-t-elle.

— Quand ?

Shannon fit oui de la tête.

— Aucune idée. Pour te dire la vérité, je ne me projette pas trop dans l'avenir. Tout est si immédiat, si réel, que j'ai du mal à anticiper. C'est agréable de revenir ici, de modifier ma perspective, dit-il en effleurant le bord du lit. Ta nouvelle chambre me plaît bien. Elle est calme, elle est jolie, et ta présence y est partout.

Shannon aurait bien aimé l'interroger plus avant sur sa vie d'aventurier, mais elle fut intriguée par sa dernière remarque.

— Ma présence… ? Que veux-tu dire par là ?

Il se dirigea vers la commode.

— Affiches de théâtre, parfum, souches de tickets, conférences… Ça m'étonne que tu n'aies pas fini sur les planches. Tu aimais tant ça quand tu étais petite.

— Certains diraient que j'ai fait de ma vie une scène de théâtre.

— Et toi, que dirais-tu ?

Elle éluda d'un geste.

— Les ventes, le marketing, c'est un peu comme jouer la comédie, non ? De toute façon, je suppose que maman doit commencer à s'impatienter. On ferait mieux de descendre.

Il hocha la tête et prit le temps de jeter un dernier coup d'œil à sa chambre.

— C'est la maison et en même temps ça ne l'est pas, dit-il tout bas.

— Pardon ? dit Shannon sans trop savoir s'il lui avait parlé ou s'il avait soliloqué.

— Je suis content d'être ici. J'avais oublié que j'avais tant de souvenirs précieux.

— Des souvenirs de New York ?

— Non. De cette maison. De cette famille. De toi.

— De moi, la Princesse casse-pieds ? Quels souvenirs voudrais-tu garder de la petite fille que tu trouvais si insupportable ?

— A l'époque, tu étais la plus jolie petite fille qui soit. Au moment où je me suis préparé pour l'université, tu es devenue encore plus belle. Et maintenant, tu es…

Elle perçut le feu qui lui montait aux joues. Aïe. La situation allait devenir compliquée.

— Je suis… ?

Il prit une grande inspiration et déclara d'un air un peu brusque :

— On nous attend pour manger.

Il passa devant elle et sortit.

Shannon se passa les mains sur les joues. Elles étaient

brûlantes. Un trouble l'envahit. Mon Dieu, que venait-il de se passer ?

Nate, qui avait surmonté le décalage horaire et s'était adapté aux bruits de la ville, s'éveilla avant la sonnerie du réveil. Il avait repris l'habitude de dormir dans un lit.

En revanche, celui de Myles était des plus inconfortables. Il était complètement défoncé. Tous les matins, il se réveillait avec le dos en compote. Sous la douche le plus chaude possible, il se demanda s'il ne devrait pas changer la chambre de Myles pour celle de Danny, mais la chose lui paraissait difficile vu que c'était à présent le sanctuaire de Mme Fitz.

Bon, il ne pouvait pas se plaindre. Quelques massages suffiraient. La douche avait un peu atténué ses courbatures, mais il était en retard à présent. Il acheva de se raser, vérifia que la serviette autour de sa taille était solidement nouée et, tandis qu'il ouvrait la porte de la salle de bains pour regagner sa chambre, percuta directement Shannon sur le seuil.

Oups ! Il lâcha un glapissement de surprise presque aussi aigu que celui de Shannon.

— Désolé, vraiment, s'excusa-t-il en bredouillant.

Elle avait reculé d'un pas et resserré sa robe de chambre.

— Non, ce n'est rien, balbutia-t-elle, mais je ne m'attendais pas à…

Son regard avait glissé de son visage à son torse. Et restait scotché dessus. Il jeta un coup d'œil pour vérifier. Non, sa serviette n'avait pas bougé.

Elle lâcha le pan de sa robe de chambre et pointa du doigt ses abdos.

— Quand est-ce que tout ça a poussé ? demanda-t-elle d'un air ébahi.

Il ne put que rire. Il avait été autrefois un garçon relativement malingre, mais le travail de force abondait outre-mer et il se maintenait en forme entre deux missions. Il lui retourna le geste en désignant plus précisément sa poitrine.

— Et ça ? Quand est-ce que tout ça a poussé ?

— Un point pour toi, dit-elle en riant, un peu mal à l'aise. Mais, bravo, je dois dire que je suis impressionnée.

— Et moi donc, répliqua-t-il du tac au tac.

Elle toussota.

— Ouste, du vent, maintenant. Il faut que je prenne ma douche.

Elle avait prononcé ces mots sur un ton amical, mais le rouge de son visage ne lui avait pas échappé alors qu'elle passait en toute hâte devant lui.

— Gare à toi si tu as pris toute l'eau chaude.

— Est-ce que je te ferais une chose pareille ?

— S'il te plaît, dit-elle en se retournant, son regard survolant son torse avant de remonter vers le sien.

— Oui, bon… L'eau sera peut-être un peu froide, désolé… Mais ce n'est pas ma faute. Est-ce que tu as jamais dormi dans le lit de Myles ? Entre nous, c'est une horreur ! Un hamac serait presque plus confortable…

— Hum, marmonna-t-elle. Et c'est ce qui explique qu'il n'y ait plus d'eau chaude ?

— Heu, oui… Rien de tel que l'eau chaude pour faire passer les courbatures. Mais à ta place, je ne m'attarderais pas sous la douche.

Lui non plus ne pouvait pas s'attarder. Enfin, pas s'il voulait sauver la face. C'était la faute de Shannon, après la manière dont elle l'avait regardé !

Elle poussa un soupir.

— J'aurais dû être plus prévenant, et je le serai dorénavant, dit-il en lui effleurant le bras. J'ai perdu l'habitude, pardon.

Elle suivit des yeux l'endroit où il l'avait touchée, et quand elle les releva vers lui, il comprit que quelque chose avait changé. Plus rien ne serait simple à présent. C'était une très belle femme. Pas une enfant, ni une adolescente. Il avait passé quelques heures sans sommeil à songer à la pâleur de sa peau, à sa chevelure d'un roux si flamboyant, et jusqu'à ses parties les plus intimes. Rêver d'une femme qu'il avait connue petite lui avait fait une drôle d'impression cette nuit, mais ce n'était plus le cas. Les choses s'éclaircissaient. Shannon était une femme maintenant. Une femme magnifique. Il la désirait, et il était certain que ce désir était réciproque.

Il l'entendit s'éclaircir la gorge, et la vit entrer précipitamment dans la salle de bains en refermant la porte sur elle.

Cette vision fugace l'électrisa. Bon sang, qu'allait-il faire maintenant ? Première chose : regagner sa chambre pour ne pas être surpris à moitié en érection au beau milieu du couloir. Il fila dans la chambre de Myles. Cette chambre mitoyenne à celle de Shannon. Il prit une profonde inspiration. Shannon se douchait en ce moment même. Nue. Il imaginait sa peau de porcelaine, ses seins. Ses mamelons devaient être aussi roses que ses joues quand elle s'empourprait.

Et lui qui était là, à côté d'elle. Comment résisterait-il ?

— Attends, dit Shannon à Nate. Viens ici et mets-toi devant la cheminée.

— Pourquoi ? demanda-t-il.

— Juste une seconde ! Il me faut des photos.

Il se rembrunit, la regarda, mais s'exécuta.

— Pour quoi faire ?

— Un blog sur le quartier. Ce n'est pas grand-chose, mais c'est moi qui édite ce truc et j'ai besoin de contenu.

— Eh, attends une minute. Que vas-tu écrire ?

Il s'était placé devant la cheminée et avait posé une main sur le manteau.

Il ne se rendait pas compte qu'il avait pris la pose, songea-t-elle. Elle saisit son téléphone portable et prit vite autant de photos que le lui permit la mise au point de l'appareil.

— Que tu as une vie aventureuse et héroïque, dit-elle en se déplaçant pour changer d'angle.

Puis elle actionna le zoom. Il était superbe dans ce costume sombre, sans cravate, la chemise blanche ouverte au col. Hum, peut-être pas aussi sexy que ce matin, torse nu et serviette roulée autour des hanches, cela dit… Elle l'aurait d'ailleurs bien pris en photo dans cette tenue, sur le seuil de la salle de bains… Elle appuya encore sur le déclencheur en changeant de côté.

— Je vais parler de toi sur mon blog. Après tout, tu es un enfant du pays, dit-elle en souriant. Ça sera une belle histoire à raconter.

— Combien de gens lisent ton blog ?

— Oh ! pas mal.

— Ne m'en veux pas mais, franchement, ça ne m'emballe pas vraiment. Il y a des gens que je n'ai pas envie de voir. J'avais espéré une visite discrète.

— Oh ! oui, bien entendu. J'attendrai ton départ pour publier l'article. Et je veillerai à dire du bien de ton ONG. Je me suis renseignée et, tous, vous faites un travail formidable.

— Merci. Oui, c'est vrai. La mention leur fera plaisir, dit-il en consultant sa montre. Je suis désolé, mais il faut vraiment que j'y aille.

— O.K., répondit-elle en lui volant une ultime photo.

— Mais je voudrais lire l'article que tu feras sur moi, s'il te plaît. Promets-moi de ne rien faire sans mon accord ! martela-t-il.

Elle allait répliquer mais se ravisa. Tout cela n'avait que peu d'importance, au fond. Elle n'aurait aucun mal à ne pas parler de lui sur son blog, puisque cette séance de pose avait un tout autre but… les cartes à échanger.

— Marché conclu, dit-elle.

— Merci. A ce soir ?

— Peut-être chez Molly's ?

Il sourit en passant devant elle.

— Parfait, chez Molly's. Excellente idée !

Elle le regarda partir en n'en revenant toujours pas de sa réaction du matin. Quand elle était tombée sur Nate à moitié nu, devant la porte de la salle de bains, elle n'avait pu retenir un cri. Mais aussi, comment aurait-elle pu s'attendre à de tels changements ? Il avait été un de ces gamins longs et filiformes, comme ses frères. Sauf Myles, après la puberté. Lui s'était gagné un vrai harem en intégrant l'équipe de football de l'université, et cela n'était pas grâce au rembourrage des maillots.

Bref, Nate avait une silhouette plutôt banale, quoique mince, la dernière fois qu'ils étaient allés ensemble à la piscine. Il avait dix-sept ans et elle douze, et elle l'avait menacé de noyade s'il n'arrêtait pas de l'arroser avec son pistolet à eau.

Maintenant en revanche… Il n'avait plus rien d'ordinaire. Ce n'était pas non plus un champion bodybuildé, c'est juste que ses muscles, hum, étaient parfaitement sculptés. Dessinés. Qui aurait dit qu'elle le reverrait des années après avec de tels abdominaux ?

Elle avait donc réagi… comme aurait réagi toute femme. Mais être attirée par Nate lui semblait pour le moins anormal.

Bon, d'abord, établir sa carte à échanger. Et la faire circuler. Dans le fond, c'était mieux de ne pas l'avoir pris en photo torse nu, il y aurait eu une émeute à St Marks.

Alors que son esprit vagabondait, elle entendit sa mère l'appeler depuis la cuisine. Elle sortit de ses pensées puis jeta un coup d'œil à la pendule. Allons, elle avait une grosse journée de travail devant elle, sans parler de la carte de Nate.

Certes, celle-ci pouvait attendre un peu. La prochaine réunion à St Marks ne se tiendrait pas avant une semaine. D'ici là, il lui faudrait trier ses photos et sélectionner la meilleure.

— Je vais manger quelque chose à l'imprimerie, dit-elle à l'adresse de sa mère en décrochant son manteau. Je serai là-bas toute la journée.

— Ne prends pas de beignets ! lui dit sa mère. Ton père va encore s'empiffrer.

Shannon ouvrit la bouche pour protester, et finit par pousser un gros soupir.

— Comment as-tu deviné que c'est pile ce dont j'avais envie ?

— Je suis ta mère. Tu n'as pas de secrets pour moi.

— Ah tu crois ça ! dit-elle en fourrant son portable dans son sac.

— Steven Paterson et toi, vous êtes sortis ensemble à Coney Island.

Shannon se figea en écarquillant les yeux.

— Mais de quoi parles-tu ?

Sa mère éclata de rire.

— N'essaye pas de me prendre pour une idiote, ma fille. Je connais même tes secrets d'adolescente !

Shannon s'avança vers la porte, confuse. Steven Paterson… Avec lui, elle avait été se faire un tatouage… Elle ouvrit la porte mais ne fit qu'un pas à l'extérieur.

— Heureusement que le tatouage n'était pas vulgaire ! lui cria sa mère. Ça, ça m'aurait franchement contrariée…

Shannon ferma la porte derrière elle et fit tout le trajet jusqu'au métro avec les joues rouge vif.

Depuis combien de temps était-il planté devant la barricade séparant le chantier de la rue, Nate n'en avait aucune idée, mais son café était tiède, pour ne pas dire froid, quand il se décida enfin à le boire. La clôture grillagée lui était aussi familière que le bruit des grues et des pelleteuses Brenner & Gill. Brenner. Son père. Depuis son décès, il avait hérité de la moitié de la firme. Et d'ici environ un quart d'heure, il verrait Albert Gill, l'associé.

Il le connaissait depuis longtemps sans pour autant être intime avec lui. Il avait une femme, Patty, et deux filles, Melody et Harper. Il y avait eu des dîners de Noël, que les

Gill célébraient, et d'autres de Hanoukka, mais ses parents n'étaient pas très pratiquants. Toutefois, les deux familles n'avaient jamais été amies. Il faut dire que son père n'était pas doué pour l'amitié. C'était presque un miracle qu'il se fût marié, lui qui préférait la solitude.

C'est ainsi qu'ils l'avaient trouvé, un lundi matin, écroulé sur sa table à dessin. Il était mort le vendredi dans la soirée. Sa mort avait été rapide et il ne l'avait sans doute pas vue venir, avait dit le médecin légiste.

Nate était rentré pour les obsèques mais ne s'était pas attardé. Pendant la cérémonie, il avait appris avec surprise que sa mère et Leah ne s'étaient pas inquiétées de tout le week-end. Personne ne l'avait cherché, personne n'avait trouvé son silence anormal. C'était impensable. En portant le deuil de son père, néanmoins, il n'avait plus trop su quoi penser, car Frank Brenner avait été un père absent, distant. Il faisait acte de présence lors des événements importants, il avait payé les études de son fils, mais leur relation n'était qu'une succession d'attentes et de conditions. Et comme Nate avait abandonné l'idée d'être le fils idéal après l'obtention de ses diplômes, que lui restait-il ? Pas grand-chose, en vérité.

Il jeta un coup d'œil à sa montre. Il avait rendez-vous avec Albert pour déjeuner, et il savait que la première demi-heure lui paraîtrait fastidieuse vu qu'elle serait consacrée aux souvenirs. Pourvu qu'on les serve rapidement ! Le repas constituerait une distraction essentielle avant qu'ils en arrivent au cœur du sujet.

L'entreprise était menacée. Albert souhaitait reprendre ses parts, et Nate attendait beaucoup de ce déjeuner : il voulait le faire parler, décrypter ses plans, en apprendre autant que possible avant d'aller voir son avocat.

Il y avait beaucoup d'argent en jeu. Edifier des saletés d'immeubles commerciaux rapportait gros. L'entreprise était réputée, et on ne la fermerait pas ainsi, après une simple poignée de main. C'était Albert qui l'avait dirigée, qui avait défini les conditions, passé les marchés, trouvé les financements. Son père concevait les bâtiments et supervisait les travaux. Albert avait des amis, de nombreux amis. Il avait de l'entregent et était futé. Pas de doute, il réclamerait une somme importante.

Nate serra les poings. Albert aurait la part qui lui revenait, ni plus ni moins. Il jeta de nouveau un œil à sa montre. Il était temps. Il s'en fut vers le restaurant, non loin du chantier, prêt à mener la discussion. Totalement prêt, même. Peu de chose l'effrayait après avoir affronté si longtemps la réalité.

Cependant, il attendait le jeu, la confrontation, avec impatience. Le roi face au fou. Jouer aux échecs l'avait toujours passionné.

- 4 -

Le souffle court, Shannon arriva à l'entrée du Molly's Pub après une journée épouvantable. Nate était déjà là. Il lui avait envoyé un texto dix minutes plus tôt, et il avait bien fait car, plongée dans la comptabilité jusqu'au cou, elle avait perdu toute notion de l'heure.

Dans ce texto, il lui disait de ne pas s'inquiéter, qu'il se détendait devant un demi. Elle leva les yeux vers la vitre, sur laquelle on pouvait lire « Chez Molly's, débit de boissons » en lettres vertes, avant de tirer la porte en chêne.

Le temps que ses yeux s'ajustent à la pénombre, elle le repéra près de la cheminée, suspendit son manteau et s'en alla vers lui, le cœur battant.

Elle était là pour discuter avec lui, c'est tout. Ce serait une soirée agréable, mais sans plus. D'ailleurs, elle ne pensait plus du tout à ce qu'il s'était passé le matin, devant la salle de bains, à son torse nu et ses abdominaux saillants… Bon, d'accord, elle y pensait un peu, mais pas tant que ça. Il ne valait mieux pas. Ce ne serait pas bien. Ce serait idiot et cela finirait même par devenir gênant. Nate était un ami, et rien de plus. Il faisait partie de la famille, et même si ce n'était pas tout à fait vrai, cela suffisait à la mettre mal à l'aise.

Elle le salua de la main et le sourire qu'il lui adressa, tout à coup, suffit à lui remonter le moral.

— Enfin ! Je meurs de faim.

— Tu aurais dû commander quelque chose en m'attendant ! affirma-t-elle en s'asseyant sur la banquette face à lui.

— Je suis poli.

— N'importe quoi ! Tu es poli seulement quand tu veux quelque chose. Est-ce que Danny va venir ?

— Non. Il n'y a que toi et moi, dit Nate en buvant une gorgée de sa Guinness déjà bien entamée.

Elle regarda le menu, même si c'était inutile. Molly's était presque au pied de chez elle et elle y venait depuis toujours, avant même d'avoir l'âge autorisé par la loi d'ailleurs. A cette époque-là, bien sûr, ils ne la laissaient pas s'asseoir avec les clients mais l'escortaient vers une arrière-salle où elle dînait en buvant un verre de lait. Elle avait eu beau leur dire qu'en Irlande, même les enfants buvaient de la bière, on lui avait refusé ce plaisir jusqu'au jour de ses dix-huit ans. Enfin, c'était ce qu'elle avait fait croire à la famille.

— Comment a été ta journée ? demanda-t-elle, heureuse de la soirée qui s'ouvrait avec Nate.

— Instructive, répondit-il en attrapant la page des annonces du *New York Times,* dont plusieurs étaient entourées d'un cercle. C'est toujours aussi affreusement cher de vivre dans cette ville !

— Eh oui, dit-elle en repérant Ellen qui arrivait vers eux avec deux bières sur un plateau.

— Comment vas-tu, Shannon ?

— Très bien, je te remercie.

Ellen posa deux Guinness devant eux.

— Vous voulez manger, tous les deux ?

— Seigneur, oui, dit Nate. Un cheeseburger au bleu pour moi.

Shannon, qui voulait commander sa salade d'épinards habituelle, commanda la même chose.

Nate haussa les sourcils, suivi de près par Ellen.

— J'ai eu une sale journée ; j'ai faim ; alors pas de commentaires sur le cheeseburger, tous les deux.

Ellen s'éloigna et Nate se pencha en avant, coudes sur la table.

— Que s'est-il passé ?

— Je n'ai pas envie d'en parler. Parle-moi plutôt de ce que tu as trouvé dans le journal.

— Ah, dit-il en se concentrant sur la page des annonces. Tout le monde me dit que c'est la bonne période pour acheter parce que les prix sont au plus bas. Au plus bas de quoi ? Pas moyen de trouver une maison décente avec deux chambres à moins d'un million et demi.

— C'est comme ça à Manhattan, et ça le restera toujours, lui assura-t-elle. Les gens continuent à venir et ils continuent à payer.

— C'est complètement dingue, voilà ce que c'est.

Il plongea son regard dans le sien, et malgré la pénombre elle perçut une lumière dans ses yeux, une attention particulière. Pour la conversation, sans doute.

— La maison que vous avez doit bien valoir plusieurs millions de dollars à présent. Vous pourriez la vendre et prendre déjà votre retraite, tous. Vous installer ailleurs, n'importe où, sauf peut-être Londres et Paris, et vivre comme des rois jusqu'à la fin de vos jours. Et si vous vendiez l'imprimerie, en même temps ?

— Crois-moi, de tels projets ne sont pas à l'ordre du jour. La maison est dans la famille depuis des générations. On n'est pas prêts à la lâcher. Pas plus que l'imprimerie, d'ailleurs ! Quelle idée ! s'écria-t-elle avec fougue.

Il resta bouche bée face à elle, et elle vit l'expression de désir de son regard se muer en inquiétude.

— Je n'entendais rien de précis par là, dit-il. C'était juste une idée en passant.

Elle but une gorgée de bière afin de reprendre contenance. Puis elle lui sourit.

— Je sais. Je n'aurais pas dû réagir aussi vivement, pardon. Je te l'ai dit, j'ai eu une journée épouvantable.

— Est-ce que tu as déjeuné ?

— Euh, oui, pourquoi ? répondit-elle, perplexe.

— Je me rappelle que lorsque tu étais petite, tu détestais attendre trop longtemps pour manger. Et tu pouvais être d'un pénible dans ces moments-là ! lança-t-il en lui faisant un clin d'œil.

— O.K., un point pour toi. J'avoue que j'aurais peut-être dû manger plus aujourd'hui. C'est amusant que tu te souviennes de ça.

— Disons simplement que j'ai emmagasiné là-dedans, dit-il en se tapotant le crâne, de quoi faire chanter pas mal de monde…

Elle fit mine de se couvrir la bouche pour tousser mais glissa d'une voix assez forte pour que Nate l'entende :

— Et ton caleçon Mickey !

— Touché ! s'exclama-t-il en riant. Mais, attends une minute, je crois me souvenir d'une phrase que j'ai entendue pendant des années… ça faisait quelque chose comme : « Mon petit poney, emmène-moi dans ton pays magique ! »

— Oh ! Ils étaient mignons comme tout, ces poneys ! Et tout à fait convenables pour une enfant de mon âge.

— Eh bien figure-toi que je ne portais plus de caleçon Mickey au lycée. Tu savais ça ?

— Non, je ne le savais pas, répondit Ellen.

Ils levèrent en même temps les yeux vers la serveuse, qui souriait. Elle disposa leurs couverts devant eux et tapota la tête de Nate.

— Ça fait plaisir de te revoir, dit-elle avant de s'éloigner de nouveau.

— Hum, et moi qui pensais que les murs n'avaient pas d'oreilles chez Molly's, plaisanta Nate.

— Prépare-toi. Tout le monde, ici, va parler de tes sous-vêtements pendant quelques jours.

— Et on se demande pourquoi je vis au loin !

Shannon sentit un courant froid lui parcourir l'échine. En effet, pourquoi était-il parti ? Et pourquoi était-il si pressé de vendre Brenner & Gill ? Elle essaya de se décontracter. Ce soir, elle ne voulait pas parler de choses sérieuses. Elle voulait se détendre avec son… ami.

*
* *

Nate eut envie de passer le bras autour de la taille de Shannon alors qu'ils regagnaient la maison. Il était près de minuit, il faisait vraiment très froid, et elle l'attirait tant que cela en devenait gênant. Alors, il garda ses mains bien enfoncées dans ses poches et tenta de détacher son regard d'elle.

— Cette dernière bière était de trop, marmonna Shannon.

— Oui, tu as raison.

Elle ralentit le pas et lui donna un coup d'épaule.

— Tu as bu plus que moi !

— Je te signale qu'on ne parlait pas de moi. J'aurais dû arrêter après la deuxième, mais, eh, de la Guinness… chez Molly's ! Comment veux-tu que je résiste à cela ?

— Tu as raison, dit-elle. C'était comme des retrouvailles pour toi, alors oui, c'était bien légitime ! Moi, en revanche, j'ai été bête. Je devrais avoir honte.

— Il y a tellement de choses dans la vie dont on peut être honteux que franchement, une bière de trop, ça ne pèse pas lourd dans la balance !

Son rire le réchauffa instantanément. L'air mutin, elle lui demanda :

— Quoi, tu voudrais que je dévalise une banque ? Que je vole une voiture ? Que j'aie une liaison illicite ?

— Ça, au moins, ça justifierait une vraie honte. Mais attention, je n'ai jamais dit que la honte devait être accompagnée d'une peine de prison. Tu devrais réviser tes jugements. Oublie la banque, oublie la voiture volée. Il vaut mieux se concentrer sur la liaison illicite.

— Je n'ai personne avec qui être illicite.

— Non ?

Elle lui agrippa le bras et l'attira plus près d'elle.

— Attention ! dit-elle en le lâchant alors qu'il allait percuter un réverbère.

— Bon sang, je pensais…

— Quoi donc ? Que pensais-tu ?

— Non, rien, dit-il en secouant la tête.

Elle le dévisagea un instant.

— Trouillard.

— Tout à fait.

Elle se mit à rire.

— Je pourrais te faire avouer ce que tu me caches si je voulais.

— Eh bien vas-y. J'adore les défis.

Il reprit sa marche en dissimulant un sourire. Elle avait toujours détesté les défis, et ça n'avait pas dû changer.

— Tu ne manques pas de culot, à parler de jugements erronés. Tu as perdu la mesure des choses, peut-être ?

Il lui vint aussitôt à l'esprit une repartie juvénile, qui lui prouva qu'il avait en effet peut-être abusé de la Guinness.

— L'expérience m'a appris à ne pas me soucier des choses mineures, déclara-t-il tout de go.

Cette fois-ci, Shannon s'arrêta net.

— Tu dois être soûl pour me balancer un truc pareil. Comment sais-tu ce qui est mineur et ce qui ne l'est pas ? Un verre de trop pourrait avoir des conséquences terribles.

— Mais tu ne conduis pas, là, tu te contentes de marcher une cinquantaine de mètres pour rentrer chez toi et, cerise sur le gâteau, en compagnie d'un homme capable de casser la figure au premier importun.

— Ah oui… Capable de casser la figure au premier importun ? Qu'entends-tu par là exactement ?

— J'ai certains talents.

Il put deviner son sourire malgré l'obscurité.

— Seraient-ce de super-talents ? lui demanda-t-elle d'une voix railleuse qu'il ne lui connaissait pas.

— Absolument, répondit-il, en comprenant qu'à chaque mot il refermait davantage le piège sur lui.

— Du genre arts martiaux ?

— Et si je répondais par l'affirmative ?

Elle lui planta le doigt dans le torse.

— Tu as gardé toutes tes bandes dessinées d'enfant, n'est-ce pas ?

Un autre coup dans le torse.

— Et tu les entreposes dans un container étanche en ne laissant personne d'autre que toi y toucher, pas vrai ?

Un autre coup.

— Tu n'as jamais besoin de louer un costume pour Halloween. Jamais.

Il attrapa la main qui pianotait sur son torse et entraîna Shannon vers un réverbère pour qu'ils puissent se voir.

— J'ai effectivement une collection de bandes dessinées, qui a une grande valeur, soit dit en passant, et j'en ai entreposé certaines dans un local spécialisé… Mais il n'y a aucun déguisement dans ma garde-robe. Ce qui ne m'empêche pas d'assister régulièrement à des conventions sur les bandes dessinées et de me tenir au courant du marché. J'adore les romans graphiques. Et, un jour, j'aimerais beaucoup te montrer pourquoi.

Il y eut un instant de silence absolu. Shannon et lui se regardèrent sans prononcer un mot, et toute la ville parut se mettre à leur diapason. Un bref répit dans la circulation, dans les vibrations du métro, les discussions des piétons. Il l'entendit inspirer, brusquement, comme si son petit discours était la dernière chose à laquelle elle se fût attendue.

Normal, il en était lui-même surpris. Mais ce qui l'étonna encore plus, ce fut l'expression qu'il perçut dans ses yeux. Elle le scrutait comme s'il était devenu un homme différent, inattendu. Un homme intéressant alors qu'il n'aurait pas dû l'être.

Nate savoura l'instant. Bien. C'était exactement ce qu'il espérait. Et s'il n'avait pas bu cette bière de trop, il se serait penché sur elle pour l'embrasser jusqu'à ce qu'elle crie grâce. Mais il se retint. Malgré l'alcool qui égayait ses idées, il savait qu'il jouait serré et qu'il ne fallait pas brûler les étapes. Qu'ils aient tous deux les mêmes pensées inappropriées ne voulait pas dire qu'elles étaient désormais plus convenables. La famille Fitz représentait le seul endroit qu'il considérait comme son foyer. S'il allait plus loin avec Shannon, il mettrait ce refuge en péril. L'enjeu était si grave qu'il ne pouvait prendre de décisions à la légère comme cela, encore moins après une soirée trop alcoolisée. Shannon lui lança un regard profond et reprit dans un murmure :

— J'aimerais beaucoup que tu me montres ces romans graphiques, qui ont l'air de tellement compter pour toi…

— Oui ?

Elle hocha un peu la tête, animant ainsi sa splendide chevelure sur ses épaules. Il leva les mains, mais ce qu'il lui restait de bon sens l'empêcha de poursuivre son geste. Il allait séjourner plusieurs semaines chez les Fitz. Il aurait tout le temps d'évaluer la situation. De voir où se situaient les limites.

Ce soir, il allait la raccompagner à la maison, point.

Demain, il se maudirait peut-être d'avoir laissé passer une telle occasion, mais tant pis, l'enjeu était trop important, mieux valait se montrer prudent. Et puis, bon sang, il allait se réveiller avec une deuxième gueule de bois en deux jours. Plus vite il retrouverait sa vie habituelle, mieux il se porterait. Il ne put s'empêcher d'admirer de nouveau le corps souple de Shannon lorsqu'ils atteignirent le perron de la vieille maison. Allons ! Une fois encore, puisqu'il était ici, à quoi bon se gâcher la joie de revoir les Fitz ? Mieux valait qu'il profite au maximum de cette visite.

Shannon ne vit pas Nate au petit déjeuner et se mit presque en retard à l'attendre. Puis elle se morigéna pendant tout le chemin jusqu'à l'imprimerie. Hier soir, cela n'avait pas été un rendez-vous galant. Elle ne savait pas trop ce que cela avait été, mais pas un rendez-vous.

Elle s'était endormie bien trop tard la veille, mais c'était plus fort qu'elle, son cerveau n'arrêtait pas de cogiter. Elle avait pensé à sa voix, à son odeur, à l'allure qu'il avait dans son costume bien taillé, et à bien d'autres choses encore. Elle avait imaginé le contact sensuel de sa main au bas de son dos, puis son mouvement vers le bas, jusqu'à effleurer ses fesses.

Un sourire, un coup d'œil à ses lèvres, la chaleur de son souffle, le frôlement d'un baiser hésitant.

Un regard innocent se muant en désir impérieux.

Quand elle pénétra dans son bureau, elle sut que sa priorité n'irait pas au coup de fil au chargé de commission pour Union Square Park. Ça, ainsi que les autres urgences professionnelles, allait devoir attendre un petit peu. D'abord, il lui fallait créer la carte de Nate. Alors enfin, peut-être pourrait-elle mettre un terme à son obsession.

Il lui avait dit qu'il resterait chez eux plusieurs semaines au moins. Ne serait-il pas judicieux, et amical, d'en profiter pour lui faire rencontrer une de ses amies de St Marks ? Pendant ce temps-là, elle se changerait les idées en étudiant une ou deux cartes d'hommes célibataires. Le prochain déjeuner du club aurait lieu bientôt, et elle avait six cartes à préparer, dont celle de Nate.

D'abord, les textes. Elle verrouilla la porte de son bureau, afficha une carte vierge et entreprit la rédaction.

Sa profession ? Facile, architecte et planificateur urbain. Inutile de mentionner l'aspect humanitaire, l'information serait d'autant plus dramatique quand elle parlerait de lui.

Mariage, relation éphémère ou aventure d'une nuit ? Encore une case aisée à remplir : relation éphémère. A moins que… Elle effaça, et cocha « aventure d'une nuit ». Et puis elle se ravisa et l'effaça aussi. Il ne restait que la catégorie « mariage », et ça, ce n'était pas son genre. Sinon, il ne serait pas pressé de retourner à Bali. Ou alors, si ?

Il n'avait rien dit au sujet d'une éventuelle relation avec une femme. Cela signifiait-il qu'il n'en avait pas ? Ou alors, était-ce une femme exotique et aventureuse, qui tenait à rester à l'écart de New York ? Qui marchait sur le fil du rasoir, peut-être un médecin de la World Heath Administration, quelqu'un qui prenait des risques pour sauver des vies dans des régions où le danger était permanent ?

Ce serait logique. Nate avait tant changé qu'il y avait peut-être une femme derrière ces transformations. Cela lui parut soudain évident. Elle aurait dû comprendre ce qu'il n'avait pas dit de façon explicite. Il serait parti en Indonésie plein de bonnes intentions, et puis il l'aurait rencontrée, peut-être en train de secourir un village coupé du monde, et il l'aurait aidée, ils auraient dormi tous les deux, à peine quelques heures par-ci par-là, travaillant dur pour sauver les survivants. Ils auraient été destinés l'un à l'autre, poussés par les mêmes projets, la même conscience. Elle devait être française et avoir un accent irrésistible. Elle était belle, naturellement.

Shannon poussa un gros soupir en se rendant compte qu'elle avait tapé une longue ligne de lettres sans queue ni tête tout au long du document.

Bon, dans le doute, elle allait mettre « aventure d'une nuit » et continuer.

Son restaurant préféré ? Pas de problème. C'était sans aucun doute une grande table de Paris, Hong Kong ou Monaco, mais à défaut, elle proposerait leur pub, Chez Molly's. Il y était à l'aise. Il riait beaucoup. Il la faisait rire. Les histoires qu'il y racontait étaient originales et inventives. Sur ce point, elle était sûre de pouvoir remercier ses bandes dessinées.

Cette histoire qu'il lui avait racontée hier soir, à propos de pirates… Des pirates ! Bien sûr, elle avait lu les histoires de ce genre dans le journal : en Somalie, la brutalité et la fréquence de leurs attaques rendaient l'océan Indien très dangereux, mais Nate Brenner, combattant des pirates avec une batte de cricket et une bombe lacrymogène ? Il lui en avait dressé un tableau très vivant, même si elle savait que ces pirates-là n'avaient que peu de rapports avec des sabres ou des trésors enfouis.

Elle repoussa son clavier en hochant la tête, avant d'effacer la mention « Chez Molly's ». Ça n'irait pas. Et puis elle y allait trop souvent elle-même, et la perspective de le voir en tête à tête avec une autre femme lui retournait l'estomac à l'avance. Ce qui était stupide puisque la femme en question serait une de ses amies, et qu'elle l'aurait incitée à rencontrer Nate. N'était-ce pas là justement l'intérêt de ces cartes à échanger ? Etre certaine que ces unions étaient viables et sans risques ?

Oh ! Zut, elle s'occuperait de la rubrique « restaurant préféré » plus tard.

La case suivante indiquait « Passion secrète ». Elle poussa un long soupir en songeant à inscrire « bandes dessinées », mais ne put taper les mots. C'était plus fort qu'elle ; elle n'y arrivait pas. Abandonnant son clavier, elle s'en fut dans la salle de repos en saluant les employés au passage. Ils réalisaient les épreuves de deux grands manuels scolaires pour une imprimerie universitaire. Les machines, elles, imprimaient des cartes à échanger de base-ball. L'entreprise avait toutes les apparences d'une santé florissante. Elle seule savait l'intense corrosion de leur clientèle et à quel point leur situation était précaire sur le long terme.

Mais non, ce n'était pas exact. Tout le monde savait que les temps étaient difficiles. Chaque incursion dans l'atelier lui en apportait les preuves. Les regards appuyés, la peur dans les yeux des employés. Ils étaient en première ligne, ils le savaient. Le plus douloureux, c'était la modification de ses relations avec deux des responsables de presses, Daphné et Melissa. Toutes trois avaient été proches, naguère. A présent, elles l'évitaient et parlaient dans son dos.

Shannon était inquiète. Ses parents n'avaient pas mesuré le péril de la situation. Ils n'étaient plus impliqués dans la réalité pure et dure de l'imprimerie, et d'une certaine façon, elle s'en sentait soulagée. Si tout cela ne tenait qu'à elle, ils ne le sauraient jamais, car elle pensait pouvoir arranger les choses. Elle avait un plan de bataille. Quelques-uns des nouveaux clients qu'elle travaillait au corps paraissaient susceptibles de les épauler.

Mais elle ne pouvait y réfléchir maintenant. Elle se servit un café, plaqua un sourire professionnel sur son visage, et regagna son bureau pour terminer les cartes et scanner les photos. Ce soir, après la fermeture, elle procéderait à la composition et à l'impression. Elle terminerait le travail de bonne heure le lendemain, et ce serait réglé. Elle serait prête pour le déjeuner à St Marks, et Nate ne serait plus que celui qu'il avait toujours été pour elle : un ami, un membre de sa famille. Alors elle pourrait se remettre au travail. Et le travail ne manquait pas.

Elle devait à tout prix remettre Fitzgerald & Sons à flot.

Après avoir dû répondre à une question maussade de Melissa, Shannon regagna son bureau en ne se sentant pas mieux qu'avant sa pause.

Elle s'assit et pressa une touche du clavier pour passer de l'économiseur d'écran à la photo de Nate et… manqua lâcher son mug. Son cœur se mit à battre la chamade à la vue de l'image qui apparut sur l'écran.

La photo d'une imprimerie à l'abandon. Aucune légende ne l'accompagnait, mais aucune n'était nécessaire.

Une bouffée d'anxiété l'obligea à se détourner.

— Qu'y a-t-il ? répondit Brady dès qu'elle eut pressé le bouton de l'Interphone.

— Pourrais-tu venir me voir, s'il te plaît ? dit-elle d'une voix mal assurée.

— Shannon ? Qu'est-ce qui ne va pas ?

— Viens tout de suite, Brady.

Elle déconnecta l'Interphone et prit plusieurs grandes inspirations, en brûlant d'envie d'effacer la photo, mais il fallait que son frère la voie. Ce n'était pas le premier incident du genre — vandalisme ? protestation ? — mais c'était le plus culotté. Elle avait quitté son bureau à peine cinq minutes, le temps de se faire un café. Son entretien avec Melissa avait été désagréable mais bref. Quiconque avait fait cela l'avait fait *très vite*.

Brady se dépêcha et arriva quelques minutes plus tard dans son bureau.

— Que se passe-t-il ?

Elle lui désigna son écran d'un signe de tête.

Il poussa un soupir empreint de sa propre frustration.

— Que s'imaginent-ils ? Ils croient peut-être que ça va changer quelque chose ?

Elle se retourna vers lui, désemparée. C'était le plus pragmatique de ses frères. Il aimait diriger l'imprimerie, il connaissait les machines aussi bien que s'il les avait créées, et rien n'était trop complexe pour lui… à part la capacité de nuisance des autres.

— Ils ont peur. Ils se sentent impuissants, et ils ont peur.

Il se mit à gesticuler avant même de pouvoir prononcer un mot, ce qui n'arrivait que lorsqu'il était très contrarié.

— Et ils s'imaginent que ça, ça va aider à sauver la boutique ? A sauver leurs emplois ?

— Ils ne savent pas quoi faire.

— Mais tu leur as dit la vérité ! Tu as été là pour les aider quand ils en ont eu besoin. Pas plus tard que la semaine dernière, tu as encore donné une avance sur salaire à Terrance. A ce rythme-là, il ne nous la remboursera jamais.

— C'était pour des frais médicaux. La suppression de l'assurance santé a été un coup terrible pour eux, répondit-elle en poussant un énorme soupir.

Et Brady ne savait pas tout. Si elle ne lui avait pas menti, elle ne lui avait pas non plus dit toute la vérité.

— Et quoi, est-ce qu'ils préféreraient qu'on mette la clé sous la porte ? Est-ce que ce serait mieux ?

Elle secoua la tête. Il n'y avait pas de mots. Elle faisait tout ce qui était en son pouvoir mais cela ne suffisait pas. Ça ne suffisait jamais. Tout ce qu'elle pouvait faire, c'était continuer à essayer. Elle retrouva la photo et l'effaça.

Dorénavant, elle verrouillerait sa porte chaque fois qu'elle quitterait son bureau, même pour aller aux toilettes.

Quelle tristesse ! Ce n'était pas ainsi que les choses devraient fonctionner. C'était une bonne entreprise, humaine, consciencieuse. Si seulement elle pouvait comprendre comment tout avait dérapé…

Elle enregistra la carte de Nate et ferma le programme. Fini la frivolité. Il fallait trouver d'autres clients sous peine de tout perdre dans le naufrage.

- 5 -

— Tu t'es levé de bonne heure, ce matin.

La voix de Shannon fit sursauter Nate. Il était 6 h 30 et il savait que quelqu'un était déjà debout, puisque la lumière était allumée et le café fumant, mais il ne l'avait pas vue, attablée dans le coin petit déjeuner. Quand ils avaient neuf ans, Danny et lui avaient pris l'habitude de s'installer tous les matins sous la table de la cuisine pour avaler leur chocolat chaud, jusqu'à ce qu'ils fassent une grosse bêtise et qu'on les fasse émigrer vers la table de la salle à manger, avec, au passage, quelques leçons de bonne conduite.

— Je pars à la chasse au logement, dit-il en sortant un bol du placard.

Shannon était toujours aussi belle. Elle lui avait manqué, ces derniers jours. Il avait su par Mme Fitz qu'elle était restée tard au travail pour régler des urgences, et il en avait profité pour revoir de vieux amis avec Danny. Il ne l'avait pas oubliée pour autant. Tous les matins, il l'avait cherchée. Et tous les soirs. En espérant ne pas l'avoir contrariée la nuit où ils étaient rentrés de chez Molly's. Il regarda Shannon d'un air inquiet, mais le sourire qu'elle lui adressa ôta ses derniers doutes en lui faisant comprendre que tout allait bien entre eux. Et qu'il ne tenait qu'à lui que cela continue.

— Dans quel quartier vas-tu chercher ? lui demanda-t-elle d'une voix encore embrumée de sommeil, et vraiment sexy.

Sexy, oui, il n'y avait pas d'autre mot. Et pourtant, il s'était juré d'écarter toute idée de ce genre de sa tête. Ses résolutions avaient duré en tout et pour tout deux secondes.

— Je vais commencer par East Village. Et puis Greenwich et SoHo, si j'ai le temps.

— Des maisons de ville uniquement ?

— L'agent immobilier m'a convaincu de ne pas chercher quelque chose de particulier. Elle a sélectionné les annonces en s'appuyant sur les sociétés de maintenance et de location.

— Cela paraît logique, puisque tu ne seras pas là s'il arrive un pépin, répondit Shannon.

L'arôme du café emplit ses narines et le réveilla un peu plus. Il n'était pas encore douché et avait juste enfilé sa robe de chambre. Le carrelage était vraiment froid sous ses pieds nus et il alla vite s'installer en face de Shannon.

— Tu devrais m'accompagner, déclara-t-il en s'asseyant.

Elle faillit s'étrangler avec son café.

— T'accompagner ? Et tirer un trait sur ma journée ?

— Ce sera une journée agréable pour toi. D'abord, je t'inviterai à déjeuner. Et puis tu pourras dire des horreurs sur les goûts des gens en matière de décoration.

— Et pourquoi aurais-je envie de faire ça ?

Il lui lança un regard insistant.

— Tu n'as pas pu changer à ce point, affirma-t-il en laissant entendre qu'elle n'avait pas affaire à un amateur.

— Ce ne sont pas des horreurs, c'est de la critique constructive, grogna-t-elle pour se défendre.

— A d'autres !

Elle lui sourit derrière son mug Gramercy Park et ferma les yeux. Sa peau était d'une beauté rare. On aurait dit qu'elle était faite de crème et de soie, une chose qui n'existait pas dans la nature. Pareille à celle des mannequins dans les publicités où les aérographes effaçaient le moindre défaut. Mais il était tout près, et Shannon, elle, était bien réelle. Il rêvait de caresser, d'explorer sa douceur. Il commencerait par la joue, mais ne s'arrêterait pas là. Il ne parvenait même pas à imaginer la douceur à l'intérieur de sa cuisse, ni ce qu'il ressentirait à poser la joue sur son ventre, juste en dessous de son nombril.

— Tu as raison. J'étais comme ça avant. C'est assez effrayant…, murmura Shannon en reposant son mug.

— Quoi donc ? dit-il en revenant brusquement sur terre.

Il savait qu'il l'avait regardée fixement. Elle avait dû se rendre compte de quelque chose. Bon sang, pourquoi jouait-il ainsi les imbéciles ?

— Je dis que c'est assez effrayant de voir que tu te rappelles tous mes défauts passés. Mais… suis-je maintenant vraiment différente de celle dont tu te souvenais ?

— Oui, répondit-il du tac au tac.

Il aurait dû marquer une hésitation, peut-être. Au moins quelques secondes.

— Bon, fit-elle en hochant la tête.

Elle but de nouveau son café, et ah ! il arriva. Le rose aux joues. Son imagination lui fit entrevoir mille tableaux plus intenses encore, mais il fallait vraiment qu'il se ressaisisse ; il avait déjà franchi les limites de la politesse.

Ce qu'il ne s'expliquait pas, c'étaient les raisons pour lesquelles elle rougissait. Oui, il l'avait fixée du regard trop longtemps, et c'était malpoli, mais rougissait-elle parce que cette attention la mettait mal à l'aise ? Si un autre homme l'avait dévorée des yeux, aurait-elle rougi aussi ? Avait-elle deviné la tournure sexuelle de ses pensées ?

— Danny m'a dit que vous étiez sortis ensemble hier soir. Vous n'avez pas trop semé la pagaille j'espère ?

Voilà un changement de sujet bienvenu, songea Nate.

— Tout dépend de ce que tu entends par « pagaille », répondit-il en lui lançant un clin d'œil.

— O.K., je vois, dit-elle. Mais avant toute chose, j'ai besoin d'un autre café. Est-ce que tu en veux un aussi ?

— Merci, mais j'ai à peine touché au mien.

Il la suivit du regard. Les courbes féminines de Shannon le stupéfiaient toujours. Elle avait été une gamine plate comme une limande pendant si longtemps et voilà que maintenant, il ne rêvait que d'une chose : enlacer sa taille, caresser ses fesses. Bon sang, chaque nuit qui passait voyait s'accroître son désir. C'était lui qui rougissait à présent, ce qui ne lui arrivait jamais.

Mais le corps de Shannon… il n'était même plus capable d'en détourner ses pensées. Pourtant, chaque fois qu'il montait l'escalier et regardait les photos de la petite Princesse Shannon, celle qu'il avait le mieux connue après tout, il devrait pouvoir oublier son désir. Elle était l'innocence même en diadème et tutu, mais pas comme ces enfants qu'on fait parader aujourd'hui comme des mannequins avant l'heure. Elle, on ne l'avait jamais transformée en top model de magazine. En fait, et Dieu merci, il n'y avait alors pas une once de sexualité en elle. C'était une fée, un personnage de conte doué de vie.

Sauf qu'aujourd'hui, elle n'était plus cette enfant. Elle avait vingt-sept ans, elle était célibataire, et seule une mince cloison séparait leurs deux chambres.

Il tourna la tête et fit mine de s'intéresser au réfrigérateur car il ne voulait pas qu'elle saisisse dans son regard l'excitation qui montait en lui. Il n'était pas bon comédien et son désir était trop intense pour qu'il parvienne à le dissimuler.

La situation était vraiment problématique. Par respect pour M. et Mme Fitz, il ne pouvait aller plus loin avec Shannon. Peut-être ferait-il mieux de retourner à l'hôtel. Il lui serait plus facile d'inventer un mensonge véniel plutôt que de devoir garder ses distances en étant aussi près d'elle.

Un sac rempli de portions de sauté de veau surgelées à la main, Shannon descendit l'allée menant au sous-sol de St Marks. Pour la première fois depuis la création du club, elle n'était pas pressée. Les nouvelles cartes à échanger attendaient sagement dans leur boîte, prêtes à répandre sur la table les portraits des célibataires les plus séduisants. On a la dramaturgie qu'on peut dans une cuisine en sous-sol. Elle ferait comme de coutume les gestes auxquels tout le monde s'attendait, mais cette fois-ci le cœur n'y serait pas.

Elle avait été écrasée de travail. En plus des préparatifs de Pâques, des chemises pour l'équipe de base-ball, des posters, des calendriers et des tâches quotidiennes, il ne s'était pas passé une journée sans qu'elle donne d'importants coups de fil, qu'elle rende visite à de nouveaux clients potentiels, ou qu'elle dépose des cartes professionnelles à droite et à gauche.

En plus de tout cela, elle n'avait cessé de songer à Nate, de s'en vouloir, de s'exhorter à ne plus le faire, et pourtant de recommencer le cycle infernal. Elle restait éveillée très tard dans la nuit, toutes les nuits même, à imaginer de nouvelles approches pour s'attirer des clients ou, plus fréquemment, à se rappeler le moindre détail de Nate, torse nu dans sa serviette, au bar, dans le couloir, partout, Nate, Nate, Nate.

Il fallait qu'elle reprenne ses esprits, d'autant qu'elle avait besoin de toute son énergie et sa concentration pour accroître l'activité commerciale de l'imprimerie. Aujourd'hui, c'était décidé, elle allait marquer une pause, mettre un terme à la folie qui entourait Nate depuis leurs retrouvailles. Si elle ne pouvait pas lui demander de quitter la maison, elle pouvait le fourrer dans les bras d'une fille. Voire de plusieurs. Et elle-même prendrait quelques rendez-vous avec d'autres hommes en dépit de son planning insensé. Tous les soirs, si nécessaire.

Une perspective qui la rendait carrément malade.

C'était le stress. Tant de stress et si peu d'occasions de souffler. Elle ne pouvait pas aller pleurnicher sur l'épaule de Brady, il avait assez de problèmes comme ça. Elle ne pouvait pas non plus se confier à ses autres frères, sous peine qu'ils la trahissent devant les parents. Heureusement qu'elle parvenait à maîtriser ses émotions et donner le change en souriant : les années passées à monter sur scène lui avaient au moins appris cela. Elle ouvrit la porte du sous-sol, se plaqua un sourire aussi naturel que possible sur le visage, s'exhorta à l'enthousiasme et entra. Le bavardage de ses amies l'y aida, et elle se sentit mieux en arrivant dans la cuisine.

A son arrivée, tout le monde se tut. C'était le moment qu'elle avait toujours aimé dans ces réunions du club. L'attente un peu fébrile, l'anticipation, les possibilités. Elle, au centre de la scène. C'était Noël tous les quinze jours. Et, non, elle n'avait pas encore trouvé l'homme qu'il lui fallait, mais il y avait tant de belles histoires. Elle avait réussi cela. Pas toute seule, bien sûr, mais l'idée avait été la sienne, et pourquoi ne pourrait-elle pas trouver une idée aussi brillante pour arranger les affaires de Fitzgerald & Sons ?

— Shannon ? Tu es sûre que ça va ?

Près d'elle, Ariel avait l'air inquiète. Shannon sursauta presque. Elle avait oublié qu'elle devait venir, même si elles s'étaient téléphoné deux jours plus tôt. Sa cousine s'était mise sur son trente et un pour ce premier déjeuner, et avait rassemblé ses cheveux dans un chignon sophistiqué à la Lauren Bacall. Elle avait revêtu une jupe droite, une veste à taille ajustée avec des épaulettes, sans oublier une paire d'escarpins vernis. Elle était superbe.

— Shannon ? répéta Ariel.

— Non, ça va, répondit-elle. Tu n'as pas eu de problèmes pour venir ?

— Non, aucun. Et tout le monde, ici, a été très gentil avec moi, même si je dois avouer que je ne me souviendrai jamais de tous ces prénoms.

— Je te présenterai tout le monde. Après.

Elle sortit la boîte de cartes. Il n'y en avait pas tant de nouvelles que ça, mais cela représentait déjà un certain nombre d'hommes disponibles. Parmi eux, une minorité n'avait jamais été choisie. Beaucoup étaient revenus sur la pile car la magie fuyante de la rencontre n'était pas au rendez-vous. Shannon avait elle-même remis plusieurs cartes dans le tas.

Il faisait déjà bon dans la pièce où allaient et venaient les différentes femmes du club. C'était une vraie chance pour le petit groupe que l'église St Marks ait mis cette salle à leur disposition. Elles pouvaient même y faire la cuisine, à l'occasion.

De longues tables rectangulaires avaient été disposées en un cercle approximatif mais, pour l'instant, les femmes qui cherchaient toujours l'oiseau rare s'étaient rassemblées face à Shannon. Elle posa la boîte et son sac pesant sur la table.

— Chères amies, je voudrais vous présenter Ariel. Je sais qu'elle a fait la connaissance de certaines d'entre vous, déjà, et je sais aussi qu'elle deviendra l'une des nôtres en un rien de temps. Elle est assistante juridique, vive comme l'éclair, vous allez l'adorer ! Ah, j'oubliais, dit-elle en souriant à Ariel, c'est aussi ma cousine… Et je suis ravie de vous annoncer qu'elle nous a apporté sa contribution en la personne d'un avocat très séduisant…

Ses amies se rapprochèrent encore, si bien que Shannon se demanda si elles verraient qu'elle n'était pas dans son assiette. D'un côté, elle souhaitait qu'une d'entre elles l'attire à part pour lui faire cracher ce qui n'allait pas, mais de l'autre, elle était consciente que ces femmes, qu'elle considérait néanmoins comme des amies, n'étaient pas aussi proches d'elle que l'auraient été ses amies de lycée ou d'université. Et c'était sa faute. Il y avait eu des lettres, des invitations, des coups de téléphone. Mais cela faisait des années maintenant que l'imprimerie occupait toute sa vie. L'imprimerie, et sa famille. Elle avait sans doute trop négligé le reste.

En réprimant un soupir, elle entama donc le rituel, souleva haut la boîte de cartes — l'énergie augmenta notablement dans la salle — puis la renversa afin que les cartes tombent en avalanche. Et les femmes se jetèrent dessus.

On n'avait droit qu'à une seule carte par session. Et on ne pouvait la rendre qu'en cas extrême, lorsqu'il n'y avait aucun espoir. Si seulement ces hommes savaient la chance qu'ils avaient ! Car, parfois, la relation éphémère tournait à la relation sérieuse, l'aventure d'une nuit à celle d'une vie.

Dans les deux cas les plus fameux, deux aventures d'une nuit avaient abouti à une relation intense et stable.

Bree Kingston et Rebecca Thorpe étaient là, d'ailleurs, debout au fond de la cuisine. Elles s'étaient liées d'une véritable amitié au fil des mois. Bree vivait avec Charlie Winslow, propriétaire et rédacteur en chef de l'empire médiatique *Naked New York*, et Rebecca était à l'origine de ce miracle, puisque Charlie était son cousin. Par la suite, Rebecca avait rencontré Jake, un homme formidable.

Deux histoires dignes d'un conte de fées, et dont rêvaient toutes les autres femmes présentes.

A force de rêvasser, voilà que Shannon en avait oublié de chercher une carte pour elle, et la pile avait considérablement diminué. Elle poussa un soupir, pas vraiment étonnée. Rien ne marchait comme elle le voulait dernièrement, pourquoi en irait-il autrement avec les cartes à échanger ?

— Je l'ai ! glapit presque Ariel.

— Qui ? demanda Shannon, amusée par son excitation.

— Ton ami Nate ! J'ai dû me battre pour l'avoir, on était trois dessus, mais j'ai été la plus rapide. Je te l'avais bien dit, que je l'aurais !

Shannon dut lutter pour conserver son sourire sans broncher. Ariel allait sortir avec Nate. S'il acceptait… mais il allait accepter, bien sûr, d'autant qu'elle lui proposerait elle-même le rendez-vous.

— Je brûle déjà d'impatience de voir ce qu'il cache sous sa chemise, pépia Ariel.

Oh ! pour ça, elle ne serait pas déçue. Pour l'avoir croisé à moitié nu devant la salle de bains, Shannon savait qu'il était superbe de partout.

Elle se sentit mal soudain. Comment avait-elle pu croire que ce serait une bonne idée ? Quelle abrutie elle était, pour avoir songé que cette soirée résoudrait ses problèmes ! Elle avait beau aimer Ariel, elle était à deux doigts de lui arracher la carte et de s'enfuir en courant.

Il était à elle, bon sang !

Elle cessa de respirer alors qu'un frisson lui parcourait la colonne vertébrale. Il était à elle ? *Vraiment ?*

— Shannon, que se passe-t-il ? s'enquit Ariel. Tu as une de ces têtes…

Shannon sentit ses jambes flageoler et demanda une chaise. Tout le monde s'activa autour d'elle, à l'éventer, à lui apporter une bouteille d'eau, chacune pensant qu'elle avait trop chaud, ou pas assez mangé. Des mains se posèrent sur son front. C'était gentil, vraiment gentil.

Dans le brouhaha général, elle serra les dents pour ne pas pleurer. Fondre en larmes ne lui ressemblait pas, pas en public en tout cas. Pas à cause d'un homme auquel elle ne devrait pas même penser, du moins pas en ces termes. Elle était fatiguée, voilà tout. Pas de pauses, pas de sommeil, pas de réponses.

Bree, jolie comme un cœur dans une étrange robe pourpre et orange, s'accroupit près d'elle.

— Veux-tu qu'on t'appelle un taxi pour te ramener chez toi ?

— Non, je te remercie. C'est juste un coup de fatigue. L'insomnie. C'est une vraie vacherie, mais ça va aller. Il faut juste que je reste assise un petit moment. Est-ce que tu penses pouvoir prendre la direction de la réunion à ma place ?

— Oui, bien sûr. Mais je reviens vite te voir, d'accord ?

— Oui, merci.

Bree lui serra affectueusement l'épaule, puis Shannon se détendit autant que possible sur l'inconfortable chaise en plastique. Elle devait retrouver un peu d'aplomb.

Elle allait organiser le rendez-vous entre Ariel et Nate, oui, bien sûr. Mais pas tout de suite.

Nate avait passé sa journée à enchaîner les visites immobilières. La sixième lui avait semblé parfaite sur le papier mais, debout au milieu du salon du duplex, il se sentit mal. Il s'était fait des illusions en pensant pouvoir acheter une maison ou un appartement avec deux chambres pour même un million. Il se retourna penaud vers Aïko, son agent immobilier.

— Vous m'aviez pourtant prévenu. Excusez-moi, je vous ai fait perdre votre temps.

— Ce n'est pas un problème, monsieur. Il fallait que vous vous fassiez une idée par vous-même. Même si ça paraît fou, ce duplex se serait vendu deux fois plus cher encore avant la crise.

— Ça fait peur.

L'appartement n'était pas sale ni vétuste, non. Le problème, ici comme ailleurs, c'était l'espace. Lui qui avait vécu à New York la majeure partie de sa vie avait cru savoir ce que cela signifiait. Sa maison de famille avait été une relique du passé, tout comme celle des Fitz, mais en moins grand et en moins chaleureux. Dans ce duplex, on aurait dit qu'ils avaient pris une chambre de taille moyenne pour la diviser en deux chambres de poupée. Chacune d'entre elles pourrait à peine contenir un grand lit.

— Bon, tant pis pour celui-ci. Qu'y a-t-il ensuite ? demanda Nate à son agent immobilier.

Aïko lui décocha un sourire joyeux, même si elle devait être épuisée à force de le traîner dans des lieux qui ne convenaient pas.

— Il y a une jolie propriété qui devrait vous plaire, je crois, dans le Lower East Side.

— Je vous laisse ouvrir la marche, dit-il en consultant sa montre. Oh ! je n'avais pas vu l'heure. On peut reporter la visite, si vous voulez.

— Ne vous inquiétez pas. Si vous n'avez pas d'impératif de votre côté, la visite ne me pose aucun problème.

— Le gérant de l'immeuble ne va-t-il pas faire d'histoires ?

— Quand bien même je souhaiterais faire visiter un appartement dans cette ville à minuit, je le pourrais. A vous de voir.

Ses propres impératifs n'étaient pas nombreux. Il avait rendez-vous avec son avocat le lendemain, mais pas avant 11 heures.

— Permettez, s'excusa-t-il en sortant son portable.

Shannon répondit à la première sonnerie.

— Salut, dit-elle.

— Toujours au travail ?

— Je ne suis pas au bureau, mais oui, je travaille.

— Tu comptes t'arrêter bientôt ?

— Ah… Tu lis dans mes pensées, fit-elle d'une voix lasse.

— J'ai une proposition à te faire. Tu me retrouves pour une dernière visite dans le Lower East Side, et ensuite je t'emmène dîner quelque part. Qu'en dis-tu ?

Elle resta silencieuse si longtemps qu'il la crut sur le point de décliner l'invitation mais, soudain, elle répondit :

— Où ? Je suis dans Little Italy. Si je dois traverser la ville pour…

— Ne quitte pas, je te passe Aïko, pour l'adresse.

Les femmes s'entretinrent un instant alors qu'il dansait sur place, pressé à présent de découvrir l'autre résidence. Ou peut-être était-il juste pressé de voir Shannon. Il voulait son avis. Son regard. Bon sang, il la voulait, elle.

- 6 -

Shannon retrouva Nate et Aïko dans l'entrée d'un immeuble de dix-neuf étages. L'entretien des jardins était impeccable, tout comme l'emplacement.

L'agent immobilier, une Asiatique dans la quarantaine, était élégamment vêtue et portait des talons si hauts qu'elle avait mal aux pieds pour elle. Nate avait bonne mine. Il avait mis un pantalon ajusté qui épousait à merveille la courbe de ses fesses. Une chemise bordeaux et une veste sur mesure complétaient le tableau. Son cœur bondit dans sa poitrine. Oh ! Quelle mauvaise idée elle avait eue de venir !

— C'est au deuxième, dit Aïko en se dirigeant droit vers l'ascenseur.

A l'étage, elle les emmena vers l'appartement d'angle le plus éloigné et ouvrit la porte.

Déjà, de par sa localisation, l'appartement méritait le détour, songea aussitôt Shannon. Il n'était pas très haut de plafond, les chambres n'étaient pas immenses, mais le salon, au moins, pourrait aisément contenir un canapé et deux fauteuils corrects, et il y avait une cheminée. Au gaz, certes, mais bon.

— Ah, voilà, c'est beaucoup mieux, s'exclama Nate.

Aïko leur fit visiter la cuisine, d'ordinaire le cauchemar typique des appartements de New York, où tout était entassé dans quelques mètres carrés ridicules, mais ici les placards étaient vastes et le sol très propre. Des appareils ménagers en Inox. Pas d'éclairage de plan de travail, en revanche. Qu'importe, elle avait vu des chefs professionnels s'accommoder de moins.

Aïko les entretint de la sécurité et des équipements communs, une salle de sport et une buanderie. Les placards des deux chambres étaient à refaire, aucune des deux salles de bains n'avait de baignoire et encore une fois, l'éclairage était épouvantable partout. La lumière naturelle provenait cependant de deux côtés opposés, ce qui était un atout. Restait à connaître le prix, mais il était certain que Nate pourrait trouver bien pire.

— D'autres personnes ont déjà visité cet appartement, et elles ont été manifestement intéressées. Mais l'annonce ne remonte pas à plus de cinq jours, leur annonça Aïko alors qu'ils regagnaient le living-room. Pourquoi n'y réfléchiriez-vous pas à tête reposée ? Appelez-moi demain dans la matinée. Si vous voulez en voir d'autres, on établira un autre programme.

Nate lui sourit en la remerciant, posa la main au bas de son dos, et escorta les deux femmes vers la porte.

Shannon déglutit. Elle était certaine, absolument certaine, que lui aussi avait perçu la décharge électrique qui l'avait parcourue au simple contact de ses doigts. Elle sentit le rouge lui monter au visage, et se dit que, s'il continuait à tracer des cercles du pouce sur son chemisier, elle finirait par s'embraser.

Elle retint sa respiration pendant la descente en ascenseur et laissa échapper son souffle quand Nate s'écarta d'elle pour serrer la main d'Aïko.

— Ça a été un plaisir de faire votre connaissance, assura l'agent immobilier en se tournant ensuite vers elle.

Shannon émit un bredouillement, s'éclaircit la gorge et réussit finalement à répondre :

— Pour moi de même. Bonne soirée à vous !

Alors qu'Aïko s'éloignait d'eux, Nate se tourna vers Shannon.

— Pour notre soirée à nous, je pensais t'inviter chez Katz's. Qu'en dis-tu ?

— Excellente idée.

Il lui tint la porte mais ne la toucha pas alors qu'ils quittaient le bâtiment. Shannon sentit son ventre se nouer. Elle était déterminée, pourtant. Elle lui parlerait d'Ariel dès qu'ils seraient à table. Il serait ravi. Et pourquoi pas ? Ariel était super. Et jolie. Shannon lui montrerait une photo d'elle sur son portable. Ce serait vite réglé, ensuite elle avalerait une soupe aux boulettes matzo et ils parleraient appartements, maisons, décoration. Elle était intarissable sur l'immobilier.

— Je te préviens, je vais commander tout ce que je ne peux pas avoir en Indonésie. Des amuse-gueules knish, des galettes de pomme de terre latkes, des tripes kishke, tout le bazar, lui dit-il en souriant.

Une fois sur le trottoir, ils attendirent un taxi et en virent passer plusieurs déjà occupés. C'était l'heure de dîner, et ça allait être bondé chez Katz's, mais ce n'était pas un problème. Elle aurait de quoi faire la conversation en attendant qu'une table se libère. Elle allait d'abord planifier le rendez-vous avec Ariel, et ensuite tout coulerait de source. Ils dîneraient en parlant mètres carrés et parquets vitrifiés.

Finalement, un taxi libre s'arrêta devant eux. Nate ouvrit la portière, et elle bondit à l'intérieur en attrapant la poignée, prise de panique.

— Tu sais quoi, j'ai oublié un truc. Je suis censée aller à… Désolée. Il faut que j'aille à… on se voit au… désolée !

Elle claqua la portière et cria son adresse au chauffeur, qui démarra en trombe.

— Ça alors ! s'exclama Nate, médusé, en regardant le taxi se frayer un passage dans la circulation.

Que venait-il de se passer ? Il s'efforça d'analyser la situation, dépassé par la réaction de Shannon. Il était certain que Shannon n'avait rien oublié du tout. Ou alors, une chose vraiment très embarrassante, ce qui était très peu probable.

Avait-il dit quelque chose de déplacé, avait-il outrepassé les limites, avant de parler de ce qu'il comptait commander au restaurant ? Il se repassa la soirée en boucle dans sa tête mais non, rien ne lui sauta aux yeux. Rien, pas un indice. Tout se passait bien, et puis vlan, d'un coup elle avait filé comme l'éclair, les joues rose vif, le plantant comme un imbécile.

Il envisagea de la suivre, mais se ravisa aussitôt. Elle n'apprécierait sans doute pas. Aussi héla-t-il un autre taxi, à moitié hébété, et resta-t-il muet le temps de la course.

Une fois dans la file d'attente, interminable, qui s'étirait devant chez Katz's, il s'efforça de penser à l'appartement visité, à son rendez-vous du lendemain avec son avocat, mais Shannon interférait dans chacune de ses pensées. Il finit par renoncer, attrapa un des journaux gratuits offerts aux clients et l'ouvrit à la page des annonces. Il n'y avait que des offres de location ou de colocation.

Cela eut cependant le mérite de l'occuper quelques secondes, tandis qu'il patientait, mais Shannon revint très vite hanter ses pensées. Il connaissait bien les femmes, il savait reconnaître les signaux et, depuis leurs retrouvailles au mariage, Shannon lui en avait envoyé beaucoup. Ce qui n'était d'ailleurs pas évident, parce que…

— Oh ! s'interrompit-il tout haut, attirant l'attention de la femme devant lui.

Il lui adressa un sourire d'excuse absent et se concentra sur cette dernière idée.

Si elle était partie, c'était justement à cause de tous ces signaux ! De la chaleur entre eux, de l'attirance réciproque.

Non, minute, ce n'était pas tout à fait exact. Elle avait fui à cause des conséquences possibles de cette attirance. Mais oui ! Tout se mettait en place, maintenant. Il poussa un énorme soupir qui fit se retourner encore une fois la femme devant lui.

Par bonheur, celle-ci fut alors conduite avec ses amis vers une table et, quelques instants plus tard, il était lui-même installé dans un petit box devant un menu.

Il savait déjà ce qu'il voulait, aussi attendit-il avec impatience qu'on vienne prendre sa commande et qu'on la lui serve dans des boîtes à emporter. Puis, alors que les glaçons faisaient pétiller son Dr Brown's Cream Soda, il sortit son portable.

Il allait lui écrire un texto. Après avoir réfléchi un instant, il décida d'opter pour un ton léger, normal.

Je peux commander un deuxième knish si tu veux. Ou de la saucisse de foie, si tu préfères ?

Ce qui le fit sourire. Shannon avait une sainte horreur du foie sous quelque forme que ce fût. Cependant, son sourire s'évanouit rapidement. Les minutes s'écoulaient et peut-être n'aurait-il pas dû lui envoyer ce message. Elle était partie car elle était mal à l'aise, et il ne pouvait qu'en deviner la raison. Cette histoire de signaux ? Ou n'était-ce que vœu pieux de sa part ? Il devenait tout chose quand il la touchait, ou qu'il la voyait, ou qu'il pensait à elle, mais peut-être que, dans le fond, elle ne ressentait pour sa part rien de particulier…

Peut-être que c'était *lui,* et pas les conséquences d'une éventuelle relation ensemble, qui la mettait mal à l'aise. Si elle était venue voir l'appartement ce soir, c'était parce qu'elle s'était sentie obligée de le faire. Il était le meilleur ami de Danny et faisait en quelque sorte partie de la famille. Bien sûr qu'elle allait l'aider à trouver un logement. Elle voulait le voir quitter la maison. Sa maison ! Doux Jésus, qu'avait-il…

Un petit bip lui annonça l'arrivée d'un texto. Il saisit son portable avec une telle précipitation qu'il faillit le faire tomber.

Merci, mais je n'ai plus faim… Vraiment désolée d'avoir filé ainsi.

T'inquiète. Ça n'est pas grave, lui répondit-il un peu dépité.

Si. C'était vraiment grossier. En fait, je voulais te poser une question.

Je t'écoute. Enfin, j'ai les yeux grands ouverts, plutôt.

Qu'allait-elle donc lui demander ? Son corps se contracta malgré lui, ce qui n'avait aucun sens, vu que la question allait probablement être anodine.

Ça te dirait de sortir avec quelqu'un pendant ton séjour ?

Nate sentit les battements de son cœur s'accélérer. Sortir avec quelqu'un ? Elle lui demandait de sortir avec elle ? Donc, il avait vu juste. Il avait eu raison de croire aux signaux. Il le savait ! Une telle attirance entre deux êtres, c'était trop fort, trop évident. Euh, surtout pour lui qui, avec une simple serviette autour des reins, commençait à avoir un début d'érection. Toutefois, il devait encore se montrer prudent. Ce serait trop bête de l'effrayer maintenant.

Bien sûr. Qu'as-tu en tête ?

Il patienta en buvant son soda. Et patienta encore. Elle devait rédiger un texto rudement long pour prendre tout ce temps. La serveuse arriva, et il garda les yeux sur son portable alors qu'elle disposait les plats sur la table.

Il était de nouveau tendu, mais d'excitation, cette fois-ci.

Ma cousine Ariel a fait ta connaissance au mariage l'autre jour, et elle aimerait beaucoup boire un verre avec toi demain soir chez Molly's. C'est une fille bien. Très jolie. Elle te plaira.

Un petit cri de stupéfaction lui échappa d'un seul coup. Non seulement il ne se souvenait pas d'avoir rencontré une quelconque Ariel au mariage, mais en plus il n'avait *aucune envie* de sortir avec elle. Aucune. Qu'est-ce que c'était que ce guêpier ?

D'accord. Donne-moi son tél. Je l'appellerai.

Il eut un mal fou à taper ces quelques mots, qui lui envoyaient comme un uppercut à l'estomac. Il trembla en appuyant sur la touche *Envoi*, mais alla au bout.

Le laps de temps qui suivit lui permit de comprendre que les boîtes apportées par la serveuse n'étaient pas assez grandes. S'il n'avait plus faim, il allait tout de même résister à son envie de fuir en laissant tout derrière lui. Ce serait ridicule. Shannon ne le blessait pas intentionnellement. Il n'y avait rien entre eux, il ne pouvait rien y avoir entre eux, c'est tout. Ce qu'il avait éprouvé était un intérêt unilatéral. Ça arrivait ! Enfin, pas à lui, ou en tout cas jamais jusqu'aujourd'hui, ce qui expliquait sa surprise. Mais il fallait qu'il se rende à l'évidence : il était juste le meilleur ami de son frère, rien de plus.

En fait, elle faisait ce que font les amis. C'était gentil de sa part d'essayer de lui trouver quelqu'un. Quelques rendez-vous l'occuperaient en attendant d'aller retrouver sa vraie vie.

Un autre texto arriva. Il ferma les yeux et pria pour qu'elle ne lui dise pas au revoir.

Elle lui disait au revoir.

Shannon sut qu'il était rentré. Oh ! elle ne l'entendit pas — la vieille maison était très bien insonorisée — mais, pour une raison quelconque, Danny toqua à sa porte pour lui annoncer l'arrivée de Nate. Au moins son frère n'avait-il pas ouvert la porte. Sage décision. Elle redoutait surtout d'être vue comme ça par Nate. Enfouie sous les couvertures dans sa chemise de nuit en flanelle ; la télévision allumée sur une émission inintéressante, son ordinateur portable sur les genoux, inutilement ouvert sur un site de marketing, et un bol de macaronis au fromage Kraft's dans les mains. Les pâtes à la teinte bizarrement orangée disparaissaient à grandes cuillerées dans sa bouche.

Elle fredonna quelques mesures de *I Feel Pretty* — « Je me trouve jolie » — avant de s'avachir contre ses oreillers. Comment en était-elle arrivée là ? Et pourquoi, mais *pourquoi* ce non-début de relation avec Nate lui pesait-il tant sur le cœur ?

Elle devait faire un transfert. Mieux valait être obsédée par un homme que par la peur de voir sombrer l'imprimerie. C'était moins effrayant que de se répéter à longueur de temps que tout allait s'arranger, que la famille s'en sortirait, que le combat pour conserver l'entreprise et la vieille maison était possible, tout cela en sachant qu'il s'agissait de mensonges… Oui, mieux valait penser à un homme quand la vérité était aussi dure : elle ne pouvait laisser couler l'entreprise. Tout, en elle, lui disait de tenir bon. Ce que possédait sa famille était précieux, il fallait le conserver, et l'argent — même à profusion — ne saurait remplacer la tradition, les leçons, les efforts qu'avaient consacrés des générations à bâtir cela.

Peut-être que son béguin — y avait-il mot plus approprié ? — pour Nate était une autre façon de s'accrocher au passé. Il n'avait probablement rien à voir avec l'homme qu'il était à présent, mais tout avec ce qu'il représentait pour elle. La continuité. Les souvenirs que l'on chérit.

Elle posa le bol quasiment vide sur sa table de nuit avec une grosse envie de pleurer. Elle n'aurait jamais dû suivre ces cours de psychologie au City College.

Elle retrouva la télécommande, éteignit la télévision, fit de même avec son ordinateur et le glissa sous le lit. Un clic, et le noir se fit dans la chambre, permettant au réveil lumineux de la narguer avec son gros 20 h 30 rouge. Jamais elle ne s'était couchée aussi tôt. Essayer de dormir à cette heure-ci était une vue de l'esprit, mais elle allait essayer quand même.

Qu'allait-elle faire demain matin, comment se comporterait-elle avec Nate, elle n'en avait aucune idée. Elle était plutôt bonne comédienne, mais à ce point, ce n'était plus de la comédie. Un seul regard lui suffirait pour comprendre. Douleur, désir, jalousie, tristesse.

Ariel était une fille bien. Nate était aussi un type bien. Et s'ils couchaient ensemble, Shannon se briserait comme un verre qui tombe sur le carrelage.

Peu importait qu'il ne soit jamais à elle, que son désir pour lui n'ait aucun sens, qu'elle se comporte de façon ridicule. Elle ne le connaissait même pas assez bien pour l'apprécier autant.

Réfléchis ! Peut-être qu'elle avait raisonné à l'envers, peut-être qu'il serait plus simple de songer à la fermeture de l'imprimerie. Au moins, sa tristesse aurait un sens.

Un rai de soleil vint lui chatouiller le visage et l'éveilla en sursaut. Shannon était abasourdie d'avoir dormi aussi profondément malgré tous ses soucis. A peine fut-elle éveillée que se déclencha son réveil, qu'elle éteignit aussitôt.

Elle avait du sable dans les yeux et la bouche empâtée. Elle ne s'était pas brossé les dents la veille au soir, elle qui, pourtant, ne se couchait jamais sans le faire. Et, à en croire ses yeux gonflés dans la glace, elle avait pleuré.

Elle devrait s'en souvenir, non ? Vu l'état de son lit, elle s'était beaucoup retournée dans la nuit. Mais bon, il était 6 heures, et elle ferait mieux de filer prendre sa douche. Elle achèterait un truc à manger sur le chemin du travail et, si le café n'était pas prêt, elle en achèterait aussi, tant pis. Car ce qui comptait le plus, là, c'était de partir aussi vite que possible avant de tomber sur Nate. Si elle était moins à fleur de peau, elle serait restée, lui aurait montré la photo d'Ariel, en lui vantant ses mérites, elle aurait agi comme l'amie qu'elle prétendait être. Mais… elle ne pouvait pas. Pas avec les yeux bouffis. Pas aussi tôt le matin. Elle lui enverrait la photo, c'est tout. C'était à cela que servaient les portables, non ? Aucune importance. Elle sauta du lit, rassembla ses affaires, passa son peignoir et courut à la salle de bains. Le cliquetis du verrou lui apparut comme un son très agréable, et l'eau chaude de la douche apaisa un peu la tension qui envahissait de plus en plus sa vie. A ce train-là, elle aurait un ulcère à trente ans. Formidable.

Elle ne perdit pas plus de temps et se lava en un temps record. Et elle fut ravie que le miroir soit embué, car elle n'avait pas envie de se regarder. Elle se contenta d'un maquillage minimal, même si elle en aurait eu besoin de bien plus que ça, et quitta la salle de bains.

De retour dans sa chambre, elle se vêtit, attrapa son iPod, se planta les écouteurs dans les oreilles et monta le son. Avec l'intention d'écouter de la musique en allant travailler, et de ne l'éteindre qu'une fois sa journée de travail entamée.

Ce fut une technique très efficace, du moins jusqu'à l'instant où elle percuta Nate dans la cuisine.

— Désolé, dit-il.

Elle ne l'entendit pas, mais put lire sur ses lèvres. Elle fut un instant tentée de fuir sans un mot, mais finit par renoncer. Toute cette histoire ne rimait à rien. Elle allait devoir lui faire face tôt ou tard, alors pourquoi pas tout de suite ? Quand elle éteignit sa musique, le silence lui parut assourdissant.

— Tu vas bien ?

— Je n'avais pas vu que tu étais là, fit-elle en enlevant ses écouteurs.

— C'est ce que je vois. Tu dois vraiment l'aimer, ta musique, pour l'écouter aussi fort.

— C'est important, la musique.

— Tes tympans aussi.

— Merci du conseil, docteur. J'en tiendrai compte.

— J'étais en train de me faire un café.

Le bol vide qu'il avait en main le lui avait déjà indiqué, mais la repartie cinglante qu'elle préparait mourut dans sa gorge lorsqu'elle découvrit son pyjama. Le Spiderman d'autrefois avait fait place à l'élégance ultime. Un pyjama prince-de-galles à passepoil bleu sous une robe de chambre blanche duveteuse… Une chose qu'elle aurait peut-être imaginée dans un film, mais pas dans sa cuisine ! Cette splendeur vestimentaire était quasi éblouissante, surtout que ses frères étaient de bons vieux adeptes du T-shirt-caleçon du matin, et que son père était abonné à la flanelle. Nate, lui, dans cette tenue, était magnifique. Et sexy.

Elle prit un mug dans le placard pour reprendre ses esprits et cacher son éblouissement.

— Tu emportes de quoi déjeuner au travail ? lui demanda Nate.

— Je n'y ai pas réfléchi, répondit-elle, occupée, très occupée, à doser son café à emporter.

— Je peux t'en préparer un, si tu veux. Et au fait, je plaisantais, avec la saucisse de foie. Je ne te ferais jamais ça !

Elle s'efforça de rire, mais le son qui sortit de sa bouche ressembla davantage à une quinte de toux.

— Sympa, de t'en être souvenu.

— Sympa, de m'arranger un rencard avec ton amie.

— Ma cousine.

— C'est vrai, ta cousine. Ariel, c'est bien ça ?

— Oui.

Elle veilla à conserver une voix pleine d'entrain. A sourire en prononçant son nom. Cela fonctionna à merveille.

— J'ai beau essayer, je ne me rappelle pas l'avoir vue au mariage.

— Il y avait tellement de monde…, répondit Shannon en se servant son café puis en le remuant d'un air très concentré.

— A vrai dire, j'ai cessé de m'intéresser aux autres après t'avoir vue.

Sa cuiller s'immobilisa, son cœur s'emballa. Elle n'osa pas lever les yeux. Si elle le regardait, elle allait tout lui confesser. Un seul regard, et elle se collerait dans un pétrin dont elle ne serait jamais capable de s'extirper.

Alors, elle rit. Le truc du sourire marchait aussi avec le rire. Enfin, en général.

— Tu as juste été surpris que je ne porte pas de tutu cette fois-ci, lança-t-elle en allant à l'évier pour éviter que la conversation se prolonge. Il faut que je file, mais…

Elle releva les yeux. Grosse erreur. Nate était planté là, juste dans sa ligne de vision. Et la façon dont il la regardait l'interrompit sur-le-champ.

Elle eut un coup au cœur et une bouffée de désir violent. Mais juste une seconde.

— Je vais t'envoyer sa photo, dit-elle en se détournant à demi pour tirer le rideau. Tu vas passer une journée splendide, j'en suis sûre.

Et elle quitta la cuisine aussitôt. Très vite. Elle enfila son manteau, attrapa sac et attaché-case et franchit la porte sans un mot. Ce ne fut qu'une fois dans le métro qu'elle songea que lui dire au revoir lui aurait peut-être paru plus naturel. Tant pis. Elle avait baissé sa garde juste un instant. Peut-être n'avait-il rien remarqué ?

- 7 -

A 14 h 30 précises, Nate sauta dans un taxi. Direction Fitzgerald & Sons. Il n'y était plus retourné depuis le lycée, mais connaissait toujours l'adresse par cœur. Il se souvenait d'un énorme bâtiment à l'odeur forte et entêtante — un mélange de colle chaude et des émulsions nécessaires aux lithographies. Le bruit était infernal à l'intérieur, et on lui avait imposé des boules Quies lorsqu'il l'avait visité. Cela n'avait sans doute pas changé.

Le taxi se fraya un chemin dans les embouteillages, et il sortit son portable pour passer un ou deux appels, avant de rédiger un texto à l'intention de Shannon.

Où es-tu ?

Elle ne répondrait peut-être pas. En voyant que le message était de lui, elle préférerait peut-être l'ignorer. Et il ne saurait jamais si elle avait éteint son téléphone, si elle était en réunion, ou si elle choisissait sciemment de ne pas lui répondre. Il garda toutefois les yeux sur l'écran.

Quelques minutes plus tard, sa réponse arriva.

Je suis au bureau. Pourquoi ?

Très occupée ? lui demanda-t-il.

Pas plus que d'habitude.

Ça t'ennuie si je fais un saut ?

Quand tu veux. Je suis là.

Il poussa un soupir de soulagement et rangea son portable dans sa poche. Il aurait été bien embêté si elle lui avait dit qu'elle n'était pas occupée. Mais il ne courait pas grand risque s'il en croyait Danny et tous ceux qui connaissaient Shannon : elle était toujours en mouvement. Quand elle ne travaillait pas à l'imprimerie, elle organisait un événement spécial à l'église ou une soirée de bienfaisance pour telle ou telle association.

Sans parler du blog de quartier, qu'elle supervisait activement. Quiconque vivait entre Midtown et SoHo connaissait Shannon. Rien d'étonnant, donc, à ce que ce soit elle qui édite le journal en ligne de Gramercy. Mais ses activités ne s'arrêtaient pas là. Danny lui avait raconté que, si elle n'était plus impliquée dans les représentations théâtrales, elle aidait néanmoins une troupe de comédiens amateurs et un studio de danse. Mme Fitz aussi lui avait dit beaucoup de choses au sujet de Shannon, énormément même. Elle admirait sa fille, de toute évidence, et il y avait de quoi. Shannon était une bénédiction pour sa famille, mais elle travaillait vraiment très dur, elle en faisait trop, et pour quoi ? Mme Fitz, qui faisait des moulinets avec sa cuiller pendant qu'elle lui parlait de Shannon, avait répandu de la soupe sur la table et, une éponge à la main, Nate l'avait suivie à la trace, opinant de temps à autre à ses paroles, et ravi de constater qu'elle n'avait pas changé d'un iota.

Celle qui avait changé, en revanche, c'était Shannon. Il ne parvenait plus à penser à elle comme à l'enfant qu'elle avait été. Les souvenirs d'elle à l'époque avaient été remplacés par les images toutes récentes de la jeune femme époustouflante qu'elle était devenue.

Non, vraiment, il n'y avait pas à dire. Ce qu'il y avait eu de mieux dans son séjour à New York, jusque-là, c'était elle. Le café du matin, quand elle le regardait d'un air encore endormi. Chez Molly's, quand son rire couvrait le brouhaha de la foule. N'importe où, du moment que Shannon était là.

Il ressentait d'autant plus le besoin de la voir qu'il venait de passer la journée avec des hommes de loi, à pinailler sur un contrat si complexe qu'il en avait encore la tête qui tournait. Les petites combines et le jargon juridique, il en avait jusque-là ! Il avait d'ailleurs eu du mal par moments à se concentrer. L'allure si sexy de Shannon, lorsqu'il l'avait croisée le matin, lui revenait régulièrement à la mémoire, et il devait bien admettre qu'une petite fièvre s'était emparée de lui depuis, mobilisant toute son attention. Il avait eu la sensation de l'avoir vue nue. Le désir avait été patent dans son regard, à tel point qu'il s'était senti traversé par une décharge électrique.

Nate regarda la rue à travers la vitre. Il n'était plus qu'à quelques mètres de l'imprimerie. Et Shannon s'y trouvait. Jamais il n'avait éprouvé tant d'impatience. Il voulait savoir, enfin. C'est tout. Savoir.

Dans l'atelier, Shannon leva les yeux vers Brady, qui s'était tu en pleine conversation, au milieu du vacarme assourdissant. Son frère ne la regardait même plus, et il restait bouche bée, l'air surpris.

Shannon se retourna. Si elle s'était préparée à voir Nate, rien n'aurait pu prévenir l'effet qu'il eut sur elle.

Son corps tout entier réagit. Une chaleur intense remonta de son cou vers ses joues ; son cœur bondit dans sa poitrine et sa nuque se hérissa. C'était plus fort qu'elle.

Et lui savait. Il savait qu'elle le désirait, il l'avait vu sur son corps, dans ses yeux. Il savait que ça la dévastait de le donner à Ariel. Il l'avait vu ce matin, et peut-être même avant ce matin. Il savait qu'elle le voulait, qu'elle aimait l'imaginer nu, qu'elle s'était masturbée en pensant à lui et, oh ! Seigneur, peut-être avait-il entendu à travers la cloison quelque chose qu'elle aurait dit dans son sommeil… et maintenant il venait lui demander d'arrêter. De le laisser tranquille. De revoir en lui le simple ami de la famille.

Mais bon sang, qui était-elle, un animal incapable de se contrôler ?

Même le martèlement de la presse en action ne put rivaliser avec celui de son cœur alors qu'il approchait. Il salua Brady d'un hochement de tête, puis la regarda.

Sourire, il fallait qu'elle sourie, elle le savait. Par pure politesse. Elle réussit seulement à déglutir, et péniblement encore.

Il pointa un doigt vers les bureaux — son bureau. Elle trébucha, reprit le contrôle de sa démarche et le précéda, les poings serrés jusqu'au moment où elle lui ouvrit la porte pour le laisser entrer.

En passant devant elle, sa main effleura le dos de la sienne, et celle-ci s'ouvrit pour le toucher, mais juste une seconde. Elle referma machinalement la porte et enleva ses protections auditives, qu'elle reposa dans leur coupelle de céramique.

Elle profita que Nate enlève son manteau pour passer derrière son bureau. Quand il se retourna vers elle, il parut déconcerté par la distance qu'elle venait de mettre entre elle et lui.

— Je crois bien avoir reconnu deux ou trois personnes, tu sais, commença-t-il par dire. Et je ne parle pas de Brady, bien sûr. Pourtant, je ne suis pas revenu depuis des années. Je crois que la dernière fois, c'est quand j'ai travaillé ici, l'été avant l'université.

— C'est normal, certains des employés sont là depuis plus de vingt ans.

— Il y en avait davantage avant, non ?

Elle s'humecta les lèvres, et chercha des yeux une bouteille d'eau tant elle avait la gorge sèche.

— On a dû réduire les effectifs. Comme toutes les entreprises dans le coin. C'est dur, ces derniers temps.

Il avança doucement, mais pas dans la direction de la chaise réservée aux invités.

Et elle ne sut pas s'il attendait qu'elle s'asseye ou…

— Que fais-tu ici ? lui demanda-t-elle alors, n'y tenant plus.

Il écarquilla de nouveau les yeux, lèvres entrouvertes. Puis il se reprit, sourit, et redevint le Nate habituel. Calme, confiant, comme s'il savait quelque chose qu'elle ignorait.

— J'espérais pouvoir discuter un peu avec toi, si tu n'y vois pas d'inconvénient.

Allons bon ! Tout ce qu'elle avait à faire était de répondre par la négative ; prétendre une réunion imminente, ou autre chose. Mais au même moment lui revint leur échange de textos.

— Eh bien, ça dépend, parce que j'ai encore beaucoup de travail. Mais tu sais, j'ai eu le temps de réfléchir à l'appartement de l'autre jour. C'est une affaire, je pense.

— Je ne suis pas venu parler immobilier, dit-il en faisant un autre pas vers elle.

Elle attira sa chaise plus près, comme si son bureau était une barrière suffisante.

— Alors là, je ne comprends pas.

— J'ai annulé le rendez-vous avec Ariel, et je me suis dit qu'il serait plus correct de t'en informer.

— Pourquoi ? s'enquit Shannon, qui s'attendait à tout sauf à cela.

Nate lui sourit de nouveau.

— J'espère ne pas être cause de problèmes entre vous. Je lui ai dit que cela n'avait rien à voir avec elle, et elle a très bien réagi. Elle ne m'a pas paru particulièrement déçue.

— Mais de quoi parles-tu ? répondit Shannon en écartant sa chaise pour faire le tour du bureau. Tu es beau, tu as une belle situation, mais surtout, tu es un de ces héros qui viennent en aide aux victimes des pires cataclysmes, et tu es drôle. Tu as bien changé sur ce dernier point, d'ailleurs… Avant, Danny et toi, vous étiez vraiment au ras des pâquerettes, mais maintenant tu fais preuve d'un esprit que n'a pas mon frère, loin de là. Alors, ne va pas dire que tu n'es pas assez bien pour elle, parce que c'est faux. Elle aurait beaucoup de chance de sortir avec toi.

Elle ne sut comment interpréter le regard que Nate lui adressa, un mélange de perplexité et de stupéfaction, sans doute. Il faut dire qu'elle avait été un peu loin. Sa nervosité avait pris le pas, et elle s'était laissé emporter. Chaque fois qu'elle était nerveuse, tout s'embrouillait si elle n'avait pas des habitudes auxquelles se raccrocher, ou des réponses toutes prêtes à des questions qu'on lui avait mille fois posées.

— Ce que je voulais dire, commença-t-il prudemment, c'est qu'on ne se connaît pas, Ariel et moi. Pour ce qu'elle en sait, je pourrais être le pire type avec qui passer une soirée. Je ne pense pas l'être, mais c'est très subjectif.

Elle inspira. Relâcha son souffle. Regarda ses yeux noisette, la gentillesse de son sourire. Il avait de superbes dents, vraiment superbes. Blanches et bien alignées, et ses lèvres… elles étaient juste de la bonne taille pour son visage. Il était vraiment beau, mais d'une façon inoffensive. Il n'en jouait pas, n'en rajoutait pas. En fait, elle se sentait bien en sa présence, détendue, du moins quand elle ne se comportait pas comme une idiote en s'affolant à l'idée de son corps nu.

— Eh bien, euh… d'accord, en ce cas. Merci de m'en avoir avertie.

Sur ce, elle fit demi-tour, retourna derrière son bureau et tira de nouveau sa chaise à elle.

Nate éclata de rire, mais le cacha bien vite en simulant une quinte de toux. Bon sang, que c'était dur de ne pas laisser libre cours à sa joie de vivre ! Il avait la tête qui tournait depuis l'instant même où il avait vu le visage de Shannon dans l'atelier. Elle lui avait semblé à la fois paralysée et agitée, dans tous ses états même. Il n'entendait rien à cause du boucan, mais peut-être que cela l'avait aidé à remarquer la façon dont ses yeux s'étaient agrandis, son souffle accéléré. Elle lui avait paru sur les starting-blocks, pressée d'entendre la sonnerie de départ.

Ses poings serrés l'avaient fait douter de de sa décision. Avait-il bien fait de venir ? Car si ces poings, si serrés que ses articulations avaient blanchi, n'étaient pas un signe d'anxiété, il ne connaissait plus rien à rien.

La vraie question restait celle-ci : qu'avait-elle eu tant envie de fuir ? Lui ? Avait-il dit une énormité sans s'en rendre compte ? Quelque chose était-il arrivé entre l'appartement et le taxi, qui avait fondamentalement changé son attitude envers lui ? Ou peut-être était-ce un souvenir, celui d'un mauvais comportement dont il aurait fait preuve naguère et qui serait remonté à sa mention des knishs.

Mais… si elle avait soudain pris conscience qu'il fallait l'éviter à tout prix, que voulait dire tout ce discours sur son statut de héros et sa beauté ?

Nate ne put s'empêcher de sourire encore. Elle le trouvait beau. C'était plutôt sympa. Il n'y avait pas de quoi en faire un fromage, mais c'était agréable à entendre, surtout de la part d'une fille qui était elle-même une bombe.

Peu importait. Bombe ou pas, il était venu dans un but précis et avait besoin de savoir. Il laissa passer un blanc, attendant qu'elle le regarde de nouveau, et demanda, quand leurs regards se rencontrèrent :

— Que se passe-t-il, Shannon ?

Elle se figea encore une fois.

— Que veux-tu dire ?

— Le taxi, hier. Ce matin. Ai-je fait ou dit quelque chose qui t'a offensée ?

— Non ! répondit-elle trop fort et trop haut pour ne pas l'intriguer.

— Non, ne sois pas bête, reprit-elle plus bas.

Les joues de plus en plus colorées, elle recommença à éviter son regard, à éplucher le haut du dossier de sa chaise, à se déplacer de côté, en bougeant d'un centimètre à la fois…

— Bien sûr que non, tu ne m'as pas offensée, reprit-elle en murmurant.

Nate tourna la tête et regarda derrière lui pour trouver une personne, ou une caméra, quelque chose expliquant cette scène insensée qu'elle lui jouait. Mais il n'y avait qu'eux ici, elle et lui, c'est tout.

— Veux-tu un café ? lui demanda-t-elle gaiement. Je crois qu'il y a encore des beignets, mais pas les meilleurs. Ceux à la crème partent en premier, tout le monde les adore.

— Non, merci.

— Pas de café, alors ?

— Non, merci.

Elle continua à lisser de sa main le dossier de sa chaise. Puis elle lui lança un sourire désarmant quand le silence se fut étendu un peu trop longtemps.

— Du thé, peut-être ?

— Shannon, s'il te plaît ? Tu es ma…, commença-t-il avant d'hésiter, pas certain de ce qu'il devait dire. Je reconnais qu'on n'était pas très proches quand on était enfants, mais on n'est plus des enfants, et j'adore discuter avec toi, maintenant. Je voudrais mieux te connaître encore. En tant qu'amie.

Il fit quelques pas vers elle, veillant à ne pas avancer trop vite, de peur de l'effrayer et de la voir s'enfuir.

— Et en tant que femme aussi. L'autre soir, chez Molly's, on a passé un bon moment, non ? Et les matins, quand on boit le café ensemble ? Tu es venue m'aider pour l'appartement hier, et puis… je ne sais même pas ce qui s'est passé. J'ai dû te contrarier d'une manière ou d'une autre, et si je l'ai fait, j'en suis sincèrement désolé. Ce n'était pas délibéré.

— Ce n'est pas ça, Nate.

Elle avait parlé d'une voix si basse qu'il ne fut pas sûr d'avoir bien entendu.

— Pardon ?

— Tu n'as rien fait de mal, tu ne m'as pas contrariée.

— Mais alors, pourquoi est-ce que je te rends si nerveuse ? Je ne comprends pas.

Elle eut un air si malheureux qu'il eut envie de la prendre dans ses bras pour la consoler, ou de lui raconter une histoire drôle pour la dérider. Mais il n'avait aucune plaisanterie sous la main, en tout cas aucune qui pourrait arranger la situation. A part s'en aller, et il se refusait à le faire. Si tout devait continuer entre eux ainsi, s'il devait continuer à ne pas savoir, il deviendrait fou. Si c'était réellement l'intérêt qu'elle suscitait en lui qui était le nœud du problème, il cesserait. Sans trop savoir comment, mais il y arriverait. Il ne s'autoriserait plus à songer à elle, il s'éloignerait, se détournerait. Ce serait dur, bien sûr, car il ne rêvait plus que d'une chose : la découvrir, la savourer avec la délicatesse dont on use pour boire un champagne millésimé.

— Ce n'est pas ta faute, reprit-elle, et il crut qu'elle allait tout lui expliquer.

Ce ne fut pas le cas. Elle baissa la tête une seconde.

— C'est le travail. Je suis inquiète. Tant de gens impriment les choses eux-mêmes à présent qu'on a dû procéder à des ajustements. Les employés ne sont pas à la fête, surtout qu'on a dû mettre un terme aux assurances sociales. Ça leur a fichu un coup, mais ça finissait par nous ruiner. Mais je ne me décourage pas pour autant ! Je vais trouver de nouveaux clients. Avant même que tu t'en aperçoives, on tournera de nouveau à fond. D'ailleurs, j'ai un rendez-vous avec un représentant de Carnation Foods. L'impression d'étiquettes de boîtes de conserve est un marché très lucratif dans lequel on n'avait jamais cherché à s'introduire. Et puis il y a aussi l'impression à compte d'auteur, un tout nouveau domaine.

Quelque chose dans sa voix lui parut sonner faux. Oh ! que l'imprimerie ait des difficultés financières, il s'y attendait, mais ce qu'il y avait entre eux deux n'avait aucun rapport avec tout cela.

— Et c'est ça qui t'a fait filer comme un lapin au beau milieu de la rue ? Quand tu as sauté dans le taxi ? A cet instant précis, tu t'es rendu compte que tout n'allait pas bien à l'imprimerie ?

Les joues toujours aussi enflammées, Shannon se tourna vers la droite, comme si elle avait à ranger des documents dans l'immense classeur, dans l'angle du bureau.

— Non, pas à ce moment-là, balbutia-t-elle.

— Shannon ? Je…

Elle haussa les épaules, et se retourna vers lui avec un sourire qui n'atteignait pas ses yeux.

— Il faudrait que je me remette au travail, Nate. Excuse-moi.

— C'est vrai, dit-il, avec l'envie de donner un grand coup de pied sur la chaise face à lui.

Tout en lui bouillonnait. Il ne s'était jamais trouvé dans une telle situation. Sans savoir en plus comment il pourrait l'obliger à lui dire la vérité. Puis une pensée l'effleura, et il prit une mine préoccupée.

— Est-ce que tout va bien pour toi ? Tu n'es pas malade, au moins ? demanda-t-il d'une voix cassée.

— Non, je te remercie, tout va bien. Il n'y a rien qui cloche, Nate. Je suis désolée si mon comportement te paraît un peu inégal, mais j'ai toujours été un peu bizarre. Tu me l'as dit assez souvent pour que je m'en souvienne.

— C'était différent. Toi et tes diadèmes de princesse…

— J'étais alors une petite fille affublée de quatre grands frères qui adoraient me faire tourner en bourrique et transformer ma vie en enfer. Et tu ne valais pas mieux !

— J'en suis désolé, Princesse.

— D'ailleurs, cette histoire de diadème, c'était plus une idée de ma mère que de moi ! lança-t-elle et, pour la première fois, le sourire qu'elle lui adressa fut authentique.

— N'empêche que tu adorais ça. Etre sur scène, faire toutes ces pirouettes, chanter, prendre la pose…, la taquina-t-il en retrouvant le sourire à son tour.

— C'est vrai.

— Quand j'ai été assez grand pour apprécier tes talents,

j'étais aussi trop occupé à traverser la puberté pour y prêter attention. Pour cela aussi, je suis désolé.

— Tu n'as pas manqué grand-chose.

— Je crois que si, j'ai manqué beaucoup, dit-il.

Il avait baissé la voix et s'était approché du bureau.

Et soudain, il le retrouva, le regard de ce matin. Ce regard si intense, brut, chargé de désir, et il ne pouvait en aucun cas s'y tromper. Son sang bouillonna dans ses tempes. Tout son corps se mit à vibrer. Il fit le tour du bureau et repoussa cette fichue chaise contre le mur. Il savait ce qu'il voulait. Et il savait ce qu'elle voulait. Il pressa son corps contre le sien. Elle inclina la tête et entrouvrit les lèvres.

Il lui empoigna les bras et l'attira dans un baiser qui effaça tout ce qui n'était pas le goût et le parfum de Shannon Fitzgerald.

- 8 -

Shannon se figea. Elle cessa de respirer, de bouger, de penser. Les lèvres de Nate. Les siennes. Ensemble. Dans un baiser. Oh.

Puis sa langue, le bout de sa langue, qui glissait sur sa lèvre inférieure, et les étincelles qui explosaient en elle mieux qu'un feu d'artifice, et elle renonça, elle s'y abandonna. Elle posa les mains sur ses hanches, sous son manteau, entrouvrit les lèvres et prit ce qu'il lui offrait.

Penser ? Plus tard. L'heure était au feu et aux frissons délicieux. Elle avait tant voulu cela que, même si elle devait s'arrêter là, car ils finiraient bien par devoir arrêter, elle conserverait toujours en elle l'empreinte de ce baiser ardent.

Rien, entre eux, ne pourrait aller plus loin que la pression de sa bouche sur la sienne et la caresse de sa langue, mais elle en garderait toujours le souvenir, et c'était déjà quelque chose.

Il se recula, et peut-être ne fut-ce que pour respirer, ou pour changer de position, mais si ce n'était pas le cas ? Elle le suivit, se pencha vers lui, le pourchassant. Ça ne pouvait pas être fini, pas déjà, pas alors qu'ils ne pourraient peut-être jamais…

Son souffle sur ses lèvres et son menton, l'éloignement de sa bouche, lui firent ouvrir les yeux. Il était encore tout près, il avait toujours les mains refermées sur ses bras, mais il avait l'air stupéfait, comme s'il ne savait pas comment il avait mis fin à ce baiser. Il n'avait pas l'air désolé, en revanche. Il souriait. On aurait dit qu'il pouvait se mettre à rire, ou à crier, et ce ne fut pas une surprise pour elle lorsqu'il regarda partout dans le bureau, car elle aussi avait besoin de reprendre ses esprits.

Il se rapprocha néanmoins d'elle. Le sourire toujours rayonnant, les yeux assombris par un éclat infiniment sensuel, il la contempla. Sa main droite hésita devant son visage avant que, du bout des doigts, il trace un chemin de sa joue rouge jusqu'à sa tempe.

— Tu es si belle, dit-il avant de vaguement tressaillir. Plus que belle. Comment es-tu devenue aussi belle ? Quand ?

— Tu es parti, Nate. Tu ne m'as pas vue grandir.

— Mais je vois la femme magnifique que tu es devenue.

Pourrait-elle s'empourprer davantage ? Elle en doutait.

— Toi aussi tu as changé, chuchota-t-elle. En bien…

— J'ai vieilli, du moins, répondit-il tout en glissant lentement, délicatement, les doigts dans ses cheveux. Et je suis plus sage maintenant, avec un peu de chance.

— Tu es devenu très séduisant, affirma-t-elle paniquée.

Mon Dieu, si « plus sage » pour lui signifiait qu'ils s'arrêteraient au stade du baiser…

— Je suis plus sage mais je n'ai pas envie de m'arrêter là, lui susurra-t-il alors à l'oreille.

— Personne ne te demande d'arrêter, dit-elle en se rapprochant de lui et en laissant son corps se presser contre le sien.

— Mais…

— Pas déjà, murmura-t-elle en fermant les yeux. S'il te plaît.

— Non, pas déjà, répéta-t-il avant de l'embrasser encore.

Cela semblait impossible, mais ce second baiser fut encore meilleur que le premier. Elle comprit à quel point elle l'excitait, non seulement à la passion qu'il mit dans ce baiser, mais aussi à son érection croissante qu'elle sentait contre ses hanches.

— Shannon, chuchota-t-il en se reculant.

Puis sa bouche reprit la sienne, comme si cette infime distance entre eux était insupportable.

Ses mains se firent aussi possessives que ses lèvres et coururent partout sur ses épaules, son dos, ses fesses.

Elle sourit contre sa bouche au beau milieu du baiser. Puis elle balança les hanches en avant. Oh ! pas beaucoup, pas pour lui donner un coup ou se frotter contre lui, non, juste pour lui dire oui, lui donner la permission de continuer à faire monter en elle ce désir fou.

Si seulement il n'y avait pas tous ces vêtements entre eux. Elle rêvait tellement de toucher son torse nu depuis l'instant…

Un coup frappé à la porte la fit hoqueter et bondir en arrière.

Nate était déjà à cinquante bons centimètres d'elle, de la panique dans les yeux, mais elle devait avoir l'air aussi coupable que lui.

— Assieds-toi, ordonna-t-elle.

Il opina, fit le tour du bureau, s'assit et croisa les jambes pour cacher son érection.

Elle tira sa chaise, remit de l'ordre dans sa tenue, et poussa un énorme soupir en priant pour ne pas être rouge brique lorsqu'elle ouvrirait la porte.

— J'ai besoin de ton aide, lança Brady en lui jetant à peine un coup d'œil avant de repartir dans l'atelier.

Elle referma la porte, appuya la tête contre le battant et s'efforça de discipliner son souffle.

— J'y vais, lui dit Nate, manifestement conscient de son trouble.

— D'accord. Merci pour…

Il s'éclaircit la gorge et l'interrompit.

— On se voit plus tard.

Elle sortit de son bureau et attrapa à la dernière seconde ses protections auditives. Elle avait la tête bien ailleurs.

A vrai dire, elle ne pouvait plus penser qu'à une chose :

elle venait de faire la plus grosse bêtise de sa vie. Et pourtant, ils n'avaient guère échangé qu'un baiser.

Même deux heures plus tard, Nate ne pouvait toujours pas cesser de penser à ce baiser. Il s'était surpris lui-même et n'avait rien prévu, sinon, jamais cela n'aurait eu lieu dans le bureau de Shannon, où n'importe qui pouvait entrer sans frapper. Mais aussi, peut-être avait-ce été une bonne chose que Brady ait frappé, car il n'aurait sans doute pas pu interrompre ce baiser tout seul. Une chose était sûre et certaine à présent, ils avaient tous deux quelques questions à se poser.

Il arriva dans un de leurs vieux repaires, à Danny et lui — le terrain de basket, à quelque distance de la maison familiale —, étonné de ne pas le trouver grouillant de gamins. Jamais encore il ne l'avait vu vide. Ça n'avait aucun sens, un terrain vide. Sans même réfléchir, Nate se mit à escalader la grille et atterrit sur le bitume craquelé et inégal en manquant de se rompre le cou.

La parcelle appartenait à une famille qui possédait d'autre part un bon nombre de drugstores. Ils l'avaient transformée en terrain de basket, l'avaient dotée d'un éclairage pour les soirées, avaient construit une resserre et en avaient fait quelque chose de bien. Des graffitis se succédaient en permanence sur les deux murs, et la grille avait été érigée quand Nate avait quatorze ans. Dans le voisinage, tout le monde venait y jouer. En toute civilité.

La bonne volonté avait probablement eu un terme. Ou peut-être qu'un terrain de basket n'avait plus autant de valeur quand les gens avaient du mal à nourrir leurs familles. Ça ne l'en rendit pas moins triste, et il hésita entre rester un peu ou aller boire une bière chez Molly's.

Mais, quoi, il était 16 h 30 ce vendredi, et il pourrait tout aussi bien faire quelques paniers en attendant que quelqu'un vienne jouer avec lui. Dans tous les cas, ce serait un bon moyen de se dépenser un peu et de brûler des calories. C'était toujours dans ces moments-là qu'il réfléchissait le mieux.

Il jeta son manteau sur un banc, ravi d'avoir apporté le ballon trouvé dans la chambre de Myles. Dribbler ne s'avéra pas facile entre les crevasses et les boursouflures du sol mais, au moins, le panier était encore en bon état, même s'il manquait la moitié de son dosseret.

Il se planta là où il imagina être la ligne de tir, lança, et manqua le panier. Ce qui ne l'étonna pas plus que ça. Cela faisait très longtemps qu'il n'avait plus joué au basket, mais son corps se souvenait des bons gestes. Et puis, il n'avait jamais arrêté de pratiquer du sport.

A Bali, où il séjournait entre deux missions, il faisait du kayak, il nageait beaucoup, son club de gym ne disposait pas d'un terrain, et il avait davantage eu l'occasion de travailler son billard que son basket. De toute façon, il n'avait jamais été parmi les meilleurs, mais cela ne l'empêchait pas d'adorer y jouer.

Faute de dosseret complet, il devait courir après chaque ballon manqué et, même s'il faisait frais, il se mit rapidement à transpirer. Et, le temps passant, il réussit de plus en plus souvent ses paniers.

Malgré sa course, il restait assez concentré pour pouvoir penser à Shannon.

Bon sang, quel baiser ! Comment tout cela allait-il évoluer ? Pourvu que les choses ne deviennent pas trop compliquées entre eux, enfin, pas trop bizarres !

A quoi s'attendait-il finalement ? A la prendre sur-le-champ, sur son grand bureau ? A ce qu'ils rentrent à toute allure chez ses parents et filent dans sa chambre pendant que M. et Mme Fitz regardaient la télévision en bas ?

Il y avait bien des raisons pour qu'une telle relation entre eux ne voie jamais le jour. Et aucune n'avait disparu avec ce baiser. Au contraire. Il était un hôte dans la maison familiale. Bon, d'accord, il pourrait retourner à l'hôtel, mais la perspective lui déplaisait.

Dans tous les cas, il allait vraiment devoir réfléchir. Oui, il la désirait comme un fou, mais il n'allait pas rester longtemps à New York, et il n'avait pas l'impression que Shannon soit le genre de femme intéressée par les aventures sans lendemain. Sans compter que ce n'était pas non plus ce qu'il voulait avec elle. Alors bien sûr, ce n'était pas une mauvaise chose quand l'envie était réciproque, mais les conséquences éventuelles le préoccupaient.

Selon ce que lui avait dit Danny, Shannon cherchait une vraie relation, durable. Elle n'attendait certes pas que ça lui tombe tout cuit dans le bec, mais elle avait des critères de choix précis.

Personne ne voudrait de lui au long cours, et surtout pas quelqu'un comme elle. Elle ne supporterait jamais son style de vie. Il ne pouvait l'imaginer à Bali, pas dans le Bali qu'il connaissait, en tout cas. Il ne vivait pas dans le milieu des expatriés, il ne traînait pas avec les habitués des séjours en centre de beauté. Il vivait à l'économie, dans une cahute près de la plage. L'électricité était défaillante, la plomberie aussi, et il dormait à même le sol sous une moustiquaire.

Un de ses amis, Anglais expatrié travaillant dans l'immobilier, lui avait réservé une chambre dans sa villa sur les hauteurs de South Bali. Il y entreposait ses vêtements et ses objets de valeur, mais il passait tant de temps dans des contrées inhospitalières en claquettes ou en bottes de travail qu'il n'y allait pas souvent.

Shannon était une femme élégante, distinguée, une femme qui préférerait toujours les villas aux cahutes.

Bon, elle était aussi une créature de rêve, et il l'appréciait beaucoup. Et le sexe compliquait les choses. Il n'avait peut-être pas envie de vivre à Manhattan, mais quand il y venait, il n'imaginait pas une seule seconde être accueilli ailleurs que chez les Fitzgerald. Se brouiller avec elle, avec eux, serait une catastrophe.

Ce qui était le plus bizarre, c'était que personne d'autre ne l'intéressait. Même si coucher avec elle n'était plus en option, il préférerait passer toutes ses soirées avec elle plutôt qu'avec n'importe quelle autre femme à New York.

Tout en se faisant ces réflexions, Nate fit quelques pas en dribblant, puis relança le ballon vers le panier. Il le projeta bien trop fort, il retomba vers la partie la plus obscure du terrain. Il n'avait pas vu que l'heure avançait. Le temps s'efface quand un homme se rend compte qu'il ne connaîtra plus de rapport sexuel avant au moins un mois.

Il s'essuya le visage à l'aide de son T-shirt et partit chercher son ballon. En se penchant pour le ramasser, il entendit une voix très distincte.

— M'man dit que tu ferais mieux de rentrer fissa, Nate Brenner. Elle ne s'est pas échinée toute la journée sur du ragoût au chou pour que tu puisses rester ici à faire joujou tout seul.

A ces mots et cette voix, il tressaillit et sourit dans le même temps. La tirade était pratiquement une copie conforme d'autrefois. A part qu'autrefois Danny jouait au basket avec lui, et que Shannon n'en disait pas autant. Il fut néanmoins ravi de son petit discours tout droit sorti de l'enfance. Bon, les choses ne seraient peut-être pas si bizarres entre eux, après tout.

— Dis-lui de se calmer, j'arrive ! répondit-il, ainsi que l'avait plus d'une fois braillé Danny.

Il se redressa et la vit, juste devant la grille. Elle avait les mains fourrées dans ses poches, et les derniers rayons de soleil faisaient étinceler ses cheveux. Elle ressemblait à une créature magique. Plus il avança dans sa direction, plus son sourire s'élargit.

— Comment as-tu deviné que j'étais là ? lui demanda-t-il sans cesser de sourire.

— M'man t'a vu sortir avec le ballon.

— Je ne l'ai pas vue, moi !

— Elle est douée pour ça.

— Quel œil de lynx.

— Je crois que ça vaut pour toutes les mères. Alors avec quatre gamins, tu imagines !

— Comment ça, parce que tu t'imagines qu'elle ne devait pas t'avoir à l'œil ? riposta-t-il en la regardant à travers le grillage, ravi de constater qu'il n'y avait aucune gêne entre eux.

— J'étais sa Princesse, n'oublie pas… J'étais donc la perfection incarnée, enfant.

— A t'entendre, on dirait que c'était la galère.

— Eh bien oui. Ce n'était pas toujours drôle, crois-moi.

— Tu as encore le temps de compenser ça, dit-il. Attrape !

Il lança le ballon par-dessus la grille et elle le rattrapa aussitôt. Il récupéra son manteau, commença son escalade et sauta un peu trop vite de l'autre côté. Il se fit mal au cou et maudit sa stupidité.

— Ah voilà ! s'exclama-t-elle en le regardant se frotter le cou. Je ne suis pas la reine pour m'attirer des ennuis, moi… je manque d'entraînement à ce niveau.

Elle lui coula un regard qu'il ne put interpréter, mais qui l'électrisa et fit réagir son pénis.

— Heureusement que tu es amie avec le maître des casse-cou, alors, riposta-t-il en étudiant sa réaction.

— Le maître, vraiment ?

Il enfila son manteau, le cœur battant. Il ne s'était pas attendu à une conversation si légère. Pas après leur baiser. Personne n'abordait le sujet en tout cas. Pas ouvertement, du moins. C'était une bonne surprise. Mais ça ne réglait pas le problème. Est-ce qu'ils allaient faire comme s'ils ne s'étaient jamais embrassés ? Ou reprendre là où ils s'étaient arrêtés aussi vite que possible ? Son corps penchait pour la dernière option, mais sa tête lui conseillait d'attendre un peu et de regarder où il mettait les pieds.

— Tu viens ? lui demanda-t-elle.

Elle avait fait quelques pas devant lui, et il ne l'avait même pas remarqué.

Il décida de tâter le terrain. En douceur. Et la rattrapa.

— Après dîner, tu auras envie de faire quelque chose ? lui demanda-t-il d'une voix douce.

Elle plissa les yeux et le regarda mi-figue, mi-raisin, comme si elle tâtait le terrain elle aussi.

— Pourquoi ? Tu as quelque chose en tête ?

— Hum… Manifestement, je vais devoir rattraper une partie de ton éducation. Tu as encore bien des lacunes en matière de corruption… On pourrait commencer par aller chiper des bonbons chez Diane Reade.

— Je refuse d'aller voler quoi que ce soit au drugstore, non mais ! rétorqua-t-elle en riant.

— Ah, un défi, reprit-il alors qu'ils avançaient très lentement. Ça me convient. J'aurais été déçu si tu m'avais facilité les choses.

— Et il n'y aura ni pétards dans les toilettes, ni papier hygiénique enroulé autour des arbres, ni coups de téléphone fantaisistes non plus.

— Croix de bois, croix de fer, même si ce sont des classiques, répondit-il, réjoui au plus haut point par son rire. Tu ne travailles pas demain, n'est-ce pas ?

— En principe, non, mais je vais y aller quand même. J'ai un million de paniers de Pâques à préparer.

— Un million ?

— En gros.

— D'accord. Donc, ça veut dire que je peux te soûler, mais pas de gueule de bois.

Un homme corpulent promenant un tout petit chien les croisa sur le trottoir, obligeant Shannon à se coller contre Nate. Mais même une fois le promeneur dépassé, ils ne revinrent pas à leurs positions initiales.

— Je n'aime pas être soûle, dit-elle.

— Je commence à comprendre pourquoi tu n'as jamais d'ennuis avec personne.

— Je ne crois pas que tu étais soûl chaque fois que tu as été envoyé chez le proviseur.

— Pas *toutes* les fois, non, répondit-il en se tournant pour la regarder sourire.

— Je n'aime pas être soûle parce que je n'aime pas manquer des choses, précisa-t-elle. Surtout quand ce sont de merveilleuses choses. Je tiens à rester maîtresse de moi pour pouvoir me souvenir de ce que j'ai fait.

— Tu crois que t'attirer des ennuis avec moi serait une de ces merveilleuses choses ?

— Le doute ne m'effleure même pas.

Ils avaient tant ralenti que c'est à peine s'ils marchaient encore. Ils étaient arrivés au pied des marches du perron, les voitures passaient en trombe derrière eux, la nuit était tombée. Elle était debout dans la flaque de lumière d'un réverbère, et il ne put se retenir plus longtemps.

Il fallait qu'il l'embrasse.

Shannon garda le fichu ballon sous son bras alors qu'elle ne rêvait que d'étreindre Nate, de l'attirer plus près. Elle avait voulu l'embrasser de nouveau, mais s'était dit que ce n'était pas une bonne idée. Elle avait eu raison ; et il était vraiment maître dans l'art de s'attirer des ennuis. Pour l'amour du ciel, ils étaient juste devant chez elle !

Manifestement indifférent à ce genre de questions pratiques, Nate trouva l'angle idéal et ses lèvres se réchauffèrent vite dans la fraîcheur vespérale. Leur respiration s'accéléra jusqu'à les faire haleter.

Au même moment, un Klaxon se mit à sonner bruyamment. Dans un sursaut, elle bondit en arrière, il essaya de la pousser derrière lui en un geste de protection ancestral, et les jeunes qui les avaient surpris enfoncèrent une fois encore le Klaxon en leur criant des insanités par la vitre ouverte de leur voiture.

— Ça craint, s'exclama Nate.

Shannon lui fourra le ballon dans les mains.

— On se voit à table, O.K. ?

Et elle gravit le perron au pas de course sans même le regarder. Il aurait été plus poli de lui tenir la porte, mais elle la laissa claquer derrière elle avant de filer droit vers l'escalier qu'elle grimpa quatre à quatre avant de s'enfermer dans sa chambre.

Elle se laissa aller contre la porte et s'efforça de reprendre son souffle. Nate allait rester encore un mois. La situation était déjà intenable. Qu'était-elle censée faire, à présent ?

Le baiser dans son bureau avait manifestement relevé de l'erreur de jugement. Et qu'avaient-ils fait cinq minutes à peine après s'être revus ? Ils s'étaient embrassés. Génial. Encore un mois comme ça.

Mais là n'était pas le vrai problème.

L'ennui, c'était plutôt l'inverse, même. Nate ne resterait pas longtemps à New York. Il devrait bientôt repartir, et ce qu'elle ressentait pour lui ne la prédisposait pas à une aventure sans lendemain. Là était vraiment le cœur du problème, et ce n'était pas négociable. Les sentiments ne le sont jamais.

Mais pourquoi avait-il fallu qu'elle s'attache tant à cet homme ? Elle n'en avait pas la moindre idée. Ça n'avait pas été une décision rationnelle, avec du pour et du contre, avec des doutes. Ça lui était tombé dessus, boum, sur la tête et en plein dans le cœur. Si elle avait eu le choix, elle aurait tout étouffé dans l'œuf. Mais il l'avait embrassée, et elle l'avait embrassé en retour. Deux fois. Il était fort peu probable qu'après ça les choses s'arrangent.

Elle se redressa et enleva son manteau. Elle portait encore sa tenue de travail, un pantalon de laine noir, un chemisier de soie bleu nuit et une veste noire. C'était sa tenue préférée, qu'elle gardait d'ordinaire pour des occasions spéciales. Or, il n'y en avait pas eu aujourd'hui.

Toute la semaine, elle s'était habillée pour l'impressionner, dans le cas peu probable où elle le verrait, ou plus précisément, où il *la* verrait. Typique du comportement féminin idiot. Tout comme l'était le soin particulier avec lequel elle s'était maquillée, la soirée chez sa pédicure, le masque dont elle avait enduit ses cheveux.

Il y avait forcément quelque chose qu'elle pouvait faire pour clarifier la situation et éviter l'inévitable. Partir de New York ? Non, ce n'était pas une solution. Il fallait sauver l'imprimerie et ses salariés. Elle avait lancé des pistes en plus. Elle n'avait pas encore eu de nouvelles d'un fournisseur qu'elle avait contacté, mais elle avait l'impression qu'il lui faudrait rester modeste si elle voulait pouvoir rivaliser dans le domaine des étiquettes. Une petite chaîne de fournisseurs de pièces détachées automobiles voulait que Fitzgerald & Sons réalise son catalogue. C'était une valeur sûre, car ils étaient solides financièrement parlant. Bref, pour toutes ces raisons-là, elle ne quitterait pas sa ville ni sa maison. Autrement dit, c'était à Nate de s'en aller. Si elle ne pouvait pas décemment lui demander de repartir à Bali, elle pourrait en revanche l'aider à trouver un logement et faire en sorte qu'il s'y installe pour le restant de son séjour.

Comment ? Aucune idée. Elle n'avait pas le temps de partir à la chasse aux appartements, et encore moins de décorer un trois-pièces pour la sous-location. Mais elle allait devoir le trouver, ce temps, car il y avait urgence.

Première chose à faire ? Passer des coups de fil. Elle connaissait cinq femmes sur lesquelles elle pouvait compter, qui connaissaient elles-mêmes au moins cinq femmes sur lesquelles elles pouvaient compter dans les situations d'urgence. Elle pourrait demander à quelques-unes d'entre elles de s'occuper des paniers de Pâques à sa place. Tiens, sa mère pourrait en un éclair réunir toute la main-d'œuvre nécessaire, et Shannon n'aurait même pas à superviser la répartition des sucreries. De toute façon, personne ne remarquait les détails. De son côté, elle ferait passer le mot pour la recherche d'un appartement, d'une maison de ville, d'un duplex ou de n'importe quoi ressemblant à un logement décent.

A quoi servirait-il de rendre service à la moitié des habitants, de Little Italy jusqu'au centre-ville, si elle ne pouvait leur soutirer quelques malheureux tuyaux immobiliers ?

Bien sûr, elle solliciterait l'agent immobilier de Nate en priorité, mais d'abord, elle devait se renseigner et voir s'il avait pris une décision quant à l'appartement qu'ils avaient visité ensemble. C'était peu probable. Il le lui aurait dit.

Animée par tout ce qu'elle devait faire, elle se changea, enfila un jean et un pull et descendit dîner. Par la suite, tous ses projets se mettraient en route, et elle se sentirait mieux en sachant qu'elle agissait directement au lieu de laisser ses hormones gouverner à sa place.

Elle ne pouvait peut-être pas décider de qui elle tombait amoureuse, mais elle était totalement responsable de ses actes une fois les dés jetés.

— Est-ce que personne n'a rien fait à ce propos ? demandait Nate lorsqu'elle le retrouva en bas.

Shannon ignorait de quoi il parlait, et à qui. Mais le son seul de sa voix grave suffit à remuer sa libido alors qu'elle allait s'asseoir pour le dîner familial.

— Qu'y aurait-il à faire ?

Tiens, la voix de Danny. Elle ne savait pas qu'il allait venir. Manifestement, son frère avait prévu de sortir avec Nate après dîner. Cette nouvelle l'agaça malgré elle. Pourquoi était-elle déçue ? Problème réglé. Pas besoin de chercher un prétexte pour ne pas le voir après…

— C'est une propriété privée, ils n'ont pas l'argent pour réparer le terrain. Ils ne veulent pas non plus le vendre.

— Alors, la communauté devrait avancer les fonds.

— Pour quoi ? demanda Shannon en rejoignant Nate, Danny et leur père à table.

— Le terrain de basket, lui répondit Nate, rembruni. Tu as vu à quoi il ressemble. Pas étonnant que les jeunes n'y jouent plus. Il doit bien y avoir quelqu'un qui serait intéressé par sa rénovation.

— Et ton entreprise ? lui demanda-t-elle en le regardant, et en s'efforçant d'agir comme si tout était normal entre eux. Enfin, Brenner & Gill doivent pouvoir aménager des terrains de jeux s'ils édifient des complexes d'habitation.

Nate la fixa longuement, plus qu'il n'aurait dû en pareille compagnie, mais ce n'était de toute évidence pas son aura qui retenait son attention. Il ne la voyait même pas, il réfléchissait. En sortant de sa transe, il secoua la tête.

— Impossible. Ce n'est pas mon entreprise. Enfin, elle n'est pas seulement à moi, et Albert n'acceptera jamais de faire cadeau de nos services, et encore moins de libérer du matériel alors qu'il veut récupérer ses billes. Même quand la boîte tournait à fond, il n'aurait jamais accepté.

— Il ne croit pas aux vertus de la contribution à la communauté ?

— Non. Il donne, mais il veille à qui et combien, et calcule ce que la société obtient en retour.

— Quel dommage, dit-elle. Je sais à quel point ce terrain a compté pour toi quand tu étais jeune.

La mère de Shannon passa la tête par la porte.

— Si vous pensez que je vais vous attendre comme au Ritz, vous vous fourrez tous le doigt dans l'œil, mes petits lapins.

Nate et Shannon sourirent au même moment. Tandis que Brady arrivait, elle lui cria :

— Dans la cuisine, Brady ! M'man te réclame.

Tout le monde se mit en devoir d'apporter le repas à table, et M. Fitz s'occupa de servir le ragoût. Les bières circulèrent mais Shannon refusa, préférant s'en tenir à l'eau. Les garçons discutèrent sport, bien entendu, et le repas fut comme toujours délicieux. Tout en mangeant, Shannon écoutait Nate attentivement. Il s'adressait différemment à Danny ou à Brady. Il montrait comme toujours du respect envers ses parents, mais il avait appris quand il pouvait taquiner, ce qu'il devrait ignorer, et que complimenter Mme Fitz était toujours une bonne idée.

Il faisait vraiment partie de la famille, aucun doute sur ce point. Il avait assisté à des bagarres, s'était bagarré lui-même, avait interrompu des bagarres. Il avait pleuré, il avait ri et il avait saigné à cette même table.

Mais il n'était pas son frère. Il n'était même plus le gosse avec lequel elle avait grandi. Ce qu'il *était* faisait que ses désirs, ses besoins, ses goûts et ses dégoûts, tout cela s'imbriquait parfaitement. Il était l'homme qu'elle avait toujours cherché.

Mais un homme voué à partir et voyager toute sa vie.

- 9 -

Nate n'en revenait pas du nombre de visites qu'Aïko avait fixées pour lui. Mais le plus étonnant, c'était que Shannon s'était libérée pour l'accompagner. Avoir été kidnappé par Danny la veille au soir avait un peu allégé la pression, mais elle était là maintenant, et c'était tout aussi bien qu'Aïko soit à cent pour cent professionnelle et accommodante, car Shannon n'était pas seulement à son affaire, elle irradiait.

Son coup d'œil pour les détails avait de quoi impressionner, tout comme son sens pratique. Elle ne se laissait pas influencer par des détails mineurs, pas même au bout des cinq visites qu'ils avaient faites dans la matinée, et n'avait pas sa pareille pour dénicher la valeur ajoutée de tel ou tel logement.

Il ne pouvait s'empêcher d'imaginer ce qu'elle donnerait en temps de crise. Leader par essence, elle savait calmer les gens et prendre des décisions cohérentes à même de sauver des vies. C'était un don extraordinaire dont il ne prenait conscience qu'aujourd'hui.

Elle serait un atout en toutes circonstances et, à présent, il comprenait comment cette vieille imprimerie tournait encore en dépit d'un matériel obsolète. Toute autre solution était inenvisageable pour elle. Ils devraient très bientôt passer à l'impression numérique, ou trouver un maximum de nouveaux clients.

Elle perdait son temps à l'imprimerie, songea-t-il. Pensée peu charitable vu la loyauté de Nate envers les Fitz, mais aussi, qu'en savait-il vraiment ? Sa propre famille n'avait jamais érigé la loyauté ou la convivialité en valeurs essentielles. Depuis son départ des Etats-Unis, il avait parlé deux fois à sa sœur et l'avait vue une fois. Il l'aimait, il l'aimait réellement, mais n'avait pas avec elle le genre de liens unissant Shannon et ses frères.

— Tu viens ? dit-elle en lui tirant sur la manche.

— Oui. Où allons-nous ?

— Ça te barbe qu'on essaye de te trouver une piaule ?

Il lui attrapa la main et la porta à ses lèvres pour l'effleurer d'un baiser.

— Tu me distrais. C'est dur de regarder des celliers et autres lave-vaisselle quand on a quelqu'un de bien plus captivant sous les yeux.

Elle rougit à son compliment, mais dégagea sa main de la sienne. C'était dommage, car il n'avait pas menti. La toucher à tout prix était devenu son obsession, et il n'était pas homme à se laisser facilement emporter.

Toutes ses règles de vie paraissaient s'effriter en sa présence. Tout en lui semblait contradictoire. Il avait pris la décision de ne pas l'embrasser, et pourtant comptait le faire dès que l'occasion se présenterait. Il savait que l'emmener au lit serait stupide, mais s'il n'avait pas été persuadé qu'elle le regretterait par la suite, il se serait là aussi jeté sur la première occasion.

Shannon bouleversait sa vie et ses idées plus qu'il n'aurait pu le dire. Il avait bâti sa vie sur le fait de n'être redevable à personne. Il aimait bien sa famille mais n'avait jamais pris, dans sa vie adulte, une décision en fonction de leurs souhaits. Ce qui paraissait incompréhensible à bien des gens, surtout des gens comme Shannon, mais il était ainsi fait. Et ce n'était pas maintenant qu'il allait changer.

— Bon, on y va, dit Shannon en se dirigeant vers une porte conduisant… il ne savait où.

Il la suivit pieusement en admirant son derrière joliment moulé dans son pantalon. A ce spectacle, il fut pris du désir qu'elle le chevauche, brûlante et torride.

Il regarda la pièce où l'avait mené Shannon. Ah, la chambre principale. Qui était grande et bien conçue. Il fut attiré par les volets roulants électriques.

— Un gadget, dit Shannon. Tu peux les prendre en considération, mais ne te laisse pas influencer par ça.

— Un gadget utile quand même, répondit-il. Et puis ce lit, contrairement à celui de Myles, m'a l'air très correct !

— Je t'ai déjà dit de changer de chambre, répliqua-t-elle aussitôt.

Il fut à deux doigts de lui dire où, exactement, il aimerait dormir, mais fut interrompu par Aïko…

— Ici, le syndic prend un peu plus cher qu'ailleurs, mais ils ont une excellente réputation, intervint-elle. Ils vérifient les antécédents de quiconque travaille avec ou pour eux. Tests de drogue, interrogations des employeurs précédents et j'en passe. Ils valent le coup.

— La disposition me plaît, commenta Shannon en ouvrant le placard.

Il était immense. On aurait presque pu y entrer en entier.

— Si la salle de bains est aussi bien conçue que la cuisine, cet appartement pourrait devenir notre coup de cœur, ajouta Shannon en partant ouvrir la porte de la salle de bains.

Qui passa le test haut la main, si Nate devait en juger par le soupir qu'elle poussa. Il la rejoignit et comprit vite.

— Une baignoire à remous.

— Et regarde la douche, lui dit-elle.

Elle entra dans la cabine vitrée et ouvrit le robinet.

— Que fais-tu ?

— On est au onzième étage. Je vérifie la pression.

— Tu vas te tremper.

Peu découragée, elle releva la manche de son chemisier blanc et mit la main sous le jet. La pression était bonne.

— Oh ! oui, celui-ci me plaît vraiment, déclara-t-elle.

— Aïko, est-ce qu'ils ont des propositions ? demanda Nate.

— Il est sur le marché depuis ce matin seulement, et on

m'a dit que nous serions les premiers à le visiter. Vraiment, je me demande comment elle a réussi à le dénicher.

— Elle ?

Aïko désigna Shannon de la tête.

— C'est toi qui l'as trouvé ? demanda Nate à cette dernière, perplexe.

— Je t'ai dit, au mariage, que j'allais faire passer le mot.

— Eh bien, ça n'arrive pas très souvent, dit-il. J'ai vraiment cru que c'était une façon de dire « je te souhaite une bonne journée » ou « bienvenue à la maison ».

Shannon éclata de rire en s'essuyant la main sur une serviette de toilette. L'appartement avait été meublé et décoré pour la vente, ce qui n'était pas bête du tout. Il était plus facile à Nate de s'en faire une impression alors qu'il était déjà prêt à accueillir des locataires. En fait…

— Pourriez-vous savoir si on peut l'acheter tel quel ? La décoration me plaît beaucoup.

— Je peux poser la question, en effet, répondit Aïko.

— Pourriez-vous voir aussi s'ils seraient disposés à une conclusion rapide de contrat ? ajouta Shannon en s'approchant du lavabo sur colonne.

Aïko survola la liasse de papiers que lui avait confiée le vendeur dans la matinée.

— Nate est prioritaire, donc je ne pense pas que ça leur pose problème. Mais bien sûr, tout dépendra de votre offre.

— Pourquoi ne prendrions-nous pas le temps d'aller déjeuner ? proposa alors Nate. Nous pourrions en discuter tranquillement.

Les deux femmes acceptèrent volontiers, et il les escorta hors du bâtiment. Il ferait en sorte d'être assis face à Aïko afin de pouvoir se concentrer sur l'immobilier. Il tenait à en terminer au plus vite avec cette histoire, afin de pouvoir se concentrer ensuite sur la soirée à venir avec Shannon.

*
* *

Shannon ôta ses chaussures et enfonça les orteils dans le tapis de sa chambre. La journée s'était mieux passée qu'elle ne l'aurait cru, ce qui ne cessait de l'inquiéter. Les paniers de Pâques avaient tous été terminés grâce à la diligence des amies du club de lecture de sa mère. Elle avait tout d'abord trouvé bizarre que tous les livres dont elles discutaient soient des livres de cuisine, mais elle avait par la suite été invitée à une de leurs réunions, et le déjeuner avait été franchement délectable.

L'offre de Nate pour ce fabuleux appartement de Bleeker Court avait été soumise au propriétaire. Ses coups de téléphone en chaîne avaient fonctionné à merveille, et elle devait remercier Bree Kingston pour ce tuyau en or. Ou peut-être avait-ce été Charlie, son petit ami, qui avait eu vent de l'affaire.

Shannon ouvrit son sac et en sortit la carte à échanger de Nate qu'une Ariel très déçue lui avait rendue. Sa déception ne devait toutefois pas être aussi intense que cela, vu qu'elle n'avait cessé de parler de David, son ami avocat, pendant le déjeuner. Ils n'étaient pas encore sortis ensemble, mais s'étaient retrouvés une fois ou deux pour boire un verre après le travail. En compagnie d'autres avocats, afin que cela ne paraisse pas suspect. Shannon leur donnait deux semaines, maximum, avant qu'ils ne craquent et passent à l'étape suivante. Ariel était manifestement raide dingue de lui.

Et Shannon savait ce que c'était. Mais, au moins, David et Ariel vivaient dans le même pays.

Ce n'était pas juste qu'elle ait enfin trouvé l'homme idéal pour elle et qu'elle ne puisse pas le garder. Le destin lui jouait une mauvaise blague, vraiment. Elle s'était consacrée corps et âme au système des cartes à échanger, et si elle était heureuse pour celles qui avaient trouvé leur bonheur, elle se sentait pour sa part flouée.

Bien sûr, et même si ce serait dur, elle s'en remettrait. Après le départ de Nate, elle recommencerait à sortir avec des hommes. Peut-être que maintenant qu'elle savait ce qu'elle voulait, elle arriverait à trouver quelqu'un comme lui. Oh ! peut-être pas aussi drôle. Ni aussi délicat.

Elle mit la carte de côté et se changea, enfilant un vieux jean et un pull confortable qu'elle avait depuis des lustres. Ses parents étaient sortis voir une pièce de théâtre. Son père avait ronchonné, comme d'habitude, mais il s'était fait une raison et emmenait de temps en temps sa femme dîner au restaurant avant d'aller voir un spectacle à Broadway.

Brady passait comme d'habitude la soirée chez Paula, sa copine, et Danny avait une soirée de travail, de laquelle il ne risquerait pas de surgir inopinément. Ce qui les laissait donc seuls, Nate et elle, pour la soirée. Il lui avait proposé de sortir afin de la remercier pour cette journée, mais elle était lasse, et cela faisait longtemps qu'elle n'avait pas eu une soirée de vraie détente. Ils allaient donc se faire livrer un repas chinois et regarder un film.

Cela semblait un bon programme, certes. Mais était-ce bien prudent ? Ne ferait-elle pas mieux de s'enfermer tout de suite dans sa chambre ? En restant seule avec lui, elle prenait un gros risque. Elle se plaisait à croire qu'elle ne céderait pas à ses pulsions les plus élémentaires, car ils étaient adultes, après tout. Lui comme elle, deux adultes responsables.

D'un autre côté, ils ne seraient probablement plus jamais seuls dans la maison jusqu'au départ de Nate, et qui sait exactement quand il partirait, alors peut-être qu'une seule fois ne serait pas si terrible que cela, non ?

Oh ! Mon Dieu ! Elle ne savait plus quoi penser.

Nate n'avait pas l'habitude que la maison soit si calme, si vide. Ça avait été la pire idée possible, de rester là ce soir.

A présent qu'ils avaient fini de manger et épluchaient la liste des films à la demande, il ne pensait plus qu'à attirer Shannon entre ses bras pour qu'ils se pelotent comme des adolescents. Sans forcément aller plus loin, mais ce serait déjà fabuleux. Dangereux, aussi. Mais fabuleux quand même.

— Je ne veux rien de déprimant, lui dit Shannon depuis l'autre extrémité du canapé.

— Moi non plus. Je déteste ça.

Les yeux braqués sur l'écran LED fixé au-dessus de la cheminée, télécommande en main, elle cliquait, cliquait, cliquait. Elle était en chaussettes. Des chaussettes duveteuses multicolores. Sous un jean conçu spécialement pour enrober l'arrondi parfait de ses fesses. Le pull, en revanche, était quelconque. Il devait être confortable mais en cachait trop. D'accord, il pourrait imaginer ce qu'il y avait en dessous, mais ce ne serait pas une bonne idée. Son imagination s'emballait déjà à tenter de deviner la couleur des aréoles de ses seins.

Il ravala un grognement et changea de position sur sa portion de canapé afin d'ajuster son jean.

— Tu es sûre que tu n'as pas envie d'aller chez Molly's ?

— C'est karaoké, ce soir.

Le regard qu'elle lui décocha résuma succinctement son opinion quant aux vocalistes amateurs.

— On pourrait s'asseoir loin des haut-parleurs.

— On est assis loin des haut-parleurs.

Un point pour elle. Il la regarda sourire et croisa les jambes. Il se sentait de plus en plus à l'étroit derrière sa braguette.

— D'accord. Et si on allait manger un dessert au Café Lalo ? Il paraît qu'ils proposent des centaines de gâteaux différents, et qu'il y a du jazz, aussi. Un café et un gâteau au chocolat, ça te dit ?

— Après ce qu'on vient de manger ? Je vais éclater !

Il y avait forcément quelque chose à Manhattan qui convaincrait Shannon de se lever et de sortir, parce qu'il ne tiendrait pas longtemps comme ça. Ils étaient assis à côté, mais pas assez près. Il faut dire qu'il y avait toujours entre eux le souvenir du baiser. Un sujet qui, décidément, se révélait très embêtant.

— Ah, voilà ! s'exclama-t-elle soudain. J'ai entendu parler de ce film, c'est censé être drôle.

Il tourna les yeux vers la télévision. Ce film, il le connaissait et ne l'avait pas aimé.

— Je l'ai vu.

Etait-elle à ce point indifférente à leurs derniers baisers pour continuer à éplucher la liste des films comme si cela était plus intéressant que le fait qu'ils soient seuls dans la grande maison ? Franchement, il y avait de quoi enrager.

— D'accord. Choisis, toi, dit-elle en continuant à cliquer.

Chaque fois qu'elle s'arrêtait, il disait :

— Non.

Lorsqu'elle s'éclaircit la gorge, il releva les yeux vers son visage, s'arrachant au spectacle virtuel de ses seins sous son vilain pull. Il lui sourit aussi benoîtement que possible.

— Alors comme ça, il y a des multiplexes à la pelle à Bali ? Parce que je croyais t'avoir entendu dire que tu n'as pas la télévision, et donc que tu n'as pas le câble ou le satellite ?

— Il y en a plein, pratiquement un à chaque coin de rue.

— Pour quelqu'un qui a voyagé dans le monde entier et vu des choses étonnantes, quel mauvais menteur tu es !

— Qu'est-ce que mes voyages viennent faire ici ?

Elle éteignit la télévision.

— Tu n'as pas envie d'être ici. Avec moi. Tu n'as pas envie d'être ici seul avec moi.

— Non, c'est vrai, reconnut-il en poussant un énorme soupir.

— Très bien, en ce cas, je vais te laisser passer la soirée comme bon te semblera.

— Super, dit-il tandis qu'elle se levait. Eh non, attends ! Ce n'est pas ça. J'ai *envie* d'être avec toi. Vraiment. Allez, tu ne pensais pas réellement le contraire ?

Elle lui sourit.

— Non. J'ai compris ce que tu impliquais.

Elle continua à sourire et avança vers lui. Mais plus elle approchait, moins elle paraissait sûre d'elle. Cependant, elle continua à avancer.

— On peut se peloter ici jusqu'à ce que quelqu'un rentre, dit-elle, et elle balança sa chevelure par-dessus son épaule.

La respiration de Nate commença à s'accélérer.

— D'accord. Je peux faire ça. Je peux tout à fait.

Elle s'immobilisa, juste hors de portée.

— Mais c'est tout. Juste s'embrasser. Aller plus loin serait une erreur. Une erreur monumentale et effroyable, précisa-t-elle.

— Effroyable ?

— Non, ce n'est pas ce que je voulais dire. Elle ne serait pas effroyable du tout. Jamais. Je suis désolée. Ce ne serait même pas une erreur. Enfin, pas une grosse erreur, parce que tu es super. Tu es vraiment… vraiment super, marmonna-t-elle.

Il lui prit la main.

— Et toi, tu es étonnante. Maintenant, si l'on arrêtait de parler, et qu'on s'embrassait…

Elle acquiesça de la tête. Puis elle s'assit et posa une main brûlante sur sa cuisse.

— Tu crois qu'on peut tenter cette expérience sans s'attirer des ennuis ? lui susurra-t-il.

Aïe ! non, cette fois, elle n'allait pas mentir. Surtout qu'ils connaissaient tous deux la réponse à cette question.

— Tu sais comme moi qu'il pourrait y avoir des conséquences, chuchota-t-elle.

Elle avait pris une voix sérieuse pour dire cela, mais sa main avait remonté sur sa cuisse. Pas encore très haut, cependant, mais il sentait déjà son sexe enfler de désir.

— Des conséquences parce que… On irait dans ta chambre, par exemple ? Parce que nous sommes seuls, toi et moi, dans la maison ?

Elle lui sourit.

— Mon Dieu, quel dragueur tu fais ! C'est incroyable que tu aies vécu une vie aussi fabuleuse et que tu sois aussi peu inspiré avec les femmes, à commencer par moi…

— C'est que tu m'impressionnes, vois-tu. Tu n'es pas n'importe quelle femme.

Elle en eut le souffle coupé, et il contempla la beauté du rouge qui envahissait ses joues pâles. Elle était magnifique. Alors il plongea dans ses yeux qui luisaient de désir. Et il souhaita avec une ferveur inégalée que la soirée se prolonge dans un lit. Son lit à elle. Il avait tout ce qu'il fallait : un préservatif… euh, même deux, dans son portefeuille. Maintenant, il n'attendait plus qu'une chose : lui enlever ce pull trop lâche qui cachait ses formes si féminines.

— Je crois finalement qu'on va la commettre, cette erreur monumentale…, murmura-t-elle alors que sa main remontait d'un dernier centimètre le long de sa cuisse.

Il la conduisit à l'étage avec fougue, et elle put entendre son souffle précipité, tout comme ses propres battements de cœur effrénés, qui n'avaient rien à voir avec l'ascension des marches. Alors qu'ils arrivaient à sa chambre, elle se sentit stupide, mais stupide à un point dépassant l'entendement. Elle savait qu'elle commettait l'irréparable. Et elle s'en fichait, non, mieux, elle s'en réjouissait parce qu'elle le voulait, lui, et qu'enfin, peut-être, sa chance était arrivée. Son unique chance.

Après tout, ce qui allait se passer entre eux dans sa chambre ne serait pas vraiment une erreur. Elle serait déjà si effondrée quand il repartirait, qu'au moins elle aurait de quoi se souvenir de lui. Des souvenirs sensuels pour lui tenir chaud la nuit. Jusqu'à ce qu'elle guérisse de lui, ce qui arriverait bien un jour. Mais pour l'instant, rien ne lui importait à part vivre le moment présent.

Nate semblait impatient ; il marchait si vite qu'elle dut pratiquement courir pour rester à sa hauteur. Et ça lui plut énormément. Il l'attira dans la chambre, claqua la porte si fort qu'elle en sursauta, et la verrouilla. Puis elle fut dans ses bras et leurs bouches s'entremêlèrent dans un baiser fusionnel.

Il passa les mains sous son pull, et ce premier contact sur sa peau nue provoqua une décharge électrique en elle. Très vite, il remonta les mains vers son soutien-gorge et la surprit en ne les arrêtant pas sur ses seins.

— Enlève-le, murmura-t-il contre sa bouche d'un ton presque impérieux.

Elle aima sa voix lorsqu'il lui dicta cela. Elle recula assez pour le laisser lui ôter son pull et le jeter au hasard. Elle se retrouva en soutien-gorge face à lui. Heureusement qu'elle avait décidé de mettre un de ses jolis coordonnés bleus.

Il la contempla, les yeux arrondis d'émerveillement, comme s'il n'avait jamais vu lingerie plus délicate. Si ses sous-vêtements lui plaisaient tant, quelle serait sa réaction quand elle dégraferait devant lui son soutien-gorge ?

Elle se figea quelques secondes, laissant l'instant s'éterniser un peu, tandis que l'actrice en elle se régalait du désir qui enflait le pantalon de Nate. Quand elle laissa finalement glisser son soutien-gorge au sol, il entrouvrit les lèvres et cilla lentement.

— Roses, dit-il.

— Roses ?

— Parfaits, et roses. Magnifiques.

Elle n'aurait jamais cru être aussi nerveuse, pas avec Nate en tout cas, mais la façon dont il la regardait… hou là. Les doigts tremblants, elle ouvrit son jean et le laissa glisser le long de ses jambes avant d'enlever aussi ses chaussettes.

Lui, de son côté, défit les boutons de sa chemise avec une telle précipitation qu'elle craignit qu'il en arrache au passage. Mais cette idée ne l'occupa pas longtemps. Si elle avait déjà vu son torse, elle put cette fois-ci le détailler entièrement. Surtout, elle allait pouvoir le caresser.

Il sortit son portefeuille de la poche arrière de son jean,

en tira deux préservatifs qu'il posa sur la table de nuit, puis enleva son pantalon. Lorsqu'il ne fut plus qu'en caleçon, il ne lui cacha pas son désir brûlant pour elle. Il retira son caleçon, et elle découvrit son sexe tendu et magnifique. Il était tellement érigé qu'il cognait son ventre.

Elle déglutit difficilement alors qu'une chaleur intense l'envahissait. Il était d'une beauté stupéfiante et, surtout, surtout, comme il la désirait !

- 10 -

Nate prit les mains de Shannon et recula jusqu'à s'asseoir sur son lit. Ses seins seuls étaient un spectacle extraordinaire, mais toutefois pas suffisant.

Il infiltra les doigts sous l'élastique de sa petite culotte et la fit descendre en parsemant de baisers la peau douce et pâle, jusqu'au sommet de son triangle roux, si roux.

— Oh ! Seigneur, dit-il alors que la culotte tombait.

Il se redressa, pris du besoin de s'éloigner un peu pour contempler le tableau de sa nudité dans son intégralité, et aussi pour se calmer un peu. Ce serait trop dommage de se précipiter.

— Tu es absolument…

— Merci, l'interrompit-elle.

— Vraiment, dit-il en levant les yeux vers elle.

— Toi aussi.

Il posa ses grandes mains sur sa taille et l'attira plus près. Il inspira son parfum à pleins poumons en se penchant vers ce fabuleux triangle couleur de feu, et l'embrassa à cet endroit avant de descendre un peu. Il explora plus avant sa toison jusqu'à trouver ce qu'il cherchait pour y poser les lèvres.

Elle hoqueta et fourra les doigts dans ses cheveux.

— Ecarte les jambes, murmura-t-il.

L'effet combiné de ses paroles et de son souffle en elle lui fit contracter les muscles, et elle fut brutalement secouée d'un long frisson. Elle écarta les cuisses, et il gémit en l'embrassant, en la savourant et en l'explorant de la langue.

Dans cette position, il ne pourrait guère aller plus loin, mais cela suffirait. Elle se tordait déjà sous ses caresses et ses coups de langue. Son excitation avait doublé lorsqu'il avait refermé les mains sur ses fesses rondes. Il les pressa relativement durement, et le gémissement qu'elle poussa lui fit comprendre qu'elle ne s'en plaignait pas.

Puis il perçut sa tension. Son corps devint rigide et, bon sang, sa position n'était vraiment pas commode, aussi la poussa-t-il en arrière afin de pouvoir s'agenouiller devant elle.

A présent, elle avait les deux mains dans ses cheveux et elle frémissait entre ses bras. Il taquina son clitoris de sa langue plus vigoureusement.

Shannon poussa un cri au-dessus de lui et lança ses hanches en avant pour mieux se presser contre sa langue, puis elle se figea. Elle se figea, tout bêtement, tandis qu'il percevait les spasmes qui secouaient son corps.

Il continua jusqu'à ce qu'elle lui demande d'arrêter. Quand il se releva, ils étaient tous deux hors d'haleine, et Shannon avait les joues aussi roses que ses mamelons. Il l'embrassa, rejeta les draps et l'allongea contre lui.

La sensation de son corps si pâle et brûlant, tremblant entre ses bras, fut pour lui un véritable émerveillement. Il caressa de ses mains ses épaules, puis descendit. Dès qu'il parvint près de la courbe de ses seins, il s'immobilisa, roula sur lui-même pour attraper un préservatif et s'en gaina. Quand il revint vers elle, ce fut avec un désir encore plus fort, plus ardent.

— Je veux plus, lui glissa-t-il. Je veux tout.

— Oui, murmura-t-elle dans un souffle.

Elle fit courir ses mains sur son torse, lui caressa les mamelons, puis les fit rouler entre ses doigts.

Il gémit, et quand il referma enfin les mains sur ses seins, elle chuchota :

— Maintenant, maintenant.

Il passa sur elle, se guida et la pénétra. Rien, dans sa vie, n'avait jamais été aussi extraordinaire que ce mouvement souple et fluide.

Shannon se mit à trembler une fois qu'il l'eut entièrement pénétrée. Elle laissa sa tête retomber sur l'oreiller et gémit de plaisir. Tout, en lui, était fait pour son corps, pour la faire se sentir divinement bien.

Elle savait déjà que personne ne l'avait jamais embrassée aussi fabuleusement que lui, mais elle n'avait pas deviné les sensations délicieuses que son corps viril provoquerait en elle. Il l'électrisait.

Elle se cambra de nouveau quand il passa la langue sur un mamelon.

Puis il lui prit les jambes et les noua autour de ses reins, avant de lui caresser le bas des cuisses, l'encourageant à remonter les genoux vers sa poitrine.

Il s'enfonça plus profondément en elle.

— Regarde-moi, dit-il d'une voix grave qu'elle ne lui avait encore jamais entendue.

Elle ne s'était même pas rendu compte qu'elle avait fermé les yeux. Leurs corps étaient déjà merveilleusement unis, mais en le regardant, elle sentit que cet échange décuplait encore son plaisir. Chaque sensation lui paraissait plus forte. Et pas seulement la tension annonçant un autre orgasme, mais celle du torse qu'il frottait contre ses mamelons durcis ou encore celle de son souffle sur ses lèvres. Frémissante, elle leva les mains pour les poser sur son visage mais, sans plus de force dans les bras, elle les laissa retomber sur les draps. Il baissa la tête et lui embrassa le genou sans cesser de la regarder.

Il s'enfonça plus loin encore et se balança contre elle, si loin que la pression devint insupportable et la fit hoqueter. D'instinct, elle contracta les muscles autour de lui et perçut la tension qui s'emparait du corps de Nate.

— Oh ! Seigneur, non, non, pas déjà, dit-il, un masque torturé sur le visage, et il s'immobilisa.

Désespérée, elle lui donna un coup de hanche afin de l'inciter à reprendre. Il faufila les doigts entre leurs sexes unis, sachant précisément où et comment caresser et, bien plus tôt qu'elle ne l'aurait cru, un deuxième orgasme secoua violemment son corps, lui arrachant un cri.

Il se retira puis revint en elle avec force et, très bientôt, il cria son prénom et s'immobilisa, le corps soudainement raide.

Au moment où elle laissa retomber les jambes sur les draps et où il roula à côté d'elle, elle recommençait tout juste à respirer. Elle tourna les yeux vers lui, si beau, reposant sur son oreiller.

— C'était…

— Stupéfiant, termina-t-il à sa place d'une voix hachée. Extraordinaire.

Elle sourit avec une sensation d'euphorie et de vertige délicieux, comme dans un manège qui lui aurait fait tourner la tête.

Elle trouva la main de Nate près de sa cuisse et entrelaça ses doigts avec les siens. Tout était si parfait à cet instant. Et pourtant… Pourtant, d'ici à quelques semaines, quelques jours peut-être, tout cela s'arrêterait. Mais ce soir, Nate était à elle.

— Quand dois-tu retourner à Bali ? lui demanda-t-elle une fois qu'ils eurent tous deux repris leur souffle.

— Pas tout de suite, en tout cas.

— Donc, tu ne pars pas cette nuit.

— Non. Pourquoi ? Qu'est-ce que tu as en tête ? répondit-il en souriant.

— Ah, ah…, répondit-elle en souriant aussi.

Il porta leurs mains jointes à ses lèvres et lui embrassa les doigts. Un plaisir différent s'épanouit en elle à ce baiser.

Elle ferma les yeux, attendit que s'apaisent les battements de son cœur et lui caressa le mollet. Il émit un grognement de satisfaction et, en retour, se mit à la caresser du ventre à la poitrine. Sensuel, langoureux, en un interlude idéal.

Quand il bougea, ce fut pour lui poser un baiser sur le ventre avant de se redresser, l'air déterminé.

— Au fait, t'ai-je dit à quel point tu as été formidable pendant les visites des derniers jours ? Tu m'as beaucoup aidé, tu sais.

— Non, répondit-elle en riant.

— Sérieux. Tu devrais te présenter aux élections ; en six mois, tu aurais remis de l'ordre dans cette ville. Ils ont vraiment besoin de quelqu'un d'aussi futé que toi.

Elle le regarda attentivement, et découvrit qu'il était sérieux comme un pape.

— Arrête, Nate. J'ai déjà un ego démesuré. Il ne faut pas me dire de tels compliments !

— Je pense que tu es fabuleuse, et si tu comptes sur moi pour ne pas le dire, tu es mal tombée !

— Eh bien, euh, merci.

Il lui pressa la main avant de la lâcher.

— Je vais faire un petit tour à la salle de bains… Après, je reviens te faire des choses…, dit-il en se levant et en rabattant le drap sur elle. Mais avant…

Et il l'embrassa.

Cela lui parut bizarre, et terriblement sexy, cette façon qu'il eut de se pencher pour lui prendre la bouche, nu, alors qu'elle était couverte. Quand le divin baiser se termina, il disparut et elle s'étira comme un chat sous le drap. Yeux fermés, elle se passa les doigts dans les cheveux et savoura le silence. Pas de bruits dc pas au niveau inférieur, pas de musique provenant de la chambre de Brady. Il y avait juste le bruit de sa propre respiration.

Son esprit, celui-là même qui l'avait convaincue de profiter au maximum de cette soirée, commença à faire marche arrière, et la voix de la réalité se fit progressivement plus insistante. Elle avait su — et comment aurait-il pu en être autrement ? — que tout ce qu'elle éprouvait avant pour Nate ne serait rien comparé à ce qu'elle ressentait maintenant pour lui. Et elle ne regrettait rien. Si c'était à refaire, elle le referait sans l'ombre d'une hésitation. Toutefois, elle ferait mieux de se préparer d'ores et déjà à un gros choc quand il partirait. Il allait lui falloir du temps pour se remettre. Jusque-là, elle ne s'était pas imaginé qu'elle conserverait le souvenir de sa peau, ni qu'ils s'accordaient si bien, ni oh Seigneur, la façon dont il avait crié son prénom.

Oui. Sans lui, ça allait être l'enfer. Car si elle savait sans aucun doute possible qu'il la désirait de toute son âme, elle savait aussi qu'il ne la voulait pas pour très longtemps.

Nate enfila sa robe de chambre dans le plus grand silence, peu désireux de réveiller Shannon. La lumière allumée sur la table de nuit ne l'avait pas empêchée de s'endormir. Il rêvait de se laisser aller lui aussi au sommeil, mais il devait d'abord regagner la chambre de Myles. Il y avait peu de chances que quelqu'un vienne frapper à la porte, mais il préférait ne courir aucun risque.

Cette soirée avait changé bien des choses. Lui qui pensait que partir ne serait pas un problème ! Hélas ! C'en était un avec elle. La conversation, le rire, les caresses. Il avait tout aimé. Jamais encore il n'avait couché avec une femme qui était une amie de longue date et il en découvrait à présent l'attrait, même s'ils n'avaient pas précisément été amis. Autrefois, elle avait davantage été une présence dans sa vie, et lui dans la sienne, qu'une amie proche. Leur seul point commun était le reste de la famille. Au cours de toutes ces années où il avait fréquenté la grande maison, jamais ils n'avaient eu une vraie conversation.

Néanmoins, ils avaient grandi ensemble, habitués l'un à l'autre. Mais, depuis qu'il l'avait vue dans sa robe de demoiselle d'honneur, elle l'avait attiré. Jamais il n'aurait imaginé son corps et son regard quand elle s'abandonnait.

Ni que lui donner du plaisir était la chose la plus excitante qu'il eût jamais expérimentée.

— Que fais-tu ?

Elle n'avait pas ouvert les yeux et avait une voix pleine de sommeil.

— Rendors-toi.

— Ne pars pas. On est au milieu de la nuit.

— Justement, c'est pour ça que je m'en vais, dit-il en se penchant pour repousser ses cheveux.

Elle renifla et se frotta la tête contre l'oreiller, libérant les mèches soyeuses qu'il venait de repousser.

— Ne t'en va pas, répéta-t-elle.

Allait-il contrevenir à toutes les règles ? Il y avait peu de chances que quelqu'un vienne les chercher, l'un ou l'autre, un dimanche matin, mais quand même. Il lui posa délicatement un baiser sur les cheveux.

— Je ne peux pas, Shannon. Dors bien.

Elle ne bougea même pas.

Nate retourna à la solitude de son épouvantable lit et s'efforça de s'installer confortablement. Les draps étaient glacés, le matelas toujours défoncé et, au lieu du bien-être que peuvent offrir des ébats sexuels, il éprouva… du dépit, presque de la tristesse. Il n'imaginait que trop le plaisir de se coller contre le dos de Shannon, de passer un bras autour de sa taille et de humer son parfum en s'endormant.

Ça aurait été si doux de la voir se réveiller. Il avait dans la tête une image d'elle étonnante, celle de ces gens qui passent instantanément du sommeil à la pleine conscience. Quand il l'avait percutée l'autre matin en sortant de la salle de bains, elle n'avait rien de la somnambule qui vient d'émerger.

Cependant, il ne l'avait jamais vue au réveil dans son lit. Peut-être se réveillait-elle en réalité à moitié ensuquée, les cheveux ébouriffés et… oh Seigneur, voilà que son pénis renaissait à la vie ! Ils s'étaient pourtant épuisés mutuellement.

Il avait joui deux fois et elle trois ou peut-être davantage. Il ne savait pas encore assez la déchiffrer pour en être sûr.

Oh ! il avait été attentif, bien sûr, et avait commencé par le plus fondamental. Elle avait les mamelons modérément sensibles, ce qui n'arrivait pas souvent, mais ce petit point précis derrière son oreille la faisait sauter au plafond. Elle ne détestait manifestement pas être légèrement entravée. Deux fois, il lui avait maintenu les mains au-dessus de la tête alors qu'il s'occupait délicieusement de son corps et, les deux fois, elle avait réagi au-delà de toute attente.

Il avait adoré sa réaction quand il s'était accroupi entre ses cuisses. Seigneur, que ça avait été bon. Bon, d'accord, il avait eu mal tant elle lui avait tiré les cheveux, mais il était prêt à recommencer. Et au plus vite.

Parce qu'il avait encore beaucoup à apprendre. Beaucoup à goûter, à caresser, à essayer. Le problème, c'était comment… et quand ? Infiniment plus problématique, où ? Shannon ne s'arrêtait jamais. Son travail et ses activités annexes l'occupaient énormément. Il avait été fort surpris qu'elle lui consacre une journée pour les visites immobilières, et il y avait très peu de chances qu'ils disposent d'une autre soirée seuls dans la maison. Un logement à lui, elle était là, la solution.

Il devrait vite avoir des nouvelles de l'offre faite aux propriétaires de l'appartement. Ils n'étaient pas en ville et Aïko leur avait donné quarante-huit heures. Il avait proposé un prix légèrement inférieur à celui demandé, donc cela ne devrait pas trop mal se passer, du moins l'espérait-il. L'appartement était déjà meublé, en plus… Pourvu qu'ils acceptent de signer rapidement ! Sinon, il retournerait tout bêtement à l'hôtel. Oui, il aimait séjourner ici, chez les Fitz, mais à présent, il tenait surtout à rester très près de Shannon.

*
* *

Il était tard quand elle s'éveilla. Pourtant, elle ne fut pas pressée de bondir tout de suite hors du lit. L'odeur de Nate subsistait partout sur les draps et les oreillers, et elle s'y roula avec paresse, le corps délicieusement endolori. Elle enfonça le visage dans un oreiller et huma longuement son parfum. Le souvenir de lui en elle était si vivace qu'elle en frémit.

Elle resterait bien là une heure ou deux si elle le pouvait, à revivre chaque instant, à se replonger dans la félicité, mais la réalité reprenait le dessus : il fallait qu'elle passe au bureau. Elle devait faire les fiches de paie et imprimer les signes pour la chasse aux œufs de Pâques. Ensuite, il faudrait jeter un coup d'œil aux paniers et vérifier l'état de la salle dans laquelle sa mère et ses amies s'étaient réunies pour travailler avec tant d'ardeur.

La seule pensée de sa mère suffit à la propulser hors du lit, à lui faire enfiler son peignoir et filer à la salle de bains. Dans le meilleur des mondes possibles, elle serait partie avant le retour de la messe de ses parents, mais vu l'heure, c'était peu probable. Les mères se moquent bien de l'âge de leur fille quand il est question de dimanche. La sienne, tout particulièrement, la titillerait jusqu'à ce qu'elle arrive à lui servir une excuse valable.

En cas de demande de détails, elle orienterait habilement la conversation vers la question des fiches de paie, et cela suffirait. C'était un peu sournois, étant donné la culpabilité de sa mère qui laissait sa fille s'occuper seule de l'imprimerie, mais tout était bon à prendre… Cette grasse matinée, elle y avait droit.

Un peu d'évasion, ni plus ni moins. Juste un peu d'évasion.

Shannon poussa un long soupir. Il était vraiment temps pour elle de déménager. Autant elle aimait sa famille et cette demeure, autant elle avait soif de liberté. D'accord, payer un loyer exorbitant pour vivre ailleurs, surtout dans une ville comme New York, lui ferait mal au cœur, mais la nuit dernière lui avait prouvé qu'il lui était impossible de vivre encore chez ses parents. Cela n'avait rien à voir avec Nate. Elle ne se faisait aucune illusion. A un moment donné, il s'en irait. Elle le savait. Mais elle avait besoin de devenir autonome.

Elle ouvrit les robinets de la douche, puis se dévêtit et entra dans la cabine. Ses pensées ne la lâchaient pas. Dans le fond, c'était bête de vouloir déménager tout de suite. Elle aurait tout le temps de le faire après le départ de Nate. Quand il aurait quitté le pays, quitté sa vie. Quand commencerait pour elle l'inévitable descente aux enfers…

O.K. Elle ne se lancerait pas dans son déménagement maintenant. Il n'était pas encore parti. L'heure des regrets viendrait bien assez tôt comme ça, merci. Aujourd'hui, elle allait être heureuse de le revoir. Et, avec un peu de chance, ils pourraient passer un peu de temps ensemble ce soir. Et si ce n'était pas ce soir, ce serait bientôt.

Elle ne pouvait se permettre de laisser cette liaison dominer son existence. D'abord, il y avait le travail, et notamment cette tâche primordiale de trouver de nouveaux clients. Tout le reste venait après, y compris sa vie sexuelle.

S'il y avait une chose qu'elle avait appris à maîtriser, c'était bien l'ordre des priorités. Et Nate ne se trouvait pas en tête de sa liste. Même si elle aurait préféré que ce soit le cas.

- 11 -

Danny s'avachit contre le dossier de la banquette chez Molly's, sa deuxième bière déjà bien entamée, le regard errant vaguement sur deux jolies filles à l'air bien trop jeune pour boire. Nate jeta un coup d'œil à sa montre. Quand donc Shannon allait-elle arriver ! Il l'avait à peine recroisée depuis hier matin. C'était plus fort que lui, il n'avait cessé de penser à elle. Et les images les plus excitantes de leur nuit ensemble ne le quittaient plus.

— Oui, non, enfin, ce travail est sympa, dit Danny d'une voix nonchalante. Enfin, il est correct pour une entreprise publicitaire. Il y a tant de liberté dans un environnement comme Madison Avenue. Mais j'ai commencé à faire un dossier avec mes propres trucs, tu sais ? Sur le Net.

— Ça doit être plus facile que trouver une galerie.

— Oui, mais c'est plus facile pour beaucoup de monde, aussi, alors on a toujours besoin d'obtenir une expo. Et maintenant plus que jamais, je dirais. J'y arrive, petit à petit. J'ai obtenu le soutien de quelques commissions privées.

— Ah bon ? Et pourquoi n'ai-je jamais vu ce que tu fais ?

— Parce que tu es un salaud d'égoïste qui ne me l'a jamais demandé, grommela Danny.

— Oui, moi aussi je t'aime, frérot, répliqua Nate en souriant. Sérieux, tu fais voir ?

Danny se redressa, sortit ce qui ressemblait à une carte de base-ball de sa poche, et la lui fit passer.

— C'est toi qui l'as faite ?

— Non, c'est ma tante Martha, répliqua-t-il d'un ton ironique. Bien sûr que c'est moi !

Nate hocha la tête avec admiration. L'illustration sur la carte était stupéfiante. Elle s'apparentait aux meilleures bandes dessinées qu'il connaissait et rivalisait avec Alan Moore et Dave Gibson.

— Tu te fiches de moi, pas vrai, lui demanda-t-il.

— Quoi ?

— Tu es illustrateur ? Les aides que tu as reçues, c'était pour des bandes dessinées ? dit Nate en le dévisageant.

— Pas encore, répondit Danny en souriant. Je sais que j'aurais dû te prévenir plus tôt… Oui, je me suis lancé dans la BD, et je mets toutes mes billes là-dedans. J'ai eu quelques contacts, quelques refus aussi, mais toujours encourageants. Pendant ce temps, mon travail est convenable et me permet d'avancer.

— Tu as toujours dessiné, continua Nate en le regardant avec le même air admiratif, et de préférence en cours d'ailleurs, mais des trucs comme ça, je ne t'ai jamais vu en faire. Tu étais plutôt dans le street art, avant, genre tags et compagnie… Tu te souviens de ce mur derrière le supermarché ?

Danny acquiesça en riant.

— J'ai vraiment cru qu'on allait nous mettre en prison.

— Et moi donc ! On est restés planqués combien de temps sous cette caisse, déjà ?

— Trois heures.

— Les trois heures les plus longues de ma vie, dit Nate en retournant la carte de base-ball.

Il lut la courte biographie, les quelques informations, et admira les deux autres images.

— C'est superbement fait, et intelligent, dit-il. Tu l'as réalisée à l'imprimerie, non ?

— Oui, dit Danny. Des tas d'artistes font des cartes à échanger. C'est très tendance.

— Puis-je la garder ?

— Qu'est-ce que tu crois ? fit Danny en faisant signe à Peggy, la serveuse. Je suis content que ça te plaise, franchement. J'aimerais vraiment ne faire plus que ça. Le pire, c'est que je pourrais lâcher mon emploi et me concentrer dessus s'il n'y avait pas la Princesse.

— Que veux-tu dire ? l'interrogea Nate en reposant la carte.

Danny poussa un gros soupir.

— Elle est déterminée à maintenir à flot cette vieille imprimerie. Bon sang, elle se tue à la tâche pour rien, et les parents refusent qu'on lui ouvre les yeux et qu'on lui dise qu'elle perd son temps.

— Comment ça, elle perd son temps ?

— Tu as une idée de la somme sur laquelle sont assis mes parents, avec cet emplacement ? Ils veulent prendre leur retraite. En Irlande, dit mon père, mais m'man se gausse et se fait envoyer en douce des brochures de Floride. Brady s'est vu proposer deux ou trois emplois géniaux qu'il ne peut pas accepter, parce que Shannon n'accepte pas l'idée que les cartes à échanger ne suffiront jamais ! Elle serait prête à travailler toute sa vie à l'imprimerie, et je dois dire qu'elle s'y investit corps et âme. Mais la vérité est celle-ci : on perd sans arrêt des clients. On n'y arrive plus. Toute cette situation est du dernier ridicule. Si on vendait l'entreprise, tous ces problèmes seraient derrière nous. Je te parle de millions de dollars, Nate ! Et je ne prends même pas en compte la vente des machines. Bien sûr, si là-dessus on se décidait à vendre la maison, alors là, on double le tout. Nom de…

— L'entreprise est dans ta famille depuis des générations. Et la maison ? Tes parents n'accepteraient jamais de la quitter, repartit Nate, même si cette idée lui avait également traversé l'esprit.

A tel point qu'il en avait touché un mot à Shannon, mais sans y penser très sérieusement.

— Tu veux parier ? lui demanda Danny.

Nate avala une gorgée de Guinness en réfléchissant à tout ce que venait de dire son ami.

— Et tout le monde est au courant de la situation de vos affaires, hormis Shannon ?

— Mais oui ! Les amis savent, les voisins savent, le facteur sait. Et puis malheureusement, les employés ont oublié d'être bêtes et ils s'attendent au pire. Déjà qu'ils sont contrariés parce que les bénéfices ne sont plus ce qu'ils étaient… Tout le monde fait la tête, et je guette le moment où il y aura un accident qui leur permettra de nous poursuivre. L'imprimerie est vieille, mon père refuse de la moderniser parce qu'il ne veut pas se faire coincer. D'où qu'on regarde la situation, le combat est perdu d'avance. Et tout ça parce que personne ne veut heurter les sentiments de Shannon.

— Si elle découvrait la situation, elle serait désespérée, en effet.

— Je sais. On en est tous conscients. La nouvelle va lui briser le cœur, répondit Danny en hochant tristement la tête. Et c'est là que tu interviens.

— Pardon ?

Sa bière vidée, Danny se redressa et se rassit correctement.

— Shannon et toi vous entendez vraiment bien. Elle t'apprécie beaucoup, et tu fais quasiment partie de la famille. Tu te débrouilles bien dans les situations délicates. Enfin, ce que j'entends par là, c'est que tu as l'habitude d'aider des gens qui ont tout perdu. Il faut que tu lui parles. Fais-moi confiance, elle ne va rien perdre. Elle aura suffisamment d'argent pour s'installer ailleurs et trouver l'emploi de ses rêves.

— Attends, tu veux que *moi,* je le lui dise ?

— Oui, répondit Danny en le regardant en face. Pas de but en blanc, bien sûr. Peut-être que tu pourrais prétendre avoir entendu m'man parler de Floride, ou lui dire que Brady t'a parlé de ses dernières offres d'emploi. Tiens, toi qui cherches un logement, tu pourrais lui faire remarquer la valeur des terrains.

Nate crut avoir reçu un uppercut à l'estomac. Il avait été à deux doigts d'admettre qu'il avait mentionné la vente de la maison en passant mais ça, c'était avant. Avant que Shannon et lui aient…

— Pour l'amour du ciel, Danny !

— Je sais que c'est beaucoup te demander, admit son ami. Et on sait tous qu'on va devoir avoir une bonne discussion. Tous en famille. Mais peut-être pourrais-tu y réfléchir, non ? En quelque sorte, tu aplanirais le chemin avant la grande révélation. Gentiment. Habilement. On a tous besoin d'avancer, et elle aussi.

— Bon sang, elle s'est battue avec tant d'acharnement pour la famille ! Pour votre héritage ! s'emporta Nate.

— Si tu ne le sens pas, tu n'es pas obligé, mon pote, se rétracta aussitôt Danny. On va trouver une autre solution. Je n'ai pas l'intention de te piéger dans nos propres embrouilles.

La serveuse arriva à ce moment précis avec deux autres bières, et Danny flirta un peu avec elle pour faire diversion, manifestement mal à l'aise. Nate ne pouvait lui donner de réponse pour le moment, il avait d'abord besoin de réfléchir posément à ce que son ami lui demandait. Surtout après ce qui s'était passé entre Shannon et lui.

— Tout va bien pour toi, mon lapin ? lui demanda la serveuse.

Il sourit à Peggy, mais ce ne fut qu'en façade. Mon Dieu, comment pourrait-il annoncer une telle nouvelle à Shannon ? Elle serait anéantie. En même temps, Danny n'avait pas tort : ils devaient avancer. Et c'était vraiment dommage que Shannon n'évolue pas à cause de l'imprimerie, parce que avec ses talents, elle serait un atout dans n'importe quelle structure. Y compris dans l'humanitaire…, songea-t-il en réprimant un soupir. S'il pensait avoir une seule chance de réussir, il ferait tout pour la persuader d'aller travailler à l'International Rescue Committee. Mais non, il n'en ferait rien. Gramercy et elle ne faisaient qu'un, et il répugnerait à l'éloigner de son quartier adoré. Elle pourrait d'ailleurs creuser cette voie-là, s'engager politiquement, et se présenter aux élections municipales. Avec elle, le terrain de basket de son enfance ne serait plus jamais laissé à l'abandon.

Mais tout cela concernait le long terme. Au moment où il lui annoncerait la nouvelle, elle ne verrait qu'une chose : que sa famille aspirait à un avenir différent et qu'elle ne se souciait plus de leur passé collectif. Cette prise de conscience allait la démolir.

— Tiens, en parlant du loup, regarde qui voilà, fit Danny en se laissant aller de nouveau contre le dossier de la banquette. La Princesse !

— Ne l'appelle plus ainsi, elle a horreur de ça ! repartit Nate, pris d'une bouffée de colère envers son vieil ami.

Une colère par ailleurs illogique, Danny avait raison. Shannon se battait contre des moulins ; l'entreprise périclitait depuis longtemps, mais ce qu'il détestait au plus haut point, c'était qu'on lui demande d'être ce messager de malheur.

Elle les aperçut dans le pub et les rejoignit à la table en lui souriant d'une façon qui lui donna envie de la kidnapper sur-le-champ et de l'emmener avec lui à Bali où il lui ferait oublier bien vite sa famille et New York.

— Pousse-toi un peu, dit-elle en s'asseyant. Je suis fatiguée, j'ai soif, mais j'ai d'excellentes nouvelles. Mais d'abord, toi. As-tu eu des nouvelles d'Aïko ?

— Pas encore, répondit-il en se poussant, mais pas trop, car il voulait pouvoir la toucher. Mais dis-nous plutôt quelles sont ces excellentes nouvelles ?

— Qui est Aïko ? On me cache des choses ? dit Danny.

— L'agent immobilier, répondit Nate de manière laconique.

Il avait déjà parlé à Danny de la corvée de ses visites et, pour l'instant, voulait se concentrer sur les informations de Shannon.

Elle lui décocha un sourire éblouissant et tourna la tête pour appeler la serveuse.

— Une minute, tu veux ? glissa-t-elle d'une voix espiègle.

Elle posa son sac à ses pieds, puis laissa pendre la tête en avant. Ses cheveux retombèrent en une cascade flamboyante sur la table jusqu'à ce qu'elle se rasseye normalement à l'arrivée de Peggy.

— Je vais prendre la Chicken salade, avec l'assaisonnement à part.

— Pour moi, ce sera la tourte à la viande, mais avant je vais prendre des calamars, dit Danny.

Nate n'avait plus très faim, mais commanda toutefois :

— Un saumon grillé, s'il te plaît.

— S'il te plaît ? Que veut dire cette expression, déjà ? répéta Peggy, souriante et presque ahurie avant de se tourner vers Shannon. Pour la boisson, comme d'habitude ?

— De l'eau, oui, merci, répondit celle-ci.

— Pourquoi prends-tu l'assaisonnement à part, Shannon ? Tu as horreur de ça ! l'interrogea Danny.

— Il faut que je sois en beauté, les caméras vous font toujours paraître plus gros que vous ne l'êtes, répondit-elle avec le sourire de celle qui a décroché le gros lot.

— Non, raconte, la télé ? Tu vas participer à une émission ? s'enthousiasma aussitôt Nate.

Elle était si belle et si radieuse ce soir qu'il voulut oublier tout ce que venait de lui dire Danny.

Elle éluda d'un geste en riant. Nate la regarda intensément. Non vraiment, à présent qu'il y songeait, elle serait formidable dans n'importe quelle émission.

— Je vais être interviewée par WNYC, à propos de Pâques dans le parc. Ils m'ont demandé d'y aller jeudi. Ce sera en direct dans *Local Happenings with Grant and Lisa.*

— C'est extraordinaire ! s'écria Nate en lui pressant la main avec chaleur. Quelle est cette chaîne ?

— C'est une chaîne locale indépendante qui est diffusée à Manhattan et dans certaines zones du New Jersey, mais tout le monde la regarde. Ils parlent de ce qui se passe en ville, parfois ils présentent des reportages sur des scandales locaux, ils suivent les événements caritatifs ou dressent le portrait de gens qui s'investissent dans telle ou telle association. Surtout, ils annoncent des foires aux livres et des programmes de bibliothèques, enfin, ce genre de choses.

— C'est à Pâques que vous collectez des fonds pour la rénovation de l'église ? l'interrogea Danny.

— Non, ça c'est à Noël. Cette fois-ci, tous les bénéfices seront reversés à un programme de repas pour les sans-abri. Mais dans chaque panier, on a glissé une carte de Fitzgerald & Sons, et on en remettra une autre à tous les gens qui viendront au parc. Deux des camions remplis de nourriture m'ont autorisée à les orner de grandes banderoles. Tu sais que je vais parler de l'imprimerie au cours de mon interview.

— Le doute ne m'a jamais traversé l'esprit, lui répondit son frère avant de jeter un bref coup d'œil à Nate.

Rayonnante, Shannon revint sur ses projets avec optimisme. Tandis qu'elle parlait, Nate songea à ce que Danny lui avait demandé de faire. Pauvre Shannon ! Une interview sur les paniers de Pâques ne suffirait jamais à remettre l'entreprise à flot… Au contraire, cela ne ferait peut-être qu'empirer les choses. Shannon en sortirait regonflée à bloc, pleine d'espoir, et cela rallumerait cette lumière dans son regard.

Il fallait que quelqu'un lui révèle la vérité, hélas. Et qu'on lui confie ce rôle était affreusement logique. Il devait bien cela aux Fitz, et il ne pouvait imaginer aucun d'entre eux annonçant la triste nouvelle à Shannon. A sa façon, il faisait partie de la famille, pour les joies comme pour les peines. Cette fois-ci, son rôle ne serait pas heureux. Il lui faudrait déployer mille précautions. Plus de précautions qu'il n'en avait jamais pris dans sa vie entière. Il essaierait d'atténuer la douleur autant que possible.

Mais avant, il y avait cette interview. Sa dernière joie. Il n'allait certainement pas agir avant qu'elle ait poussé son ultime cri de victoire.

*
* *

— Tu es fatiguée, dit-il tout bas contre son oreille.

— C'est vrai, acquiesça-t-elle en lui caressant le dos alors qu'ils rentraient.

Elle aurait peut-être dû se montrer plus discrète, mais son geste avait été si naturel qu'elle n'y avait pas pensé.

— Mais c'est une bonne fatigue, ajouta-t-elle.

— Tu n'as probablement pas envie qu'un sinistre personnage s'introduise dans ton boudoir privé tout à l'heure ? lui demanda-t-il d'un air malicieux.

— Ça dépend de l'heure, répondit-elle en souriant dans la pénombre.

— Dans un quart d'heure ?

Elle se mit à rire.

— A partir de maintenant ou du moment où on sera rentrés ?

— Je vois… D'accord. On va attendre un peu. Le match de basket est terminé, je pense. Ta mère doit déjà être au lit. Donc, il ne reste que ton père. A moins que Brady soit là ?

— Non, et papa aime être couché pour les infos de 23 heures.

— Eh bien voilà ! Donc, dans un quart d'heure après le début des infos.

— D'accord. Dis donc, quelle impatience !

Il la fit s'arrêter entre deux réverbères.

— Un peu, que je suis impatient. Imagine, je n'ai encore jamais couché avec une star de la télé !

— Eh bien, qui qu'elle soit, dis-lui de prendre un ticket. Je te réserve pour la nuit.

Il l'attira à lui comme s'ils dansaient, et son manteau s'envola derrière elle alors qu'elle tomba dans ses bras. Son baiser acheva de rendre merveilleuse la journée. Il sentait la bière et elle la menthe, mais qu'importait ? Chaque baiser de Nate était un souvenir de plus à engranger.

Il y en eut un autre à trois portes de chez eux, un bref

frôlement de lèvres mais toujours délicat, puis ils arrivèrent en face de la porte laquée rouge. Tandis qu'elle approchait la clé de la serrure, Nate l'arrêta en posant sa main sur la sienne.

— J'ai oublié quelque chose, déclara-t-il soudain. Je suis désolé. Je reviens dans une petite demi-heure.

— Quoi donc ?

— Des préservatifs. J'avais l'intention de…

— Armoire à pharmacie, étagère du haut. Tu verras, il y en a une boîte pleine, qui appartient certainement à Brady. Ne t'inquiète pas, ça ne devrait pas lui manquer. Prends-en tout un tas.

Il ouvrit de grands yeux.

— Pas tous pour cette nuit, idiot ! J'ai du travail, moi, demain matin…

Il rit et la suivit à l'intérieur, où le silence régnait. Et où la nuit promettait d'être délicieuse. Ils suspendirent leurs manteaux et grimpèrent vite au premier. Par chance, la chambre de Brady était aussi obscure que le reste de la maison. Nate lui adressa un signe de tête conspirateur avant d'aller se dévêtir dans la chambre de Myles. Elle gagna la sienne et fit elle-même aussi rapidement que possible.

Mille pensées se bousculaient dans sa tête, elle n'arrêtait pas de penser à Nate, puis à l'interview, puis à Nate de nouveau. Elle fit une rapide incursion dans la salle de bains et, en refermant la porte de sa chambre derrière elle, elle repoussa tout ce qui la ramenait, de près ou de loin, au travail : maintenant, elle voulait se consacrer à Nate et à la nuit qui s'offrait à eux.

Dans quelle tenue le recevrait-elle ? Nuisette de soie ou pas ? Elle pensa d'abord l'enfiler, mais finalement, être nue sur le lit semblait si naturel… Mais peut-être qu'elle pourrait arranger ses cheveux qu'il aimait tant de façon à ce qu'ils dissimulent certaines parties de son corps…

Non, ce n'était pas une bonne idée, on n'était pas au spectacle, et elle n'essayait pas de l'éblouir. Il l'aimait bien.

Elle l'aimait bien. Ils s'entendaient bien, un point c'est tout. Pour le moment.

Elle laissa glisser sa nuisette de ses épaules et ouvrit le lit. Il serait là d'ici peu, et son cœur se mit à battre plus vite, ses mamelons s'érigeaient déjà. Il avait été parfait ce soir. Il s'était montré si heureux pour elle en la félicitant chaleureusement.

Le fil sur lequel elle se tenait en équilibre était mince, elle le savait. Trop d'optimisme, et elle craignait que la chute éventuelle la dévaste irrémédiablement. Trop de pragmatisme, et elle se rongerait les sangs. Après tout, pourquoi se faire du souci ?

Alors qu'elle en était à ces considérations, elle entendit deux coups rapides à sa porte, et puis il fut là, fermant le loquet derrière lui aussitôt. Elle se serait crue dans un roman d'espionnage, et cela l'excitait diablement. L'élément dramatique était essentiel dans ce jeu fragile.

— Waouh ! s'écria-t-il en avançant lentement vers elle, comme s'il avait le souffle coupé.

Elle aurait pu en dire autant. C'était un James Bond très sexy dans cette robe de chambre masculine. Il ne lui manquait plus que le Martini. En voyant ses cheveux ébouriffés et son regard déjà luisant de désir, elle sentit une onde de chaleur lui traverser le corps.

— Je te la rendrai avant que tu partes, promis, dit-elle en dénouant sa ceinture et en lui enlevant sa robe de chambre.

La pression de sa peau contre la sienne suffit à la rendre toute chose. Il l'embrassa longuement, langoureusement, alors qu'ils s'allongeaient sur le lit. Finalement, quand ils posèrent la tête sur l'oreiller, elle perçut le genou de Nate entre ses cuisses, et poussa un gémissement.

— J'ai failli venir hier soir, lui chuchota-t-il.

— Pourquoi ne l'as-tu pas fait ? dit-elle en souriant alors qu'il dessinait des cercles sur son ventre.

— J'ai eu un très long entretien avec moi-même, durant lequel j'ai été extrêmement déraisonnable, répondit-il en parsemant son cou de baisers. Seigneur, ce que je peux être idiot, parfois.

— Comment ça ? fit-elle d'une voix faible alors que ses yeux se fermaient.

— Je me disais que je pourrais te réveiller à 1 h 30 du matin, bien que tu doives te lever à 6 heures.

— Ce n'était pas idiot.

Il leva la tête pour la regarder.

— Je me suis dit que je ne pouvais pas être aussi égoïste. Est-ce que j'ai mal fait ?

— C'est-à-dire que ça ne m'aurait pas dérangée que tu viennes.

— Même à 1 h 30 ?

— Même à 1 h 30. Je t'aurais laissé entrer, susurra-t-elle en lui caressant le torse.

Un torse si doux. Si musclé et rassurant. Le torse de Nate.

— Pour toi, j'accepte de faire quelques efforts, ajouta-t-elle entre deux gémissements.

Il l'embrassa en souriant. Elle perçut son sourire, et le lui rendit à son tour. Quand il recula la tête, son regard redevint sérieux et il déclara :

— J'aimerais tant que tu n'aies pas besoin de travailler demain. Avec toi, je pourrais redécouvrir la ville.

— Redécouvrir New York ! Mais tu as vécu ici la majeure partie de ta vie !

Un doigt parcourut lentement la veine de son cou, puis descendit vers ses seins.

— C'est vrai, mais je n'ai jamais vécu dans *ta* ville. La mienne était bondée, bruyante, et pénible. Tu adores tant la tienne qu'elle doit être vraiment unique.

C'était étrange qu'il dise cela, et il avait la voix vaguement tendue. Elle le dévisagea, attendit quelques secondes, mais ne put rien déceler. Si quelque chose n'allait pas, son expression n'en laissa rien deviner.

— C'est New York, dit-elle. Bien sûr que c'est unique. C'est la plus belle ville du monde.

La tête appuyée sur une main, il s'amusait à jouer de son corps avec le sien. C'était délicieux, intime, aussi se laissa-t-elle aller à ce plaisir innocent.

Sa main parcourait les courbes de sa nudité avec délicatesse. C'était comme s'il voulait en établir la topographie. Partout, sa main laissait un sillon d'étincelles sur sa peau et elle commençait à avoir du mal à concentrer son attention, les sensations d'un côté, et les mots de l'autre. Mais elle voulait les deux. C'était important de tout prendre tant qu'elle le pouvait.

— Quelles grandes villes as-tu visitées ? lui demanda-t-il. Paris ? Florence ? Sydney ?

Elle secoua négativement la tête en se mettant sur le côté pour participer elle aussi au festival des caresses. Elle fit courir sa main contre son flanc, la tête vacillante.

— La seule ville étrangère que je connaisse, c'est Toronto. J'ai bien aimé, mais ce n'est pas New York.

— Dommage que tu ne sois jamais allée en Europe. Ce n'est pas si loin que ça en avion.

— Non, en effet. Mais quand j'étais petite, mes parents étaient toujours à l'imprimerie, on ne pouvait pas partir. Maintenant, c'est moi qui passe ma vie à l'imprimerie. C'est la malédiction des entreprises familiales.

— C'est dingue.

— C'est ma vie.

— Hum… Bon, murmura-t-il, maintenant, le meilleur est à venir.

Il lui posa un baiser sur le nez, et ce fut la fin de leur dialogue. Sa main devint plus ferme et déterminée et, quand il l'infiltra entre ses cuisses et commença à la caresser, elle cambra le dos et souleva les hanches. Elle avait envie de plus, et voulait le lui faire comprendre.

Deux doigts la pénétrèrent et, avant même qu'elle puisse le toucher, il fut au bas du lit. Ses doigts en elle et sa langue sur elle, il entreprit de lui donner du plaisir.

Elle remonta les genoux et planta les talons dans le

matelas alors que ses doigts allaient et venaient en elle, et elle put déjà percevoir l'approche d'un orgasme.

— Maintenant, souffla-t-elle en levant la tête. Maintenant, s'il te plaît, Nate.

Il releva les yeux sans cesser sa caresse, et elle comprit qu'il n'avait pas l'intention de s'arrêter là. Aussi merveilleux que ce fût, elle le voulait en elle.

— S'il te plaît.

Il la lâcha, manifestement à contrecœur.

Elle eut assez de présence d'esprit pour attraper un préservatif sur la table de nuit, mais le laissa prendre les choses en main à partir de là. Même s'il ne la touchait pas, à l'exception de ses genoux contre ses cuisses, elle était toujours à deux doigts de l'orgasme, et continuait à trembler, balançant toujours les hanches comme s'il était déjà enfoui en elle.

Quelques secondes plus tard il était là, il allait et venait réellement en elle en poussant des grognements rauques, comme s'il n'avait jamais rien connu de meilleur dans la vie.

Rendue folle de désir, elle se tortilla sous lui, et quand elle se goûta elle-même en léchant sa langue experte, elle émit des sons qu'elle n'avait jamais entendus.

L'orgasme s'empara très vite d'elle, un océan de sensations si puissantes qu'elle faillit le désarçonner.

— Oh ! Shannon, marmonna-t-il en lui empoignant les hanches. Je ne peux…

Et il fut à son tour emporté par la jouissance alors qu'elle frémissait encore de la sienne. Le monde ne contenait pas assez d'air pour alimenter correctement ses poumons, et son cœur menaçait de jaillir de sa poitrine. Oh ! Seigneur, c'était…

— Je n'ai jamais…, haleta-t-elle entre deux inspirations laborieuses. Ça ne m'était encore jamais arrivé.

Nate se dégagea d'elle et se nicha contre son corps brûlant.

— Jamais quoi ?

— Je n'ai jamais joui avec cette intensité.

— Sans rire ? fit-il en souriant, vaguement fanfaron.

— Vraiment. Tu as des talents cachés.

— Avec toi, je suis inspiré. Tout, en toi, me donne tant de plaisir…

Elle se pelotonna contre lui et posa la tête sur son torse.

— C'est réciproque.

Il lui caressa le bras un instant, les laissant reprendre leur souffle. Puis, après quelques minutes d'étourdissement divin, il reprit :

— Alors, où irais-tu ? Si tu pouvais aller quelque part ?

— Oh ! je ne sais pas. Paris, Londres. J'ai toujours rêvé d'y aller. Florence, Rome, la Suisse, l'Inde, un safari en Afrique, le Machu Picchu, la Hollande, l'Australie, la Nouvelle-Zélande, le Mexique…

L'éclat de rire de Nate fit tressauter sa tête sur son torse.

— Quoi ?

— Tu me surprends. Je commençais à me dire que tu étais devenue un vrai rat de Manhattan.

— Eh !

— Ne te méprends pas. Ça fait une tonne de rêves, tout ça, et je suis heureux que tu les aies, lui dit-il.

— Hum… Mais tu l'as dit, ce ne sont que des rêves.

— Ne dis pas cela.

— C'est la vérité, pourtant. Mais cela ne veut pas dire que je suis piégée dans une tragédie urbaine. C'est de ma famille qu'on parle. De tout ce qu'elle a bâti au cours des générations. Je fais ma part, ni plus ni moins. Les temps sont durs, mais l'imprimerie va…

Il lui serra le bras.

— Je ne veux pas parler de l'imprimerie. En fait, je veux que tu fasses comme si rien ne se dressait sur ton chemin. Comme si tu avais le temps, l'argent, la liberté d'aller où tu le souhaites. Où irais-tu en premier ?

— Aucune responsabilité, hein ?

— Exactement.

— Je ne pense pas avoir assez d'imagination.

— Bien sûr que si. Allez, c'est juste pour rêver. Tu peux aller n'importe où sur la terre. Où irais-tu ? En tout premier lieu ?

Elle poussa un soupir et laissa s'envoler la réalité, s'autorisant à imaginer une vie différente.

— Dans une île, je pense, dit-elle. Un endroit exotique, paisible et mystique.

— Ah, maintenant on parle la même langue, dit-il en lui effleurant la peau du bout des doigts. Tu parles de Bali, là. C'est un endroit magique, avec ses montagnes, ses grottes… Les gens sont d'une générosité peu commune, et on peut se perdre à la fois dans la jungle ou dans l'eau turquoise. Prendre une journée pour aller se promener sur les plages ou aller au temple où les singes sont sacrés. L'odeur de l'encens mêlée à celle de la terre, l'eau, le ciel. C'est si beau là-bas, Shannon, que je n'ai même pas les mots pour le décrire. C'est le paradis.

Yeux fermés, Shannon tenta de s'imaginer sur une île, mais la passion que Nate exprimait pour son foyer réel éclipsait ses descriptions.

— Ça paraît idéal, en effet.

— Ça l'est.

Elle sourit puis posa un baiser sur son torse. Allons, du courage, le moment était venu. Il fallait qu'elle lui dise, elle s'y était suffisamment préparée, et même si cela lui déchirait le cœur, elle devait le faire. Bali, île paradisiaque…

Elle le regarda droit dans les yeux et déclara :

— Et tu es impatient d'y retourner, je sais.

- 12 -

Nate partit dès 10 heures pour se rendre à son déjeuner. Il avait rendez-vous au restaurant Eleven Madison Park, dans le Flatiron District, et avait décidé d'y aller à pied. La journée était si belle qu'il n'avait pas eu besoin d'enfiler son manteau sur son costume. Il se dirigea vers le nord par la Troisième Avenue, réfléchissant à tout ce qui était arrivé depuis sa conversation avec Danny au pub.

Dans sa vie, il avait souvent eu à faire des choses déplaisantes, voire douloureuses. Il avait été témoin des pires catastrophes, celles qui balayaient la vie des gens après un tsunami ou un tremblement de terre. Mais dans ces situations terribles, il était là pour aider les autres à reprendre pied et à tout reconstruire. Mais ce qu'on attendait de lui aujourd'hui était à l'exact opposé. On lui demandait de saper les fondations de l'existence de Shannon, et c'était lui que ça dévastait.

Shannon… Leur discussion nocturne sur le thème des voyages lui avait appris beaucoup. Il avait voulu comprendre à quel point son implication dans l'entreprise familiale était le fruit d'un choix délibéré ou au contraire une obligation qu'elle n'avait pu éviter. Bien sûr, il avait nourri l'espoir que son attachement à l'imprimerie soit en partie lié à une contrainte, une contrainte dont elle aurait été heureuse de se libérer à la première occasion, mais ce n'était pas ce qu'il avait entendu. Oui, c'était dur, oui, elle avait sacrifié énormément, mais rien ni personne ne l'y avait obligée. Du moins pas consciemment.

Le soleil illuminait les façades des rues. En passant devant la grande enseigne de Fitzgerald & Sons, Nate se demanda comment Shannon avait vécu l'isolement dont, malgré tout, elle avait été victime dans sa famille. Ses parents ne l'attendaient plus. Son arrivée avait été une surprise pour eux, qui avaient renoncé après cinq ans à essayer d'avoir une fille. Elle avait été aimée et chouchoutée, indubitablement, mais de par son âge et son sexe, avait dû se sentir un peu à l'écart de temps en temps. Elle n'avait jamais fait partie de la petite bande des garçons, et avait été la Princesse quand eux n'étaient que des voyous indisciplinés.

Mon Dieu, comment pourrait-il lui annoncer la nouvelle ? De quelle mission Danny et les Fitz l'avaient-ils investi ? Bien entendu, apprendre la vérité ne la tuerait pas, mais le choc serait si violent qu'elle aurait énormément de mal à s'en remettre. Au moins au début. Elle s'était tant investie émotionnellement dans cette imprimerie ! Avait-elle seulement eu le loisir de s'imaginer une fois une vie différente ? Il lui faudrait repartir de zéro, et pourquoi le nier, la transition prendrait beaucoup de temps.

Mission des plus pénibles, vraiment… En gros, il allait tirer le tapis sur lequel elle avançait et puis disparaître aussitôt, la laissant à terre, toute seule à se débrouiller pour trouver une nouvelle voie.

Il sentit soudain un air frais sur ses joues et constata qu'il avait accéléré le pas au point de courir. Toute cette histoire le contrariait tellement. A y réfléchir, il avait même envie de donner des coups, de frapper quelque chose. Bon sang, pourquoi courait-il donc ? Pour fuir ? Il ralentit la cadence et respira un grand coup. Il se trouvait sur Lexington, à la hauteur de l'Armory à Kips Bay, sans pouvoir se rappeler comment il était arrivé là. Le bâtiment était un modèle d'architecture qu'il avait toujours aimé. Il faut dire qu'il aimait beaucoup les immeubles de New York. Le Flatiron. La Life Insurance Company néogothique, le palais de justice en marbre sur la 25e Est. Sans oublier les superbes demeures tout autour de Gramercy Park. C'était vers elles qu'il se dirigeait quand il avait besoin d'être seul. Et, sans trop savoir comment, il finissait toujours dans l'un de ces petits coins de rue verdoyants qui, sans être des espaces privés, n'étaient pas des parcs publics non plus. Et puis il adorait les terrains de basket, bien sûr, il y en avait tant quand il était enfant, mais il n'avait pas le souvenir d'en avoir croisé un seul en marchant…

Il avait peut-être avancé comme un somnambule, certes, mais il se serait forcément arrêté à la vue d'un terrain. Où qu'il se soit trouvé sur le globe, il n'avait jamais pu résister à l'attrait d'une partie impromptue même si, le plus souvent, il devait se contenter de regarder les autres jouer.

C'était dommage. Il y avait des écoles, et Union Square, et Madison Square Park, mais ce n'étaient pas des endroits où Danny et lui avaient l'habitude de traîner. Ils prisaient les lieux plus petits, les jeux de voisinage.

Encore une des choses qui avaient disparu à l'heure d'internet, supposa-t-il. Trop d'enfants passaient leur temps en ligne à jouer à des jeux vidéo, à regarder des centaines de chaînes de télévision. *Vraiment dommage*, soupira-t-il en son for intérieur.

Il fallait des gens dynamiques et intelligents pour animer la ville. S'il pouvait pousser Shannon à consacrer son talent à la vie du quartier, elle serait à même de transformer l'intégralité du district. Personne ne suscitait autant d'enthousiasme et d'énergie qu'elle. Plus important encore, elle adorerait œuvrer pour son quartier, il en était certain. Elle était née pour faire de grandes choses, et si conserver l'unité de la famille était un but louable, cela ne valait qu'à condition que la famille désire rester unie.

Mais de cela, il n'était pas maître. Ce qu'il rêvait de faire, en revanche, c'était d'être là pour elle. De pouvoir l'encourager, de faire en sorte que, chaque jour, elle sache que rien de ce qu'elle déciderait de faire ne lui était impossible.

Laissant l'Armory derrière lui, il partit vers Park Avenue

en triturant les mots et les formules dans sa tête. Comment lui dire avec tact qu'elle se battait en vain ? Que tous ses efforts n'avaient servi à rien ?

Non, il n'existait aucune manière de dire ça joliment. Elle serait dévastée, et ce serait à lui de lui porter le coup.

Shannon n'avait pas prévu de déjeuner avec Bree et Rebecca à la Brasserie 8½ à Midtown West, mais elle ne pouvait plus supporter de garder le silence alors qu'elle avait tant à dire. Ses deux amies lui prêteraient une oreille attentive. Et elle en avait vraiment besoin.

Ces dernières venaient de passer commande et elle se redressa pour leur refaire face.

— Alors, quoi de neuf ? leur demanda-t-elle d'un air qu'elle voulait aussi naturel que possible.

Bree cacha un sourire derrière sa main tandis que Rebecca éclata de rire sans chercher à se dissimuler.

— Oh ! Ça va. N'inverse pas la situation, veux-tu, parce que de toute évidence, c'est toi qui as quelque chose à nous dire !

Rebecca Thorpe, qui vivait une longue lune de miel avec son ami, un ex-flic, se mit à tapoter le bras de Shannon avec le dos de son couteau.

— Je te préviens, j'ai une heure pour déjeuner, pas une minute de plus, alors accouche.

— Je vais passer sur WNYC News à 10 heures jeudi soir.

— Raconte ! dit Bree alors que ses deux amies affichaient un immense sourire.

— Eh bien, figurez-vous que mon imprimerie sponsorise à Union Square Park la fameuse chasse aux œufs de Pâques. Euh, on n'est pas les seuls à le faire, un tas de commerçants participent aussi, mais c'est Fitzgerald & Sons qui a élaboré l'événement et qui le coordonne. Voilà, je vais être interviewée à ce sujet.

— Autrement dit, c'est toi qui as eu l'idée et qui as

lancé le projet, s'exclama Rebecca. Félicitations, c'est super-excitant ! Non seulement je vais regarder l'émission, mais je vais aussi l'enregistrer, et puis téléphoner à la chaîne pour leur dire à quel point j'ai été impressionnée par l'interview. Et leur demander le nom de la splendide rouquine responsable de l'événement.

— Vrai ? lui demanda Shannon.

Rebecca n'était pas seulement une Thorpe, elle était aussi une Winslow, ce qui, dans cette ville, était synonyme de fortune et d'influence. Elle gérait la Fondation Winslow, qui collectait des millions de dollars pour l'aide internationale. Oh ! pensa Shannon avec le cœur serré, elle devrait arranger un dîner entre elle et Nate, tant qu'il était là. Ces deux-là auraient beaucoup à se dire.

— Bien sûr que je vais le faire, répondit Rebecca avec enthousiasme.

— Pourquoi n'as-tu rien dit avant ? l'interrogea Bree. J'ignorais totalement qu'il allait y avoir une chasse aux œufs de Pâques. C'est rigolo. Charlie pourrait parler de l'interview sur son blog, et faire un peu de publicité, si ça peut t'aider.

Shannon prit une inspiration. Puis une deuxième. Elle n'avait jamais rien demandé à ses amies sur le plan professionnel, même quand c'était tentant. Le copain de Bree, Charlie, n'était pas le blogueur lambda. Il était Charlie Winslow, le cousin de Rebecca, et son blog, *Naked New York,* était réputé dans tout Manhattan.

— Si c'est possible, cela dépasserait mes espoirs les plus fous, murmura Shannon qui se sentait rougir, et je t'en serais mille fois reconnaissance mais, d'abord, parles-en à Charlie. Tous les bénéfices seront reversés à un programme de repas pour les sans-abri, et je peux lui envoyer toutes les informations concernant cette organisation caritative. Mais j'insiste, je ne veux pas que l'une ou l'autre se sente obligée de faire quoi que ce soit.

— On est amies, non ? répliqua Rebecca en lui prenant

la main. Et puis, tu mérites bien ça, toi qui as eu l'idée des cartes à échanger. Nous te sommes toutes les deux bien redevables…

Shannon leva son verre d'eau avant de le reposer, car le serveur apportait justement la bouteille de vin qu'elles avaient commandée. Une fois les verres remplis, elle porta un toast :

— A l'amitié, aux amoureux et aux cartes à échanger !

— Et aux interviews télévisées ! ajouta Rebecca.

Shannon but une gorgée d'un délicieux chardonnay, et ne put retenir un sourire. Décidément, des événements vraiment fabuleux arrivaient dans sa vie, dont le moindre n'était pas Nate. A condition d'oublier qu'il s'en irait bientôt, évidemment.

Malgré tout son courage, elle sentit son moral vaciller à cette pensée et préféra se concentrer sur son interview qui, avec l'aide de Bree et de Rebecca, pourrait obtenir un joli succès. Elle allait devoir jouer finement, cependant. Ne pas trop se mettre en avant sous peine qu'on l'accuse de se ficher royalement de Pâques et des enfants en quête des œufs.

— Oh ! Seigneur, je vais passer à la télé, songea-t-elle à voix haute. Les gens vont me voir…

— En général, c'est fait pour ça, riposta Bree.

— O.K., O.K., répondit-elle en riant. Il faut que je réfléchisse à ma tenue. Je crois que je vais porter du vert, parce que ça fera ressortir mes cheveux devant la caméra.

— Le vert te va toujours, reprit Bree. Veux-tu que je te prête ma jupe en tartan ? Elle irait à merveille avec le chemisier vert bouteille que tu portais le jour où on est allées manger des sushis.

— Merci, mais dans tes jupes, moi je ne glisse qu'une seule cuisse ! s'exclama-t-elle en lorgnant la silhouette très fine de son amie.

— Peu importe, car de toute façon, tu es toujours superbe,

intervint Rebecca alors que le serveur leur apportait leurs plats.

A peine leurs salades déposées, il les laissa seules et repartit en cuisine. Et, une fois encore, les pensées de Shannon la ramenèrent à Nate, et à ce qu'il dirait en apprenant que Rebecca et Charlie Winslow la soutiendraient. Il serait ravi pour elle, bien sûr.

— Tu sais quoi ? dit Bree à Rebecca. La nouvelle de l'interview est formidable, mais j'ai comme l'impression que notre chère Shannon ne nous dit pas tout.

— Hum, en effet, répondit Rebecca en ignorant la réaction de l'intéressée. Cette petite lumière dans les yeux, peut-être ? Ses joues roses ? La façon qu'elle a de gigoter comme si elle ne tenait pas en place ?

— Oui, je parierais bien qu'il y a un homme là-dessous.

— Et puis son petit discours quand elle a porté un toast…, reprit Bree en feignant d'ignorer Shannon. Ce n'est pas seulement un homme, c'est un homme des cartes à échanger !

Shannon leva la main en signe de trêve.

— Arrêtez. Oui, vous avez raison. Mais ce n'est pas que je n'aie pas tout dit, je voulais juste garder le meilleur pour la fin.

Bree secoua la tête en glissant un sourire malicieux.

— Je dirais que c'est un homme sensationnel, mais comme ça, au hasard, pas du tout parce que tu es rouge cramoisi !

Shannon leur jeta un regard complice puis se lança :

— Il s'appelle Nate Brenner, il est architecte et urbaniste et il travaille pour une organisation humanitaire internationale, dit Shannon en se penchant vers ses amies. Il est très beau, vraiment, mais surtout, il est plein de qualités humaines. Il vous plairait, les filles. Je parie qu'il sait tout de la Fondation Winslow, Rebecca.

— Tu veux dire que tu as passé tes nuits à faire l'éloge

de la fondation ? répondit son amie en souriant, avant de poser sa fourchette. Allez, zou, sors-la.

— Quoi donc ?

— Tu sais très bien quoi, dit Rebecca en poussant un soupir exagéré. Sa carte. Montre-la-nous.

Shannon n'était pas particulièrement fière d'avoir subtilisé la carte de Nate. Elle l'aurait laissée dans le tas que ça n'aurait rien changé, d'accord, mais elle n'était pas fière quand même. Elle ouvrit pourtant son sac et la sortit côté photo. Dieu, qu'il était beau !

Elle la tendit à Rebecca en sentant ses joues s'embraser davantage.

— Bon sang, il est à tomber ! fit remarquer Bree, qui s'était penchée sur l'épaule de Rebecca. Pas étonnant que tu l'aies gardé pour toi. Vise un peu ce sourire…

— Pour quelle organisation travaille-t-il ? s'enquit Rebecca.

— L'International Rescue Committee.

— C'est une des organisations humanitaires les plus réputées dans le monde. Ils font un travail extraordinaire. Il est architecte, dis-tu ?

— Il rebâtit des infrastructures qui ont été détruites par des tsunamis ou des séismes. Principalement en Asie et en Indonésie, mais selon lui, ça pourrait changer très bientôt. Il réside à Bali.

— Oh ! il faut que tu ailles le voir là-bas, s'écria Rebecca en tendant la carte à Bree. Sérieux ! C'est un des plus beaux endroits sur terre.

— C'est ce qu'il dit aussi. Mais je ne pourrai jamais y aller, hélas, l'équilibre de l'imprimerie ne tient qu'à un fil, et on est déjà en sous-effectif. Il est hors de question que je quitte le pays. A vrai dire, je ne devrais même pas être ici.

— C'est comme ça depuis que je te connais, lui fit remarquer Rebecca. Il doit bien y avoir un moyen pour que tu te prennes un peu de temps pour toi. Je suis certaine que ta famille comprendrait.

— Je ne sais même pas exactement ce que tu fais, enchaîna Bree sans lever les yeux de la carte à échanger.

— Je m'occupe d'à peu près tout sauf des machines, en gros. Les fiches de paie, les impôts, tout l'ordinaire. Mais, ces derniers temps, je consacre la plus grande partie de mes journées à trouver de nouveaux clients.

— C'est juste ta famille qui fait tourner la boutique ?

— On a quarante-sept employés. Depuis deux ans, c'est juste mon frère Brady, mon père et moi qui dirigeons l'affaire. Ma mère et mes autres frères ont déserté le navire.

— Eh bien, il faudrait que tu trouves un moyen de prendre quelques congés, lui dit Bree en la regardant en face. Sais-tu que quand tu parles de Nate, ton visage s'illumine ? Tu rayonnes.

— Ah ? fit-elle en posant les mains sur ses joues brûlantes. Je le connais depuis toujours. Depuis l'enfance. C'est le meilleur ami de mon frère Danny, ils ont fait les quatre cents coups ensemble. Et puis un jour, il est parti à l'étranger, après l'université, et il est revenu tout différent. Et splendide. Et délicat. Il a le cœur sur la main. Il pourrait gagner des sommes folles en reprenant la boîte d'architecte de son père, mais il ne veut pas vivre à New York. Ni construire des bâtiments traditionnels.

— Comment se fait-il que sur sa carte, ce soit marqué « aventure d'une nuit » ?

— Eh bien, sa vie est à Bali. Il s'en ira dès qu'il aura terminé ce qu'il a à faire ici.

— Mais c'est sa passion qui fait la différence, commenta Bree en rendant la carte à Rebecca, qui la saisit aussitôt.

— Et le principal, c'est que c'est un amour, dit Rebecca en agitant la carte comme un drapeau. Un *amour.*

— C'est vrai. Simplement, il ne pourra pas être *mon* amour, répondit Shannon. Du moins pas pour toujours.

Elle se redressa, mécontente que sa voix l'ait trahie.

— Ah, dirent en chœur les deux femmes en face d'elle.

— Non, ce n'est pas ça, se justifia-t-elle aussitôt. Je savais dès le départ qu'il repartirait, alors il n'y a pas de quoi en faire une montagne, reprit-elle en buvant une gorgée de vin, et en évitant leur regard.

— Eh bien, tu iras le voir à Bali, c'est tout, affirma Rebecca d'une voix autoritaire. Tu le lui dois, et tu te le dois à toi-même.

Elle lui rendit la carte d'un geste lui aussi très déterminé.

Shannon baissa les yeux sur la photo, et elle frissonna au souvenir de son corps si intimement mêlé au sien. Hélas, hélas ! Il fallait se rendre à la raison. Il était hors de question qu'elle aille à Bali.

Et pourtant, songeait-elle, ses sentiments ne lui laisseraient peut-être pas le choix.

Dans la cuisine des Fitz, Nate discutait au téléphone avec son responsable direct, George, et avec l'homme chargé de tous les projets, depuis la collecte de fonds jusqu'au marketing. George leur donnait toutes les informations : où aller, qui était permanent dans l'ONG, qui était consultant ou bénévole. Ces derniers constituaient l'ossature même de l'IRC. C'était également un personnage très sympathique que Nate avait connu à l'université, et qui l'avait aidé à trouver sa place.

— Sumatra pose toujours problème. Ils ont perdu tant d'entrepreneurs et de maçons qu'ils vont avoir du mal à rebondir, déclarait Nate.

— Bon, je te laisse gérer le dossier, lui répondit George. Trouve quelqu'un qui sache communiquer, et on se débrouillera pour que tu assures l'interface. Il te reste quatre mois, Nate, et puis ensuite on aura besoin de toi en Afrique.

— O.K., très bien. C'est bon pour moi. Je sais qu'on a dépassé notre mandat, mais c'est dur de laisser tomber.

— Je sais. On est obligés de composer avec la situation des réfugiés, et tout ce qu'on continue à faire, c'est déplacer les gens de campement en campement. Ces gens ont besoin d'un endroit stable, d'un foyer. Ils ont besoin de travailler pour eux-mêmes et de voir que leur labeur devient un vrai travail.

— Bien sûr. J'irai où vous aurez besoin de moi, dit Nate en reposant sa chope de bière et en jetant un coup d'œil vers la table de la cuisine.

Devant son ordinateur portable, Shannon cliquait fréquemment sur sa souris. Elle était si jolie dans la lumière matinale, dans ce peignoir rose…

— Donne-moi la date de ton retour quand tu l'auras fixée, d'accord ? lui demanda George.

— Entendu. Prends soin de toi, et dis à Alex de m'envoyer toutes les données concernant ma prochaine destination. Il faut que je commence à tout planifier, répondit Nate avant de raccrocher et d'aller s'asseoir près de Shannon. Qu'est-ce qui t'occupe tant de si bon matin ? lui demanda-t-il.

Elle tourna son ordinateur afin qu'il voie l'écran. Une photographie de lui y était affichée. Il était debout au milieu de gens dans un square entouré de bâtiments robustes, avec un marché à ciel ouvert sur sa droite ; un peu plus loin dans le petit parc, on avait planté des arbrisseaux selon le schéma d'une *Rafflesia arnoldii*, la plus grande fleur au monde. Il faisait une chaleur épouvantable, le taux d'humidité atteignait des sommets, mais jamais il n'oublierait cette journée où ils avaient ouvert le marché en grande pompe.

— Tu as l'air si heureux, lui dit-elle. Et si bronzé.

— Il faut dire qu'on n'avait pas tellement pensé à la crème solaire et, oui, j'étais heureux. C'était un grand jour.

— Mais tu n'y es pas resté.

— Je vais là où on a besoin de moi, éluda-t-il avec un geste de la main. Et c'est en Afrique à présent.

— Comment fais-tu pour tout assumer ? Ça ne doit pas être évident de changer de vie tous les quatre matins, selon la mission dont un autre a décidé pour toi.

— Je n'ai pas de foyer comme toi ici, moi, lui répondit-il.

Je n'en ai jamais eu, et j'ai compensé. Je peux transporter tout ce dont j'ai besoin dans deux sacs et, pour le reste… partout où je vais, on a besoin de moi et je suis le bienvenu.

— Oui, bien sûr. Et ça se voit que tu adores ça.

Il fut sur le point de répondre : « Tout comme tu aimes ta maison », mais une pensée l'arrêta et lui fit mal : elle ignorait ce qui allait bientôt la frapper. Alors, possédé par un sentiment d'urgence soudain, il se pencha au-dessus d'elle et l'embrassa. Longuement, langoureusement, en rêvant de pouvoir la porter dans ses bras jusqu'à sa chambre.

Ce fut elle qui mit fin au baiser pour regarder derrière lui, comme s'ils étaient des criminels. Et il ne l'en désira que plus. Elle reporta les yeux sur lui après avoir constaté qu'ils étaient bien seuls dans la cuisine.

— J'ai envie d'en savoir plus sur ce que tu fais, lui dit-elle. Pas maintenant, parce qu'il faut que je me prépare pour aller travailler, mais j'adorerais que tu m'en parles plus en détail. Je connais mal ce milieu de l'aide aux victimes. Mon seul point de repère, c'est le 11 Septembre, avec toutes ses images, tous ses souvenirs et combien notre illusion de sécurité a alors volé en éclats. Mais la solidarité a été telle, à ce moment-là… Tout New York s'est rassemblé, c'était comme si la ville était devenue une seule famille, même de manière temporaire. Toi, tu vas tout le temps dans des endroits balayés par les catastrophes et ce doit être si… si dur… et en même temps, j'imagine combien ce doit être gratifiant de pouvoir apporter de l'aide et des solutions aux gens qui ont tant perdu.

— Ça l'est, oui, répondit Nate, le cœur serré. Il y a des horreurs et des miracles à tous les coins de rue. Chacun d'eux me brise le cœur. Mais c'est dans l'entre-deux que ça devient compliqué. J'ai discuté avec d'autres humanitaires, et on a tous cette impression de déconnexion du monde ordinaire. Sur ce plan-là, on est comme des soldats, dans une réalité limitée. Ce n'est pas facile à décrire.

Shannon ferma les yeux, et prit une profonde inspiration. En les rouvrant de nouveau, elle sourit.

— Il faut que j'y aille. Mais si tu es libre aux alentours de 15 heures, je serai dans le parc. Je dois aller faire quelques photos là-bas. Peut-être auras-tu envie de m'accompagner ?

— Bien sûr. Compte sur moi. Au fait, t'ai-je dit qu'Aïko est censée me donner des nouvelles de l'appartement dans la journée ?

— Oh ! génial. Je croise les doigts pour que la réponse soit positive ! Mais j'y crois.

Elle referma son ordinateur, le glissa sous son bras et attrapa au vol son mug de café. Il n'avait pas envie qu'elle s'en aille, mais elle disparut en un éclair, le laissant face à la réalité brute : il avait beau savoir réagir aux catastrophes naturelles, il ne savait toujours pas comment l'aider en lui révélant la vérité sur l'avenir de l'imprimerie.

- 13 -

Shannon avait essayé tant de tenues la veille au soir que sa chambre ressemblait à présent au vestiaire mal tenu d'un quelconque gymnase. Elle eut la tentation d'appeler Bree à la rescousse, mais s'en tint finalement à sa première idée : le chemisier vert qui lui allait si bien, une jupe droite noire et des escarpins noirs également. L'interview du lendemain soir lui fichait la frousse, et ne devint que plus effrayante quand la chaîne WNYC lui transmit ses instructions par mail.

C'était surtout l'idée du direct qui la paniquait, aussi s'efforça-t-elle de ne plus y penser. Mais c'était plus fort qu'elle. Des scénarios cauchemardesques ne cessaient de germer en elle : avoir un renvoi au beau milieu d'une phrase, ou renverser son café, ou avoir un énorme blanc et ne plus être capable de parler, ou au contraire glousser comme une idiote. Le spectre de l'humiliation était protéiforme. Heureusement, elle était plus d'une fois montée sur scène et savait donc que son trac s'envolait dès l'instant où l'on braquait le projecteur sur elle. Ça ne devait pas être bien différent sur un plateau de télévision.

Il faudrait vraiment qu'elle range ses affaires, songea-t-elle en s'habillant, mais elle avait un planning trop chargé. Elle allait envoyer un e-mail groupé à tous ses correspondants pour leur demander de regarder l'émission, sans faire le tri dans son carnet d'adresses. Tous le recevraient, relations de travail ou de l'église, amies des déjeuners à St Marks, famille, amis et amis d'amis. La liste était si longue qu'elle devrait la fractionner et envoyer plusieurs mails. D'ici là, elle aurait une journée sans temps mort. Elle avait rendez-vous avec un client potentiel dans l'après-midi. Rien d'énorme, pas de quoi sauver l'entreprise, mais le travail — des brochures, des tonnes de brochures — était simple et son revenu serait utile.

Par ailleurs, il faudrait aussi vérifier le blog de Charlie, *Naked New York,* en arrivant au bureau. Ça, ce serait excitant. Elle enverrait une carte de remerciement à Bree et Charlie, manuscrite bien sûr.

Elle continua à égrener mentalement la liste de ce qu'elle devait faire tout en se maquillant rapidement, puis elle dévala l'escalier quatre à quatre. En arrivant au rez-de-chaussée, elle heurta un guéridon en filant vers l'entrée. Un dossier s'en échappa, et tout un tas de brochures se répandit sur le sol.

Elle étouffa un juron et se pencha pour tout ramasser. Les illustrations figurant dessus l'intriguèrent. Ce n'étaient pas des brochures qu'ils avaient imprimées eux-mêmes. Celles-ci concernaient divers lieux en Floride, Tampa, Orlando, Miami. Rien n'était inscrit sur la chemise, mais sa mère avait écrit un numéro de téléphone dans un coin.

Elle n'avait jamais pensé que ses parents puissent songer à prendre des vacances. S'ils rêvaient de soleil, elle devrait leur parler de Bali, ça leur ferait du bien de partir un peu, songea-t-elle. Ils n'étaient jamais allés très loin, dans le fond, et prenaient rarement du temps pour eux. Parfois, ils faisaient un tour à Atlantic City pour un week-end à la plage. C'était bien, qu'ils pensent à la Floride.

Elle acheva de tout remettre en place quand elle aperçut une brochure vantant les avantages d'une communauté pour les séniors. Elle voulut l'ouvrir mais, ayant jeté un coup d'œil à sa montre, elle la remit en place et fila au plus vite.

Dès que Nate raccrocha après avoir parlé avec Aïko, il appuya sur le raccourci clavier pour appeler Shannon.

— Nate.

— Tu es à l'imprimerie ? lui demanda-t-il.

— Oui, mais pas pour longtemps. Qu'y a-t-il ?

— Je passe te prendre pour aller au parc, d'accord ?

— O.K., dit-elle, et il perçut son sourire. Laisse-moi dix minutes.

— Entendu. A tout de suite. *Ciao*.

Il remit son portable dans sa poche et leva le bras pour héler un taxi. Il sentit son cœur s'emballer à l'idée de la voir, et indiqua l'adresse au chauffeur d'une voix forte. Ce n'était pas très loin de Murray Hill, où il se trouvait avec son comptable depuis leur déjeuner. Les négociations lambinaient pour l'entreprise, mais cela n'avait rien d'étonnant, vu les sommes en jeu.

Autant il avait horreur de tout cela, autant il était venu à New York pour asseoir sa situation financière. Il avait besoin d'assez de fonds pour vivre sa vie sans dépendre d'un emploi traditionnel ou de sa famille. Il adorait son travail, mais dans le cas où il arriverait à l'épuisement, ce qui était toujours un risque possible vu son engagement, il voulait pouvoir s'assumer seul. Il avait aussi besoin d'assurer son avenir. Peut-être qu'un jour il trouverait la femme idéale, celle avec qui il voudrait s'installer.

Il pensait à Shannon, bien sûr, mais quand il serait prêt à renoncer à sa vie outre-mer, elle ne serait plus libre, évidemment. Le fait qu'elle le fût encore ne cessait de l'étonner, d'ailleurs.

Il n'avait pas encore pensé à fonder une famille, mais l'idée d'avoir une ou deux filles avec une chevelure rousse aussi magnifique que celle de… Il secoua la tête. Il n'avait jamais voulu d'enfants, allons ! En revanche, il tenait à s'assurer une position de repli confortable. Donc, si les avocats et les hommes d'argent avaient besoin de temps pour qu'il arrive à ses fins, soit !

Il était très reconnaissant à ses parents d'avoir su gérer intelligemment leur argent. Sa mère était installée, sa sœur

Leah aussi. L'achat d'un appartement en copropriété lui avait été suggéré par son comptable et, jusqu'à présent, il avait été d'assez bon conseil pour qu'il le suive et prenne le risque.

Shannon aussi s'en sortirait. Professionnellement et financièrement. Mais moralement ? Mystère et boule de gomme. La seule chose qu'il savait avec certitude, c'était qu'elle ne serait pas installée dans sa nouvelle vie en mai, quand il devrait partir.

Le taxi obliqua sur la Dixième Avenue. Il paya le chauffeur et entra dans le bâtiment. Dans son bureau, Shannon cherchait quelque chose dans une liasse de papiers. Elle leva les yeux vers lui, et son plaisir à le voir provoqua en lui aussitôt une montée d'adrénaline.

Il referma la porte. Elle était magnifique, comme toujours, mais aujourd'hui, elle avait relevé ses cheveux en une queue-de-cheval lâche. Il aurait fallu trouver un autre nom pour cette coiffure, tant elle était élégante et sophistiquée. Peu de femmes pouvaient se permettre une telle coiffure, mais Shannon, elle, pouvait tout se permettre.

— As-tu entendu ?

Il cilla plusieurs fois, et tenta de revenir sur terre. Dans son trouble, il avait vaguement entendu le mot « appartement ».

— Ah, oui, les propriétaires ont accepté mon offre. Le dépôt sur compte bloqué aura lieu dans quinze jours vendredi. Les vendeurs sont pressés, et donc accommodants.

Elle laissa choir sa pile de papiers sur son bureau et s'approcha pour refermer les bras sur lui et le serrer fort contre elle, et il eut un mal fou à ne pas l'embrasser passionnément. Toutefois, comme il ignorait où étaient son père et Brady…

— Je suis tellement ravie pour toi ! s'exclama-t-elle. Ça ne va pas te laisser beaucoup de temps pour meubler le reste de… Ils ont accepté de laisser les meubles ?

— En fait, non, ils ne leur appartenaient pas. Je vais donc devoir tout racheter, dit-il en riant de la voir si réjouie. Et je serais heureux si tu pouvais m'aider sur ce plan-là.

— J'ai toujours rêvé d'aménager une maison. Ça, c'est encore mieux, c'est… Ah, mais je ne pourrai pas m'en occuper avant la semaine prochaine, déclara-t-elle comme si elle venait de se rappeler un impératif.

— Ça attendra. Mais on peut y retourner pour prendre des mesures, si ça peut t'aider.

— Oui, oui, bien sûr que ça m'aidera. Et comment feras-tu pour trouver un locataire ? Je ne t'ai jamais demandé si tu avais quelqu'un en tête.

— Non, c'est le syndic qui s'en occupera.

Elle l'embrassa, mais seulement sur la joue, puis elle recula d'un pas.

— Il faut qu'on y aille. J'ai besoin de lumière pour les photos que je veux prendre. Je prépare un avant/après pour le résumé de l'événement. Comme ça, si je ne peux plus me charger des suivants pour une raison ou une autre, il suffira aux autres de prendre l'album et de continuer.

— Est-ce que je t'ai déjà dit que tu étais rudement futée ?

— Pas assez souvent, si tu veux savoir.

— C'est noté. Tu dois faire quelque chose, avertir quelqu'un, avant qu'on parte ?

— Non.

— Ça t'ennuie si on prend un taxi jusqu'à la Seizième et qu'on continue à pied ?

— Non, pourquoi ?

— Que ce soit au bureau ou dans le taxi, je suis resté assis toute la journée. Mais si tu es fatiguée, pas de problème.

— Ça me convient tout à fait. J'ai eu une journée relativement stressante, et une balade me fera le plus grand bien. Ça fait des siècles que je ne suis pas retournée à la salle de gym.

— Tu n'en as pas besoin, murmura-t-il. Je vais te faire faire de l'exercice, moi.

Elle secoua la tête en désapprobation moqueuse, puis l'emmena dans la rue, où ils allèrent jusqu'à la Neuvième Avenue et prirent un taxi. Il lui tint la main durant tout le trajet vers la Seizième Ouest, mais ils ne dirent rien — ce n'était pas nécessaire. Ils passaient leur temps à se jeter des coups d'œil à la dérobée, comme des adolescents timides. Il avait trente-deux ans, et cette histoire avec Shannon lui faisait penser à une amourette de collège, avec son cortège de cachotteries, et la présence des parents à l'étage du dessus. Ça ne le dérangeait pas, mais s'il avait eu pour projet de s'installer à New York, ils auraient mis bien plus tôt un terme à ce petit jeu.

Il ne pensait pas que les parents de Shannon seraient furieux, mais ils auraient sans doute besoin d'un peu de temps pour s'y faire. Danny aussi, d'ailleurs.

— Tu m'as l'air bien concentré… Quelque chose ne va pas ? lui demanda Shannon tandis qu'ils avançaient lentement.

Main dans la main, ils avaient adopté une démarche tranquille qui leur valait des claquements de langue, habituellement réservés aux touristes, des autres piétons.

— En fait, j'essayais d'imaginer la réaction de Danny apprenant qu'on se connaît, hum… dans le sens biblique du terme.

Elle lui jeta un regard surpris et il songea qu'il n'avait peut-être pas choisi le bon vocabulaire.

— Oh ! il aurait une crise cardiaque. Et puis il t'enverrait chez le neurologue vite fait.

— Oui, ça se tient. Cependant, d'après ce que j'ai entendu, les grands frères sont souvent idiots dès qu'il est question de leurs petites sœurs.

— Les miens ne dérogent pas à la règle. Je vais tourner de l'œil le jour où ils arrêteront de m'appeler Princesse.

— Il m'a fallu moi-même un certain temps pour comprendre à quel point tu avais grandi.

— Tu étais parti depuis des années, et le dernier souvenir que tu avais de moi datait de mes treize ans. Ce qui n'est pas leur cas. Ils sont venus à ma remise de diplôme. J'avais été élue dans la fraternité Phi Beta Kappa, ça devrait compter, non ?

— Pourquoi ne l'ai-je pas su ? lui demanda Nate.

— J'ai cru que m'man avait prévenu le monde entier, mais si tu n'avais de contacts qu'avec Danny, c'était aussi l'époque de la finale de la Stanley Cup, alors ça n'avait pas la moindre importance à ses yeux.

— Il peut vraiment être bête, parfois, c'est sûr, dit-il en lui passant un bras autour des épaules. Mais félicitations quand même. Ça, c'est une superbe réussite.

— Merci.

Ils longèrent une parcelle envahie de mauvaises herbes entourée d'un vieux grillage endommagé, sur lequel un panneau terni *Accès Interdit* n'avait pas empêché un groupe de jeunes tatoués et percés d'y installer des sièges de récupération. C'était un spectacle endémique des grandes villes, aussi caractéristique de New York que les gratte-ciel, mais qui dérangeait toujours Nate. Danny l'accusait régulièrement d'être un hippy au cœur tendre, et il avait un mal fou à le contredire.

— Tu devrais amener ton équipe de l'IRC ici, les laisser se prendre une grande claque au cœur de Manhattan et voir ce qu'ils pourraient reconstruire et rénover, lui dit Shannon.

— Le Committee travaille déjà ici, mais son mandat est différent. On aide les réfugiés à se remettre debout, à trouver du travail et de la sécurité.

— C'est bien, c'est important.

Il regarda le terrain tout en marchant, puis se tourna vers elle.

— Tu devrais vraiment songer aux municipales.

— Au cours de mes nombreux temps libres ?

— Tu pourrais faire tant de bien. Tu es brillante, tu as le don de l'organisation, et tu sais galvaniser les gens. Le truc de Pâques en est un parfait exemple. Je suis convaincu que ça va apporter énormément d'argent pour les sans-abri, que tout le monde ici va en ressortir le sourire aux lèvres et qu'on ne te fera jamais assez crédit pour tout ce que tu as fait. Tu vois ? Tu es pratiquement déjà conseillère municipale à plein temps.

Elle se serra un peu plus contre lui et lui passa le bras autour de la taille.

— J'ai déjà bien assez à faire, merci. Laisse-moi trouver quelques autres clients sérieux pour l'imprimerie, et je pourrai me détendre un peu.

Il opina du chef tout en se traitant intérieurement de tous les noms. Et surtout de lâche. Cependant, il n'allait pas aborder le sujet de l'entreprise familiale avant que l'interview soit passée. Ça, il ne le ferait à personne, et encore moins à quelqu'un qu'il aimait tant.

Ils continuèrent leur flânerie en se tenant aussi près que possible l'un de l'autre.

— Tu m'as manqué, hier soir, dit Shannon.

— On s'était mis d'accord.

— Avec le recul, ça aurait été mieux si tu étais venu, lui dit-elle après avoir poussé un gros soupir.

— Ce soir, alors ?

Elle fit oui de la tête, puis lui posa la joue sur l'épaule.

— Je ne peux pas te garantir d'instants torrides, ajouta-t-elle. Ça t'ennuie ?

— Juste dormir près de toi me suffirait, même si je n'ai rien contre les instants torrides.

Ils arrivaient à la dernière intersection avant le parc, et elle le fit se retourner vers elle.

— Ça ne va pas prendre beaucoup de temps. J'ai besoin des clichés d'une seule zone du parc, celle où les tables et les stands vont être dressés. Ensuite, on pourrait peut-être s'offrir un dîner rapide ? En rentrant à la maison, je vais devoir revoir ma liste de munitions pour demain soir et préparer mes vêtements. Rien de très excitant, tu vois. J'ai prévu de me coucher aux alentours de 22 heures.

Il l'embrassa, très vite, alors que des gens les entouraient.

— Je te retrouverai à ce moment-là. Maintenant, si

tu me donnes des indications, je peux aussi prendre des photos. A ta guise.

Elle lui rendit son baiser et, en dépit des piétons et de la circulation, elle lui posa une main fraîche sur la nuque pour l'attirer à elle et l'embrasser plus passionnément.

Shannon jeta un regard autour d'elle. Elle était prête. Elle venait juste de suspendre ses dernières affaires, et sa tenue pour le lendemain soir était dans sa housse plastique de teinturier. Elle porterait les mêmes chaussures qu'au travail mais ses autres accessoires étaient dans son sac, rangés dans une bourse en velours.

Cela lui rappelait tant les temps passés, quand elle se préparait à monter sur scène… l'époque où elle était vraiment la princesse sur scène. L'adolescence venant, elle avait renoncé à sa quête de tutus, de diadèmes et d'applaudissements. Pourtant, elle avait joué dans tant de pièces à l'école, depuis le primaire jusqu'au lycée ! Elle aurait bien continué, juste pour la joie que lui procuraient ces moments sur scène, si elle n'avait pas accepté l'idée de rejoindre l'entreprise familiale et donc celle de devoir se consacrer pleinement à ses études.

Shannon regarda l'horloge. Il était déjà 22 heures, elle devait se préparer pour la nuit. Pour Nate. Aussi excitante que soit la perspective de l'interview, aussi stressants que soient les impératifs de l'imprimerie, cela ne l'empêchait pas de penser à Bali, à l'Afrique, et à tous les endroits où il allait se rendre. A présent qu'elle avait découvert les envies de vacances en Floride de ses parents, elle se sentait moins coupable de désirer voyager elle-même.

Elle avait consacré dix minutes de son après-midi à contempler des photos de Bali sur internet. Cependant, pour une fois, le voyage virtuel sur le web ne lui suffisait pas ; elle avait vraiment envie d'y aller, sur cette île. Et elle avait eu beau faire, elle n'avait pu empêcher son esprit de vagabonder et de la faire rêver un peu plus. Si seulement elle n'avait pas vu cette photo de lui à Sumatra... Avant, elle n'avait qu'une vague idée du lieu où il travaillait et vivait, alors que maintenant, elle ne pouvait plus faire comme si sa présence à New York n'était pas temporaire.

C'était un homme bien, un homme qui faisait un travail remarquable. Un véritable héros. Même dans ses rêves les plus fous, jamais elle ne pourrait rivaliser avec cela. Ça ne l'étonnait plus qu'il l'imagine à la tête de projets d'envergure, comme le conseil municipal, parce que c'était dans cet univers-là que lui-même vivait, un univers dans lequel il avait un impact direct sur la vie de centaines, voire de milliers de gens. Elle, elle devait se préoccuper de sa famille et de quarante-sept employés. Non, vraiment, ils ne jouaient pas dans la même cour.

Elle sortit dans le couloir et se dirigea vers la salle de bains, ôta sa robe de chambre, rassembla ses cheveux au-dessus de sa tête et entra dans la cabine de douche. Le jet brûlant lui fit un bien fou et elle laissa retomber la tête en avant, yeux fermés, pour sentir l'eau masser sa nuque. Elle se détendait enfin. Les tensions étaient telles au bureau ces derniers temps que l'imprimerie ressemblait davantage à un champ de bataille qu'à une banale entreprise.

Tous ses efforts en vue d'alléger le stress ambiant — apporter des viennoiseries, préparer le café aussi souvent que possible, saluer gracieusement, tenter de discuter comme ils le faisaient avant — se heurtaient à une indifférence morose si elle était dans un jour de chance, ou à une agressivité à peine voilée quand ce n'était pas le cas.

Daphné s'était carrément enfuie à sa vue hier. Enfuie, comme si le spectacle de Shannon était trop insupportable. Elle et Melissa avaient été vraiment proches de Shannon avant les coupures budgétaires. Elles allaient souvent déjeuner ensemble, elles discutaient de mode, d'hommes, de gens avec qui elles sortaient. Elle les avait même invitées aux déjeuners de St Marks, et ça avait paru intéresser

Daphné. A présent, Shannon était devenue à leurs yeux la fée Carabosse, la mauvaise dirigeante responsable de tout ce qui n'allait pas à l'imprimerie, à commencer par l'amenuisement patent de la clientèle. Et elle avait fini par abandonner ses tentatives pour apaiser leurs relations. Elle avait bien fait, d'ailleurs, mais elle n'avait pas perdu l'espoir qu'un afflux de nouveaux clients, comme c'était le cas avant, puisse arranger les choses.

Avec l'interview, Shannon savait qu'elle jouait gros. Bien sûr, ce n'était pas une garantie d'afflux de travail, pas plus que la chasse aux œufs de Pâques, ou les banderoles, ou les appels aux clients potentiels, mais il y avait tout de même une chance pour qu'en découle un événement majeur. Elle faisait tout son possible, bon sang, et elle continuerait, quoi qu'il arrive. L'énergie positive et l'action, combinées à un produit de qualité, finiraient par apporter la preuve que cette baisse de régime n'était que passagère. L'entreprise Fitzgerald & Sons avait une trop belle histoire pour y renoncer maintenant. Elle ne laisserait jamais un tel drame se produire, pas tant qu'elle veillerait au grain en tout cas.

L'eau chaude de la douche détendait ses muscles. Elle huma avec délice le parfum de lilas et d'épices de son gel de douche et laissa l'eau balayer toutes ses sombres pensées. Très bientôt, elle ouvrirait sa porte et son lit à l'homme qu'elle désirait plus que tout au monde.

Au moins pour ce soir, elle était la fille la plus chanceuse de l'univers. Elle brûlait de sentir ses bras autour d'elle, de faire courir ses mains sur son dos, de sentir son souffle sur son cou, de l'entendre hoqueter son prénom.

Aiguillonnée par le désir, elle acheva de se rincer rapidement, se sécha, se brossa les dents et regagna sa chambre, un immense sourire sur le visage.

Elle alluma la lampe de chevet et la drapa d'un foulard rose qu'elle avait acheté dans la journée. Sa chambre prit aussitôt un aspect exotique, et elle se coula nue entre les draps.

Quand il tapota à sa porte, elle rejeta le drap de dessus afin que la première chose qu'il voie en entrant soit ses cheveux répandus sur l'oreiller et ses mamelons érigés. Et tant pis pour sa promesse de l'après-midi ! Finalement, elle était prête pour les instants torrides…

- 14 -

Nate avait regagné sa chambre à 2 heures du matin en veillant comme toujours à ne faire aucun bruit, et avait réglé son réveil sur 5 h 45 pour avoir le temps de prendre une douche.

Shannon descendrait à 6 h 30 et il voulait agrémenter le café classique du petit déjeuner. Il avait donc enfilé un jean, un T-shirt et prévu de préparer les meilleurs pancakes de tout New York.

Aïe ! Il y avait déjà de la lumière dans la cuisine, autrement dit, Shannon n'avait pas bien dormi. Tant pis pour la surprise… Mais ce qui le préoccupait le plus était qu'elle commence sa journée sur les nerfs. Toutefois, ce ne fut pas elle qu'il découvrit dans la cuisine en ouvrant la porte, mais Mme Fitz, en robe de chambre et chaussons.

— Eh bien ! Que fiches-tu debout de si bonne heure, mon garçon ?

La cuisine embaumait le café frais et le beurre fondant dans la poêle.

— J'étais venu préparer des pancakes pour la star de la télévision.

— C'est gentil comme tout, lui répondit-elle en souriant.

— De votre part aussi, dit-il en sortant un mug du placard.

— Cette interview l'excite tellement ! Il faut dire qu'elle a contacté toutes les chaînes de New York pour qu'elles fassent de la publicité pour la chasse aux œufs de Pâques, mais pas une seule n'a répondu. C'est bien qu'enfin ses efforts finissent par payer.

— Oui. Elle travaille dur pour l'église. Pour tout ce qui lui tient à cœur, en fait.

Mme Fitz versa une première louche de pâte dans la poêle, ajoutant une touche de vanille et de cannelle qui dégagèrent un parfum des plus alléchants.

— Je sais ce que Danny t'a demandé de faire, lui dit-elle soudain.

— Je n'en étais pas sûr, répondit-il en remuant son café.

— On est tous dans une position délicate, reprit-elle. On en est arrivés là tout seuls et, maintenant, on te demande d'arranger les choses. C'est une honte. Je lui parlerais moi-même si seulement j'avais le courage d'un enfant de dix ans. C'est ma petite fille, et cette situation me brise le cœur.

— Je comprends, mais elle doit savoir la vérité, dit Nate. Vous allez trouver une solution, j'en suis certain, mais ça ne va être facile pour aucun d'entre vous. Je ne peux pas dire que je suis *content* de vous aider, mais je sais être la bonne personne pour le faire.

Mme Fitz surveillait les quatre pancakes, dont la surface commençait à faire des bulles. Du sirop d'érable, de l'authentique, attendait sur la table où elle avait déjà disposé quatre sets.

— C'est gentil de ta part, Nate. On a tous remarqué que Shannon et toi vous entendez à merveille, et c'est bien. C'est formidable. Tu fais partie de la famille, et un peu de compagnie ne peut que lui faire du bien ; elle travaille trop dur. J'espère…

— Quoi donc ?

Elle fit sauter les quatre crêpes, lui jeta un coup d'œil et se retourna vers sa cuisinière.

— J'espère qu'elle retombera sur ses pieds. C'est ça qui m'effraie le plus. Elle est si talentueuse, si brillante, mais bien qu'on lui ait répété mille fois qu'elle pourrait faire ce qu'elle veut, se lancer à la poursuite de ses rêves, elle a toujours été convaincue que l'affaire passait d'abord, qu'on vivait et mourait tous pour cette satanée imprimerie. Je ne crache pas dans la soupe, Dieu sait qu'elle nous a permis toutes ces années d'avoir un toit et de procurer nourriture et vêtements à nos enfants, , mais ne plus devoir y remettre les pieds ne me poserait aucun problème. Sais-tu que M. Fitz est sourd d'une oreille ? Et que l'autre n'est pas en bon état non plus ? Il est fatigué, il voudrait prendre une retraite bien méritée sans avoir à s'inquiéter de rien. On est tous fatigués. Mais Shannon a le droit de vivre sa vie, une vie dépourvue de toutes obligations, réelles ou imaginaires. Je tiens à ce qu'elle soit heureuse, Nathan. Je tiens à ce qu'elle soit libre.

Nate contempla son café. Il aurait voulu éviter le sujet le plus douloureux, la souffrance de Shannon, mais c'était impossible.

— D'ici peu, vous allez devoir lui répéter ce que vous venez de me dire, et le lui marteler souvent, je crois, répondit-il. Au début, elle ne le croira pas, elle sera juste en colère. Pis, elle se sentira idiote.

Mme Fitz servit une assiette qu'elle posa devant lui, avant de lui mettre une main sur l'épaule.

— Je suis vraiment désolée de t'entraîner dans tout cela, mais nous te sommes tous reconnaissants d'être là pour nous aider à traverser cette épreuve.

Il posa sa propre main sur celle de Mme Fitz et lui dit :

— C'est normal, on est une famille. Je vous aime tous tant.

— Shannon sera là dans une minute. Mange, tu es bien trop maigrelet, répondit-elle d'une voix chargée d'émotion.

Nate avala une gorgée de café qu'il trouva bien amère. Allons, oublier ses arrière-pensées, au moins pour aujourd'hui. La journée allait être fabuleuse pour Shannon. Elle méritait l'attention et les projecteurs, elle méritait le meilleur qu'il avait à lui offrir.

*
**

La journée se déroula par à-coups. Shannon se sentait toute drôle chaque fois qu'elle faisait une fixation sur un échec potentiel, puis le travail accaparait son attention. Et le processus recommençait. Il n'était que 14 heures, et elle était attendue au studio à 20 heures. Elle avait décidé de déjeuner en milieu d'après-midi, afin de prévenir toute crise d'hypoglycémie potentielle le soir, et aussi pour se calmer les nerfs.

Après avoir avalé une soupe, un morceau de pain et une banane, elle eut envie d'un thé. Aussi quitta-t-elle le calme de son bureau et enfonça-t-elle ses protections dans ses oreilles pour se rendre dans la grande salle de repos. Au loin, elle vit Melissa, Greg et Patrice réunis autour de quelqu'un qui était assis sur une chaise. Elle se précipita aussitôt vers eux pour voir ce qu'il se passait.

Il y avait des accidents de temps en temps ; c'était une grande imprimerie avec tout un tas de machines, mais cela faisait un bon moment qu'ils n'avaient plus connu de blessures. Brady gérait l'entreprise d'une main vigoureuse, et les pauses étaient assez fréquentes pour que personne ne risque de s'assoupir devant ses manettes. Oh ! Seigneur, c'était Daphné, constata-t-elle, une Daphné qui, la tête entre les mains, pleurait et tremblait. Que s'était-il passé ?

Patrice fut le premier à voir Shannon arriver, et le mépris inscrit sur son visage la fit s'empourprer. Que c'était épouvantable d'être ainsi l'objet de la méfiance et du dédain ! Elle était détestée de tous, et aucune explication ne paraissait à même de les faire changer d'avis.

Greg et Melissa, qui la regardaient à présent eux aussi, reculèrent, tandis que Daphné continuait à pleurer. Shannon s'accroupit devant elle et lui posa une main sur le genou. La jeune femme releva les yeux vers elle, ouvrit la bouche, puis se leva si vite qu'elle fit presque tomber Shannon à la renverse.

Daphné passa devant ses collègues au pas de course et fila vers le fond de l'imprimerie, suivie de près par

Shannon. Bon sang, que cela signifiait-il ? Il était hors de question d'ignorer cette scène, ni d'envoyer Brady mener l'enquête. Elle ne savait même pas pourquoi Daphné pleurait : s'était-elle blessée ?

Celle-ci se précipita dans les toilettes et, quand Shannon y pénétra également, elle refermait la porte d'un box derrière elle. D'une main, Shannon bloqua la porte pour l'en empêcher tout en arrachant ses protections auditives de l'autre.

— Attends, Daphné.

— Va-t'en.

— Je ne peux pas. S'il te plaît. Dis-moi si tu t'es blessée.

— Non, tout va bien. Fiche le camp.

— Non, ça ne va pas, et ça me rend malade, repartit Shannon. S'il te plaît, parle-moi. Je sais que ça n'a pas été facile entre nous, mais…

Daphné cessa brutalement de pousser sur la porte et Shannon partit en avant, à peine capable de s'arrêter avant de lui rentrer dedans. Elle se redressa vivement et fit quelques pas en arrière.

Daphné fit mine de n'avoir rien vu.

— Pas facile ? répéta-t-elle. Ça n'a pas été facile ? Est-ce que tu sais au moins ce que veut me faire payer l'assurance pour la couverture maladie ? Plus d'un mois de salaire ! Ça te dit quelque chose, ça ? Parce que j'ai du diabète depuis ma naissance. Je ne dors plus, je vais perdre mon appartement, et puis quoi, ensuite ? Tout ce que je sais faire, c'est faire marcher ces machines et il n'y a pas de travail ailleurs. Rien !

Elle fit un pas vers Shannon, le visage blême et les yeux rouges. Puis elle pointa un doigt accusateur vers elle et se mit à hurler :

— Pourquoi est-ce que vous ne l'avez pas déjà fait ? Vous croyez qu'on est tous stupides ? Qu'on ne sait pas ?

— Faire quoi ? Savoir quoi ?

Daphné tordit son visage de si horrible façon que Shannon se sentit mal.

— Eh ben oui, c'est bien ça, vous nous prenez tous pour des imbéciles ! On travaille trois fois plus pour moins de fric. On fait le travail de trois ou quatre ouvriers. Pas d'assurance, et ton père qui prépare peinard sa retraite pour aller se dorer la pilule sur la plage en buvant des cocktails. Brady a un tiroir rempli de brochures et d'annonces d'emplois bien mieux payés. On sait tous que le type qui est venu l'autre jour avec ton père était un acheteur. Vous allez tous vous tirer avec des millions plein les poches et nous, on se retrouvera sur le carreau sans un sou !

— Mais de quoi parles-tu ? s'exclama Shannon en se raccrochant au lavabo derrière elle.

Cette tirade était insensée !

— Mon père ne va pas prendre sa retraite et on n'essaye pas de vendre, tenta-t-elle d'expliquer. Je fais tout ce que je peux pour trouver de nouveaux clients. Pourquoi crois-tu que j'ai travaillé si dur sur ce projet de Pâques ? Je passe ma vie à faire la chasse aux clients ! Est-ce que je me tuerais à la tâche si on avait décidé de vendre ?

Daphné s'essuya le nez avec un mouchoir et croisa les bras devant elle.

— Très bien. Super. Et moi qui me sentais coupable, mais maintenant je… Continuez à nous raconter des sornettes, continuez ! Le jour où on en aura tellement marre qu'on partira, vous n'aurez même pas à nous verser des indemnités.

— Hein ? Mais non. C'est faux !

Daphné avait à présent les yeux braqués au-dessus de l'épaule de Shannon, qui se retourna. L'entrée des toilettes était pleine d'employés, qui n'avaient manifestement pas cru un mot de ce qu'elle venait de dire.

— Je ne vous ai jamais menti, reprit Shannon en leur faisant face, droite comme un I. Ça a été dur pour tout le monde. Tout le travail que j'ai fait depuis des mois, c'était pour que l'entreprise continue à tourner. Pour que nous nous remettions d'aplomb et que nous puissions de nouveau embaucher une équipe complète. On ne voulait pas supprimer les assurances sociales, mais c'était malheureusement une obligation : c'était ça ou mettre la clé sous la porte. Vous le savez tous. Je vous l'ai dit. Je vous donne ma parole que nous n'avons pas l'intention de vendre. Et pourquoi le ferions-nous ? Cette imprimerie est dans la famille depuis des générations !

— Tu sais quoi ? Je ne me sens pas si bien que ça, tout bien réfléchi. Je crois que je vais prendre une journée de congé maladie, fit Daphné en ricanant, avant de se plaquer la main sur la bouche Oh ! non, attends. Elles ont été réduites à deux par semestre, et il ne m'en reste plus.

Shannon ouvrit la bouche pour essayer encore de la calmer, mais au même moment, Daphné ferma la porte de son box. Le personnel ne s'en alla pas, mais s'écarta pour la laisser sortir. Ce fut une véritable torture que de passer au milieu de ceux pour qui elle se battait et qui lui renvoyaient tant de défiance et de colère. Elle n'était pas la préférée de tout le monde, d'accord, mais jamais encore elle n'avait été détestée ainsi. Pas même pour des choses qu'elle avait mal faites.

Pourquoi étaient-ils tous persuadés qu'elle mentait ? Cette confrontation avait tourné au cauchemar, et ses pires craintes, celles qu'elle n'osait pas même se formuler à elle-même, lui avaient été crachées à la figure.

Shannon était désespérée. Bien sûr que Daphné se trouvait dans une situation épouvantable. Ce devait être terrible de souffrir de diabète sans avoir d'assurance santé. Terrifiant de ne pas avoir la sécurité du travail. Mais c'était ainsi partout, maintenant, et pas seulement chez Fitzgerald & Sons. Au moins avaient-ils toujours un emploi, et l'imprimerie n'avait jamais fait sauter le moindre jour de salaire, pas un seul. D'autres entreprises, Shannon le savait, licenciaient d'office au premier jour de congé maladie.

Elle regagna son bureau la tête droite. Avec une envie pressante de claquer la porte, de renoncer. Mais non. Pas aujourd'hui ! Pas alors qu'elle se donnait corps et âme pour conserver tous les employés. Daphné n'était pas la seule à ne pas dormir.

Son économiseur d'écran se moqua d'elle en affichant des photos de temps plus insouciants à l'imprimerie, des fêtes d'anniversaire, des pots, des costumes d'Halloween… Ça avait toujours été un lieu agréable où travailler, et ça pourrait le redevenir. Si seulement les gens avaient un tant soit peu foi en l'avenir… Mais ce n'était visiblement pas le cas. Après toutes ces années, tous ces efforts, tout ce stress, ils n'avaient même pas pris la peine de songer à l'engagement familial de tous dans l'entreprise.

Elle renifla, ouvrit son sac pour y prendre son poudrier, mais tomba sur la carte à échanger de Nate. Elle sourit à sa photo, et songea à lui téléphoner, mais il avait une série de rendez-vous, jusqu'au soir où il la regarderait à la télévision en compagnie de leurs voisins chez Molly's.

C'était l'avantage de vivre au même endroit depuis toujours. A l'exception notable de leurs employés, la famille Fitzgerald représentait quelque chose à Gramercy. C'étaient des gens honorables. Sa famille lui avait appris à ne jamais mentir, à donner de la valeur au travail bien fait, à traiter les gens avec respect.

Shannon prit une grande inspiration. Il était temps de se concentrer de nouveau sur Nate et de laisser sa photo faire retomber la pression. 15 heures approchaient, mais elle avait encore du travail, comme toujours. Des appels à des clients potentiels, des mails auxquels répondre. Il y avait peu de chances qu'elle y arrive si elle se laissait gagner par le cafard ambiant. Elle décida donc d'aller faire un tour à pied pour se calmer et faire le point. Puis elle reviendrait et se remettrait au travail.

Ce soir, elle allait enfiler sa tenue préférée, se brosser les cheveux, rafraîchir son maquillage et sourire quand elle serait face à la caméra. Elle dirait à quel point ils allaient s'amuser dimanche après la messe de Pâques, à quel point chaque donation viendrait en aide à des gens dans le plus grand besoin. Elle refusait d'être de mauvaise humeur alors qu'elle n'avait pas le pouvoir de changer l'issue du problème. Elle faisait de son mieux. Elle travaillait aussi dur que possible.

Elle n'était pas une perdante, et elle n'allait certainement pas se comporter comme telle.

Elle n'aurait jamais dit que ce bâtiment d'acier et de vitres abritait un studio de télévision, mais comme elle n'en avait jamais fréquenté, c'était bien possible. Shannon avait profité du long trajet en métro jusqu'à Yonkers pour se ressourcer, laisser derrière elle les tracas de la journée au bureau et affûter ses arguments afin de promouvoir Fitzgerald & Sons tout en s'appuyant sur la visée altruiste de cette chasse aux œufs de Pâques.

A l'entrée, on lui attribua un badge et une jeune femme prénommée Felicity l'escorta jusqu'à une petite salle de maquillage, où une femme la salua à peine avant de lui appliquer une épaisse couche de poudre sur le visage. Puis Felicity l'emmena dans le foyer, pas spécialement accueillant et malodorant. Le moniteur branché sur le studio était en panne, et Felicity lui désigna une pile de vieux magazines. Shannon serait l'unique invitée de la soirée.

Une fois seule, elle sortit son portable pour appeler Nate.

— Salut. Comment ça se passe ? lui dit-il de sa voix si réconfortante.

— Ça va, un peu nerveuse, répondit-elle.

— Ne t'inquiète pas. Tout va bien se passer : tu as ça dans le sang. Je suis sûr qu'ils vont te demander de revenir.

Elle rit un peu, pour la première fois de la journée, et se demanda si elle devrait lui parler de ce qu'il s'était passé avec Daphné, mais non, ce n'était pas le moment.

— Raconte-moi ta journée, dit-elle.

— Oh ! les réunions ont été aussi rasoir que prévu.

— Je m'en fiche. Je ne veux pas penser aux caméras,

alors il va falloir que tu me changes les idées. Tu es chez Molly's ?

— Oui, et c'est plein. Tout le monde est là. Tous ceux que j'ai connus. Il y a même Mme Galbraith.

— Hein ? Elle ne sort jamais de chez elle ! L'as-tu remerciée pour tous les bonbons qu'elle nous a donnés ?

— Je l'ai fait. Je lui ai dit que sa maison était absolument incontournable au moment d'Halloween, ça lui a fait plaisir.

— Et la famille ?

— Myles et Alice sont là, et aussi Brady et Paula. Danny est venu avec une très belle fille trop bien pour lui… Aïe !

Elle souriait vraiment à présent, car elle savait que Nate avait dit cela en présence de Danny, qui avait aussitôt voulu lui faire payer ce quolibet.

— Princesse ! lança la voix de Danny dans le téléphone. Ouche, Nate, lâche-moi, tu veux ? Dis, c'est vrai que tu ne veux plus qu'on t'appelle Princesse ?

— Oui, c'est vrai ! répondit-elle avec bonheur, en remerciant *in petto* Nate. Qui est ta copine ?

— C'est une femme qui a très bon goût, et tu feras sa connaissance quand tu reviendras voir le petit peuple.

— Tu ne changeras jamais, frérot ! Est-ce que Tim est là ?

— Oui. Il joue au bras de fer avec Brady. Pour du fric.

— Non ? Ne laisse pas m'man voir ça !

— Tu rigoles ? Elle s'est déjà fait dix dollars.

— Repasse-moi Nate, voyou.

Plusieurs minutes s'écoulèrent avant que Nate récupère son téléphone, mais il lui demanda alors de ne pas quitter. Quand il lui parla de nouveau, le brouhaha s'était nettement atténué.

— Ça y est, dit-il. C'est un asile de fous là-dedans.

— Ecoute, ne vous attendez pas à ce que je sois parfaite. Je suis sûre que je vais avoir le hoquet ou un truc dans le genre pendant l'interview.

— Mais non. Et même si ça arrive, on t'aimera tout pareil.

Il parlait de la famille, elle le savait, de l'amour en général, mais ça ne l'empêcha pas de se sentir toute drôle.

— Après, reprit-elle, je vais faire des folies et rentrer en taxi.

— Super, je comptais justement te le suggérer. Ça ne m'emballait pas trop, que tu rentres en métro.

Si seulement il était là avec elle et pas chez Molly's…

— Je peux me défendre seule, mais je suis fatiguée, et j'ai envie d'être à la maison.

— Ça va être dur ce soir, tout le gang dort à la maison, lui dit-il plus bas, d'une voix presque inaudible.

— Je m'en doutais. Peut-être que tu pourrais venir quand ils seront tous endormis ?

— Ou peut-être que je pourrais te kidnapper, et on irait passer le week-end à l'hôtel.

— Ça serait…, commença-t-elle en poussant un soupir.

— C'est à vous, lança Felicity en ouvrant la porte.

— Il faut que j'y aille, dit Shannon, prise soudain d'une boule au ventre.

— Merde, lui dit-il.

— A plus, balbutia-t-elle.

Felicity la guida le long de couloirs divers où elle dut enjamber des câbles courant sur le sol. Des panneaux *Silence* clignotaient, et alors qu'elle se rapprochait du saint des saints, les voyants lumineux affichèrent *En direct*.

Il y avait deux caméras, et le studio lui parut bien plus petit qu'il ne paraissait à l'écran. Elle reconnut Lisa Jenter à un des pupitres, devant un immense poster des gratte-ciel de New York. Jolie et très à son aise, elle lisait le prompteur à la caméra sans jamais baisser les yeux sur les papiers étalés devant elle.

Grant Yost était installé au deuxième pupitre, vers lequel on escorta Shannon. Derrière lui, un grand panneau bleu avec le logo de la station en lettres blanches. A sa droite, hors champ, Shannon se vit en compagnie de Grant sur un moniteur. Ses cheveux… ça allait, mais elle aurait dû opter pour un rouge à lèvres mat. On la fit asseoir sur une chaise à dossier bas. Lisa parlait toujours et personne ne lui donna aucune instruction, mais ça allait venir, songea-t-elle.

La diode rouge de la caméra s'éteignit enfin mais, avant que Shannon ne pût se présenter à Grant, Felicity attira son attention. Elle lui fixa un micro-cravate et lui souffla :

— Surtout, regardez Grant, et pas la caméra. Sinon, ça finira par vous flanquer les jetons. Sérieux.

Shannon sortit le prospectus de la chasse aux œufs de Pâques de son sac et lui demanda :

— A qui dois-je donner ça ?

— Je vais m'en occuper, répondit Felicity après avoir regardé le papier d'un regard vide. Antenne dans cinq.

Cinq ne signifiait pas cinq minutes mais cinq secondes. Grant ne l'avait même pas encore regardée quand il fit face à la caméra.

— Notre invitée de ce soir est Shannon Fitzgerald, de l'imprimerie Fitzgerald & Sons, dit-il. Ils sont connus pour fabriquer des cartes à échanger pour les New York Yankees et les New York Mets, pour ne citer que deux des plus célèbres. Ils impriment également des manuels scolaires, des catalogues et des livres pour enfants. Ce qu'en revanche WNYC a récemment découvert, c'est que Fitzgerald & Sons imprime aussi un genre tout différent de cartes à échanger.

Sur le moniteur, une photographie remplaça le plan sur Grant et elle, et Shannon contempla, horrifiée, une reproduction de la carte à échanger de Nate entourée de cinq autres cartes, toutes issues de la dernière pile qu'elle avait apportée au déjeuner de St Marks.

— Ces cartes ne sont pas des mémentos, mais des sollicitations, reprit Grant. Elles circulent dans un groupe de femmes célèbres incluant, entre autres, Rebecca Winslow-Thorpe, présidente du conseil d'administration de la vénérable et philanthropique Fondation Winslow.

Sur l'écran cauchemardesque apparut alors une vidéo de

Rebecca, Bree et Shannon entrant dans l'église. Rebecca jetait de fréquents coups d'œil derrière elle comme si elle se rendait coupable d'un acte illégal. Shannon ouvrit la bouche pour crier à Yost d'arrêter ça tout de suite, mais aucun son ne voulut sortir de sa gorge.

— Les hommes figurant sur ces cartes ignorent qu'ils sont échangés comme du bétail, continua Grant avant de se tourner vers elle. Mademoiselle Fitzgerald, si j'ai bien compris, vous êtes à l'origine de ces échanges, qui durent depuis plusieurs mois à présent et, depuis lors, plus d'une centaine de New-Yorkais sans méfiance ont été mis aux enchères dans le sous-sol de l'église St Marks. Est-il exact que, sur chaque vente, un pourcentage va directement dans votre poche ?

- 15 -

Glacée et incapable de prononcer le moindre mot, Shannon dut agripper le bord du pupitre pour ne pas défaillir.

— Je ne comprends pas, balbutia-t-elle enfin. Ne suis-je pas venue pour parler de l'événement caritatif de Pâques ?

— Je vous en prie, mademoiselle ! Expliquez-nous comment fonctionne ce système d'échanges, et comment vous avez réussi à le garder secret aussi longtemps. Il semblerait qu'il existe un strict accord de confidentialité entre les femmes qui veulent s'inscrire à ces enchères.

— Il n'y a aucune enchère, ça n'a rien à voir avec cela. Nous sommes toutes des amies. C'est pour s'amuser, pour créer des liens entre les gens.

— Si c'était vraiment pour « s'amuser », pourquoi n'a-t-on jamais demandé aux hommes que vous échangez s'ils avaient envie de participer ? Si ce jeu était aussi innocent que vous le prétendez, pourquoi tant d'hommes sont-ils mis sur le marché pour une aventure d'une nuit ?

La photo de la carte de Nate fut remplacée par celle de son verso, sur lequel était inscrit en caractères gras « aventure d'une nuit ».

Shannon fut prise d'un vertige et crut qu'elle allait vomir, mais reprit néanmoins :

— Je vous le répète, il n'y a ni enchères ni argent en jeu ! Ce système a été prévu pour être quelque chose de sympathique, quelque chose de bien.

— Allez dire cela aux hommes que vous avez troqués !

Elle savait qu'elle devait s'expliquer, le calmer pour qu'il l'écoute enfin, et qu'il arrête de lui lancer des accusations épouvantables, mais dans tous les cas, tout était perdu : Nate regardait l'émission. Toute sa famille la regardait, tous les gens qu'elle connaissait, et non, elle n'avait jamais rien demandé aux hommes. Elle s'était servie de Nate, et de tous les autres, sans leur avoir demandé la moindre autorisation. Comment n'avait-elle pas vu à quel point c'était importun ?

— Rien de tout cela n'a été fait avec de mauvaises intentions ou pour un quelconque profit, répondit-elle en essayant de se montrer le plus professionnelle possible.

L'humiliation la dévastait, mais elle devait poursuivre.

— Nous sommes toutes des amies, nous déjeunons régulièrement ensemble. Nous discutons des relations humaines et de la difficulté qu'il y a à New York de…

— Donc, vous avez senti le créneau et vous vous y êtes engouffrée. En vous servant de l'imprimerie. Votre famille sait-elle que vous imprimez des cartes à échanger contenant de telles informations personnelles ? Il est écrit sur une des cartes que nous avons vues, je cite : « Il est si chaud-bouillant qu'il va vous falloir un extincteur, les filles. »

— Vous sortez tout de son contexte ! C'est comme ça que s'expriment les femmes quand elles discutent d'hommes et de relations potentielles. Il n'y a rien de mal à cela.

La voix lui manqua, et elle comprit qu'elle était rouge pivoine. Mon Dieu, si seulement elle pouvait disparaître six pieds sous terre, là, maintenant !

— Manifestement, vous allez découvrir que les hommes figurant sur ces cartes, et il nous reste encore à en définir le nombre, auront sans doute à redire sur l'usage secret que vous avez fait de leurs photos et de leurs informations personnelles, dans le but de les troquer sans leur autorisation expresse, répliqua Grant en refaisant face à la caméra.

Shannon jeta un coup d'œil au moniteur. La photo de Nate y avait repris la place centrale, comme s'il représentait toutes sortes de crimes épouvantables et salaces commis lors de réunions secrètes dans un sinistre sous-sol.

— Nous reviendrons sur cette histoire au cours des semaines à venir, et nous vous dirons combien, exactement, d'hommes ont été partagés par ce groupe de femmes sous le prétexte fallacieux de simples réunions de club. La suite de notre émission dans un instant.

La diode rouge de la caméra devint noire, et Grant ôta paisiblement le micro dissimulé sous sa cravate sans même jeter un regard à Shannon. Il se leva et se dirigea vers une femme debout près de la sortie.

Shannon se leva aussi, détacha son micro, le laissa tomber par terre et le piétina consciencieusement avant de suivre les panneaux indiquant la sortie du bâtiment. Une voix d'homme la héla par son nom, mais elle l'ignora.

Un frisson glacé lui parcourut l'échine. Mais où avaient-ils obtenu cette information ? Elle avait une confiance absolue dans chacune des femmes du groupe. Aucune n'avait bavardé car, non seulement elles étaient dignes de confiance, mais la publicité faite autour des cartes ruinerait tout pour chacune d'entre elles. Mais alors, qui… ?

— Oh ! Seigneur, marmonna-t-elle en s'appuyant d'une main sur le mur du couloir.

Elle savait… elle savait !

Le jour où elle avait créé la carte de Nate, quand elle était allée se chercher un café et que, au retour dans son bureau, elle était tombée sur la photographie d'une imprimerie à l'abandon sur son écran ! C'était à ce moment que quelqu'un avait téléchargé les cartes sur une clé USB.

Quelqu'un… Oh ! Elle savait qui, et ce fut presque plus douloureux encore que l'humiliation tout juste ressentie. Daphné. Elle se pressa une main sur le ventre.

Daphné, qui était venue chez elle, qui connaissait sa famille. Daphné, avec qui elle avait plus souvent parlé de relations amoureuses qu'avec n'importe quelle autre femme du groupe. Daphné, qui avait été son amie.

Oui, mais là encore, qu'est-ce que cela signifiait, l'amitié ?

Elle-même était l'amie de Nate, et où est-ce que ça l'avait emmené, lui ?

Chez Molly's, Nate avait toujours les yeux braqués sur l'écran. Le son de la télévision avait été coupé, mais le silence s'appesantissait sur la salle bondée. Il serrait si fort sa chope entre ses doigts qu'elle allait exploser. Mon Dieu. *Shannon.*

Ça lui avait fait un choc de voir sa propre photo à l'écran. Des cartes à échanger ? Comme tous les garçons qu'il avait connus, enfant, il avait toujours rêvé d'avoir sa photo sur une carte de ce type, mais dans le domaine du sport. Pour être célèbre. Il ne savait que penser de celle qui était apparue à l'écran, mais s'il y avait une chose dont il était certain, c'était que Shannon n'avait rien fait de mal. Et que ce journaliste de bas étage voulait juste se faire mousser.

L'autre chose dont il était tout aussi certain, c'était que Shannon avait été éviscérée, trompée, embarquée de force dans un traquenard immonde, et humiliée publiquement trois jours avant sa chasse caritative aux œufs de Pâques. Une rage folle s'empara de lui. Il n'était pas violent de nature, mais il se dit qu'il étranglerait avec joie la personne qui avait osé déterrer ainsi cette histoire.

Il allait aussi appeler son vieil ami Brent, un des meilleurs avocats du pays, en tout début de matinée.

— Mais bon sang, qu'est-ce que c'était que ça ?

A l'interrogation stupéfaite de Danny, il sentit aussitôt naître en lui le désir de vengeance. Il ne répondit pas, mais appuya illico sur la touche d'appel rapide de son portable. Celui de Shannon sonna, et sonna, et sonna. Il finit par laisser un message sur sa boîte vocale :

— Shannon, je te rappellerai dans un petit moment. Décroche, chérie, je t'en supplie. Ça va aller, mais j'ai besoin de savoir où tu es.

Il raccrocha, et appuya sur la touche *bis*. Seigneur, même

résultat. Le téléphone n'était pas éteint mais elle refusait de répondre. La fois d'après, cela sonna occupé. Donc, il n'était pas le seul à essayer de la joindre. Il fit une prière pour qu'il s'agisse d'amis mais, pour ce qu'il en savait, ça pouvait tout aussi bien être d'autres médias essayant de s'accrocher à son histoire. Le seul nom de Rebecca Thorpe suffisait à faire le scoop. Un gros scoop.

— Je n'arrive pas à la joindre, dit Mme Fitz.

— Moi non plus, répondit-il en déglutissant.

Mme Fitz tourna vers lui de grands yeux.

— Elle est là-bas à Yonkers, et elle ne doit plus savoir quoi faire. Il faut qu'on aille la chercher !

Nate l'aurait volontiers serrée dans ses bras si M. Fitz n'était pas déjà en train de le faire, et il se contenta de répondre :

— Elle m'a dit qu'elle allait rentrer en taxi.

Les gens autour de lui paraissaient encore sous le choc, tout comme lui. Les accusations qu'avait lancées ce minable étaient répugnantes. Prendre quelqu'un par surprise sans lui laisser la moindre chance de se défendre était la pire sorte de sensationnalisme ! Il se moquait éperdument que sa photo finisse en une de tous les journaux du pays, mais il refusait qu'on ose traiter Shannon de la sorte.

Il se mit à trembler de rage. Mais pas que de rage. L'inquiétude aussi le gagnait. Elle était là-bas, seule dehors, à une heure au moins de trajet. Si elle ne décrochait pas son téléphone, qu'allait-il bien pouvoir faire ? L'adrénaline lui faisait battre le cœur, elle lui donnait envie de sauter dans le premier taxi et de courir la rejoindre. Cependant, il ignorait comment la retrouver. D'accord, on pouvait localiser le GPS de son téléphone et le suivre, mais il ne connaissait personne à même de le faire.

— Merde, répéta-t-il plusieurs fois.

Il allait découvrir où habitait ce salaud de Grant et lui faire payer son comportement ! Il composa encore le numéro de Shannon, et fut à deux doigts de balancer son portable contre le mur quand la sonnerie occupée retentit de nouveau. Au prix d'un immense effort, il parvint à s'en empêcher, mais tout juste. Bon sang, que pouvait-il faire, à part se ronger d'inquiétude ? Et penser au pire.

Dans le métro, Shannon ignorait dans quelle ligne elle était et la direction dans laquelle elle allait, puisqu'elle avait grimpé dans le premier wagon sans regarder les panneaux. Il ne lui restait plus que deux mouchoirs en papier intacts, elle avait déchiqueté tous les autres et fourré les lambeaux dans son sac. Il allait lui falloir en racheter, car elle ne descendrait pas de ce train. Jamais.

Elle s'était assise sur un siège latéral, une main refermée sur le poteau et la tête tournée vers l'extérieur. Bizarrement, elle avait le sentiment de s'être abandonnée elle-même sur une chaise d'un studio de télévision dans lequel le monde qu'elle connaissait avait été réduit à néant. Et elle n'avait aucune idée de l'identité de la fille qui se trouvait dans ce wagon presque vide.

Dieu merci, il était 23 heures passées, et il n'y avait pas grand monde dehors. Mais comme New York ne fermait jamais l'œil, elle ne serait jamais seule. Hélas.

Elle ferma les yeux, et les rouvrit très vite. C'était la quatrième fois qu'elle essayait de s'échapper ainsi du monde réel, et la dernière. Ça ne lui procurait aucune distraction, bien au contraire même, car, derrière ses paupières closes, elle se rappelait parfaitement le ton de Grant, et ce qu'elle avait éprouvé en comprenant précisément de quoi il l'accusait.

Tout ce travail, tous ces combats, tous ces efforts, ces appels téléphoniques, ces nuits blanches à s'inquiéter pour Fitzgerald & Sons… tout cela pour rien. Ils étaient devenus un objet de risée. Peu importait comment se terminerait l'histoire, et même que ce journaliste s'excuse en direct d'avoir été mal informé, ça ne suffirait jamais. Les gens ont la mémoire courte, et une histoire aussi sensationnelle que celle-ci resterait la plus forte.

Plus personne n'évoquerait le nom de Fitzgerald & Sons sans l'associer à celui de Shannon Fitzgerald et à son troc d'hommes honnêtes dans un sinistre sous-sol. Elle ne savait même pas ce que cela voulait dire, sinon que cela avait des accents salaces et répugnants. C'était cela que penseraient tous leurs clients. En annulant leurs commandes.

Comment pourrait-elle décemment en rechercher de nouveaux au téléphone ? Comment pourrait-elle rassurer les clients potentiels sur le point de signer ? La crédibilité ? Envolée ! L'estime de soi ? Laquelle ? Et ils prendraient Nate pour symbole de sa disgrâce.

Oh non, il ne lui restait plus qu'un mouchoir maintenant. Elle avait de l'argent, des cartes de crédit. Elle pourrait descendre à la prochaine station et trouver un coin où se cacher pour la nuit.

Non, pas un hôtel. Elle ne parviendrait jamais à dormir. Au moins, ici, des gens allaient et venaient. Des gens à la tête normale. Des gens dont le monde ne venait pas d'être détruit d'un coup.

Seigneur, et dire qu'ils avaient montré la photo de Rebecca ! Combien de fois les avaient-ils espionnées près de St Marks, à rôder en attendant de tomber sur la bonne personne à filmer ? Combien de temps faudrait-il pour que les gens reconnaissent en Bree la petite amie de Charlie Winslow et fassent la relation avec les cartes ? Elle ne pouvait même pas imaginer comment elles allaient se sortir de ce guêpier.

Elle se plia en deux, les mains serrées sur son ventre, et se mordit la lèvre pour s'empêcher de gémir tout haut. Charlie ignorait tout des cartes. Jake, le copain de Rebecca, qui avait été blessé en faisant son travail dans le NYPD, allait devenir un objet de quolibets, et tout cela par sa faute !

Nate, au moins, quitterait New York, lui. Mais pas assez tôt pour distancer le ridicule qui s'abattrait sur lui de partout. Et le pire, c'était qu'elle avait alerté toutes ses connaissances, activé tous ses réseaux, et fait en sorte que *tous* les gens ayant une connexion même lointaine avec la famille Fitzgerald regardent l'émission ! Elle avait même trouvé quand les chaînes associées à WNYC rediffuseraient le programme et envoyé les grilles de ces chaînes à tous ses correspondants…

Seigneur Dieu, chaque fois que la rame s'immobilisait ou repartait, un nouveau détail épouvantable venait la narguer. Les répercussions sur les femmes du club de St Marks ! Sur leurs familles, leurs collègues de travail, et même les hommes avec qui elles étaient sorties. Le cercle n'en finissait pas de s'agrandir. Comment sa mère allait-elle encore pouvoir entrer la tête haute à l'église ? Oh ! bon sang, et la chasse aux œufs de Pâques !

Shannon se redressa, mais elle respirait trop vite, et si elle ne se reprenait pas en main tout de suite, elle allait faire de l'hyperventilation et tourner de l'œil. Et ça, ça ne ferait pas une belle photo pour la une du *Post* ?

Il lui fallut deux correspondances et une douzaine d'autres stations pour parvenir à Grand Central, où elle pourrait acheter des mouchoirs en papier. Et trouver un train pour n'importe où. Elle avait entendu dire que des gens vivaient sous terre, dans les stations des tunnels abandonnés. Ça ne serait peut-être pas si mal. Mais il lui faudrait une brosse à dents. Et des chaussures confortables.

Les portes ouvertes, elle descendit sur le quai, et marcha comme un automate. La pendule carrée était juste en face. Elle leva les yeux et sourit. Ou plutôt, elle fit une grimace qui ressemblait vaguement à un sourire. Le ciel astral était peint à l'envers sur le plafond, elle se souvint d'être venue le voir avec sa classe de CM2, et que leur instituteur, M. Thomas, avait fait grand cas de ce plafond. Il disait qu'il représentait le ciel tel que Dieu le voyait.

A en croire les quatre faces de l'horloge, il était très tard.

Elle était restée des heures dans le métro et, sans qu'elle sache comment, 2 heures avaient sonné.

Elle sortit son ultime mouchoir et reprit sa marche.

Assis sur une marche du perron des Fitzgerald, gelé jusqu'à la moelle, Nate attendait. Ils avaient laissé allumée la lumière extérieure pour le retour de Shannon. Si jamais Shannon rentrait.

Sur les différents points du globe qu'il avait arpentés, les gens étaient au désespoir de retrouver ceux qu'ils aimaient, et il avait eu pour rôle de les calmer, de les soutenir de son mieux. Il avait été celui vers qui tous se tournaient pour chercher du réconfort.

Cette nuit, c'était lui le désespéré, lui qui paniquait au-delà de toute raison. Il comprenait que le réconfort qu'il avait offert était inutile. Seuls le café chaud et les couvertures comptaient. Son soutien et son calme l'avaient aidé lui, mais pas eux.

Nate grelottait sans s'en apercevoir. Dire que Shannon était là, dehors, et qu'il ignorait comment la retrouver. Tout pouvait arriver. Il avait déjà imaginé mille scénarios, chacun d'eux finissant en tragédie, et cela le torturait. Depuis des heures, chaque instant qui s'écoulait était celui précédant son arrivée. Quand tout le monde était parti de chez Molly's, les laissant seuls avec le personnel, il n'avait plus eu qu'une idée en tête : Shannon avait forcément laissé un message sur le répondeur de la maison, il fallait aller voir ! Mais Mme Fitz lui avait alors rappelé que Brady et Paula étaient rentrés depuis longtemps chez eux, pour surveiller le téléphone, au cas où.

Il avait fait les cent pas et composé son numéro jusqu'à saturer sa boîte vocale. A présent, assis seul dans le froid, son portable lui meurtrissant la main tant il le serrait, il marchandait avec lui-même. Si elle rentrait, il ne dirait jamais un mot au sujet de la carte à échanger.

Il aurait largement préféré que l'histoire ne se soit pas déjà répandue comme une traînée de poudre sur internet mais, bien sûr, le nom des Winslow avait suffi. L'un d'entre eux se présentait aux sénatoriales. Danny avait fait une rapide recherche sur Google et, déjà, un lien faisait la connexion entre l'article Wikipedia consacré aux Winslow, l'histoire des cartes à échanger et la prostitution masculine, ce dernier point lui ayant fait l'effet d'un uppercut à l'estomac. Des milliers d'internautes visionnaient l'intégralité de l'interview sur YouTube.

Il s'en moquait. Il ne dirait pas un mot parce qu'il savait qu'elle n'avait jamais voulu blesser aucun d'entre eux. Il ne la connaissait vraiment intimement que depuis deux semaines, mais il savait avec certitude que ce truc des cartes à échanger était une tentative pour aider ses amies à trouver l'amour. Point à la ligne. Parce que c'était comme ça que Shannon était faite. Elle aidait les gens, les inconnus comme les amis, les membres de sa famille ou de sa communauté. La splendide rouquine n'avait pas une once de méchanceté en elle, et Dieu seul savait comment elle réagissait à cette avalanche de mensonges et de boue.

Il donnerait tout ce qu'il avait pour qu'elle ne soit pas obligée de subir une épreuve aussi douloureuse, et cette dernière pensée eut en lui la violence d'un électrochoc.

Jusqu'à présent, jusqu'à ce soir où il l'attendait seul dans le froid, il ne s'était pas rendu compte que leur relation avait grandement dépassé le stade d'une amitié sensuelle. Depuis l'enfance, il s'était convaincu qu'il n'aurait jamais à se préoccuper des conséquences de l'amour. Il avait eu tort. Seigneur, qu'il avait eu tort ! Et, en plus, avec la Princesse.

Il envisagea de rentrer. Oh ! il n'irait pas se coucher, c'était hors de question, mais une boisson chaude ne lui ferait pas de mal. Il était 3 heures passées, et la panique bouillonnait en lui depuis si longtemps qu'il craignait de ne plus jamais pouvoir se détendre. Alors, il entendit un bruit de pas. Un claquement de talons sur le trottoir. Il ne fit pas le moindre geste et osa à peine respirer, de peur de se porter la poisse, ou de lui faire peur. Si c'était elle.

Il fallait que ce soit elle !

Encore des pas, qui ralentissaient. Oui. C'était Shannon. Son soulagement fut tel qu'il faillit s'évanouir. Puis il distingua ses traits alors qu'elle levait les yeux vers la maison, et il eut le cœur serré devant son chagrin, son impuissance. Elle avait un visage marbré sur lequel se lisaient sa douleur et sa culpabilité. Et ses yeux… Doux Jésus, ses yeux ! Cette femme avait été éviscérée vivante.

Elle secoua la tête, se pressa la paume des mains sur les yeux et fit volte-face, prête à repartir.

Nate fut sur ses pieds en une nanoseconde.

— Ne fais pas ça.

Elle poussa un hoquet de surprise et porta une main à sa poitrine.

— Ne t'en va pas, dit-il en dévalant les quelques marches et en courant jusqu'à pouvoir la prendre par les épaules et la maintenir en place.

Il ne la laisserait pas partir.

— As-tu seulement idée de notre inquiétude ? De notre inquiétude à tous ? Ta mère ne sait plus où se mettre. Tu ne répondais pas au téléphone. Bon sang, il est 3 heures du matin, tu aurais pu te faire agresser, ou tuer, ou que sais-je encore ?

Elle ouvrit la bouche, mais seul un soupir étouffé en sortit.

— Tu ne peux pas me refaire ça, tu entends ?

— Pourquoi ? finit-elle par dire d'une voix bien trop haut perchée. Comment peux-tu seulement me regarder ? J'ai tout raté. A cause de moi, tout le monde va se moquer de toi. De l'imprimerie. J'ai *tout* gâché.

— Tu as beau être une femme remarquable, tu n'as pas la capacité de *tout* gâcher.

Elle essaya vaguement de le repousser.

— Ça n'a rien de drôle. Je me suis couverte de honte et c'est Fitzgerald & Sons qui va en payer le prix. Cet odieux présentateur s'est servi de ta photo, et je t'ai menti. Je ne l'ai pas insérée dans la gazette de Gramercy mais je m'en suis servie pour te trouver des copines, et puis après j'ai chapardé la carte parce que je ne voulais plus qu'aucune fille sorte avec toi sauf moi, mais je ne t'ai jamais demandé si tu étais d'accord, et ça, c'est impardonnable. Tu as le droit de me détester. En plus, j'ai entraîné Rebecca dans ce torrent de boue, alors qu'elle n'a rien fait de mal. Toutes mes amies jouaient juste le jeu avec moi, mais les cartes, c'était mon idée. Tout est ma faute. J'avais fait en sorte que tout le monde garde le secret. J'aurais dû comprendre que ce n'était pas une bonne chose, sans quoi je me serais moquée que ça reste ou pas un secret.

Elle prit une grande inspiration au terme de sa tirade, et se voûta.

Il l'attira entre ses bras, tout contre lui.

— Je suis désolée, dit-elle encore, et il perçut au tremblement de ses épaules qu'elle pleurait. Je suis tellement désolée.

Il ferma les yeux et la berça contre lui en lui caressant les cheveux, en la réconfortant de son mieux. Mais dans le fond, il ne songeait qu'à une chose. A son bonheur de la savoir vivante. Ici. dans ses bras.

Et au bonheur de savoir qu'il l'aimait.

- 16 -

— Tu es prête ? demanda-t-il en lui soulevant le menton.

Elle secoua négativement la tête.

— Dès qu'ils vont voir que je ne suis pas morte, ils vont tous se souvenir de ce que j'ai fait.

— Tu n'as rien fait du tout. La famille a besoin de savoir que tu vas bien. Je n'arrive même pas à imaginer qu'un seul d'entre eux ait pu s'endormir.

— Mais si.

— Non, fais-moi confiance. La soirée a été une véritable torture, alors hop, on y va.

Comment pourrait-elle tous les affronter alors qu'elle était à ce point fragilisée et lasse ? Mais puisque ses pieds l'avaient ramenée chez elle machinalement, c'était inévitable, supposa-t-elle. Les gens voudraient mourir de honte, mais cela ne leur arrive jamais.

— D'accord, murmura-t-elle d'une toute petite voix.

Il lui passa un bras autour des épaules, et elle fit de même autour de sa taille. Pas à pas, Nate parvint à leur faire gravir le perron et, quand il posa la main sur la poignée de porte, il lui posa un baiser sur la tempe en lui murmurant :

— Ça va aller.

Puis il l'emmena à l'intérieur.

Tout était allumé dans le salon et la cuisine, et au moment où la porte claqua derrière eux, Shannon entendit sa mère crier. Puis ce fut la pagaille.

Sa mère, une tasse vide à la main, et son père sortirent en courant de la cuisine. Brady, Danny, Myles, Alice et

Tim jaillirent du salon et de la cage d'escalier. Enfin, Paula, que Shannon n'avait vue que deux fois, arriva en nouant la ceinture de sa robe de chambre.

— Où étais-tu ? On était fous d'inquiétude ! s'écria sa mère en l'arrachant à Nate pour la serrer fort contre elle. Ne nous refais jamais ça, ma fille ! Tu nous as fait prendre dix ans d'un coup en disparaissant comme ça. Plus jamais, tu entends ?

Quand elle relâcha Shannon, ce fut son père qui l'étreignit aussitôt. Il n'avait jamais été très démonstratif, et ça lui fit bizarre de percevoir qu'il tremblait, de comprendre l'intensité de ses émotions.

— Mon Dieu, tu nous as fait une telle peur ! bougonna-t-il dans ses cheveux.

Ses frères se contentèrent de la fixer, ce dont elle leur fut reconnaissante. Et, quand son père desserra son emprise, elle recula afin de percevoir Nate à son côté.

— Je suis désolée de vous avoir tant inquiétés, dit-elle. Et je suis désolée… de nous avoir tous collés dans un tel bourbier. Je n'ai jamais pensé à mal, je ne sais même pas comment ils ont pu s'imaginer que je gagnais de l'argent avec ça ou même que je faisais des trucs immondes avec les cartes, mais le problème n'est pas là. En fait, je me suis effectivement servie du matériel de l'imprimerie pour fabriquer ces cartes à échanger. Je n'ai jamais demandé la permission à personne. J'ai eu tort, et j'en demande pardon à tout le monde.

» Mais, surtout, je suis désolée du tort que ça va faire à Fitzgerald & Sons. Je nous ai tous humiliés, et je redoute plus que tout les conséquences que cela aura. Les gens ont tendance à croire ce qu'ils entendent aux nouvelles, même si c'est juste sur WNYC. J'ai fait tant d'efforts pour porter haut notre enseigne, et voilà qu'on devient la risée de tous, et tout est ma faute.

— C'est… un peu plus que WNYC, dit Danny.

— Hein ? Que s'est-il passé depuis ?

— Je suis désolé, Prin… Shannon, reprit Danny en lui souriant après s'être corrigé, ce qui lui donna de nouveau envie de pleurer. Mais internet a répercuté l'info, à cause du nom de Rebecca Thorpe. L'histoire est partout à présent.

Nate lui repassa le bras autour des épaules et la serra brièvement contre lui.

— Il y a des choses qu'on ne pourra faire qu'après avoir dormi un peu, dit-il. Une rétractation, pour commencer. Ce salaud de Grant Yost est bon pour le procès en diffamation, c'est ce que vient de me dire mon avocat. Et je n'imagine même pas ce que va lui faire Rebecca Thorpe.

— Mais j'ai créé toutes ces cartes sans aucune autorisation !

— Si tu t'imagines qu'un seul de ces hommes va se plaindre de figurer sur tes cartes, alors tu vas devoir revoir ta copie !

— Mais…, fit Shannon en levant la tête vers lui.

— Est-ce qu'il y a une carte à mon nom ? voulut savoir Danny.

Elle tourna les yeux vers son frère, persuadée qu'elle hallucinait.

— Tu en aurais voulu une ?

— Bon sang, oui, surtout avec la mention « aventure d'une nuit » ! La vie serait tellement plus facile comme ça !

— Moi aussi, je veux bien, enchaîna Tim. Tu connais toutes ces femmes, n'est-ce pas ? Il n'y en a aucune de timbrée ? Parce que moi, j'ai rencontré une fille sur un site de rencontres internet, et ça a été l'horreur. Elle a voulu qu'on se marie au deuxième rendez-vous…

— Ça n'en fait pas une timbrée, fit remarquer Myles.

— Non, juste un peu zinzin, surtout pour vouloir un benêt comme toi, dit Danny en donnant un coup de coude à Tim.

— On se calme ! intervint Nate en haussant la voix. Il est très tard et on a tous besoin de sommeil. Demain, on pourra discuter de tout.

La mère de Shannon se tourna vers les garçons.

— Au lit, tous. Myles et Alice, ne vous en faites pas pour Nate, il va se trouver un coin où dormir.

— Où ? demanda ce dernier en s'écartant de Shannon.

Mme Fitz planta ses yeux dans les siens.

— Comme tu veux. Le canapé du salon est confortable, mais tu peux tout aussi bien aller dormir avec Shannon. M. Fitz et moi te sommes reconnaissants de tes égards mais, vu les circonstances, on va continuer à faire comme si on ne savait rien.

Nate alla chercher ses affaires dans la chambre de Myles avant de filer dans celle de Shannon. Il passa devant la salle de bains en songeant qu'il n'avait pas eu le temps de faire sa toilette pour la nuit, mais il ne voulut pas la laisser livrée à elle-même tant qu'elle ne serait pas en sécurité dans son lit.

Et il fit bien, car si elle avait ôté ses chaussures, elle ne parvenait pas à déboutonner son chemisier. Son épuisement était tel qu'elle ne contrôlait plus ses doigts.

Il se plaça devant elle alors qu'elle ouvrait et fermait les yeux, et la déshabilla telle une poupée de chiffon. Il lui levait les bras, qui retombaient dès qu'il les lâchait avant même d'être sortis de la manche. Il réussit toutefois à la dévêtir et eut l'impression d'une victoire lorsqu'elle fut entièrement nue.

Elle s'affala contre lui, et il comprit qu'il devrait l'aider à s'allonger. Aussi la souleva-t-il entre ses bras pour l'étendre sur le lit et tirer la couverture sur elle.

Il la contempla tout le temps qu'il se déshabilla lui-même puis, sans se préoccuper d'enfiler un pyjama, il se coula nu contre elle, éteignit la lumière et lui posa la tête sur son épaule. Avec une folle envie de l'embrasser… mais elle avait trop besoin de dormir, et lui aussi.

Juste avant de sombrer, elle se nicha contre lui et lui passa une jambe sur la cuisse.

*
* *

Quand Shannon ouvrit les yeux, il faisait tellement jour dans sa chambre qu'elle cilla plusieurs fois. Elle était plaquée contre Nate, et se sentit dans un cocon merveilleux… jusqu'au moment où les événements de la veille lui revinrent à l'esprit. Elle se raidit et referma si fort les yeux que des étoiles dansèrent sous ses paupières. Aucun coup de baguette magique ne pouvait modifier le passé. Le monde avait continué à tourner, et elle ne pouvait même plus se cacher sous ses couvertures. Ils s'étaient couchés si tard… est-ce que Brady était allé ouvrir l'imprimerie ? Il y avait toujours des commandes à préparer, du travail à donner aux employés. Y compris à Daphné.

Non, ne plus penser à elle, pas si tôt, pas tout de suite. Elle tourna la tête sur le côté. Nate dormait encore. Elle sortit du lit avec mille précautions pour ne pas le réveiller, et s'étonna de sa nudité car elle ne se souvenait pas de s'être déshabillée. Elle enfila sa robe de chambre en jetant un coup d'œil au réveil, qui affichait midi passé. Seigneur, quels ravages l'attendaient-ils en bas ? Dans le monde réel ?

Elle fila dans la salle de bains. Elle n'avait déjà qu'une envie : revenir vers Nate. Elle se souvenait qu'il l'avait surprise devant la maison, elle se souvenait des paroles qu'il lui avait dites, et elle espérait de tout son cœur qu'elles aient été sincères.

Elle repoussa une mèche de son front, le cœur serré à la pensée du gâchis dont elle était responsable. C'était impardonnable, surtout à la lumière du jour. Tout le pays était au courant à présent et, après le cauchemar de l'émission, la photo de Nate était diffusée partout sur le Net. Bon sang, elle lui avait fait du tort. Elle n'était pas certaine que ses patrons apprécient une telle notoriété…

Elle allait s'habiller quand une main forte se referma autour de son poignet.

— Où vas-tu comme ça ? marmonna Nate.

— M'habiller. Le deuxième jour le plus horrible de ma vie a commencé.

— Non. Tu reviens au lit.

— J'aimerais bien, mais je ne peux pas y rester toute ma vie. Il va bien falloir faire face un jour ou l'autre.

— Ça attendra bien une heure, dit-il en la lâchant pour s'asseoir et se lever. S'il te plaît, sois au lit quand je reviendrai de la salle de bains.

— Nate…

— Pour moi.

Elle ne pouvait refuser. Elle ne voulait pas le faire.

— Dépêche.

Il fut dehors, en robe de chambre, plus vite que l'éclair, et elle se retrouva seule dans sa chambre, l'endroit le plus sûr au monde depuis sa tendre enfance. Fini la procrastination, elle allait se trouver un logement à elle et quitter la maison. Quel que soit le prix que ça allait lui coûter, elle *devait* sortir de ce cocon. Peut-être aurait-elle réfléchi à deux fois avant de lancer ces fameuses cartes si elle ne s'était pas sentie aussi protégée…

Pour l'instant, il n'y avait rien à faire, alors autant accepter ce réconfort. Elle se débarrassa de sa robe de chambre pour se glisser entre les draps. Elle prit son oreiller dans les bras et posa la tête sur celui de Nate afin de humer son odeur. Cette odeur qui continuerait à le lier à lui aussi longtemps qu'il serait là. C'est-à-dire bien peu de temps.

Elle inspira une fois encore son parfum délicieux et soupira. Elle n'était pas assez naïve pour gâcher ce qu'elle avait sous la main. Pas assez naïve pour croire qu'elle guérirait de lui, plus maintenant. Il serait l'unique, l'amour perdu. Il lui manquerait à jamais, et si d'aventure elle rencontrait un autre homme, Nate demeurerait éternellement l'amour de sa vie.

Ce serait douloureux, terriblement douloureux, mais qu'importe ? Une telle histoire valait toutes les peines.

Elle se redressa soudain dans le lit. Nate lui avait demandé de rester au lit pour la réconforter, mais il pouvait tout aussi bien lui poser quelques questions bien senties. Pourquoi elle lui avait menti. Comment elle avait jamais pensé qu'il accepterait qu'elle diffuse sa fiche comme la notice d'un vulgaire jouet.

La porte s'ouvrit, et elle tenta de décrypter l'expression de son visage, ce qu'il pensait, ce qu'il voulait.

Il laissa choir sa robe de chambre, se rallongea près d'elle, la prit dans ses bras et l'embrassa, comme si rien d'autre n'importait. Tout en faisant courir ses mains le long de son dos et en insérant une cuisse entre ses jambes juste assez brutalement pour la faire hoqueter. Il s'obstinait à la surprendre. Il devrait pourtant être furieux, mais n'en donnait pas l'impression. Ses caresses étaient trop tendres, son corps trop chaud.

Elle ne se fiait cependant plus à son jugement, et c'était ça qui comptait.

— Je sais ce que je t'ai dit hier soir, murmura-t-elle contre ses lèvres, mais je me dois de te le redire. Cent fois. Je suis désolée. Je suis désolée de m'être servie de toi, et de t'avoir mis dans l'embarras.

— Qui a dit que j'étais dans l'embarras ?

— Tu es sur une carte à échanger. Une carte qui échange des hommes.

— J'ai toujours rêvé de figurer sur une carte à échanger, et je crois que la photo est plutôt bonne. Et puis, tu l'as piquée, ma carte. Je ne sais pas, mais je crois que tu as contrevenu à toutes les règles de ton club en la carottant. C'est auprès de tes amies que tu vas devoir t'excuser.

Elle se mit à rire, et ce rire qu'elle n'attendait plus la surprit elle-même. Jamais encore elle n'avait su ce que signifiait l'amour, mais elle le savait à présent. Il n'y avait rien de tel au monde. Aimer Nate Brenner de tout son cœur était quelque chose de vrai, de solide, pas un poème ou un mythe. Elle voulut le lui dire, mais se retint au dernier moment. A quoi bon lui avouer ses sentiments pour lui alors qu'il allait partir ? Il avait une autre vie, ailleurs. Ce ne serait pas juste, et ça le culpabiliserait peut-être. Elle ne voulait pas cela pour lui.

— Je suis contente que tu ne sois pas en colère, chuchota-t-elle.

Il lui posa un baiser papillon sur les lèvres avant de redresser la tête pour la regarder.

— Ça aurait été mieux si tu avais demandé l'autorisation, parce qu'il y a peut-être des hommes que ces cartes vont déranger, même si franchement je ne le pense pas, mais sait-on jamais. Moi, je ne suis pas en colère, parce que je sais que tu ne ferais jamais rien pour blesser délibérément autrui, et surtout pas les gens à qui tu tiens. Je sais que tu voulais juste aider tes amies à trouver le bonheur, leur permettre d'avoir des vies de contes de fées et de splendides histoires d'amour. Comment pourrais-je t'en vouloir pour cela ?

Elle le regarda tout le temps qu'il parla, et comprit qu'il était sincère. Elle n'avait pas à se faire de souci pour lui.

— Merci Nate, répondit-elle avec émotion.

— Tu sais que tout va s'arranger, n'est-ce pas ?

— Un jour, peut-être.

— Plus tôt que tu ne le penses, conclut-il avant de lui reprendre la bouche pour un autre baiser.

Baiser qui, de passionné, devint vite torride.

— Oui, murmura-t-elle. S'il te plaît.

Il s'arracha à elle, roula sur lui-même, attrapa un préservatif et s'en gaina en un éclair.

— Oh ! si tu savais comme je te désire, murmura-t-il en retour.

Puis il se positionna au-dessus d'elle, et elle put lire son désir dans ses yeux. Jamais, même avec la lumière allumée la nuit, elle n'avait tant vu de lui. Les cheveux ébouriffés de manière si sexy, son menton rasé de frais. Elle l'effleura du doigt, puis caressa la peau douce de son visage. Il remua la tête et happa ses doigts, la faisant hoqueter une nouvelle fois. Et elle lui ouvrit grand les cuisses.

— Viens, l'implora-t-elle. Emplis-moi. Fais-moi oublier tout ce qui n'est pas toi.

Il s'enfonça lentement en elle sans la quitter des yeux.

— Seigneur, la peur que tu m'as faite ! Quand j'ai cru ne jamais te revoir, j'ai pensé devenir fou. Promets-moi que tu ne t'enfuiras plus, plus jamais, dit-il en la pénétrant plus profondément encore.

Elle lui caressa le dos et le regarda bien en face.

— Je te le promets.

- 17 -

Nate regarda une mèche soyeuse de Shannon glisser entre ses doigts pour atterrir sur l'oreiller. Elle sommeillait. Et lui, il ne savait que faire.

Elle en avait pris plein la figure la veille, et même si la ville entière lui exprimait son pardon, elle ne le croirait jamais tant qu'elle n'aurait pas fait les excuses qu'elle estimait nécessaires. Et après ? Après, elle continuerait à avancer, mais sans jamais oublier.

Il ne pouvait ajouter à ce fardeau. Tant pis si les Fitzgerald, qu'il aimait tant, lui tournaient le dos, il allait leur dire qu'il ne pouvait pas les aider. Qu'il préférerait qu'on lui passe sur le corps plutôt que de le faire.

Il était amoureux. L'impossible s'était produit, et il n'était plus le même homme. Shannon avait tout changé.

Il sortit du lit et sourit en la voyant s'étirer.

— Je vais me doucher, mais si tu veux y aller avant moi…

— Vas-y, mais gare à toi si tu vides le ballon ! s'exclama-t-elle d'une voix encore ensommeillée.

— Je ne serai pas long, lui promit-il en lui donnant un baiser léger sur le front.

Il longea le couloir, résolu à prendre des décisions. Car, dans son tout nouvel univers, Shannon était au centre.

Sans être certaine de se rendre à l'imprimerie, Shannon s'était habillée pour le travail. Il était presque 14 heures, et elle allait d'abord devoir affronter la famille.

Elle descendit l'escalier, suivie de près par Nate. Tous deux s'immobilisèrent à l'entrée du salon.

— Vous êtes tous là, constata-t-elle.

— Brady est à l'imprimerie, répondit son père. Paula et Alice sont allées travailler.

Elle ne sut comment interpréter cette réunion de famille imprévue. Etaient-ils tous restés pour la soutenir, ou pour l'accabler ?

— J'espère qu'il y a du café, dit-elle.

— Va leur en chercher, Danny, ordonna sa mère.

Et Danny ne protesta pas.

De plus en plus inquiète, Shannon observa sa famille et vit que sa mère portait une de ses plus jolies robes.

— Il y a eu un certain nombre de coups de téléphone ce matin, lui apprit son père.

— Ça, je n'en doute pas, répondit-elle dans une grimace.

Danny revint avec deux mugs fumants et les posa sur la table basse. Comme par hasard, il y avait deux places de libres sur le canapé. Elle et Nate allèrent s'y asseoir, même si elle avait le ventre si serré qu'elle ne pourrait rien avaler pour le moment. Nate entrelaça ses doigts avec les siens.

— D'une part, reprit son père, Fitzgerald & Sons récolte une montagne de publicité gratuite.

— Ce n'est pas le genre de publicité que nous voulons !

— Ça dépend de l'objectif, n'est-ce pas ? intervint Danny en lui décochant un sourire en coin.

— Mais de quoi parlez-vous, à la fin ? lança Shannon en se penchant en avant.

Des regards furent échangés. Nate se rapprocha d'elle.

— Tout d'abord, on t'aime tous, et ça ne nous dérange pas du tout que tu te sois servie de l'imprimerie pour réaliser tes propres projets, commença sa mère. Elle t'appartient à toi aussi.

— Et ? fit Shannon d'une voix chevrotante.

— Et nous sommes unanimes en disant que tu as fait

un travail extraordinaire à l'imprimerie. Sans toi, il y a longtemps qu'on aurait mis la clé sous la porte.

— On t'en sait vraiment gré, et je suis sincère, poursuivit son père. On sait tous que tu t'es épuisée à maintenir la boutique à flot.

— Mais, enchaîna Myles, nous pensons tous que Fitzgerald & Sons, c'est du passé.

Shannon crut avoir reçu un coup dans le ventre et, sans le bras ferme de Nate autour d'elle, elle se serait recroquevillée sur elle-même.

— Oh ! Seigneur, j'ai tout gâché. Je savais que c'était grave, mais je ne pensais pas…

— Attends, attends, tu n'as *rien* gâché ! l'interrompit sa mère en venant s'asseoir près d'elle. Ecoute-moi, ma chérie. Tu n'en es pas responsable. La vérité, c'est que ton père et moi ne sommes plus tout jeunes, et que nous sommes fatigués de trembler en permanence à cause de l'imprimerie. On a envie de prendre notre retraite.

— En Floride, dis-lui, m'man, ajouta Danny.

— C'est exact. On en a aussi marre de la neige. Si jamais je revois un autre flocon…

— Vous en avez parlé entre vous ? voulut savoir Shannon. Mais depuis combien de temps ?

— Un bon moment, Shannon, un bon moment, répondit sa mère après avoir pris une grande inspiration.

— Le terrain vaut une fortune, précisa Danny, l'air presque excité. Un emplacement pareil, ça vaut des millions de dollars.

Elle ne parvenait pas à croire ce qu'elle entendait. Ils voulaient vendre l'imprimerie ? Aller s'installer en Floride ? Prendre leur retraite ? Elle contempla chacun des membres de sa famille, et chacun lui parut plus penaud que l'autre. A part Danny, évidemment.

— Pourquoi ne m'avez-vous rien dit ?

— Parce que tu travaillais si dur, lui répondit son père.

Cependant, à notre décharge, tu sais que pendant des années, je t'ai dit qu'il fallait que tu poursuives tes propres rêves.

— Mais je croyais que tu parlais d'un mari !

La sonnette retentit, et ses frères sortirent précipitamment du salon comme s'il y avait le feu.

Shannon se tourna vers Nate, qui avait l'air aussi piteux que tous les autres.

— Tu savais ?

Il hocha la tête.

Elle libéra sa main, touchée en plein cœur.

— Mais comment as-tu pu…

— Je n'ai pas voulu te le dire, même s'il fallait que tu le saches. Excuse-moi. J'ai cru te rendre service en ne te disant rien avant l'interview.

— Mais pourquoi l'as-tu su avant moi ?

Il tressaillit, et reprit sa main.

— Parce que ta famille t'aime, et qu'aucun n'a voulu te blesser. Ils ont pensé que ce serait moins douloureux pour toi si je m'en chargeais.

— Je vois.

— Ils ne savaient pas que je n'y arriverais pas. Je n'ai pas pu. Je sais aussi que tu es formidable et que tu dois pouvoir décider de ce que tu veux réellement être.

— Je pense que je voulais maintenir l'unité de la famille, dit-elle.

— Chérie, la famille sera toujours unie, lui dit sa mère en la regardant dans les yeux. Ça, ça ne changera jamais, quel que soit le lieu où on vit ou travaille.

— Shannon, lança Tim de l'autre pièce, il y a des gens pour toi.

Etourdie par tant d'informations, elle se leva avec difficulté. Nate se leva de même et la soutint jusqu'au vestibule.

Elle s'arrêta net en y découvrant Rebecca et Bree, et aussi Katy et Ariel. Comme si elle n'avait pas pris assez de claques comme ça !

— J'allais vous téléphoner à toutes, leur dit-elle. Je suis tellement, tellement désolée.

— Et pourquoi ? l'interrogea Rebecca.

— Eh bien, pour vous avoir mises dans une telle situation ! Je suis désolée…

Les quatre femmes s'approchèrent d'elle, aucune d'entre elles ne paraissant contrariée.

— On a pas mal discuté, lui dit Bree, mais personne n'est contrarié.

— Jake m'a dit qu'il se sentait très flatté. Il te remercie de nous avoir permis de nous rencontrer, répliqua Rebecca.

— On a passé la matinée au téléphone pour cracher le morceau, pour ainsi dire, lui apprit Katy. Jusque-là, tout le monde l'a bien pris.

— Et Charlie ? demanda Shannon à Bree.

— Il est O.K. En fait, ça l'a plutôt fait rigoler.

— Il est plus qu'O.K., intervint Rebecca. Entre son avocat et le mien, WNYC va passer un sale quart d'heure. Ils ont déjà programmé une conférence de presse demain matin, où Grant Yost va présenter publiquement ses plus plates excuses. Tu vas être une star, mais pour les bonnes raisons. Elle était brillante, ton idée des cartes à échanger, que les hommes jouent le jeu ou non.

Danny surgit alors entre Nate et Ariel.

— J'ai Brady au téléphone, il veut te parler, dit-il à Shannon en lui tendant l'appareil.

Elle s'en empara en se demandant quelle bombe son frère allait lui jeter à la figure.

— Shannon ?

— Qu'y a-t-il ?

— Le téléphone n'arrête pas de sonner. Je n'ai pas eu une minute à moi, les gens deviennent fous.

— Quels gens ?

— Des femmes. Des hommes. De partout dans le pays. D'abord, c'étaient des appels locaux, et puis ça a commencé à s'étendre.

— Pardon ?

— Ils veulent tous des cartes à échanger. Les femmes veulent créer leurs propres clubs, les hommes veulent être sur les cartes. C'est complètement dingue !

Shannon arracha le combiné de son oreille et le fixa des yeux, certaine que son audition lui jouait des tours.

— Il dit que des gens appellent. Pour avoir leurs cartes à échanger. Des femmes, des hommes…

Nate lui fit signe de reporter le combiné à son oreille. Brady parlait toujours.

— Je te demande pardon ?

— Ce n'est pas juste pour les cartes, disait-il. Mais cette maison d'édition à SoHo ?

— Oui ?

— Ils veulent qu'on devienne leur imprimeur.

— Je les avais contactés il y a des mois. En vain.

— Et ils ne sont pas les seuls ! On a trois nouvelles commandes de gens que tu as appelés récemment.

C'était trop, plus qu'elle ne pouvait en supporter. Elle tendit le téléphone à Nate, des larmes plein les yeux.

— Qu'est-ce qui ne va pas, Shannon ? lui demanda Ariel en venant la prendre dans ses bras. Ce sont des bonnes nouvelles, non ? Tout le monde trouve que tu as eu une idée de génie, et songe à tous ceux dont tu as fait le bonheur !

Incapable de parler, incapable de cesser de pleurer, elle hocha la tête. Puis elle passa de bras en bras, jusqu'à arriver dans ceux de Nate. Il la tint serrée contre lui en la berçant doucement.

— Tu vas voir, tout va aller pour le mieux, lui dit-il. Tout ça a été si soudain, si inattendu. Respire. D'accord ?

— La seule chose qu'on n'a pas réussi à savoir, c'est comment WNYC a appris pour les cartes, dit Rebecca. Aucune des filles du groupe n'a parlé. On s'amusait trop.

Shannon renifla, s'essuya le visage, puis s'écarta de Nate.

— Ce n'était personne du groupe, et je suis presque sûre que ça venait de l'imprimerie.

— Qui ? voulut savoir Danny, le regard étincelant.

— Aucune importance, je m'en occupe personnellement.

— Eh bien j'espère que, qui que ce soit, il se réjouira de s'inscrire au chômage !

— Tu t'emballes, tu t'emballes, mais tu ne connais pas la situation, Danny, répliqua Shannon.

— Est-ce que ça va ? lui demanda Nate.

— Ça va aller. Une fois que j'aurai fait le tri de toutes ces infos, parce que je ne comprends pas la moitié de ce qui se passe.

— Excellente décision, répondit-il en regardant les femmes agglutinées dans le vestibule et la famille derrière eux. J'emmène Shannon pour la nuit. Pour deux nuits, en fait. On va lui faire un sac et filer. Elle a besoin de temps pour réfléchir, et vous aussi. On se retrouve à la chasse aux œufs de Pâques, où j'espère que chacun d'entre vous donnera autant que possible.

— Mais…, fit Shannon en levant les yeux vers lui.

— Il faut qu'on parle, toi et moi. J'ai des appels à passer, et je vais le faire pendant que tu prépares ton sac. N'oublie surtout pas tes affaires pour dimanche. Maintenant, ouste ! Je te rejoins dès que possible.

Elle renifla encore et lui sourit.

Alors, il l'embrassa. Doucement. Amoureusement. Et devant tout le monde.

La première chose que fit Nate une fois qu'ils furent arrivés au Gramercy Park Hotel fut de commander à dîner. Elle n'avait pratiquement rien avalé depuis les dernières vingt-quatre heures au cours desquelles son monde avait été mis sens dessus dessous.

Il ne commanda rien d'extraordinaire, des spaghettis à la carbonara, une salade et une bonne bouteille de vin. L'idée de séjourner dans l'hôtel où ils avaient dansé ensemble pour la première fois lui plaisait bien. Tant de choses s'étaient produites depuis le mariage de leurs amis qu'il avait du mal à le croire, même s'il en avait l'habitude. Il menait une vie risquée où foisonnaient les surprises, et où tout arrivait à la vitesse de l'éclair. Le tout, c'était de tenir bon les rênes et de ne pas courir après l'attelage.

Sa pauvre Shannon était tout juste en selle. Elle n'avait pas dit grand-chose, mais il avait bien vu à son regard qu'elle tentait de reprendre ses esprits. Il était tout disposé à l'aider mais, d'abord, il avait besoin qu'elle retrouve un peu de stabilité.

Par chance le room-service, sensible à son pourboire conséquent, fit les choses bien, et vite. Le serveur leur dressa une table dans la chambre et disposa devant eux un plat de pâtes fumant et une salade croquante. Le vin s'avéra délicieux.

Les dix premières minutes, ils mangèrent sans rien dire tant ils avaient tous les deux le ventre vide, et, à présent que le plus gros de leur faim était passé, il se sentit prêt à commencer.

— Voilà… J'ai procédé à quelques modifications de mon itinéraire, lui dit-il.

— Ne me dis pas que tu as avancé la date de ton départ !

Aïe. Il n'aurait pas dû prendre un ton aussi désinvolte. Shannon avait la tête de celle qui s'attend à recevoir une énième claque dans la figure.

— Non, pas du tout. En fait, je ne pars plus.

Elle laissa tomber sa fourchette dans son assiette.

— Hein ? Que veux-tu dire ?

— Je veux dire que je ne retourne pas à Bali, dit-il en posant une main sur la sienne. Je ne vais pas non plus en Afrique. Enfin bon, il faut que je retourne à Bali chercher mes affaires, mais je caresse l'espoir que tu m'y accompagnes, car des vacances te feraient le plus grand bien.

Elle le dévisagea, bouche bée, yeux grands ouverts.

— Ça n'a aucun sens.

— Et pourquoi ça ?

— Tu adores ton travail, non ? Cette vie-là, c'est tout pour toi.

— Pas… tout à fait, dit-il avant de prendre son verre et de le lever comme pour un toast. Il se trouve que c'est *toi*, qui es tout pour moi.

A ces mots, Shannon entrouvrit un peu plus les lèvres, comme choquée. Elle était livide.

— Shannon ?

— Est-ce que tu viens de dire…

— Que je ne pars plus, oui. Que je reste à New York, oui, aussi. Dans la copropriété que je viens d'acheter. Et j'aimerais beaucoup que tu t'y installes avec moi. Quand on aura fini de la meubler, évidemment.

— Mais, et… tout le reste ?

— Mon travail peut très bien se faire ici, dans cette ville. Je vais racheter à Albert Gill sa part de l'entreprise. On va toujours édifier des bâtiments lambda et d'affreux centres commerciaux, mais je vais réorienter nos affaires pour y inclure la restauration et la reconstruction de zones communautaires, dont la première sera un certain terrain de basket de quartier, si ça te dit quelque chose… A condition que le propriétaire nous laisse faire, bien entendu. Bref, je suis architecte et planificateur urbain, et New York a besoin de gens comme moi. Moralité : je reste.

Shannon ouvrit de nouveau la bouche, avant de la refermer. Puis elle se pencha vers lui.

— Tu veux qu'on vive ensemble ?

— C'est exact. C'est en quelque sorte la clé de voûte de l'affaire. Tu vois, je suis tombé amoureux de toi. Je ne m'y attendais pas, mais tu es la femme la plus remarquable que j'aie jamais connue, et l'idée de te quitter encore une fois n'a plus aucun attrait à mes yeux. Je veux démarrer une nouvelle vie ici, Shannon. Avec toi. Et je voudrais que tu réfléchisses au fait de travailler avec moi. Dans la partie à but non lucratif de la boîte. Si ça te tente. Je pense toujours que tu ferais des merveilles au conseil municipal mais, plus que tout, je veux que tu trouves ta voie. J'espère seulement que tu voudras bien de moi…

— Tu m'aimes…

Ça faisait un petit moment qu'il ne l'avait plus vue ciller.

— Oui, Shannon. Comme je n'ai jamais aimé.

— Oh ! je…

— Shannon ? Ça va ?

Elle cilla. Et puis elle sourit. Et ce fut un sourire extraordinairement lumineux.

— Moi aussi, je t'aime, Nate.

— Alors, à notre amour ! s'écria-t-il en levant son verre.

Puis il le reposa, se leva, alla se pencher sur elle, et l'embrassa.

— C'est un tout nouveau départ, dit-il.

— On pourra reconstruire quelque chose à léguer à nos héritiers, murmura-t-elle, les yeux humides.

— Ça va demander beaucoup de travail et d'énergie, mais ça va être fabuleux, lui répondit-il en lui effleurant la joue du doigt.

Elle se mit à rire. Puis elle se leva, et ils s'embrassèrent encore.

Il faisait un temps splendide ce dimanche quand ils arrivèrent au parc. Shannon avait eu le temps de faire le point et de décider de ce qu'elle devait faire. Téléphoner à tous les hommes qui figuraient sur des cartes, même si chacun lui serinait que ce n'était pas nécessaire.

Elle avait eu des nouvelles de sa famille, aussi. Ils ne vendraient pas l'imprimerie, Brady tenait à y rester, et il y avait tant de nouvelles commandes qu'ils n'allaient plus tarder à crouler sous le travail. Ils allaient aussi devoir lui trouver une remplaçante, car une fois qu'elle les aurait aidés à former les nouveaux employés, elle aurait du pain sur la planche.

Quitter la vieille maison allait être quelque chose. Pour

tout le monde. Ses parents partaient s'installer en Floride, Brady emménageait avec Paula. Et elle, elle allait commencer une toute nouvelle vie avec Nate.

Le parc était quasiment bondé. Des enfants couraient partout en riant. Quand Shannon tenta de rejoindre le comptoir où on récoltait les dons, elle en fut gentiment chassée par une amie de sa mère. En fait, on n'avait besoin d'elle nulle part, car tous les gens qu'elle connaissait étaient venus apporter leur aide. Et tous tenaient à lui parler de la mine pour le moins déconfite de ce minable de Grant Yost au journal du soir, et sur internet, et sur chaque chaîne de télévision new-yorkaise.

C'était un jour de gloire. Tout était parfait autour d'elle. Et le meilleur de cette nouvelle vie était l'homme à ses côtés, qui lui entourait amoureusement les épaules.

Celui dont la carte à échanger se trouvait toujours dans son sac et qui lui avait porté bonheur.

Le plus grand des bonheurs.

Passions

Le 1er août

Passions n°412

Un diamant à Wild River - Charlene Sands

Série : «Les secrets de Waverly's»

Alors qu'elle tente d'échapper à une horde de paparazzis, Macy, l'héritière de la richissime famille Tarlington, est secourue par un homme qui lui est inconnu – ou presque. En effet, celui-ci n'est autre que le sublime cow-boy qui, quelques heures plus tôt, a fait l'acquisition d'un des diamants Tarlington, lors d'une vente aux enchères. Bouleversée par les émotions qu'il suscite en elle, et désireuse de fuir la pression qu'elle subit à New York, Macy accepte bientôt la folle proposition que lui fait Carter McCay : l'accompagner chez lui, pour quelques jours seulement, à Wild River...

Le secret d'un été - Karen Templeton

Parce qu'elle vient d'hériter de la propriété où elle a passé de si merveilleux étés, Melanie est de retour à St Mary Cove. Et immédiatement, elle est assaillie par les souvenirs – ainsi que par le doute. Que va-t-elle faire de cette maison aujourd'hui en ruines ? Comment, surtout, réagira-t-elle lorsqu'elle reverra Ryder Caldwell, dont elle était éperdument amoureuse autrefois, avant qu'il ne lui brise le cœur, dix ans plus tôt ? Ryder, à qui elle n'a jamais révélé son précieux secret...

Passions n°413

Un prince pour ennemi - Michelle Celmer

Si Vanessa se rend sur la splendide île de Varieo avec sa fille, c'est parce que le roi lui-même les y a invitées. Seulement voilà, arrivée sur place, Vanessa découvre que le roi est absent, et qu'il l'a confiée aux soins de son fils, le prince Marcus Salvatora. Hélas, celui-ci se montre immédiatement des plus hostiles à son égard. De toute évidence, il la prend pour une intrigante et, malgré les regards chargés de désir qu'il lui adresse, pour son ennemie personnelle...

Un héritier sous le charme - Helen R. Myers

De retour à Oak Grove, la petite ville de son enfance, Mack Graves n'a qu'une envie : repartir au plus tôt. Mais sa rencontre avec Alana Anders, qui le captive par sa beauté impétueuse, vient bientôt à bout de ses réticences. Elle est sa nouvelle voisine, lui apprend-t-elle, car elle habite tout près de Last Call Ranch, le domaine dont il vient d'hériter. Et s'il doit la côtoyer chaque jour, son séjour forcé sera sans doute plus plaisant qu'il ne l'avait imaginé... Hélas, Mack est bien vite détrompé par la cruelle vérité : Alana, si elle a le pouvoir de le troubler, a également celui de réclamer une part de son héritage...

Le serment d'un Dante - Day Leclaire

Si elle veut pouvoir se réconcilier avec sa famille, Kat n'a pas le choix : elle doit se marier, et vite. Hélas, le seul homme avec lequel elle pourrait convoler n'est autre Gabriel Moretti, le fils illégitime des Dante – et son ennemi juré. Aussi, c'est le cœur serré qu'elle lui propose ce marché inimaginable : s'il accepte de la prendre pour femme, elle lui offrira le bijou d'exception qu'elle a toujours refusé de lui vendre. D'abord réticent, Gabriel finit par accepter son offre, mais à une condition : leur union, bien que de façade, devra être consommée...

Souvenirs troublants - RaeAnne Thayne

Lorsque Taft, chef de la brigade des pompiers de Pine Gulch, sauve la vie de Laura et de ses deux enfants, il est plus ému que jamais. Alors qu'il a tout fait pour oublier celle qu'il était sur le point d'épouser, dix ans plus tôt, la jeune femme a gardé le pouvoir de le faire chavirer d'un seul regard. Malheureusement, s'il est tenté de la reconquérir, Laura ne semble pas prête à lui laisser une seconde chance. Particulièrement glaciale à son égard, la femme de ses rêves n'a visiblement pas oublié ce passé qui les a séparés...

Passions n°415

Une promesse entre nous - Brenda Harlen

Série : «Passions dans le Montana»

Sublime. C'est le mot qui vient à l'esprit de Clayton Traub lorsqu'il aperçoit la jeune femme qui tient la maison d'hôtes dans laquelle il va loger. Bien sûr, il n'est que de passage à Thunder Canyon, mais rien ne l'empêche de savourer son séjour – de toutes les manières possibles... Seulement voilà, à peine cette beauté se lève-t-elle pour lui montrer sa chambre que Clayton comprend pourquoi il n'est pas question pour lui de la séduire. La douce, la délicieuse Antonia est enceinte...

Rebelle attirance - Abigail Strom

Sur la liste de toutes les personnes dont Holly aurait été ravie de ne plus jamais entendre parler, Alex McKenna occupe sans conteste la première place. Aussi est-elle désemparée lorsqu'elle découvre qu'il est le nouvel entraîneur de football de son fils. Bien qu'ayant gagné en respectabilité, le mauvais garçon d'autrefois est toujours aussi sexy, sulfureux, inquiétant. Et il a gardé le pouvoir de l'agacer – et de la troubler – d'un seul regard. Pourtant, Holly le sait, elle doit garder ses distances avec lui. Car hier comme aujourd'hui, Alex McKenna n'est pas un homme pour elle...

Passions n°416

Le sourire d'une enfant - Sara Orwig

Lorsque William Delaney lui demande de devenir la préceptrice de sa nièce dont il est soudain devenu le tuteur, Ava n'a pas le cœur de refuser. La petite Caroline, qui s'est repliée sur elle-même depuis la disparition de ses parents, a de toute évidence besoin d'elle pour retrouver le sourire. Mais à peine est-elle installée à Dallas qu'Ava regrette sa décision. Vivre sous le même toit que Will, cet homme puissant qui semble déterminé à la mettre dans son lit, s'avère en effet une épreuve pour elle. Une épreuve d'autant plus délicate qu'Ava n'est pas insensible à la séduction de son nouveau patron...

L'amant impossible - Beth Kery

Elle le désirait. Son regard envoûtant, sa virilité, tout en lui la grisait. Qu'était-il pour elle ? Un objet de fantasme ? Un homme qu'elle haïssait et qui, curieusement, l'attirait à la mesure du ressentiment qu'elle lui portait ? Un séducteur à qui elle brûlait d'appartenir ? Soudain, Colleen Kavanaugh s'arrache à la rêverie à laquelle elle a eu la faiblesse de s'abandonner, sur la plage de Harbor Town. Quelles que soient les raisons pour lesquelles Eric Reyes la fait vibrer, jamais elle ne devra céder à l'attirance qu'il exerce sur elle. Car depuis que le destin a frappé leurs familles respectives, Eric est son ennemi...

Passions n°417

Un été très sexy...

Brûlant week-end - Kate Hoffmann

Coincée dans un chalet avec un apollon pour seul compagnie, Greta devrait être aux anges. Bien sûr, l'apollon n'est autre qu'Alex, son meilleur ami, le seul homme qui lui soit interdit. Mais, comment résister à cette chance qui lui est offerte d'explorer, enfin, les sensations aussi délicieuses qu'explosives qu'il éveille en elle ?

Un désir infini - Janelle Denison

Will n'a qu'une seule raison d'aller à cette réunion des anciens du lycée : revoir Ali et se faire pardonner la façon dont il l'a abandonnée dix ans plus tôt. Une occasion, aussi, d'assouvir tous les fantasmes qu'elle fait naître en lui depuis si longtemps...

Objectif fantasme - Cindi Myers

Photographier des hommes nus pour un calendrier ? Pourquoi pas. Il en faut beaucoup plus pour effaroucher Samantha, surtout si c'est pour la bonne cause. Sauf que « M. Juillet » éveille en elle un feu irrésistible...

3 mois sans sexe...ou pas ? - Thea Devine

Pour Lo, c'est la rupture de trop ! Finies les histoires d'un soir avec des hommes qui ne pensent qu'à entrer dans son lit : elle se met au « régime sans homme ». C'est compter sans son patron, aussi séduisant que déterminé à la faire céder. Car il semble convaincu que, entre eux, l'attraction provoquera des étincelles inoubliables...

De sulfureuses vacances - Samantha Hunter

Pour fêter ses trente ans, Edie s'est offert des vacances de rêve : villa en bord de mer, plage et aventures sulfureuses. Aussi, lorsqu'elle découvre que ladite villa est occupée par son propriétaire, elle décide de tout faire pour ne pas laisser ses vacances lui échapper. Et même de tenter de séduire cet homme particulièrement troublant...

A paraître le 1er juillet

Best-Sellers n°568 • suspense

La peur sans mémoire - Lori Foster

Intense et bouleversante. La nuit qu'Alani vient de passer avec Jackson Savor résonne en elle comme une révélation. Après son enlèvement à Tijuana, deux ans plus tôt, et les cauchemars qui l'assaillent depuis, jamais elle ne se serait crue capable de s'abandonner ainsi dans les bras d'un homme. Et pourtant, Jackson, ce redoutable mercenaire qui n'a de limites que celles fixées par l'honneur, a su trouver le chemin de son cœur. Hélas, cette parenthèse amoureuse est de courte durée. Au petit matin, à peine sortie de la torpeur du plaisir, Alani comprend qu'il y a un problème : son amant, si empressé un peu plus tôt, a tout oublié de leurs ébats torrides. Pas de doute possible : il a été drogué. Mais par qui ? Et comment ? Le coupable est-il lié aux odieux trafiquants sur lesquels Jackson enquête ? Ces questions sans réponse, ce sentiment d'impuissance, Alani les supporte d'autant plus mal qu'elle y a déjà été confrontée. Mais au côté de Jackson, et pour donner une chance à leur histoire, elle est prête à affronter le danger, et ses peurs…

Best-Sellers n°569 • suspense

Le mystère de Home Valley - Karen Harper

Mille fois, Hannah a imaginé son retour à Home Valley, la communauté amish où elle a grandi et avec laquelle elle a rompu trois ans plus tôt. Mille fois, elle a imaginé ses retrouvailles avec Seth, l'homme qu'elle aurait épousé s'il ne l'avait cruellement trahie. Mais pas un seul instant elle n'aurait pensé que cela se ferait dans des circonstances aussi dramatiques. Car dès son retour, alors qu'elle a décidé sur un coup de tête de se rendre de nuit dans le cimetière de la Home Valley, elle est prise pour cible par un homme armé, qui heureusement ne parvient qu'à la blesser. Pourquoi cet homme a-t-il voulu la tuer ? Va-t-il s'arrêter là ? Pour répondre à ces angoissantes questions, Hannah décide d'apporter toute son aide au ténébreux Linc Armstrong, l'agent du FBI chargé de l'enquête, et qui suscite la méfiance chez les autres membres de la communauté amish — et surtout chez Seth. Ecartelée entre deux mondes, entre deux hommes, Hannah va bientôt être submergée par ses sentiments – des sentiments aussi angoissants que les allées du cimetière plongées dans l'obscurité…

Best-Sellers n°570 • thriller

Piège de neige - Lisa Jackson

Prisonnière du criminel pervers qu'elle traque depuis des semaines dans l'hiver glacial du Montana, l'inspecteur Regan Pescoli n'a plus qu'une obsession : s'échapper coûte que coûte. Aussi essaie-t-elle, dans le cachot obscur et froid où elle est enfermée, de dominer la terreur grandissante qui menace de la paralyser. Car ce n'est pas seulement sa vie qui est en jeu, mais également celle d'autres captives, piégées comme elles et promises à la mort. Pour les sauver, autant que pour retrouver ses enfants et Nate Santana, l'homme qu'elle aime, Regan est déterminée à découvrir le point faible du tueur. Pour cela, il lui faudra aller au bout de son courage, de sa résistance physique… Et vaincre définitivement ce maniaque, avant qu'il ne soit trop tard.

Best-Sellers n°571 • suspense
Les disparues du bayou - Brenda Novak

Depuis l'enlèvement de sa petite sœur Kimberly, seize ans plus tôt, Jasmine Stratford a enfoui ses souffrances au plus profond d'elle-même et s'est dévouée corps et âme à son métier de profileur. Mais son passé ressurgit brutalement lorsqu'elle reçoit un colis anonyme contenant le bracelet qu'elle avait offert à Kimberly pour ses huit ans. Bouleversée, elle se lance alors dans une enquête qui la conduit à La Nouvelle-Orléans. Là, elle ne tarde pas à découvrir un lien effrayant entre le meurtre récent de la fille d'un certain Romain Fornier et le kidnapping de sa petite sœur. Prête à tout pour découvrir la vérité, Jasmine prend contact avec Romain Fornier, seul capable de l'aider à démasquer le criminel. Elle se heurte alors à un homme mystérieux, muré dans le chagrin et vivant dans le bayou comme un ermite. Un homme qu'elle va devoir convaincre de l'aider à affronter le défi que leur a lancé le tueur : *« Arrêtez-moi »*.

Best-Sellers n°572 • roman
L'écho des silences - Heather Gudenkauf

Allison. Brynn. Charm. Claire. Quatre femmes prisonnières d'un secret qui pourrait les détruire… et dont un petit garçon est la clé. Allison garde depuis cinq ans le silence sur le triste drame qu'elle a vécu adolescente et qui l'a conduite en prison pour infanticide. Brynn sait tout ce qui s'est passé cette nuit-là, mais elle s'est murée dans l'oubli pour ne pas sombrer dans la folie. Charm a fait ce qu'elle a pu, bien sûr, pourtant elle a dû renoncer à son rêve et se taire. Alors elle veille en secret sur son petit ange. Claire vit loin du passé pour tenter de bâtir son avenir avec ceux qui comptent pour elle. Et elle gardera tous les secrets pour protéger le petit être qu'elle aime plus que tout au monde. Quatre femmes réfugiées dans le silence, détenant chacune la pièce d'un sombre puzzle.

Best-Sellers n°573 • roman
Un jardin pour l'été - Sherryl Woods

Son cœur qui bat plus vite lorsqu'elle consulte sa messagerie, son imagination qui s'emballe lorsqu'elle revoit en pensée le visage aux traits virils de celui dont elle est tombée amoureuse… Moira doit se rendre à l'évidence : elle ne peut oublier Luke O'Brien. Il faut dire qu'avec ses cheveux bruns en bataille, son regard parfois grave mais pétillant de vie, son sourire irrésistible, cet Américain venu passer ses vacances en Irlande n'a guère eu de mal à la séduire. Sauf qu'après le mois idyllique qu'ils ont passé ensemble, Luke est reparti aux Etats-Unis reprendre le cours de sa vie, et peut-être même retrouver une autre femme. Alors que Moira tente de se persuader que tout est ainsi pour le mieux, son grand-père lui demande de l'accompagner à Chasepeake Shores, la petite ville de la côte Est des Etats-Unis où vit Luke. Moira n'hésite que quelques secondes avant d'accepter. Même si, dès lors, une question l'obsède : saura-t-elle convaincre Luke qu'il y a une place pour elle dans sa vie ?

Best-Sellers n°574 • historique
La maîtresse de l'Irlandais - Nicola Cornick

Londres, 1813.

Autrefois reine de la haute société londonienne, Charlotte Cummings a vu son existence voler en éclats lorsque son époux – las de ses frasques – a mis fin à leur mariage du jour au lendemain. Brusquement exclue des soirées mondaines, ruinée et endettée, Charlotte n'a eu d'autre choix que de renoncer à son honneur en vendant ses charmes chez la cruelle Mme Tong. Jusqu'à ce qu'un jour un troublant gentleman ne lui redonne espoir en lui proposant un pacte aussi tentant que surprenant. Si elle accepte de devenir sa maîtresse, elle retrouvera son statut de lady et les privilèges qui vont avec. D'abord hésitante, Charlotte finit par se soumettre à ce scandaleux marché, même si elle pressent que cet homme mystérieux lui cache quelque chose…

Best-Sellers n°575 • historique
Un secret aux Caraïbes - Shannon Drake

Mer des Caraïbes, 1716.

Roberta Cuthbert ne vit que pour se venger du cruel pirate qui a tué ses parents et anéanti le village de ses ancêtres, en Irlande. Pour cela, elle a tout abandonné, allant jusqu'à se faire passer pour un homme et entrer dans la piraterie, afin de parcourir les mers à la recherche de son ennemi. Pourtant, le jour où elle fait prisonnier le capitaine Logan Haggerty, elle comprend que son déguisement ne sera d'aucune protection contre les sentiments troublants que cet homme éveille en elle. Comment pourrait-elle maintenir son image de pirate impitoyable quand elle ne s'est jamais sentie aussi féminine que sous son regard doré ? Bouleversée, Roberta n'en est pas moins déterminée à ignorer la tentation, coûte que coûte. Jusqu'à ce que le capitaine la sauve de la noyade lors d'une violente tempête, et qu'ils ne s'échouent tous deux sur une île déserte…

Best-Sellers n°576 • érotique
L'éducation de Jane - Charlotte Featherstone

Jane le sait : lord Matthew peut être dur. Cassant. Impitoyable avec ceux qu'il pense faibles. Pourtant, lorsqu'elle l'a trouvé, affreusement blessé, dans l'hôpital où elle travaille, et qu'elle l'a veillé jour et nuit, c'est lui qui, les yeux protégés par un bandage, se trouvait à sa merci. Lui, l'homme à la réputation sulfureuse, qui la suppliait de le laisser toucher son visage, sa peau, ses lèvres, son corps tout entier, comme si ces gestes troublants avaient le pouvoir de le ramener à la vie. Alors aujourd'hui, même s'il a recouvré la vue et risque de la trouver laide, comparée à ses nombreuses maîtresses, même s'il est redevenu l'aristocrate arrogant dont les frasques libertines défrayent la chronique mondaine, Jane est décidée à se livrer à lui, corps et âme. Un choix insensé qui pourrait la détruire, mais devant lequel elle ne reculera pas. Car à l'instant où Matthew a posé les mains sur elle, elle a su qu'elle avait trouvé son maître…

Composé et édité par les

éditions HARLEQUIN

Achevé d'imprimer en France (Malesherbes)
par Maury-Imprimeur
en juin 2013

Dépôt légal en juillet 2013
N° d'imprimeur : 181977